eye.

守望者

——

到灯塔去

江苏省社科基金青年项目（16WWC001）

莎士比亚
传奇剧中的历史书写

陈 星 / 著

南京大学出版社

图书在版编目(CIP)数据

莎士比亚传奇剧中的历史书写 / 陈星著. —南京：
南京大学出版社，2021.11
ISBN 978-7-305-24984-6

Ⅰ.①莎… Ⅱ.①陈… Ⅲ.①莎士比亚(Shakespeare,
William 1564-1616)—戏剧文学—文学研究
Ⅳ.①I561.073

中国版本图书馆 CIP 数据核字(2021)第 186488 号

出版发行 南京大学出版社
社　　址 南京市汉口路 22 号　　　　邮　编　210093
出 版 人 金鑫荣

书　　名 莎士比亚传奇剧中的历史书写
著　　者 陈 星
责任编辑 顾舜若

照　　排 南京紫藤制版印务中心
印　　刷 江苏凤凰通达印刷有限公司
开　　本 880×1230 1/32 印张 10 字数 224 千
版　　次 2021 年 11 月第 1 版 2021 年 11 月第 1 次印刷
ISBN 978-7-305-24984-6
定　　价 58.00 元

网　　址:http://www.njupco.com
官方微博:http://weibo.com/njupco
官方微信:njupress
销售咨询热线:(025)83594756

目 录

引　言

一

路易斯·B. 莱特(Louis B. Wright)在他的《伊丽莎白时代英国的中产阶级文化》(*Middle-Class Culture in Elizabethan England*, 1935)一书中,描绘了一个几乎人人——无论是哪个性别,不管有何种经济、社会背景,也无论持有哪种宗教信仰——都在积极阅读历史的社会。[1] 莱特认为,当时的男女老少之所以对于探究历史有那么高的热情,是因为社会主流思想相信,学习历史能够让世人获得指导,知道如何道德地生活,学史的社会教化效果仅次于研读《圣经》。

在距离莱特的专著出版近九十年的今天回头再看,不难发现其著述中多有夸张和模糊之处。的确,现存的文献资料中,能找到显示时人积极、主动研读历史的材料——例如现收藏在牛津大学博德利图书馆(Bodleian Library)中的一本《不列颠史》[*Britannia*, 1586,

---

1　See Louis B. Wright, *Middle-Class Culture in Elizabethan England*, Ithaca: Cornell University Press, 1935.

作者是威廉·卡姆登(William Camden，1551—1623)]，此书曾经属于一个叫约翰·托马斯(John Thomas)的人，书边的空白处密密麻麻地写着托马斯本人的读书笔记和心得评论[1]——但这样的实物资料毕竟是凤毛麟角，且这样的资料能够妥善保存至今，其本身也说明相关人员的性别、经济与社会背景的独特性。

虽然莱特"文艺复兴时期英国人人读史"的结论或许略显夸张，但其对于历史在文艺复兴时期英国的重要作用的强调并不为过。正如莎学家菲莉丝·拉金(Phyllis Rackin)所指出的那样："'文艺复兴'这个说法本身，便反映出莎士比亚的世界是如何通过与过去的关系来定义和指导自己的。通过重新发现古典世界，文艺复兴的人文主义者们构建了自己的世界。"[2] 西塞罗的盛赞——"历史，这时代的见证，真理的光辉，记忆的生命，生活的老师，古代社会的信使(Historia vero testis temporum, lux veritatis, vita memoriae, magistra vitae, nuntia vetustatis)"[3]——也道出了当时人们对于读史之用的基本认识。曾教导过伊丽莎白一世的罗杰·阿谢姆(Roger Ascham，1515—1568)，在自己一部讨论教育的专著中便详述了历史学习的重要性：学史"可以让学识大涨，并让学习者在面临相似情形时，可以做出稳健可靠的评判"[4]。类似地，人文主义学者托马斯·艾略特(Thomas Elyot，约1490—

1　See D. R. Woolf, *Reading History in Early Modern England*, Cambridge: Cambridge University Press, 2000, esp. pp. 90 - 91.

2　Phyllis Rackin, *Stages of History: Shakespeare's English Chronicles*, Ithaca: Cornell University Press, 1993. p. 2.

3　Cicero, *De Oratore*, trans. E. W. Sutton, Cambridge, Massachusetts: Harvard University Press, 1947, p. 224. 译文引自王焕生译本(西塞罗，《论演说家》，王焕生译，北京：中国政法大学出版社，2003年，第227页)。

4　Roger Ascham, *The Schoolmaster*, ed. Lawrence V. Ryan, Ithaca: Cornell University Press, 1967, p. 129.

1546）也将历史学习设为自己教育计划中的核心课程："如果一个高尚的人能切切实实、严肃勤奋地阅读历史，我敢说，不管是在哪个时代，都不会有其他的理论学习或技术研究能给予他同样的好处与欢愉。"[1] 从时人对于历史作用的这些评论可以看出，在伊丽莎白及之后詹姆斯一世时代的教育者看来，就国家执政大局而言，读史可以"知兴替"，就个人教育而言，读史则可助人"正衣冠"。

文艺复兴时期的英格兰对于历史的这般关注，还与其自身所处的特殊时代背景息息相关。当时的英格兰，一方面，刚从 15 世纪约克家族与兰开斯特家族争夺王位的红白玫瑰战争中挣脱出来不久，可谓尚处在恢复期。玫瑰战争打破了英国王位继承秩序，挑战了君权神授的传统王权观，撕裂了国家，破坏了家庭，毁灭了诸多古老传统，使国家与人民长期陷于对未来的迷茫和恐慌之中。而另一方面，随着先行的意大利文艺复兴运动不断向周围国家输出各种打破传统认识的新观念、新思想、新理论、新方法，英伦大地上人民的宗教观、政治观、人生观、价值观也受到空前的震撼与挑战，随之而来的，便是对于现世的不知所措。在这样的大环境下，国家从上至下都将目光投向了历史——尤其是并无年代误植意识、"一切历史皆是当下的"中世纪式的历史书写[2]——以寻求某种可以稳固现实的力量来源。对于执政者来说，为了维持现有的国内和平与政治稳定，并力求长治久安，便需要学习过去，反省导致政局混乱的各种错误决策，以避免重蹈覆辙；而被新宗教、新政治、新伦理观冲击的个人，则可通过阅读以因果分明、万事神定

1　Thomas Elyot, *The Boke Named the Governour*, London: Kegan, Paul, Trench, 1883, 1:91.

2　See Phyllis Rackin, *Stages of History: Shakespeare's English Chronicles*, p. 9.

(providential design)的价值观书写的中世纪历史,消除精神上的
迷茫感。

结合英国文艺复兴时期的特殊历史状况,再看时人常引用的
西塞罗颂史之论,以及艾略特与阿谢姆等人对于历史的论述,不难
看出,对于早期现代的英格兰人文主义者来说,历史之效用,归根
结底不在于向当代人忠实地呈现历史事实,而在于史学家可以根
据过往之事总结出各种宗教的、道德的、政治的经验。换言之,掌
握"事实"并不是学史的关键,掌握那些故事的"寓意"才是。

这也就意味着,英格兰早期现代社会对于"历史"的定义以及
对于"历史研究"的实践,要比我们所熟知的现当代历史学宽泛得
多。实际上,当代史学家已经指出,虽然16、17世纪的前辈们对于
事实(fact)与虚构(fiction)并非全然没有分辨,但对于历史书写来
说,两者的区分没有那么重要。[1] 一个故事是虚构的,并不意味着
其中没有真意和哲理,也就不妨碍它被收入历史典籍。实际上,从
中世纪到16世纪,史学家们在历史书写中往往丝毫不为"事实"所
束缚,或是在自己的史学著作中大量记叙真实性未考的传奇故事,
或是恣意为历史人物添加自己撰写的、似乎符合历史情境和人物
性格的言论,且不做任何说明便冠之以历史之名。对于这些早期
的史学家来说,历史书写的职责与原则,在于"以最栩栩如生的方
式呈现过去……令读者能从书里所列举的例子中获得道德教育和
指导"[2]。

文艺复兴时期英格兰人对于历史的这种态度,使得"历史"不

---

1 See Ivo Kamps, "The Writing of History in Shakespeare's England", *A Companion to Shakespeare's Works, Vol. 2: The Histories*, eds. Richard Dutton and Jean E. Howard, Oxford: Blackwell Publishing, 2003, p. 9.

2 See Ivo Kamps, "The Writing of History in Shakespeare's England", p. 6.

论是作为学科分类，还是文本体裁，都是一个相当模糊的概念，没有清晰的范围边界——当然，这两者可谓相辅相成，互为因果：人们对于历史的态度，使得历史的概念模糊；而又因为历史概念之模糊，人们可以对历史效用持有这一态度。莎士比亚的《驯悍记》把在斯赖面前上演的那部戏中戏称为"一部历史（A kind of history）"（Induction 2. 135）。[1] 而在《亨利五世》的开头，解说剧情的致辞者（chorus）恳请观众容许自己"在这段历史里做个致辞者（Admit me Chorus to this history）"（Prologue 32）。如果按照当代文本体裁划分规范，前者是一部纯属虚构的文学作品，后者虽然是以亨利五世执政的那段历史为演绎对象，但归根结底依然是虚构的文学作品。而在莎士比亚所处的文艺复兴时期的英格兰，"历史"实际上囊括了内容为虚构或者非虚构的诗歌、戏剧、回忆录（memorial）、人物传记、对时事的叙述、政治叙述（political narrative）、年鉴（annals）、历代记（chronicles）、调查报告（surveys）、考古说明（antiquarian accounts）等体裁。且如上文所述，即使是年鉴与历代记这种在形式上已接近当代历史书写模式的体裁，其内容也是虚实夹杂，以"教化读者"为目的。

在很长一段时间里，无论是述史者，还是读史者，其中的大多数对于这样的史学研究状况和方法都欣然接受，见怪不怪。本·琼生（Ben Jonson）的《魔鬼是头蠢驴》（*The Devil Is an Ass*）中，一个人物得到别人表扬，说他定是熟读编年史，此人非常开心地回

---

1 本书中，莎剧选段后的幕、场、行数以格林布拉特等主编的诺顿版《莎士比亚全集》第二版（Stephen Greenblatt et al., eds., *The Norton Shakespeare*. 2nd ed., London and New York: W. W. Norton & Company, Inc., 2008）为准。如有例外，则会在脚注中另行说明。若无特别说明，译文一般引自以朱生豪译本为主的八卷本《莎士比亚全集》（北京：人民文学出版社，2008年），根据论述需要，译文会略有改动。若无特别说明，剧中人名、地名译法以人民文学版《莎士比亚全集》为准。

答:"不不,我得说,我这都是从剧本里学到的,而且我觉得它们更真实可靠一些。"(2.4.13-14)[1]琼生本人热爱阅读古希腊罗马史籍,并且曾经是考古派学者威廉·卡姆登的弟子,因此这里的对话反映出他对这种文史不辨、事实与杜撰不分之人的讽刺。但与此同时,它亦反映出英国文艺复兴时期对于"历史"的模糊认识。前文提到的人文主义教育家艾略特就曾说过,"所有必须被记住的都是历史"[2],《圣经》、普林尼的《自然历史》、荷马史诗、伊索寓言,这些都可包括在历史范畴之内。毕竟,英语中"history"一词源于拉丁语中的"historia",这个词既可以指故事,又可以指历史;如果再向上追溯至该拉丁词语的希腊语源头,便可知其最早的意义是"评判"与"叙述"[3],其中确实未对评判对象和叙述内容的虚构与否做出任何限定。

但亦是在16、17世纪的英国,一批人开始正视"历史"概念的模糊所带来的"真理""事实"等概念模糊的问题,并渐渐或有意或无意地推动历史学科的理论与方法改革。而这批人中,除了精英阶层的学者与史学家外,还有当时往往游离于社会正统之外,不论从抽象的社会圈还是从实质的活动范围来说都处于伦敦边缘地带的剧作家们。需要指出的是,剧作家们探讨何为历史,往往并非刻意参与史学研究,而是因为他们剧本故事的材料来源主要是各种形式的历史记录。他们仔细翻阅各类史料,寻找适合于搬上商业舞台、抓住观众眼球的材料,在这个过程中,便会接触到同样一段

---

1   Ben Jonson, *The Devil Is an Ass*, ed. William Savage Johnson, New York: Henry Holt and Company, 1905.

2   Thomas Elyot, *The Boke Named the Governour*, 2:387-400.

3   "History, n.", *OED Online*, Oxford University Press, September 2019, www. oed. com/view/Entry/87324, accessed 1 October 2019.

历史在不同材料中因呈现角度不同、记叙方式不同、叙述目的不同而千差万别，甚至互相冲突的情况。这样的冲突本身，对于以冲突为存在基础的戏剧创作来说，是极佳的天然的原材料。

实际上，在其创作初期和中期，即接近 16 世纪晚期的时候，莎士比亚一度集中笔力进行历史剧，特别是英国历史剧的创作。从《亨利六世》到《理查三世》，从《理查二世》到《亨利五世》，再加上《爱德华三世》与《约翰王》，莎士比亚的这些英国历史剧在演绎、"戏说"英国历史的同时，也记录了自己所处时代的人文主义历史观与中世纪历史观、新历史定义与旧历史定义并存且时有冲突的状况。

至 17 世纪中期，比较接近当代意义的、讲究以非虚构历史事实为研究对象的历史学科逐渐成形。而一些学者认为，莎士比亚在创作中后期放弃了历史剧创作，也与历史概念的逐渐明晰有关："当现代历史学研究解决了历史矛盾的本质问题，莎士比亚便改以其他题材创作了。"[1]

二

虽然莎士比亚在晚期的确几乎停止创作现代意义上的"历史剧"，即基本以史籍记录为蓝本的"正剧"，但他绝没有停止在自己作品中进行历史书写，探讨历史问题。毕竟，其所在的时代，到近现代历史研究法真正解决"历史矛盾的本质问题"，尚有颇长一段距离。实际上，进入创作晚期后，他似乎再一次对历史书写和历史

1　Phyllis Rackin, *Stages of History: Shakespeare's English Chronicles*, p. 31.

思辨产生了浓厚的兴趣。这一次，他并没有选择历史剧这个自己曾经使用过的体裁，而是改用传奇——这同样属于16、17世纪"历史"的范围——的题材和形式。

这一批传奇剧，或曰晚期戏剧（本书第一章会对这批戏剧的构成和命名进行详述），在体裁、主题和风格上似乎自成一体，与莎士比亚的喜剧、历史剧和悲剧似乎存在明显差别。曾有学者指出："在莎士比亚整个生涯的创作发展中，在戏剧风格的变化上，要数几部后期悲剧与晚期传奇剧之间的变化最显著。"[1]基于这个认识，现当代学者往往将"莎士比亚晚期戏剧"视为具有内部相关性的一组戏剧，以其为研究文本，探讨其体裁、内容、风格特征，探索莎士比亚为何在自己辉煌灿烂的"悲剧期"后突然回归了创作初期选用的陈旧素材，写了这批被业内对手本·琼生讥为"发霉的故事（mouldy tales）"的戏，着力描写家人的久别和重逢，强调悔悟和宽恕；其文风明显改变，诗句摆脱格律约束，变得绚丽，但时常句式复杂，晦涩难懂。然而，除了传奇体裁、宽恕主题和绮丽文风外，这一批戏剧或还有另一个共同之处，即其中明显的历史书写成分。而按照莎士比亚所熟悉的16、17世纪的历史概念，本书将探讨的历史书写也分属两个层面。

第一个层面上的历史书写，更接近现当代历史的概念，即莎士比亚在戏剧中对时事意义上的英国社会历史的利用、参与、书写，以及对"对过去事实的记录"意义上的历史的思考与质疑。这一层面的历史书写，在晚期戏剧《辛白林》《亨利八世》及《暴风雨》中，体现得尤为明显。这三部剧或是再次演绎英国（相对于当时来说的）

1　C. L. Barber and Richard Wheeler, *The Whole Journey: Shakespeare's Power of Development*, Berkeley: University of California Press, 1986, p. 298.

近代史，或是演绎不列颠古代史，或是影射时事，因此虽从风格体裁上来说更接近传奇（包括《亨利八世》在内，详见下文），却可谓延续了莎士比亚的英国历史剧中历史演绎与历史思辨的传统。

《辛白林》的故事背景是古不列颠国，其初演正值拥有苏格兰和英格兰两国王位的詹姆斯国王 1610 年借立储之际，力推英格兰、苏格兰合并的"不列颠计划"。因此关于此剧的历史书写研究，多考察剧本故事与现实的关系，及其体现出的"不列颠"这一概念的地理、历史、政治性质。[1] 有学者认为，莎士比亚是詹姆斯一世亲自赞助的剧团的剧作家，此剧或是他为宫廷创作的宣传之作[2]；也有学者持完全相反的看法，认为莎士比亚借剧本质疑了詹姆斯的"不列颠计划"[3]，及其以历史为基础推行"不列颠计划"的合理性[4]。而在本研究中，笔者认为，虽然《辛白林》中也许的确隐藏有莎士比亚对于"不列颠计划"或其他时政问题的个人见解，但根据剧中对时事元素的具体处理和运用方法来看，此剧展示的更多是莎士比亚如何巧妙地利用时事和历史话题构建戏剧体验，使观众不仅仅是戏剧剧情的旁观者，更成为戏剧主题的创造者之一。换言之，在《辛白林》中，莎士比亚的历史书写是服务于文学目的的。

《暴风雨》的故事脚本之一为记录英国人前往新大陆历程的

1　See Jodi Mikalachiki, "The Masculine Romance of Roman Britain: *Cymbeline* and Early Modern English Nationalism", *Shakespeare Quarterly*, 46（1995）, pp. 301 - 322; Coppélia Kahn, *Roman Shakespeare: Warriors, Wounds and Women*, London: Routledge, 1997; Ros King, *Cymbeline: Constructions of Britain*, Aldershot: Ashgate, 2005.

2　See Emrys Jones, "Stuart *Cymbeline*", *Essays in Criticism* 11（1961）, pp. 84 - 99.

3　See Ros King, *Cymbeline: Constructions of Britain*; Martin Butler, "Introduction", *Cymbeline* by William Shakespeare, ed. Martin Butler, Cambridge: Cambridge University Press, 2005, pp. 1 - 74.

4　See J. Clinton Crumley, "Questioning History in *Cymbeline*", *Studies in English Literature, 1500 - 1900*, 41（2001）, pp. 297 - 315.

《百慕大卷宗》("The Bermuda Pamphlets")。由于这一特别的背景,加上该剧主人公是全部莎剧中绝无仅有的"全能"铁腕统治者,且岛上的"原住民"凯列班有过"起义"的尝试,以至于在20世纪,此剧的研究一度集中围绕殖民、压迫、王权三个相关联的话题进行。[1] 有学者指出,此剧影射了英国的殖民统治[2],反映出17世纪初期英国人对于新大陆的认识[3],以及殖民者如何通过掌握话语模式来达到殖民目的[4]。1988年全美莎士比亚联合会年会的讨论主题是"莎士比亚与殖民主义",《暴风雨》正是主要研究对象。这些研究虽然结论各不相同,但共通之处在于认为历史是文学的注脚,莎士比亚在剧中之所以进行政治讨论,是因为其处于某种特殊的历史社会环境中,尽管政论不是其初衷,但作品仍不可避免地反映出当时的历史、政治、权力模式的影响。而笔者认为,不同于以历史服务文学的《辛白林》,《暴风雨》确实是一部有着明确历史和政治目的的戏剧。莎士比亚通过戏剧文学的形式,沿袭了英国文艺复兴时期的劝谏剧(play of persuasion)传统,抓住国王剧团(The King's Players)入宫献演的机会,在《暴风雨》中直接与詹姆

1　See Frank Kermode, "Introduction", *The Tempest* (Arden 2nd Series) by William Shakespeare, ed. Frank Kermode, Surrey: Thomas Nelson & Sons Ltd., 1954, pp. xi - xciii; Stephen Greenblatt, *Learning to Curse: Essays in Modern Culture*, New York and London: Routledge, 1990; Virginia Mason Vaughan and Alden T. Vaughan, "Introduction", *The Tempest* (Arden 3rd Series) by William Shakespeare, eds. Virginia Mason Vaughan and Alden T. Vaughan, Surrey: Thomas Nelson & Sons Ltd., 1999, pp. 1 - 38.

2　See Frank Kermode, "Introduction", pp. xi - xciii.

3　See Charles Frey, "*The Tempest* and the New World", *Shakespeare Quarterly* 30 (1979), pp. 29 - 41.

4　See Paul Brown, "'This thing of darkness I acknowledge mine': *The Tempest* and Colonial Discourse", *Political Shakespeare: Essays in Cultural Materialism*, eds. Jonathan Dollimore and Alan Sinfield, Manchester: Manchester University Press, 1985, pp. 48 - 71; Stephen Greenblatt, *Learning to Curse: Essays in Modern Culture*; Tom McAlindon, "The Discourse of Prayer in *The Tempest*", *Studies in English Literature, 1500 - 1900*, 41 (2001), pp. 335 - 355.

斯国王展开了关于王权模式和君臣关系的讨论，以文学形式参与了时事历史。

《亨利八世》则以接近历史剧的形式演绎英格兰国王亨利八世执政时期的重大事件。西方莎学界早期认为其宣扬了斯图亚特王朝的正统性。[1] 20世纪后期，主流观点认为此剧审视了真相的本质[2]，探讨了何为事实[3]。笔者则认为，作为一部演绎历史的剧，在审视真相的本质、探讨何为事实的同时，《亨利八世》也在审视历史的本质，讨论何为历史。如果说在《辛白林》中莎士比亚是利用历史为文学服务，在《暴风雨》中他是通过文学参与历史的话，那么在《亨利八世》中他则是通过书写历史对"历史书写"和"历史本质"进行了一次充分质疑、充分探究的尝试。

通过对这三部剧的初步分析，我们已可清晰地看到，"历史"的确是莎士比亚在其创作晚期所密切关注的话题。实际上，即使是《配力克里斯》《冬天的故事》《两个贵族亲戚》这三部时事历史元素并不如《辛白林》《暴风雨》和《亨利八世》明显的剧中，也有大量的历史书写与历史思辨，多充分展现了"过去"对于"现在"和"未来"的巨大影响，以及"过去"叙事的不稳定性和可塑造性。再考虑到其晚期戏剧创作一贯采用的体裁是传奇，而该体裁源于中世纪传

1　See G. Wilson Knight, *The Crown of Life*, London: Methuen & Co., Ltd., 1947.

2　See Gordon McMullan, "Introduction", *King Henry VIII (All Is True)* (Arden 3rd Series) by William Shakespeare and John Fletcher, ed. Gordon McMullan, London: Methuen Drama, 2000, pp. 1 - 99; Gordon McMullan, "Shakespeare and the End of History", *Essays and Studies* 48 (1995), pp. 16 - 37.

3　See Lee Bliss, "The Wheel of Fortune and the Maiden Phoenix of Shakespeare's *King Henry the Eighth*", *ELH* 42 (1975), pp. 1 - 25; Paul Dean, "Dramatic Mode and Historical Vision in *Henry VIII*", *Shakespeare's Quarterly*, 37 (1986), pp. 175 - 178; Peter L. Rudnytsky, "*Henry VIII* and the Deconstruction of History", *Shakespeare Survey* 53 (1991), pp. 45 - 57.

奇文学,本身即与历史叙述、历史本质思考联系紧密[1],可知莎士
比亚的晚期戏剧给人以"自成一体"的印象,除了因为体裁、风格、
情节独特外,也应与其中无处不在、匠心独具的历史书写和思辨密
切相关。

三

《辛白林》与《暴风雨》在进行历史思辨的同时,也将该思辨与
文学——后者在 16、17 世纪的英国被称为"poetry"(现代专译"诗
歌")——紧密联系在了一起。历史与诗歌的关系,也恰是 16、17
世纪历史概念与历史学研究方法不断明晰、科学化而引起时人探
究的一个话题。

如上文所述,在文艺复兴时期的英格兰,很长一段时间内,历
史与诗歌并无现当代意义上这般明确的区隔。但随着历史的概念
逐渐明晰,随着历史研究渐渐成为关于寻找过去客观事实、采用科
学研究方法的学科,也随着历史事实与虚构创作愈来愈呈二元对
立之势,历史学家不得不逐渐放弃原本通过述史勾画理想社会秩
序的做法,转而追求学术研究中应有的客观性、科学性。而历史原
本承载的宗教宣传、道德宣传功能,以及超越时空限制,令故去之
人重生的效用,便逐渐转由诗歌接手。

随着诗歌逐渐呈现出取代历史原有功能之势,西方自古希腊
时代起一直在持续的关于自然与艺术——或者说天工与人工——

1　See D. H. Green, *The Beginnings of Medieval Romance: Fact and Fiction, 1150 - 1220*,
　Cambridge: Cambridge University Press, 2004.

的讨论再度成为学者文人的热议话题。而除了自然与艺术这个原始论题外,学者们也研究本性与教养何者对人类性格和行为更具决定性作用,历史与诗歌孰高孰低,旧典与新篇关系何如等问题。锡德尼(Sir Philip Sidney)的《为诗辩护》(*The Defence of Poesy*),实际上便是这一时代关于自然与艺术、历史与诗歌关系讨论的一个缩影。

　　而这些也正是莎士比亚进行戏剧创作以来,一直试图借自己的创作回答的问题。在晚期戏剧中,尤其是《配力克里斯》《冬天的故事》及《两个贵族亲戚》中,它们再次成为剧作家演绎的主题:《配力克里斯》讽喻了语言述史的效用;《冬天的故事》围绕着"自然与艺术"之辩展开;而《两个贵族亲戚》则探讨了其本身与其创作蓝本,即乔叟《坎特伯雷故事》中《骑士的故事》之间的关系。

　　这便引出了本书中历史书写另一个层面的意义:莎士比亚在这批剧中,有意无意地进行了自我创作历史的书写,特别是自己戏剧艺术观发展的书写。

　　上节提到过,莎士比亚的这批晚期戏剧在风格和题材上似乎自成一体。但这"自成一体"中,充分透露了这些剧与其前期创作之间的紧密联系。史蒂芬·格林布拉特(Stephen Greenblatt)在诺顿版《莎士比亚全集》中为《暴风雨》一剧所写的导读总结了该剧中轮番出现的各种莎剧元素:

　　　　不像许多其他莎剧,《暴风雨》似乎没有选取一个蓝本作为其主要剧情来源。但它似乎算得上是莎剧主题的"回音室"。它关于失而复得的故事,它营造出的奇迹气氛,将它与那批当代编辑一般称为"传奇剧"的晚期戏剧紧密联系在一起（《配力克里斯》《冬天的故事》《辛白林》）。但它与贯穿莎士比亚整个创作生涯、一直萦绕在他心上的其他问题也多有共鸣：父亲虽痛苦，但最后必须对女儿放手（《奥瑟罗》《李尔王》）；对合法君主的出卖与背叛（《理查二世》《裘力斯·凯撒》《哈姆莱特》《麦克白》）；兄弟阋墙（《理查三世》《皆大欢喜》《哈姆莱特》《李尔王》）；从宫廷到乡野，以及最终必然的回归（《仲夏夜之梦》《皆大欢喜》）；失去了原有社会地位的年轻女继承人（《第十二夜》《配力克里斯》《冬天的故事》）；对以艺术方式——尤其是排演微型的剧中剧的方式——左右他人行为的渴望（《亨利四世上篇》《无事生非》《哈姆莱特》）；彻底失去自我身份的威胁（《错误的喜剧》《理查二世》《李尔王》）；本性与教养的关系（《配力克里斯》《冬天的故事》）；掌握魔法之力（《亨利六世中篇》《仲夏夜之梦》《麦克白》）。[1]

并且，剧中普洛斯彼罗几乎是以剧作家的身份对孤岛上那个下午将发生的事情做了周密安排，而剧终收场时，他还登场向观众道别，恳请大家"格外宽大，给我以自由"（Epilogue 20），使得研究者一度认为莎士比亚在这一部独立完成的剧本中，刻意地总结了自己的戏剧创作生涯，并借普洛斯彼罗之口，向自己的观众道。

然而，《暴风雨》并不是莎士比亚最后的一部戏剧，其后他还参与创作了《亨利八世》和《两个贵族亲戚》。而格林布拉特的这一番总结，不仅适用于《暴风雨》，也适用于晚期戏剧中的其他剧本。并

1　Stephen Greenblatt, "*The Tempest*", *The Norton Shakespeare*, 2nd ed., eds. Stephen Greenblatt et al., New York: W. W. Norton & Company, 2008, p. 3055.

且，从他这份清单里出现的剧名也可以看出（既有早期作品《错误的喜剧》《仲夏夜之梦》，也有创作于稍后一些时间的历史剧，以及成熟期/中后期的悲剧《奥瑟罗》《李尔王》），这种对自己以往使用过的材料的再选择、再利用，对以往演绎过的主题的再思考、再演绎，并非莎士比亚晚期创作中所特有，而是其整个职业生涯一以贯之的做法。从这个角度说，莎士比亚并没有在晚期戏剧中故意地总结自己的职业生涯，而是如往常一样，继续寻找新的艺术创作角度。

虽然笔者并不认同那些坚持认为莎士比亚有符合某种普遍特征的"晚年风格（late style）"的学者，不主张将莎士比亚的晚期作品视作其对于自己创作生涯或为怀旧或为抒怀或为刻意证明自己宝刀不老的有意识总结，但笔者认为，如果将莎士比亚的晚期创作置于其整个职业生涯发展之中，从后人的角度来看，的确能够探寻到其戏剧艺术发展及艺术理念推进的轨迹。将其晚期语言风格与《麦克白》《科利奥兰纳斯》及《安东尼与克莉奥佩特拉》等中后期悲剧中的语言风格进行对比，可以看到其晚期诗歌风格的特征如何在中后期悲剧中渐显峥嵘，最终汇集在一起，成为晚期的独特风格。而将其晚期戏剧中反复出现的主题及演绎形式与其以往作品中类似主题的演绎进行对比，则能够看到在同样的问题上，莎士比亚是如何进行思考、反思、再反思的。

莎士比亚或许没有刻意地去总结自己的生涯，但他在创作时，绝没有把自己那一时刻的创作变成一座孤岛，与外界其他的历史事件、文学创作隔绝。而在他的晚期戏剧中，这种将自己置于文学创作大历史背景之中的信号格外清晰。毕竟，这一批六部戏剧中，有三部是他与别人的合作剧。此外，《配力克里斯》与《两个贵族亲

戚》的开场白都明确指出了自己剧本情节来源的作者,在莎士比亚
全部作品中,只发生过这两例,在文艺复兴时期其他剧作中亦十分
少见。而且,在这些剧中,他反复将"剧作家创作"这一意象或通过
语言风格,或通过情节安排置于舞台前景,借剧情发展探究艺术创
作的目的与效用,参与前文中所提到的那一时代关于历史和诗歌、
自然和艺术的大讨论。

从这个角度看,虽然莎士比亚并未留下关于自己创作生涯的
实录,相较于其他时期的创作,他在晚期戏剧中,的确对自己的艺
术发展进行了相对明显的、16、17 世纪意义上的历史书写。1623
年,莎士比亚在国王剧团的同事将其大部分剧作结集出版。在《致
读者》中,两位编者写道,自己能够做的,就是将莎士比亚的作品呈
现在读者面前,恳请人们"读他,一遍又一遍地读"[1]。同样地,其
对手兼同仁本·琼生,也在扉页致读者的诗中,建议他们"不要看
他的画像,而是读他的书"[2]。这是极好的建议,毕竟,不论是他的
历史思辨,还是艺术理念发展,莎士比亚都已写入其戏剧和诗歌这
批"历史资料"中。将其发掘出来,对于我们这些深受现当代历史
观和历史研究方法影响的读者而言则是新挑战——我们可以做的
第一步,就是读他,一遍又一遍地读。

---

1   John Heminge and Henry Condell, "To the Great Variety of Readers", *The Norton
     Facsimile: The First of Folio of Shakespeare*, 2nd ed., ed. Charleton Hinman, New York
     and London: W. W. Norton & Company, 1996, p. 7.
2   Ben Jonson, "To the Reader", *The Norton Facsimile: The First of Folio of Shakespeare*,
     p. 2.

第一章
何为莎士比亚晚期戏剧？

研究伊始，要首先阐明研究中莎士比亚"晚期""晚期戏剧"标签的使用，以及这些标签所对应的戏剧和时段，这是因为，目前学术界尽管对晚期莎剧的特征似乎有大致的共识，但具体而言，并无明确的、令人满意的标准可用于区别莎士比亚晚期和其他时期的作品。在学者们提出的各种分期理论中，尚无一种可以综合与平衡关于"晚期作品"作者、编年、主题、体裁和风格的考虑。因此，在展开"莎士比亚晚期的历史书写与思辨研究"前，甚至展开任何具体的"莎士比亚晚期戏剧研究"前，都首先需要解决如下基本问题：莎士比亚的创作晚期从何时算起？到底哪几部莎剧属于莎士比亚晚期戏剧？又为何以"晚期"和"晚期戏剧"统一称之？

莎学界目前对莎士比亚"晚期"和"晚期作品"有若干种划分法，也有若干种不同的"命名标签"，最常见的是"晚期戏剧（last plays）""传奇剧（romances）""晚年戏剧（late plays）"和"悲喜剧（tragicomedies）"。这些标签通常被混用，但又不是真正意义上的同义词。它们背后其实有着不同的理论支撑，反映了对这批晚期戏剧的不同解读，以及对于莎士比亚创作原因的不同认识，因此不同命名法下所包括的剧目也会有显著的不同。甚至同一命名标签下包含的剧目也并不固定,会随着学者的论述需要而调整改变,有着极大的不确定性。至今并无一份确定的晚期作品名单,也无公认的归纳命名方法。

在此章中,笔者将探讨莎士比亚晚期戏剧四个常见的标签及其背后的学理逻辑,以此梳理莎士比亚晚期戏剧的现有研究和关于这批戏剧的现有讨论与结论,并通过此过程,展示学界现有研究中关于莎士比亚晚期戏剧与莎士比亚其他时期作品的相通和不同之处所得出的基本共识,以帮助读者建立起对于"莎士比亚晚期"作为一个学界默认的莎士比亚创作阶段、"莎士比亚晚期戏剧"作为莎剧研究中一个人为划分的整体"单位"的基本认识。

一 晚期戏剧

从表面上来看,"晚期戏剧"这个标签似乎着眼于按创作时间为莎士比亚剧作分期。但何为莎士比亚的创作晚期? 鉴于一个艺术家生命的最后哪几年可以算作其创作晚期,目前尚无公认的标准,这种分期法并不容易。若是想挑出莎士比亚生命中的某一年作为其创作晚期的开端,就必然需要先确定一个标准。比较常见的,是按作品的体裁或风格变化来确定,即主观地考虑客观编年外的因素。结果便是,虽然这种分期法的初衷是按创作年份来划分作品,但实际操作中,其他无法绝对客观地考量的作品特征对于最终的剧目选择起到了主导作用。

西方莎学界中主张采用"晚期戏剧"这个标签的学者,通常选取 1608 年作为莎士比亚创作中期和晚期的分界线。考虑到莎士比亚参与创作的最后一部作品是 1613 年的《两个贵族亲戚》,以

1608 年为其晚期起始，这个选择似乎不错，因为，莎士比亚的创作
生涯从此进入最后一个五年。但事实上，"五年"不过是一个巧合，
作家的创作生涯不同于经济建设规划，五年或者十年并不重要。
对于学者们来说，1608 年的意义实际上在于，莎士比亚的作品风
格似乎在这一年发生了重大转折："在 1608 年突然出现了变
化。"[1]《配力克里斯》很有可能就是在 1608 年问世的，而这部作品
似乎标志着作家脱离了之前成熟期的悲剧风格："之后的剧集里尽
管都包含悲剧元素，却最终都不是悲剧。"[2]

　　假使认可 1608 年为莎士比亚创作晚期的开端，那么严格按照
创作时间划分，莎士比亚的晚期戏剧就应该包括：《配力克里斯》
（约 1608）、《科利奥兰纳斯》（1605—1610）、《辛白林》（约 1609）、
《冬天的故事》（约 1610）、《暴风雨》（1611）、《卡迪尼奥》（Cardenio，约
1612—1613）、《亨利八世》（1612）、《两个贵族亲戚》（1613）。但事实
上，在关于莎士比亚晚期作品的学术著作中，很少有人真这样划
分。学者们多半至少会从其中去掉《科利奥兰纳斯》和《卡迪尼
奥》，而《亨利八世》和《两个贵族亲戚》虽然得到保留的概率更大
些，却绝不能说稳坐"晚期戏剧宝座"。蒂利亚德（E. M. W.
Tillyard）在《莎士比亚晚期戏剧》（Shakespeare's Last Plays）中只
分析讨论了《辛白林》《冬天的故事》和《暴风雨》。缪尔（Kenneth
Muir）在其专著《莎士比亚、拉辛和易卜生晚期》（The Last Periods
of Shakespeare, Racine, and Ibsen）中，只将《配力克里斯》《辛白
林》《冬天的故事》和《暴风雨》归为莎士比亚的晚期戏剧。在脚注

1　Kenneth Muir, *Shakespeare's Comic Sequence*, Liverpool: Liverpool University Press, 1979,
　　p. 148.
2　Ibid.

中他解释了自己忽略《亨利八世》的理由：“我未讨论《亨利八世》，因为此剧位列主要晚期戏剧之外。”[1] 而关于《两个贵族亲戚》，书中只字未提，既未讨论，也未解释忽略此剧的原因。佩蒂特（E. C. Pettet）在《莎士比亚和传奇故事传统》（*Shakespeare and the Romantic Tradition*）中，倒是把《两个贵族亲戚》算作了晚期戏剧，却又缄口不提《亨利八世》。

严格来说，从晚期戏剧中剔除《科利奥兰纳斯》和《卡迪尼奥》还算勉强可行。前者的创作时间实在不确定，只能估算在 1605 年到 1610 年间，也就是说有百分之五十的可能是中期而非晚期戏剧（假设晚期的确始于 1608 年）。而后者则剧本遗失，是否真有此剧都是个疑问。但若是忽略《亨利八世》和《两个贵族亲戚》，便意味着莎士比亚创作生涯的最后两部戏剧被排除在其晚期戏剧之外。最晚期的作品不在晚期戏剧中，标签因此名不副实、自相矛盾。

学者们选择排除《亨利八世》和《两个贵族亲戚》，主要原因之一是两剧并非莎士比亚的独创作品，而是与剧坛新秀弗莱彻（John Fletcher）的合作成果。因为并无两人创作时的分工记录，所以很难确定作品中有多少是莎士比亚的手笔，也无法断定选材和创作的主导者究竟是莎士比亚还是弗莱彻。莎士比亚在国王剧团的同事们当年编纂第一部莎剧全集，即 1623 年的第一对开本（The First Folio），就没有收录《两个贵族亲戚》，此举看上去有点否认该剧是莎士比亚作品的意味。[2] 但如果出于著作权归属的原因否认

1　Kenneth Muir, *Last Periods of Shakespeare, Racine, and Ibsen*, Liverpool: Liverpool University Press, 1961, p. 60.

2　但应注意到，《两个贵族亲戚》未被收入第一对开本，也有可能是版权原因。莎士比亚时代剧作的版权属于演出剧团或在伦敦书籍印刷出版经销同业会（Stationers' Company）登记注册此剧的书商，而非作者，因此也有可能是 1623 年出版第一对开本时，两位主编赫明（John Heminge）和康德尔（Henry Condell）未能拿到《两个贵族亲戚》的版权，才无法将其收入全集。

《亨利八世》和《两个贵族亲戚》的"晚期作品资格"，则也应从晚期作品名单中除去《配力克里斯》。这也是一部合作剧，且同《两个贵族亲戚》一样，没有被收录进第一对开本。但是，若排除《配力克里斯》，则意味着"莎士比亚创作晚期始于1608年"这个分期前提轰然倒地，研究工作再次面临选择莎士比亚晚期起始年份的难题。

解决这个难题的一个方法是选取紧随《配力克里斯》问世、无著作权争议的作品，以其大致创作年份为晚期之始，并只收录莎士比亚1616年去世前独立完成的剧目。如果这样的话，莎士比亚的晚期戏剧就只包括三部，即《辛白林》《冬天的故事》《暴风雨》。如此划分的确有其人。19世纪晚期的莎学家道登（Edward Dowden）便指出"这三部剧自成一组"[1]。不过道登并没有使用"晚期戏剧"这个标签，而是将其合称为"传奇剧"。

二　传奇剧

"传奇剧"这个说法在道登首次使用后[2]大为流行，如今，在莎士比亚这一时期作品的诸标签中，它的使用最为频繁。不同于试图客观地按时间分期命名的"晚期戏剧"，"传奇剧"这个标签明确地指出了这批作品与作者其他时期作品体裁上的差异，强调它们与古老的传奇记叙体系的联系。但是"传奇剧"这个标签与无法界定起始年份的"晚期戏剧"一样，先天不足，充满争议。

1　Edward Dowden, *Shakspere* (sic.): *A Critical Study of His Mind and Art*, London: Kegan Paul, Trench & Co., 1883, p. 380.

2　第一个将莎士比亚晚期作品称为"romance"的人是道登。但第一个以"romantic"这个词描述莎剧的人则是浪漫主义诗人柯律治，他将《暴风雨》定性为一部"romantic drama"。不过这里的"romantic"也许译作"浪漫主义"而非"传奇"更为恰当。

"传奇剧"这个说法的不妥，首先在于其错植了年代。对于莎士比亚这样生活在 16 世纪末 17 世纪初的剧作家来说，根本不存在传奇剧这种戏剧体裁。在莎士比亚本人所有的作品里，"romance"一词一次也未出现过。《哈姆莱特》一剧中的波洛涅斯列举了五花八门的戏剧体裁，除悲剧、喜剧、历史剧外，还提到"牧歌剧、牧歌的喜剧、牧歌的历史剧、悲剧的历史剧、悲剧的喜剧的历史的牧歌剧"[1]（2.2.379 - 381），偏没有提传奇剧。第一对开本的编纂者则只将莎剧分作三类：悲剧、喜剧、历史剧。《辛白林》在第一对开本中被归在悲剧下，《暴风雨》是喜剧中的第一部，而《冬天的故事》则是喜剧的压卷篇。他们也不知有传奇剧这一文学类别。

但比起错植年代，"传奇剧"这个标签的更大问题在于"传奇作为一个体裁几乎无法明确定义"[2]。这就意味着并没有一套明晰的标准来较为客观地判断一部文学作品是否属于传奇的范畴。根据个人视角的不同，传奇可以仅指"中世纪爱情叙事文学，或是……爱情故事，一般是理想的、牧歌式的，间或有离奇、意外的情节"[3]；也可以指"关于成功的故事，奇谈式的，主人公毫无胜算，却能奇迹般地战胜一切艰难困苦"[4]；甚至可以宽泛到囊括一切虚构文学："在所有虚构文学中，传奇是最为基本、普遍和多样的。所有重要的文学人物都会经历一场离开此时此地去往另一个世界的旅行，从这个角度说，所有的文学本质上都是传奇。"[5]

1 《哈姆莱特》，梁实秋译，北京：中国广播电视出版社，2001 年。

2 Corinne Saunders，" Introduction"，*A Companion to Romance: From Classical to Contemporary*，ed. Corinne Saunders，Oxford：Blackwell Publishing，2004，pp. 1 - 2.

3 "Romance"，*Encyclopedia Britannica 2005 Ultimate Reference Suit*，CD - ROM，London：Encyclopaedia Britannica Inc.，2005.

4 Howard Felperin，*Shakespeare's Romance*，Princeton：Princeton University Press，1972，p. 9.

5 Howard Felperin，*Shakespeare's Romance*，Princeton：Princeton University Press，1972，p. 7.

从以上三个来自西方权威文学评论家的定义可以看出,传奇作为一个文学体裁存在巨大的不确定性。

虽然无法明确定义,但传统上人们依然默认传奇为一种文学体裁,其特征是作品包含一系列常见情节要素。《历史上的英国传奇文学》(*The English Romance in Time*)的作者库珀(Helen Cooper)指出,这种对传奇的辨别法,与其说是把传奇看作一种文学体裁,不如说是把它定义为一系列相互关联的文学主题,一旦这些主题同时出现,便会让人下意识地认定这部作品属于传奇范畴。她将传奇作品中频繁出现的主题或是要素称为"迷因(meme)",即"一种如同基因般运作的概念,可以忠实、大量地复制,但在某些情况下也可以自我调节、变异,因此能以不同的形式在不同的文化中继续存在"。[1] 传奇的"迷因"包括典雅爱情、涉险航行、神明庇护、巫术魔法、仙怪鬼神、女子含冤、亲子离散、达官显贵,以及"有异域风情的故事背景,或是年代久远,或是国度遥远,或两者兼有之。情节涉及爱情或骑士精神,或两者兼有之"[2]。另外,最为重要的是这些故事多有美满结局。

但其实在判定一部作品是不是传奇的时候,有这张"迷因表"并无太大的帮助。如何定义该体裁的问题依旧存在,只是如此一来,问题就变成:一部作品需要包含几个"迷因"才算得上是传奇?哪些"迷因"是传奇作品必须包括的? 对这些问题,库珀的回答是:"在任何具体情况下,缺失任何一个我们认为对此体裁起决定性作

1　Helen Cooper, *The English Romance in Time: Transforming Motifs from Geoffrey of Monmouth to the Death of Shakespeare*, Oxford: Oxford University Press, 2004, p. 3.

2　Ibid., p. 10.

用的特征都不会妨碍作品的类别归属感。"[1]这就是说,既没有"迷因"的数量底线,也没有必不可少的"迷因"要素。例如,《特里斯坦和伊索尔德》(*Tristan and Isolde*)虽然以悲剧收场,缺失了传奇最重要的"大团圆结局"元素,却依旧被普遍认为是传奇故事。当然,库珀也承认,"元素缺失得越多,或者某一非典型元素强调得越多,作品的相异程度也会相应增长,直至越界,不再被认为属于该体裁"[2]。因此,虽然莎士比亚的《李尔王》也包含了充分的传奇基本元素,但湮灭希望的悲剧结局最终使其被排除于传奇范畴之外。

实际上,《历史上的英国传奇文学》一书对莎士比亚戏剧的分析便充分体现了传奇的不可界定性。库珀指出,莎士比亚的"所有喜剧……都是以传奇为范本创作的"[3]。她在分析传奇文学时,不仅常以《皆大欢喜》《第十二夜》和《仲夏夜之梦》这样的典型喜剧为例,还时常以《一报还一报》这样的问题剧(problem play)及《奥瑟罗》这样的悲剧为例。这样看来,传奇剧这个概念过于宽泛,除非人为缩小概念,否则莎士比亚的大部分戏剧都可以算作传奇剧。

那就人为缩小概念吧。道登之后的莎学专家提到莎士比亚传奇剧时,一般默认它们具有以下特征:

1. 成剧晚于莎士比亚成熟期的悲剧;
2. 悲剧元素充分,喜剧结尾;

---

1 Helen Cooper, *The English Romance in Time: Transforming Motifs from Geoffrey of Monmouth to the Death of Shakespeare*, p. 9.

2 Ibid.

3 Ibid., p. 260.

3. 情节围绕悔过、宽恕和修好展开，结尾处年轻一代谈婚论嫁，离散亲友久别重逢；

4. 有神明或超自然力量干预事态发展；

5. 故事时间跨度大，地点至少横跨两国，多隔海。

为了彻底排除《皆大欢喜》这样剧情中有神明露面的喜剧，或是《一报还一报》这样悲剧发展喜剧收场的问题剧，除了上述第一项是必备条件外，一部莎剧至少需满足剩下四条标准中的三条才算得上是传奇剧。

于是《配力克里斯》这一部合作剧再次成为问题。假设莎士比亚传奇剧的定义是："故事里时间流逝，主人翁踏上征途，风暴和人性之恶让朋友、爱人与家人两地相隔，但最终，一般在十五年之后（足够让故事里的女儿长到婚嫁年龄），仇敌修好，家族团圆，家族香火有望延续。"[1] 按此标准，《配力克里斯》毫无疑问是一部不折不扣的传奇剧。事实上，在不少学者眼中，《配力克里斯》是莎士比亚中后期作品中最为遵循传奇套路的，是"莎士比亚唯一一部纯粹的传奇"[2]。因此似乎必须承认《配力克里斯》是传奇剧。道登后来也的确调整了自己原先提出的"三剧成组"之说，加上了《配力克里斯》。于是，传奇剧剧目包括：《配力克里斯》《辛白林》《冬天的故事》《暴风雨》。这的确是最常见的莎士比亚晚期作品划分法。这四部剧作风格、选题、主旨相近，称得上是自成一派。另外，它们是

---

[1] Gordon McMullan, "What Is a 'Late Play'?", *The Cambridge Companion to Shakespeare's Last Plays*, ed. Catherine M. S. Alexander, Cambridge: Cambridge University Press, 2009, p. 7.

[2] R. S. White, *Shakespeare and the Romantic Ending*, Newcastle upon Tyne: The Tyneside Free Press, 1981, p. 77.

继剧作家的成熟期悲剧之后连续问世的，似乎的确能反映莎士比亚此时在世界观、创作手法上的创新。至于为何有这种转变，学界说法不一。早年的莎学家中，道登的观点是，此时的莎士比亚终于可以心平气和地看待这个世界；诺斯沃西（J. M. Nosworthy）和克默德（Frank Kermode）则认为继悲剧期后，剧作家进发了新的创作热情，挑战自我，达到了新的艺术高度；相反，斯特雷奇（Lytton Strachey）则提出，晚期的莎士比亚对世间万物都失去了兴趣，唯有对诗歌尚存一丝热情。近年来学者们又提出了其他观点。伯杰龙（David Bergeron）提出，后悲剧期的莎士比亚对英格兰的新王詹姆斯一世及其家庭很感兴趣，以其生平事迹为蓝本进行了一系列创作。帕尔弗里（Simon Palfrey）则扩展了伯杰龙的观点，认为此时莎士比亚着眼于詹姆斯时代的政治状况，以这批"复杂、多角度、开放式的"传奇剧"影射纷乱时局"。[1] 戈塞特（Susan Gossett）从莎士比亚的家庭生活出发，指出 1608 年初，莎士比亚接连面对死亡和新生，先是相继失去了尚在襁褓中的小侄子和同在戏剧圈工作的弟弟，大悲之后紧接着又经历大喜，迎来了家中的第三代，首次当上了外祖父。这一系列个人经历似乎在 1608 年后的四部着力描写生死与家庭的传奇剧中得到了体现。而麦克唐纳（Russ McDonald）则选择通过莎士比亚的新语言风格分析后悲剧期作品，提出莎士比亚的新诗歌风格与新戏剧体裁互为映衬，相得益彰，很可能是前者的发展带动了后者的确立。

　　但若将《配力克里斯》算作莎士比亚传奇剧，就意味着承认其合作剧的性质并不影响归类。按照这个逻辑，则也该考虑接纳另

1　Stephen Cohen, "Rev. of *Late Shakespeare: A New World of Words* by Simon Palfrey", *Sixteenth Century Journal*, 29 (1998), p. 1166.

外两部 1608 年后的合作剧。

首先是《亨利八世》。乍看之下，此剧演绎的是都铎王朝的历史。另外，其选材来源于霍林希德（Raphael Holinshed）的《英格兰、苏格兰、爱尔兰编年史》（*Chronicles of England, Scotland, and Ireland*），此书是莎士比亚其他英国历史剧的重要来源。因此它好像更应该算是历史剧而非传奇剧。紧接着《亨利八世》创作的《两个贵族亲戚》则似乎遵循了莎士比亚传奇剧的传统，与其他四部剧有许多相似之处：

> （故事）来源于中世纪文学，背景是想象中的古希腊，剧作强调大场面和典礼仪式，描写在浊世中保持纯真、追寻自制，以及将个人利益置之度外……另外，剧中坚持展现幸存者的幸福是建立在他者的死亡之上的。主人公成功地求得了神明相助，故事流露出一种人事天定的玄学态度。[1]

因此，似乎应将《两个贵族亲戚》纳入莎士比亚传奇剧的范畴，而将《亨利八世》排除在外。于是传奇剧便包括了《配力克里斯》《辛白林》《冬天的故事》《暴风雨》《两个贵族亲戚》。这份扩充过后的传奇剧名单严重挑战了建立在"四剧成组"基础上的一系列理论。这里，紧接着《暴风雨》之后创作的《亨利八世》没有一席之地，其后问世的《两个贵族亲戚》却赫然在册，这推翻了莎士比亚晚期只致力于创作传奇体裁戏剧的结论。从某种意义上说，跳过《亨利八世》的做法从根本上摧毁了将莎士比亚晚期戏剧归

---

[1]　Walter Cohen, *"The Two Noble Kinsmen"*, *The Norton Shakespeare*, p. 3204.

为一组的初衷，毕竟，学者正是因为认识到此时期莎士比亚戏剧风格体裁高度一致又与其他时期相异，才产生了将其单独设类、集中研究的想法。

不少莎学家提出，应该承认《亨利八世》是传奇剧。的确，此剧虽然选材于真实历史，但与其他历史剧大相径庭。这部剧中"没有叛乱，没有篡权，没有侵略，没有战争；没有真正的阴谋，没有意义深远的冲突，没有无法化解的敌对状态——而且没有幽默……有的是几人的身败名裂和一人的出生"[1]。故事结构由悲剧过渡到喜剧，与作家晚期传奇剧的套路相似。剧本情节虽源于历史，但剧作家（们）刻意打乱了历史事件的发生顺序，改变了它们之间的因果关系，且完全回避了亨利八世执政时期的黑暗面。剧本因此不再像是展示政治手腕和政局无情的历史剧，而更像是展现世事由混乱走向秩序的传奇剧。历史经过如此一番裁剪、重组，原本相隔多年的事件在剧里集中、连续地发生，几个大贵族一个接一个地落马，在丧命前幡然醒悟，精神境界得以升华。剧本由此着力表现了人生"遭受苦难，承负重压，逆来顺受，赦仇恕敌，坚忍自制，静修虔心，以及对权势倾颓实与生命本身同属自然大势这一道理的领悟"[2]。

而这些都是莎士比亚晚期传奇剧中反复出现的主题。另外，全剧以未来的女王伊丽莎白一世的出生收尾，竭力营造出令人欢欣鼓舞的气氛，这也是传奇剧一贯的结尾方式。除此之外，剧中也演绎了莎士比亚传奇剧重要的"和解"元素，不过在此剧中，和解的表现形式不是一般的与害己之人修好，而是接受自我，接受命运，

---

1 Tony Tanner, *Prefaces to Shakespeare*, Cambridge, Massachusetts and London, England: The Belknap Press of Harvard University Press, 2010, p. 469.

2 Walter Cohen, "*All Is True (Henry VIII)*", *The Norton Shakespeare*, p. 3120.

与不利的人生和解。例如伍尔习大主教被革去教职、判处死刑后，表示自己"从来没有这样真正快乐过"[1]（3. 2. 378），因为"我现在认识我自己了；我在内心深处感到一种胜过一切世间繁华的和平，一种宁静的感觉"（3. 2. 379 - 381）。

在剧中得到表现的莎士比亚传奇剧的另一元素是"航海"主题：虽然《亨利八世》的剧情背景设置在英格兰内陆地区，与大海、航行、风暴有关的词语和诗歌意象却频繁出现。亨利说自己"在良心的大海里漂荡着，终于驶向这个解救之途"（2. 4. 196 - 197）；伍尔习则将自己的经历比作"在荣誉的大海里浮沉"，如今只能将自己"交付给惊涛骇浪来摆布，势必永久地葬身于海底"（3. 2. 362，364 - 365）；而当格里菲斯提到即将赴死的伍尔习时，对他的形容是"被国政的狂风暴雨摧毁的老人"[2]（4. 2. 21）。

《亨利八世》还在舞台上充分展现了威严烦琐的皇家仪式和华丽盛大的庆典，这些也是自《配力克里斯》以来莎士比亚传奇剧中的常规元素。总而言之，这是一部"以既悲又喜的传奇剧模式演绎国家历史的戏剧"[3]，两种体裁的结合"突出表现了对英格兰历史'国运天佑'的解读"[4]，重申了传奇剧人事天定的世界观。

在一些学者力证《亨利八世》实属传奇剧之时，另有一批学者致力于将《两个贵族亲戚》逐出传奇剧之列。从表面上看，此剧遵循了莎士比亚传奇剧的套路，实则内容异常阴暗悲观，与其他传奇剧迥然不同。标题中的两个贵族亲戚阿奇特和巴拉蒙原是挚友，

1　若无特别说明,本章中《亨利八世》译文均引自梁实秋译本(北京:中国广播电视出版社,2001 年),略有改动。

2　此句为笔者所译。原文是 "An old man broken with the storms of state",梁实秋译为"一个在富贵场中饱经忧患的老人"。为了体现出原文中"storm"的意象,此处未采用他的译法。

3　Walter Cohen, "*All Is True (Henry Ⅷ)*", p. 3119.

4　Ibid.

因同时爱上公爵忒修斯的妻妹伊米莉娅而反目,在忒修斯的调停下约定以马背比武的方式一决胜负,获胜者可抱得佳人归,而失败者将被处以极刑。比武前两人分别前往神庙求愿:阿奇特向战神马耳斯祈求赢得决斗,巴拉蒙则恳求爱神维纳斯赐予他伊米莉娅。马耳斯和维纳斯也的确出手干预了,结果便是阿奇特赢了决斗,但几乎是比武刚结束就因落马摔断了脖子,在生命最后一刻将刚赢得的伊米莉娅让给了巴拉蒙。剧中仇人的"和解"完全以阿奇特身死为前提,戏剧冲突也"多亏"他的死才得到化解。科恩(Walter Cohen)评价说,马耳斯给阿奇特吃的定心丸(在阿奇特祈愿后,马耳斯扔下一道闪电以示回应)"和'没有女人生出来的人可以伤害麦克白'这样的保证一样靠不住",而此剧中所谓的天道正义"不过是卑劣龌龊的伎俩"。[1] 不像之前《辛白林》中威严公正的朱庇特、《配力克里斯》中温柔慈爱的狄安娜,或是《冬天的故事》里洞悉世事的阿波罗,《两个贵族亲戚》中的维纳斯和马耳斯既没有让剧中人也没有让台下的观众相信上苍仁慈公道。全剧以忒修斯的话收尾,话语中难掩的无奈认命的态度也道出了剧中角色们对所谓天道公平的幻灭感:"啊,你们上天的魔法师们,你们究竟要把我们变成什么东西呢?……让我们为现存的一切感恩戴德,那些我们无从探究的事物也不再同你们争辩了。让我们散去,随遇而安,因时制宜吧。"(5.6.131-132,135-137)

莎士比亚和弗莱彻笔下的忒修斯对神明大失所望,这与剧作蓝本,即乔叟的《坎特伯雷故事》中《骑士的故事》里的忒修斯相去甚远。乔叟的忒修斯从头至尾不仅接受,而且理解和欣赏众神对

---

1 Walter Cohen, "*The Two Noble Kinsmen*", p. 3204.

尘世间凡人命运的肆意摆布。《骑士的故事》尾声处，忒修斯将巴拉蒙和伊米莉娅[1]宣入宫中，向他们宣讲了一番关于神明创世、尘世万物应各安其位的道理。他此番"讲座"得出的结论是世间万事皆无比合理，而做出这样英明安排的是万神之王朱庇特，凡人若是明理，就该安于现状：

> 若不是朱庇特造成这种情况，
> 还能是谁？他确是万物的主上，
> 他使每样东西都变回其本原，
> 而正是其由之而出的渊源。
> 任何生物，不论其类别的高低，
> 若同这规律对抗，决不会胜利。
> 所以我认为明智的做法就是：
> 要自愿地去做非做不可的事，
> 要甘心接受不可避免的情形，
> 特别是接受人们共同的命运。（3037 - 3046）[2]

《两个贵族亲戚》对《骑士的故事》的改写还体现在情节的时间跨度上。乔叟的原作里，整个故事耗时十年左右，《两个贵族亲戚》则大大压缩了各情节间的时间，给观众造成一种整个事件至多持续了几个星期的印象。这样的做法不仅使《两个贵族亲戚》与其蓝

1　在乔叟的诗中，忒修斯的妻妹名为艾米莉（Emelye），本章中为了理解方便，用《两个贵族亲戚》中的名字伊米莉娅（Emilia）统一称之。

2　诗句行数以此版本为准：Geoffrey Chaucer, *The Riverside Chaucer*, 3rd ed., ed. Larry D. Benson, Oxford: Oxford University Press, 2008. 译文引自黄杲炘译本（《坎特伯雷故事》，上海：上海译文出版社，2011 年）。

本迥然有别,也使其脱离了莎士比亚传奇剧一贯时间跨度大的特征。另外,《两个贵族亲戚》只演绎了一代人的故事,而莎士比亚其他的传奇剧都涉及两代人。

在其他方面,《两个贵族亲戚》也与莎士比亚之前的传奇剧有所不同。首先,其他五部剧作中品格高洁的女孩们都能给上一代人以救赎,给下一代人以希望,而此剧中的伊米莉娅不但没能化解矛盾,唤起仁爱之心,反而露面一次就让手足反目成仇,以命相搏。另外,此剧中的次要情节是一个姑娘因爱情无望而疯癫,这样的安排让人不自觉地联想到《哈姆莱特》中奥菲莉娅的爱情悲剧。此剧在艺术情感上似乎更接近莎士比亚的成熟期悲剧,而不是晚期传奇剧。综合来看,莎士比亚和弗莱彻似乎在刻意拉开《两个贵族亲戚》与传奇剧传统的距离。各类黯淡悲观的元素加上强扭的"美满"结局,给此剧染上一层讽世的黑色幽默的色彩,完全粉碎了先前五部剧所营造的亦苦亦甘的美感。这部"走上歧途的阴郁的中世纪传奇"[1] 也因此被许多学者看作莎士比亚的"反传奇剧(antiromance)"。

一些学者从《两个贵族亲戚》的"反传奇"特征中得到启发,提出莎士比亚的晚期作品根本不该被定性为传奇剧,因为这个标签会让人忽视这些剧"很大程度上对于自己的体裁进行了自我调侃"[2]。奇尔德雷斯(Diana Childress)撰文指出,莎士比亚在其晚期作品中利用了一系列文学手法,例如幽默、反讽及怪诞,以"防止观众完全入戏",而此做法违背了传奇这种文学体裁的要求,即要

1　Helen Cooper, *The English Romance in Time*, p. 375.
2　Gordon McMullan, *Shakespeare and the Idea of Late Writing: Authorship in the Proximity of Death*, Cambridge: Cambridge University Press, 2007, p. 72.

"读者、观众有想象力地、共情地参与剧情"[1]。她的结论是，莎士
比亚的这些"最后剧作不是'传奇剧'"[2]。也许和《两个贵族亲戚》
一样，莎士比亚的其他几部传奇剧其实是"反传奇"，只是表现手法
温和、微妙了许多。

　　简而言之，传奇剧这个文学体裁难以严格定义，不是一个有效
的分类标签。其概念或是过宽，以至于能囊括莎士比亚的所有戏
剧；或是过狭，导致莎士比亚最后参与创作的两部作品去留难定。
这两点都与将莎士比亚晚期作品作为一个整体去研究的初衷相
悖，使将它们归为一类、贴上标签的做法变得毫无意义。

三　晚年戏剧

　　道登首次将《辛白林》《冬天的故事》和《暴风雨》分为一组，定性
为传奇剧，理由是这三部剧"抛开了世俗之悲喜，但与此同时，又慈
爱地守护那些如孩童般沉浸在自我喜忧中的人"[3]。对于道登来
说，将三部剧与莎士比亚其他作品区分开来的是这份宁静超然。他
认为，莎士比亚进行创作时，这样一些问题萦绕于脑海："对于他人
对我的伤害，我应持什么态度？在冤我伤我之人面前，我该摆出何
种姿态？身处五浊恶世，我该如何守住精神本质？灵魂如何变得正
大、高尚，直面生命和生命的伤痛？"[4] 其晚期作品的平和超脱便是

1　D. T. Childress, "Are Shakespeare's Last Plays Really Romances?", *Shakespeare's Late Plays: Essays in Honour of Charles Crow*, eds. Richard C. Tobias and Paul G. Zolbrod, Athens: Ohio University Press, 1974, p. 48.

2　Ibid., p. 54.

3　Edward Dowden, *Shakspere*, p. 415.

4　Ibid., p. 383.

剧作家给自己的最终回答。从某种意义上说,莎士比亚的成熟期悲剧也在探讨这几个问题。但这些感情激烈的悲剧似乎流露出的是作家对人性的失望和愤怒。而晚年的莎士比亚似乎改变了对世界的看法,对世人又有了希望。莎士比亚本人"学会了宽恕"[1],他的晚期作品也因此充满了由悔悟、宽恕与和解带来的祥和。

对于道登及承袭他这些观点的一些莎学家来说,莎士比亚晚期风格的标志是平和与宽恕,这有可能是因为莎士比亚年事渐高,性格趋向温和。萨义德(Edward Said)在《论晚年风格》(*On Late Style*)中提到,一些艺术家的晚期风格符合世人对老年人的普遍印象,即成熟、祥和、豁达,莎士比亚便属于这类艺术家。莎士比亚的晚期作品也因此常被合称为"晚年戏剧"。

虽然莎学著作中,"晚期戏剧"和"晚年戏剧"常被混用,但两者背后的理论并不一样。晚年戏剧强调了衰老之年、接近死亡对艺术创作的影响:"一般认为,对于某些艺术家,死亡渐近会使其迸发出焕然一新的创作热情。创作于人生最后阶段的作品,既体现出艺术家有意识地回归自己最初期作品的某些方面,又从根本上突破了该艺术家之前的艺术成就。"[2]莎士比亚的晚期作品符合这一描述:从体裁上看,作家回归了自己刚"出道"时所模仿的传奇模式;从题材主旨上看,救赎和宽恕两大主题的确打破了先前成熟期悲剧中展现的世界观,取得了新的艺术成就。另外,从语言风格的角度看,莎士比亚此阶段的诗句多不规则,句式错综复杂,并大量使用音节省略、连词省略、冗笔、宕笔、离题、反复等笔法,与其他艺

---

1   Edward Dowden, *Shakspere*, p. 382.

2   Gordon McMullan, *Shakespeare and the Idea of Late Writing*, p. 28.

术家晚年所表现出的"手法放松、浓墨重彩、晦涩抽象"[1]的风格特
征不谋而合。

　　但是如果将莎士比亚在 1610 年前后创作的这批戏剧称作晚
年戏剧，便是默认其风格的确受到了老年和临近死亡的影响。问
题是，创作这批戏剧时的莎士比亚根本算不上老年人。写《配力克
里斯》时，他四十三岁；《辛白林》，四十四岁；《冬天的故事》，四十五
岁。甚至常被视作"老叟"谢幕之作的《暴风雨》上演时，他也不过
四十七岁。莎士比亚去世时仅五十二岁，这个年龄即使按当时的
标准也算不上老。六十岁才是莎士比亚时代老年的正式开端，担
任公职的人此时才能申请"退休"[2]。这与我们对英国文艺复兴时
期预期寿命的一般认识似有出入，而实际情况是，虽然当时英国人
的平均寿命确实低，但拉低平均寿命的主要是惊人的儿童夭亡率：
"人们一直以为，中世纪和早期现代，人到四十岁就进入老年了，但
近几十年来的研究推翻了这种认识……平均寿命之所以低，是因
为婴儿夭亡率高。而一个人只要能够成功活到少年时期，活到六
十岁或者七十岁的概率便相当之大。实际上，有些老先生、老太太
活到了八十岁甚至九十岁。"[3]莎士比亚笔下的李尔王便是一位年
逾八旬的老人，且仍然身强体健，骑马打猎均不在话下。而看看莎
士比亚直系家庭成员的寿命状况，就可以对当时和平时期一般人

1　Gordon McMullan, *Shakespeare and the Idea of Late Writing*, p. 26.

2　需要指出的是，文艺复兴时期的英格兰不存在现代意义上的"退休"概念，"退休"也不被世
　　人视为理所当然。实际上，不少男性在达到六十岁，向政府提出免除履行社会义务（即担任
　　公职）的申请时，理由恰恰是需要时间和精力去工作以养家糊口。See Alexandra Shepard,
　　Meanings of Manhood in Early Modern England, Oxford: Oxford University Press, 2003,
　　esp. pp. 214 - 245.

3　Shulamith Shahar, "The Middle Age and Renaissance", *A History of Old Age*, ed. Pat
　　Thane, Los Angeles: The J. Paul Getty Museum, 2005, p. 71.

的寿命有个大概的了解：莎士比亚的父亲活到了七十岁，母亲七十
一岁，妻子六十八岁，两个未夭折的女儿分别活到了六十六岁和七
十七岁。所以莎士比亚的创作晚期不能算是他的生命晚年。

　　当然，也有一些学者指出，老年并不是晚年风格的绝对要素，
不同艺术家进入晚年风格的年龄大有不同，年纪轻轻就有此风格
也并非不可能。譬如英年早逝的莫扎特和舒伯特，去世时前者三
十五岁，后者三十一岁，两人的作品却都具有充分的晚年特征。

　　但需要指出的是，莫扎特、舒伯特的情况与莎士比亚不同。一
般认为，这两位作曲家创作具有晚年风格的曲目时，都意识到自己
活不长了。据说，舒伯特"创作最后几部作品的时候，清楚地知道
自己命不久矣"[1]，而莫扎特也很类似：

　　　　生活渐渐榨干他本就虚弱的身体，作曲家也知道这一点。
　　《安魂曲》，尤其是与它的创作相关的一系列故事，证明莫扎特
　　知道自己大限已近。他对一切都心知肚明，最后一首钢琴协
　　奏曲道出了这样的认识给他自己带来的痛楚和解脱感。[2]

　　莎士比亚却不一样，并无证据证明他在创作晚期作品时自知
寿数将尽。诚然，在1611年的《暴风雨》结尾，被一些学者看作莎
士比亚化身的普洛斯彼罗说重回米兰之后"也该不时地想想我的
坟墓了"[3]（5.1.315），但并不能就此认定莎士比亚是在说自己的

1　Joseph N. Straus, "Disability and 'Late Style' in Music", *The Journal of Musicology*, 25
　　(2008), p. 4.

2　Robert Spaethling, *Music and Mozart in the Life of Goethe*, Columbia: Camden House,
　　1987, p. 170.

3　本章中《暴风雨》译文均引自梁实秋译本（北京：中国广播电视出版社，2001年），略有改动。

大限,这很有可能只是"人到中年对生命并非无限的成熟感悟"[1],而非暗示普洛斯彼罗或是莎士比亚本人行将就木。因此,就算导致作品呈现晚年风格的不是年纪,而是艺术家自知死之将近,莎士比亚的情况也与之不符。

那么,除了"濒死风格"和"病痛风格",晚年风格有没有可能是"退休风格",即艺术家在创作时萌生退意而产生的风格呢？有档案显示,莎士比亚在1610年前后不再常住剧团驻地伦敦,而是搬回了故乡斯特拉特福,并购置了田地。结合其最后两部作品是合作剧的情况来看,似乎可以推测莎士比亚即使没有打算就此收手不再写作,也至少是预备辞掉国王剧团首席剧作家的工作,多过一过乡绅生活。但是将晚年风格与退休联系起来的麻烦在于,很难找出其他类似的例子来佐证这个理论的普适性。除了莎士比亚,未创作至生命最后一刻的著名艺术家似乎只有歌剧作曲家罗西尼一个。而音乐界很少将"晚年风格"这一说法用在罗西尼的作品上,偶尔出现时,描述的则是他三十八岁停止歌剧创作、离开巴黎后谱写的非歌剧作品。与此情况大致对应的莎士比亚作品只有《亨利八世》和《两个贵族亲戚》,而非从《配力克里斯》起的所有晚期作品。

虽然仅凭罗西尼就得出"莎士比亚晚年戏剧只包括《亨利八世》和《两个贵族亲戚》"这样的结论有点荒唐,但这种分类法本身似乎并不荒谬。前面说过,《两个贵族亲戚》与其之前的五部作品风格迥异。此剧所展现出的"反传奇性"和阴郁感则符合萨义德提

1　Virginia Mason Vaughan and Alden T. Vaughan, "Introduction", *The Tempest* (Arden 3rd Series), p. 24.

到的另一种晚年风格特征："一种自我放逐,远离大众普遍接受的
艺术形式和思想,走在现有艺术前面,比它更有生命力。"[1] 换句话
说,具有这种晚年风格的作品拒绝接受现状,坚持打破传统,对成
规嗤之以鼻。比起那种因认命而呈现祥和心态的艺术风格,萨义
德更欣赏第二种风格,认为它才是真正的晚年风格。莎士比亚最
后两部跳出传奇体裁限制的作品,尤其是"反传奇剧"《两个贵族亲
戚》,似乎颇有第二类晚年作品的风范。

但还是不能忘记,《亨利八世》和《两个贵族亲戚》是莎士比亚
同后起之秀弗莱彻的合作作品。由于无从得知两人的具体分工如
何,以"晚年"为前提的一系列解读便无法站住脚跟。毕竟,不知道
《两个贵族亲戚》中对《骑士的故事》一系列"反传奇"式的改写主要
是莎士比亚还是弗莱彻的主意,不知道哪句诗是谁的手笔,也就无
法确定此剧阴郁的基调到底更多地反映了"老莎"的晚年风格还是
"小弗"的早期风格。麦克马伦(Gordon McMullan)指出:"如果一
部剧对于作者之一来说是早期作品,怎能将它硬算作晚年戏剧,又
如何能得出关于作家生平的有效结论?"[2] 不能根据作品得出关于
作家生平的有效结论,或者反之,不能结合作家生平对作品进行有
效解读,这两种情况都违背了把作品定义为晚年戏剧的初衷,因为
以晚年风格理论指导的研究方法及研究的根本目的,就在于探索
艺术家晚年生活境况和其此时期作品的关系。

那么,就以著作权不定为由,从莎士比亚晚年戏剧中排除《亨利
八世》和《两个贵族亲戚》吧? 毕竟,自丁尼生(Alfred Tennyson)提
出《亨利八世》应是合作剧后两百年来,众多莎学家根据语言风格对

---

1   Edward Said, *On Late Style*, London: Bloomsbury, 2006, p. 16.
2   Gordon McMullan, *Shakespeare and the Idea of Late Writing*, p. 4.

两人各自创作的幕次做了推断，若此判断可靠的话[1]，至少从笔墨比重看，莎士比亚对这两部剧的贡献要小于弗莱彻，这两部剧因此更应该算后者的早期戏剧。

但排除这两部剧并非负责任的做法，因为不管莎士比亚执笔的幕次有多少，这两部剧依然提供了此时期莎士比亚的写作样本，更不用说还有这样的可能：他虽然写得不多，但包揽了关于剧本主旨、结构的整体设计工作。另外，以著作权为由忽略这两部剧，就意味着《配力克里斯》的"晚年戏剧身份"也成问题，牵扯到决定"晚年"起始年份的难题。再说，为了将就标签定义而裁掉有争议剧目的做法，和灰姑娘的继姐妹削掉脚趾脚跟试图穿上水晶鞋没什么两样，实在不是做莎剧研究应有的态度。

因此，"晚年戏剧"这个说法和前两个标签一样，无法毫无争议地将莎士比亚1610年前后的剧本归类。另外，若是使用它，就意味着默认了一些关于此时期莎士比亚的假说，而这些假说很可能与实际情况背道而驰，误导后人对他的解读。

四　悲喜剧

最后一个常见的莎士比亚晚期作品标签是"悲喜剧"。它直指这些戏剧独特的结构：包含大量悲剧元素，但不是悲剧，戏剧的情节发展最初直奔悲剧结局，却在最后一刻峰回路转，以喜剧收场。从某种意义上讲，这些剧既是悲剧又是喜剧——谓之"悲喜剧"。

1　不同时期不同学者根据不同的风格细节，通过"风格测算"所得出的莎士比亚在这两部剧中负责的幕次高度一致，分配情况如下。《亨利八世》：1.1、1.2、2.3、2.4、3.2、5.1。《两个贵族亲戚》：1.1、1.2、1.3、1.4、2.1、3.1、3.2、4.3、5.1、5.3、5.4。

　　但"悲喜剧"这个标签同"传奇剧"一样,过于宽泛,也能包括莎士比亚其他时期的戏剧。《一报还一报》与《终成眷属》这两部1604 年左右创作的问题剧一样有悲剧发展和喜剧结局。莫厄特(Barbara Mowat)分析莎士比亚问题剧开篇和结尾的手法时指出,两部剧"都符合瓜里尼[1]提出的悲喜剧开场法"[2],可以将这两部剧看作"莎士比亚对瓜里尼悲喜剧的有趣尝试"[3]。"悲喜剧"这个标签并不能将莎士比亚晚期作品圆满归类。

　　此外,细究莎士比亚晚期作品,就能发现它们明显偏离悲喜剧的创作传统。瓜里尼提出悲喜剧的要素是:人物位高权重,情感克制;情节复杂,矫揉造作;以及喜剧形制。莎士比亚"为尝试融合悲喜剧而选用的素材远远超出了瓜里尼的见解"[4]。另一方面,莎士比亚的这批剧亦有别于英式悲喜剧确立者弗莱彻在 1609 年出版的《忠贞的牧羊女》(The Faithful Shepherdess)剧本前言中对此体裁的定义:"悲喜剧之谓不在欢笑厮杀,在于其中无人亡故,因此不算悲剧;但其中人物经历生死磨难,所以亦算不上喜剧,喜剧一般叙述常人之事,其中忧苦无关生死。"[5]而莎士比亚悲喜融合的晚期戏剧中,人物死亡并不少见。叫得上名的,《配力克里斯》里死了五个;《辛白林》里克洛敦被砍了脑袋;《冬天的故事》里小王子迈密

1　瓜里尼(Giambattista Guarni,又作 Giovanni Battista Guarini,1538—1612),意大利外交官、诗人、剧作家。一般认为他极大地促进了悲喜剧这种戏剧形式的确立。他的悲喜牧歌剧《忠心的牧羊人》(Il pastor fido)在文艺复兴时期即被译成多国文字,广为流传。弗莱彻曾在1609 年左右将其改编成《忠贞的牧羊女》,搬上了英国的舞台。

2　Barbara A. Mowat, "Shakespeare's Tragicomedy", Renaissance Tragicomedy: Exploration in Genre and Politics, ed. Nancy Klein Maguire, New York: AMS Press, 1987, p. 88.

3　Ibid., p. 93.

4　Gordon McMullan, Shakespeare and the Idea of Late Writing, p. 75.

5　John Fletcher, qtd. in Kenneth Muir, Shakespeare's Comic Sequence, Liverpool: Liverpool University Press, 1979, p. 151.

勒斯夭折，大臣安提哥纳斯命丧熊口；《亨利八世》里描写了凯瑟琳王后、白金汉公爵及伍尔习大主教之死；《两个贵族亲戚》里则有落马而亡的阿奇特。虽然这些人中有些死了大快人心，有些死得无关紧要，但依然有好几位（比如迈密勒斯、凯瑟琳、阿奇特）的死会让观众/读者心头一紧，给故事喜剧的结尾笼罩上悲剧的阴影。所以莎士比亚的晚期作品并不能算是真正意义上的悲喜剧。

顺便提一句，对于这种将两种现有体裁的名字生拉硬扯在一起以命名新体裁的方式，莎士比亚本人很可能颇不以为然。毕竟，将戏剧形式分类为"牧歌剧、牧歌的喜剧、牧歌的历史剧、悲剧的历史剧、悲剧的喜剧的历史的牧歌剧"的是《哈姆莱特》里的波洛涅斯，而波洛涅斯因为言行不一、啰唆昏庸，是个招人鄙夷嗤笑的角色，他说的话也多传为笑柄。诺顿版《哈姆莱特》的校订者指出，这段话是莎士比亚对当时戏剧理论家戏剧分类法的戏谑。这样看来，"悲喜剧"这类"杂交"命名法并不入莎士比亚之法眼。当然，《哈姆莱特》是 1599 年左右创作的，1608 年前后的莎士比亚也有可能改了主意，但他也一样可能坚持原来的看法，不乐于见到自己的作品被称作"悲喜剧"。

于是"悲喜剧"与其他三个标签一样，不是完美的分类标签：它的限定范围可能过于宽泛，会将莎士比亚其他时期的戏剧也纳入其中；与之相关的理论支持不完全适用于莎剧；除此之外，把这个标签贴在莎士比亚戏剧上，说不定就违背了剧作家本人的意愿。

五　其他标签

当然，除了上述四个常见标签外，在西方莎学论著中偶尔也能

见到其他说法,比如随第一对开本的分类法,称这些作品为喜剧,
毕竟这些剧的大结构是由混乱走向秩序的喜剧模式。但是喜剧这
个说法无法凸显出它们的独特之处,并且抹杀了莎士比亚"1607
年或1608年在处理戏剧形式方面的技巧发展"[1]。另一个说法是
"宽恕剧(plays of forgiveness)",这个命名法由亨特(R. G.
Hunter)提出的"宽恕喜剧(the comedy of forgiveness)"衍生而来。
它抓住了这些作品的主题特征,避免对其不明确的体裁妄下结论。
但是,《一报还一报》《终成眷属》及《无事生非》的戏剧主题之一也
是宽恕,而《配力克里斯》《亨利八世》和《两个贵族亲戚》中并没有
过度地渲染宽恕主题。"宽恕剧"这个标签同样并不恰当。

　　综上所述,现阶段学术界有大把用于统称莎士比亚1610年前
后作品的标签。这些标签各有弊病,但依然被频繁使用,因为实在
没有更合适的选择。这些标签出现时,人们只大致知道它们应该
指的是莎士比亚1608年到1614年间的作品,但不同论著中,同一
标签下包括的剧目并不固定。吊诡的是,虽然研究人员列不出一
份不容置疑的晚期作品名单,却又能一眼认出一部晚期戏剧来。
这情况倒和库珀展示的传奇文学之谜类似:谁都不知道传奇何以
为传奇,但看到传奇文学作品都能一眼认出来。这样看来,也许
"传奇剧"这个与"莎士比亚晚期作品"一样概念混乱、定义模糊、似
是而非的标签才是最适合的。

　　这当然是玩笑话,"传奇剧"并不比其他标签高明多少。事实
上,任何一个命名法都无法成为定义这些戏剧的最佳标签。莎士
比亚晚期作品的归类难题,正源自将它们归为一类、贴上一个统一

1　Gordon McMullan, *Shakespeare and the Idea of Late Writing*, p. 74.

标签的企图。这种标签并不仅是个名字,而是浓缩了学者对于这些戏剧某一方面——体裁、主旨、结构或文风等——的认识。正因代表的是某一方面的认识,这种标签总是无法完全反映这时期莎士比亚作品的全部特点。再者,莎士比亚的这些戏剧之所以独特,是因为它们创作于他戏剧生涯之末,戏剧风格有别于之前的成熟期悲剧,有着相似的戏剧主题、情节元素,以及语言风格。换句话说,唯有将上述各种标签各自强调的特征加起来,才能道出这些作品作为一个整体的独特之处。用麦克马伦的话总结就是,"对于许多艺术作品,尤其是莎士比亚的晚期戏剧,仅一个分类法是不够的"[1]。

认识莎士比亚的晚期作品,至少还需要一个类别以包容合作剧。要想直面这几部剧,需跳出作品的意义因作者而定的思维定式,意识到莎士比亚的创作领域是戏剧,而这种艺术体裁的运作模式就是协作,作品的最终效果取决于剧作家、演员、作曲家,甚至观众的合作。麦克马伦提出,如果我们抛开这些戏剧是莎士比亚晚期作品的看法,而将它们归为国王剧团 1608—1613 年间的剧目,就可以放心地承认,这些作品的独特之处反映了"一种莎士比亚开创、剧团同僚力挺的新风格……单凭莎士比亚一己之力,无法形成这种风格"[2]。有了这样的认识,就不必从剧目单中排除《配力克里斯》《亨利八世》和《两个贵族亲戚》这样的合作剧。它们的"合作剧身份"不仅不会威胁到后人对莎士比亚晚期风格的理解,还扩展了视野,开拓出分析这个风格的发展的新思路。

1　Gordon McMullan, *Shakespeare and the Idea of Late Writing*, p. 25.

2　Gordon McMullan, "What Is a 'Late Play'?", p. 20.

六 结语

可以看出，厘清莎士比亚晚期作品的划分法和相应的命名是进一步理解剧作家晚期创作的重要基础。虽然现阶段还不能确定一份毫无争议的晚期作品名单，给它们安上唯一的命名标签，但对于不同分期和命名法的探讨与整理至少能让读者注意到，继成熟期悲剧后，莎士比亚又有了一个创作高潮，有一批风格与之前作品大为不同又紧密相关的戏剧。这批戏剧（除《暴风雨》外）尽管在一般读者群中的名气不如四大悲剧或是四大喜剧，但在莎学界备受推崇，甚至被一些学者奉为莎士比亚真正的巅峰之作。而不同的分期和命名法所反映的对于这批作品特征的不同认识，也道出了它们被专家们誉为佳作的部分原因。

另外，对莎士比亚晚期作品划分和命名的研究也使读者对一些常常被忽略或误解的事实有了正确的认识。例如：

1. 传奇剧是现代而非莎士比亚时代的文学分类；

2. 莎士比亚在创作晚期作品甚至去世之时，并非年迈（再联想到他四十五岁不到就创作了四大悲剧、四大喜剧、一百五十四首脍炙人口的十四行诗，以及在当时文人界被争相传阅的两首叙事长诗，我们生出的感慨也许就不仅仅是关于文学的了）；

3.《暴风雨》是莎士比亚最后一部独立创作的剧，但绝不是莎士比亚的谢幕之作；

4. 并非所有的莎剧都是莎士比亚独立创作的，莎士比亚全部作品里不乏合作剧，他初期和晚期与别人合作尤为频繁。

这些细节信息对于我们认识莎士比亚晚期作品、莎士比亚的创作生涯，甚至莎士比亚其人都有帮助。

当然，对晚期作品划分和命名的讨论，最重要的意义在于：不同划分法和命名的出发点、理论背景不同，对于莎士比亚晚期和晚期作品有着相异甚至相反的解读，而这每一种解读，都是进一步理解丰富多彩的莎士比亚晚期作品的重要一环。综上所述，再加上以下理由，本书将研究文本定为《配力克里斯》《辛白林》《冬天的故事》《暴风雨》《亨利八世》《两个贵族亲戚》六部戏剧：

1. 它们写成于莎士比亚剧作家生涯的晚期（1608—1613）；

2. 它们写成于莎士比亚成熟期的悲剧之后，且与莎士比亚的悲剧至少在戏剧结构上有较大不同［在悲剧中，世事由秩序走向混乱；在这批戏剧中，世事由秩序走向混乱，最终回归（至少是表面上的）秩序］；

3. 它们往往包含与传奇体裁相关的元素和特征；

4. 它们的语言风格与其他时期的莎剧大有不同，诗句中大量出现省略、重复、插入等结构，语言绮丽、狂放、不规则。

在统称这批戏剧时，本书将同时使用"晚期戏剧""晚年戏剧""传奇剧"和"悲喜剧"这四个常用标签。当然，这并非意味着笔者要效仿《哈姆莱特》里啰唆的波洛涅斯，称这六部剧为"莎士比亚创作晚期晚年风格之传奇悲喜剧"，而是指在接下来的章节中，随着论述侧重点的不同，统称六部戏剧时会选用不同的标签，例如涉及创作时期便多用"晚期戏剧"，需结合作者生平时选用"晚年戏剧"，探讨戏剧情节特征时用"传奇剧"这个说法，而分析体裁结构时则指称"悲喜剧"。这样的做法尽管不符合学术研究论述中术语统一的原则,但在莎士比亚晚期作品研究中是必要的。虽然莎士比亚在《罗密欧与朱丽叶》中曾借朱丽叶之口说过"我们所谓的玫瑰,换一个名字,还是一样香"[1](2.1.85-86),他自己的晚期作品却是换一个标签,就有一种芬芳,折射出一种解读重心,反映出影响莎士比亚创作的不同因素:社会状况、意识形态、文化特征、商业操作、艺术理念、个人生活。只有将它们一一分析,综合考虑,才能真正开始认识和理解这批晚期作品,解开莎士比亚留给我们的这最后一组谜。

1　此处译文引自梁实秋译本(《罗密欧与朱丽叶》,北京:中国广播电视出版社,2001年),略有改动。

第一部分

第二章
《辛白林》:利用历史

一

　　《辛白林》是莎士比亚晚期作品中对创作时期重大社会历史事件有较明显指向的一部。此事件是 1610 年 6 月 5 日詹姆斯一世册封长子亨利为威尔士亲王。虽无现存文献可证明剧本是因此而作,但对比两者的筹划时间、内容关键词等,可以推断莎士比亚在剧中对这次册封,特别是因此而产生的一系列热点话题确实有所反映。

　　从时间来看,《辛白林》的创作与册封的筹办有交集。《辛白林》创作、首演的确切时间虽无记录,但学者运用文本比对、风格测算等方法,一般推断在 1609—1611 年间。[1] 而早在 1608 年,英格兰便已开始了针对册封的讨论、筹备。"1608 年至 1610 年间,王

1　See also Martin Butler, "Introduction", pp. 3 - 6; J. C. Maxwell, "Introduction", *Cymbeline* by William Shakespeare, ed. J. C. Maxwell, Cambridge: Cambridge University Press, 1960, pp. vii - xlii; J. M. Nosworthy, "Introduction", *Cymbeline* by William Shakespeare, ed. J. M. Nosworthy, London: Cengage Learning, 2007, pp. xiv - xvii; C. B. Young, "The Stage-History of *Cymbeline*", *Cymbeline* by William Shakespeare, ed. J. C. Maxwell, pp. xiii - lv.

室委托专人进行了广泛、大量的历史研究"[1]，查明往届威尔士亲王的资产、岁入、特权。册封仪式当年更是"属于亨利王子"[2]的一年：庆典筹备于 1609 年圣诞启动，各地也相继举办相关活动[3]。因此，1608 年至 1610 年间，册封先作为即将发生、后作为刚刚结束的盛事，一直是当时街谈巷议的热门话题，影响着王国的社会、政治、文化生活。

此次册封声势如此浩大，是因为其意义特殊。立储自是大事，但对斯图亚特王朝而言尤为重要。首先，这次册封距上一次（1482年）已有一个多世纪，其间由于王位传承无序，国内时局动乱，人心惶惶。举行册封仪式可向民众释放新王族人丁兴旺、传承有序的政治信号，安抚民心。其次，册封王储为威尔士亲王是英格兰的古老传统（可追溯至 12 世纪）；而威尔士〔尤其是威尔士的米尔佛港（Milford Haven）〕恰好也被视为都铎王朝的起源地[4]。册封一位新的威尔士亲王，昭示了斯图亚特王朝对此"双重传统"的承袭，再次强调了其正统性。再者，此次册封是重提合并英格兰、苏格兰的"不列颠计划"的好时机：

1. 册封前后，"威尔士"是国家生活的关键词，其历史、政治内涵不断被提及——威尔士正是通过 1536 年的《联合法案》（Act

---

1　Pauline Croft, "The Parliamentary Installation of Henry, Prince of Wales", *Historical Research*, 65 (1992), p. 183.

2　David M. Bergeron, "Creating Entertainment for Prince Henry's Creation (1610)", *Comparative Drama*, 42 (2008), p. 434.

3　See Elkin Calhoun Wilson, *Prince Henry and English Literature*, Ithaca & New York: Cornell University Press, 1946, pp. 78 – 86.

4　1485 年，亨利・都铎，即后来的亨利七世，从米尔佛港登陆，征讨理查三世，最终结束了英格兰长达三十年之久的分裂状态，开启了都铎时代。

of Union)与英格兰和平合并的。因此册封也许可以给"不列颠计划"营造较为良好的舆论环境。詹姆斯本人就曾在演说中指出："汝岂不因合并威尔士而大有增益？苏格兰岂不大于威尔士？"[1]

2. 亨利王子本人很受爱戴，因而此次册封也是詹姆斯借长子的"人气"为自己的政治主张积极造势、积累政治资本的一个手段。

可以看出，当时时政的关键词之一正是"威尔士"，它也自然是此时期庆典文学中频繁出现的意象。1610 年册封仪式当天，宫内上演了丹尼尔（Samuel Daniel）执笔的假面剧《蒂锡斯庆典》（*Tethys Festival*）。剧中，海洋之后蒂锡斯传唤代表英格兰、苏格兰、威尔士诸河流的水仙女，聚会地点正是威尔士的米尔佛港："这为英雄的亨利舰队让路的/幸福统一之地。"[2]

除了"威尔士"外，"册封文学"中另一个常见的元素是"不列颠"。前文提到，詹姆斯一直致力于推动苏格兰、英格兰合并为"不列颠"。实际上，他在出版自己的作品时往往署名"不列颠国王"，尽管从当时宪法的角度来说这个称号尚不存在。"不列颠"对詹姆斯而言，不仅意味着自己权势的扩张，也代表着斯图亚特王朝王权的正统性：都铎王朝将自己的历史追溯到不列颠的亚瑟王，作为其旁支和继承者，斯图亚特王朝（尤其是詹姆斯本人）

1 James I of England, "A Speach to Both the Hovses of Parliament (sic.), Delivered in the Great Chamber at White-Hall, the Last Day of March 1607", in Johann P. Sommerville, ed., *King James VI and I: Political Writings*, Cambridge: Cambridge University Press, 1994, pp. 176 - 177.

2 Samuel Daniel, *Tethys Festival or The Queene's Wake*, London: Britaines Bursse, 1610, *Early English Books Online*. http://ezproxy-prd.bodleian.ox.ac.uk:2175/openurl?ctx_ver=Z39.88-2003&res_id=xri:eebo&rft_id=xri:eebo:image:23169:20.

也视自己为亚瑟王的后裔，"将带来不列颠的重新统一"[1]。琼生为 1610 年 1 月 6 日宫内比武会所创作的假面剧《亨利王子比武会献词》(The Speeches at Prince Henry's Barriers)便充分反映了斯图亚特王朝的"不列颠情结"：剧本故事发生在亚瑟王时期的不列颠；剧末，梅林(Merlin)预言在斯图亚特王朝统治下，"不列颠将飞越旧界——以往为海洋所拘束的土地，如今将直触天际"[2]。

"威尔士""米尔佛"和"不列颠"恰也是《辛白林》中的重要元素：辛白林的两位王子成长于威尔士山林间；剧末，几乎所有人物都汇集到了米尔佛；整个故事的时代背景设在古不列颠。因此，虽然缺乏文献证据，一些学者仍相信《辛白林》不仅对时事有所反映和点评，而且是 1609—1610 年间宫内庆典上演的剧目之一。[3]

除这三个地理、政治符号外，剧中辛白林这个角色似乎也直接指向了詹姆斯一世。该剧以辛白林宣布战争结束、开启和平时代收尾。而现实中，詹姆斯"喜欢自称'和平缔造者詹姆斯(Jacobus Pacificus)'，以自己是和平缔造者为荣"[4]：1604 年，他结束了英西战争；1609 年，他参与调停，促成西班牙与荷兰签订十二年休战协

1　Graham Parry, *The Golden Age Restor'd: The Culture of the Stuart Court, 1603 – 42*, New York: St. Martin's Press, 1981, p. 64.

2　Ben Jonson, *The Speeches at Prince Henry's Barriers*, Ⅱ. 428 – 430, *The Cambridge Edition of the Works of Ben Jonson Online*, eds. Martin Butler et al., Cambridge: Cambridge University Press, 2014, http://ezproxy-prd.bodleian.ox.ac.uk: 2204/cambridge/benjonson/k/works/barriers/facing/#.

3　See Ros King, Cymbeline: *Constructions of Britain*, p. 62.

4　Stanley Wells, qtd. in Roger Warren, "Introduction", *Cymbeline* by William Shakespeare, ed. Roger Warren, Oxford: Clarendon Press, 1998, p. 62.

议；1610 年，于利希-克利夫斯危机 [1] 爆发，他再次参与斡旋。

剧中对辛白林的称呼方式，似乎也在强化这种联系。剧终，占卜者称不列颠国王为"在西方照耀的辛白林"(5.6.475-476)。"西方君主(Monarch of the West)"是文人们在詹姆斯执政早期对他的尊称。1603 年，在《伟大的庆典》(*Magnificent Entertainment*)中，德克(Thomas Dekker)称詹姆斯为"伟大的西方君主" [2]。琼生在为 1604 年新王初临英格兰议会仪式所写的颂词中，赞他是"西方的荣耀" [3]。而詹姆斯本人在政论《告诫君主》(*A Premonition to All Mightie Monarchs*)中也自称"西方君主" [4]。

剧中，辛白林还被誉为"庄严的古柏……(其)子子孙孙将会给不列颠带来和平与富庶"(5.6.457-458)。在当时的文化中，柏树(cedar)象征庇护国家、子嗣的君父，因为《圣经》有言："佳美的香

1　1609 年 3 月 25 日，于利希-克利夫斯-伯格联合公国(United Duchies of Jülich-Cleves-Berg)的统治者约翰·威廉公爵(Johann Wilhelm)去世，未留子嗣，由此引发欧洲多方对公国继承权的争夺，并挑起天主教与新教君主间的争端，有扩大为宗教战争之势，故称"于利希-克利夫斯危机"。后经多方斡旋，新教与天主教阵营于 1610 年 10 月宣布休战。

2　Thomas Dekker, *The vvhole magnificent entertainment giuen to King Iames, Queene Anne his wife, and Henry Frederick the Prince; vpon the day of his Maiesties tryumphant passage (from the Tovver) through his honorable citie (and chamber) of London, the 15. Of March. 1603. Aswell by the English, as by the strangers, with the speeches and songs, deliuered in the seuerall pageants. And those speeches that before vvere publish't in Latin, now newly set forth in English. Tho. Dekker* (sic.), London: E. Allde, 1604, *Early English Books Online*. http://ezproxy-prd.bodleian.ox.ac.uk:2175/openurl?ctx_ver=Z39.88-2003&res_id=xri:eebo&rft_id=xri:eebo:citation:99845190.

3　Ben Jonson, *A Panegyre on the Happy Entrance of James to His First High Session of Parliament*, l. 3, *The Cambridge Edition of the Works of Ben Jonson Online*, http://ezproxy-prd.bodleian.ox.ac.uk:2204/cambridge/benjonson/k/works/panegyre/facing/#.

4　James I of England, *An apologie for the oath of allegiance first set foorth without a name, and now acknowledged by the authour, the Right High and Mightie Prince, Iames, by the grace of God, King of Great Britaine, France and Ireland, defender of the faith, & c.; together with a premonition of His Maiesties, to all most mightie monarches, kings, free princes and states of Christendome* (sic.), London: Robert Barker, 1609, *Early English Books Online*, http://ezproxy-prd.bodleian.ox.ac.uk:2175/openurl?ctx_ver=Z39.88-2003&res_id=xri:eebo&rft_id=xri:eebo:citation:22044916.

柏树,各类飞鸟都必宿在其下,就是宿在枝子的荫下。"[1]和"西方君主"一样,"柏树"也常用作詹姆斯的代名词。约翰·索恩伯勒主教(Bishop John Thornborough)便曾形容国王为"高大、俊美的柏树"[2]。而剧中同时提及"柏树"与"子孙",则更容易使人联想到詹姆斯。与故事里的辛白林一样,詹姆斯拥有两儿一女,理论上能够保证王位传承有序、国家稳定。学者指出:"当辛白林宣布'朕之和平朕启之'[3]时,詹姆斯时期的观众会在这些表述里,听出自己君主的骄傲——如今帝国和平安宁,全因他确保。"[4]另外,"柏树"的意象,在"不列颠计划"的一些宣传中也出现过:两个王国被比作柏树的两枝,而国王则是树干。[5]

综上所述,"威尔士"(及"米尔佛")、"不列颠"为《辛白林》中虚构世界和1610年前后现实英格兰的共同关键词。在前者中,它们体现于故事时代和地点的设置、剧中威尔士的地理重要性;而在后者中,由于1610年威尔士亲王的册封仪式,它们成为当时街谈巷议、妇孺皆知的概念。再考虑到剧本与现实中均有一位"缔造和平"的"不列颠国王",台词中也不断出现当时文化中和詹姆斯相关的说法、意象,可以推断,剧本确实对时事有所反映。

那么,作者为什么要在此剧中指向时事?是为了"赞美詹姆斯

1　Ezekiel 17∶23. *The New Oxford Annotated Bible*, ed. D. Michael Coogan, Oxford∶Oxford University Press, 2010, p. 1183.

2　John Thornborough, qtd. in Constance Jordan, *Shakespeare's Monarchies: Ruler and Subject in the Romances*, Ithaca and London∶Cornell University Press, 1997, p. 83.

3　此处为笔者自译。

4　Martin Butler, "Introduction", pp. 40‐41.

5　See Constance Jordan, *Shakespeare's Monarchies: Ruler and Subject in the Romances*, pp. 82‐83, esp. Footnote 13.

积极的和平政策"[1],展示英格兰的国家起源和精神[2],"质疑将英格兰、苏格兰捆绑成'不列颠'的计划"[3],还是另有考虑?

二

要探究莎士比亚在《辛白林》中指向时事的目的,需先分析他如何演绎"威尔士""米尔佛""不列颠"这几个时事元素,以及如何塑造辛白林的形象。我们知道,莎士比亚以善于"将作者隐于作品后"[4]著称,而其隐藏自我的方法,往往是充分展现同一个议题的正反两面。在《辛白林》的时事元素演绎和人物塑造上,他同样做了这种平衡处理。

(一)威尔士和米尔佛

威尔士的米尔佛港在《辛白林》的故事情节中具有重要意义。剧中主要人物汇集于此,各种误会在此解开,团圆、悔过、宽恕、和解,种种剧情在此展开。从国家大事来看,不列颠在此战胜罗马,两国言和;占卜者解读神谕,预言了不列颠的兴盛稳定;辛白林宣布"朕之和平朕启之"(5. 6. 459)。从人物个人恩怨看,辛白林在此与失散多年的儿子团聚,与女儿及其夫婿和解;失和的小夫妻也在此重归于好。剧末,米尔佛和威尔士见证了神谕天启、战争胜

---

1 Emrys Jones, "Stuart *Cymbeline*", p. 89.

2 See Marjorie Garber, *Shakespeare After All*, New York: Anchor Books, 2004, p. 804.

3 Andrew Escobedo, " From Britannia to England: *Cymbeline* and the Beginning of Nations", *Shakespeare Quarterly*, 59 (2008), p. 62.

4 David Bevington, *Shakespeare's Ideas: More Things in Heaven and Earth*, Oxford: Wiley-Blackwell, 2008, p. 4.

利、国际和平、王朝延续,这些都与詹姆斯时代赋予此地的历史、政治意义吻合。

　　然而,剧中的威尔士也是令人不满甚至绝望的地方。辛白林的两个王子成长在这里,抱怨这里是"愚昧的暗室……负债者的监狱……我们的笼子"(3.3.34,35,42)。当然,两人本意在于抱怨自己没机会出去看看,这话并不带政治意味。然而,这样的声音出现在现实中威尔士亲王册封仪式前后、举国上下对威尔士的各种赞誉声中,似乎颇不和谐。而且,剧中的威尔士也的确是囚禁王子们的"笼子":多年前辛白林听信谗言,放逐了白雷利阿斯,后者因此怀恨在心,"偷了这一个三岁一个两岁的婴儿……断绝(辛白林的)王位继承"(3.3.101-102),长年安置在威尔士的山林中。也不难想象,这两个由他抚养大的孩子,时常听"父亲"说"这国王不值得我效忠,不配受你们的爱戴"(4.4.24-25),对辛白林——国王、生父——自是不喜、憎厌甚至仇恨的。因此在剧中,威尔士也是囚禁王子、隐瞒其血统、篡改其身份认同的地方。

　　公主伊慕贞在威尔士的经历更是一场噩梦。她接到丈夫来信,兴冲冲地去"这幸福的米尔佛"(3.2.59)与他相见,到达后却得知丈夫认定她与人通奸,派人来杀她。死里逃生后,她却又因误服毒药昏死过去,醒来发现自己身边躺着一具身形、着装与丈夫相似的无头尸。临近剧终,乔装为小童的伊慕贞又被没有认出她来的丈夫打倒在地。于她来说,威尔士是经历痛苦磨难的地方。

　　《辛白林》中的米尔佛战役更是给"威尔士"这个政治符号蒙上了阴影。剧中,罗马人在米尔佛登陆,攻打不列颠。这样的安排虽然保证了剧中不列颠可以在米尔佛战胜罗马,像现实中一样成为国家开启新时代的地方,却也暗示了米尔佛是不列颠防卫的薄弱环节,对国家安全构成威胁。不仅如此,在这次战役中不列颠一度形势告急,"国王本人失掉了两翼的掩护,全军崩溃,不列颠人都转身而逃"(5.5.4-6),米尔佛也因此差点葬送了一个王国。

所以,在剧中威尔士和米尔佛既是别离之地、痛苦之地,又是团圆之地、欣喜之地。威尔士的山林囚禁了不列颠的继承人,却又培育他们成为正直、骁勇之人。米尔佛威胁了不列颠的独立自由,却又是不列颠证明自己不可战胜的地方。它既是搏斗厮杀之战场,又是缔造和平之圣地。用辛白林自己的话说,这是"血手未洗"便"庆祝升平"(5.6.485)的地方。

(二) 不列颠

《辛白林》中有一段赞美不列颠的台词充满国家自豪感,可媲美《理查二世》中那段著名的"这一个英格兰"(2.1.40-66)念白:

> (不列颠有)岛国的天然优势,像是海神的园囿一般,有不可攀越的巉岩和怒吼的大海,还有沙滩,在周围环绕着,不但抵挡敌人的船只,而且会把它们连桅杆顶都吞没下去。(3.1.18-22)

这样的地理优势使不列颠固若金汤,就连凯撒也"两度战败,带着他首次遭受的耻辱离开了我们的海岸"(3.1.25-26)。然而,这段台词被安排由阴险歹毒的王后说出,"爱国情怀"因此大打折扣。

剧中也有人对不列颠这种封闭孤立的状态提出过质疑:

一切的阳光都是为不列颠所拥有的么？在不列颠之外就
没有日与夜了么？世界是一部大书，我们的不列颠只是属于
它的一页，但是不在书卷里面；是一个大池塘里的一只天鹅的
巢：请你想想，不列颠之外也还有居住的人。(3. 4. 136 - 140)

同样地，这段台词虽然看似有理，但因其言者，效果有所减损。
说此话的是伊慕贞，虽然她没有人格污点，但此时的精神状态颇混
乱：她刚刚得知丈夫指责自己不忠，要杀害自己。这一段台词，其
实是她对仆人请她逃出不列颠的提议的肯定回答。因此，伊慕贞
如此评判祖国，不是在做理智的政治形势分析，而是在鼓励自己硬
下心来背井离乡。换句话说，伊慕贞话中偏激情感的成分大于冷
静理智，削减了她"反不列颠"分析的说服力。

剧中这种"不列颠情结"与"反不列颠情结"相持的状态，在终
幕的米尔佛战役中也表现得淋漓尽致。不列颠最终战胜了罗马，
但在战争中也一度濒临失败，士兵四下逃窜，十分狼狈。直到两位
成长在宫外的王子加入战争，局势才得到扭转。值得一提的是，虽
然未出过威尔士山林的两位王子似乎代表了纯粹的"不列颠精
神"，二人却是由一位叫"Euriphile"(3. 4. 103)的保姆抚养成人，她
名字本义是"爱欧洲"[1]。米尔佛战役以不列颠战胜罗马、自己的
民族独立性得到保障作为结束，但与此同时，辛白林又选择恢复向
罗马进贡，某种程度上可以说是放弃了部分胜利成果。对不列颠

---

1 还有学者指出，两位王子展现出的"不列颠精神"是骁勇的却也是野蛮的，需以罗马代表的
"文明精神"矫正，因此剧终不列颠向罗马妥协，王子也将离开山野回归王庭。See Lisa
Hopkins, "*Cymbeline*, the *Trans Imperii*, and the Matter of Britain", *Shakespeare and
Wales: From the Marches to the Assembly*, eds. Willy Maley and Philip Schwyzer, Farnham:
Ashgate, 2010, pp. 143 - 155.

的赞扬和质疑因此贯穿了米尔佛战役，也贯穿了全剧。

（三）辛白林

与威尔士、不列颠的"形象塑造"一样，剧中对于辛白林这个有可能指向詹姆斯国王的角色是褒还是贬，亦十分模糊。

剧中，辛白林是战胜国不列颠的君主，是战争中起关键作用的两位王子的父亲，还是波塞摩斯的岳父。另外，他与子女团聚，王朝后继有人。剧终，他还以和平缔造者的姿态出现，是"伟大的西方君主，一切的中心……播撒和平"[1]。

然而，细究起来，实现这三项"壮举"的并非辛白林本人。不列颠在米尔佛战役中取胜，很大程度上是依靠波塞摩斯、白雷利阿斯及两位王子英勇杀敌、鼓舞士气。如前文所述，在这一行人加入战争之前，辛白林指挥的不列颠军队正濒临溃败。同时，辛白林虽是两位王子的生父，却从未参与过对他们的教育；他虽是波塞摩斯的岳父，却也正是他将其流放国外；他最后与子女团聚，实属机缘巧合，而非出于其主观意志。罗马与不列颠之间和平的缔造，则是辛白林听了罗马的占卜者解读神谕，明白上天将赐不列颠以"和平与富庶"(5.6.458)后才下决心推动的。换句话说，辛白林的和平宣言并不见得反映了其心地仁慈、胸怀远见——他不过是"识时务"，顺水推舟，宣布一下上天替他做好的安排。实际上，最后一幕中大多数时候"辛白林似乎只会做一件事：威胁所有反驳他的人"[2]，这令他在与子女团聚、喜获吉兆的情况下做出的和平宣言看上去更像是其好心情而非好政策的体现。

1　Emrys Jones, "Stuart *Cymbeline*", p. 97.

2　Ros King, Cymbeline: *Constructions of Britain*, p. 149.

在剧中,辛白林不是矛盾的化解者,正相反,他堪称多数冲突的源头。罗马与不列颠失和,起因是他宣布拒绝纳贡:"我们自命为一个勇敢善战的民族,自然应该摆脱这个束缚。"(3. 1. 49 – 51)他之所以与子女离散,是因为他为君不义(导致白雷利阿斯叛变,偷走王子)、为父不仁(强行拆散女儿夫婿,最终导致女儿出走)。这样看来,辛白林剧末的荣耀,实源自其身份而非其作为。实际上,如果从辛白林真正出手做了什么的角度来看,他可算是"败事有余"。

值得一提的是,此剧虽然叫《辛白林》,故事却不是关于辛白林的。他只是恰好与剧中大小冲突里的主要人物都有关系,可以串起正、副情节线而已。实际上,在这一部整体角色塑造偏薄弱——约翰逊称此剧中人物"十分无趣……毫无光彩,无法吸引注意力"[1]——的剧中,他的形象尤为单薄,连一句独白都没有,只有行动,没有性格。

有学者指出,剧中辛白林角色刻画粗略是有实际考虑的。辛白林这个形象可以被理解为对詹姆斯及其政治主张的影射,不管莎士比亚原意是否如此,他似乎的确采取了一些"措施"避免冒犯国君,"深究帝王的内心世界是不妥的"[2],因此辛白林没有独白。罗马与不列颠失和的责任,最终也被归结到了王后的头上,她被"简单粗暴"地塑造成"传统童话里的邪恶后母"[3],防止观众将她

---

1 Samuel Johnson, *Johnson on Shakespeare: Essays and Notes Selected and Set Forth with an Introduction by Walter Raleigh*, ed. Walter Raleigh, London: Henry Frowde, 1908, p. 129.

2 Jonathan Bate, "*The Tragedy of Cymbeline*", *The RSC Shakespeare: The Complete Works*, eds. Jonathan Bate and Eric Rasmussen, Oxford: Macmillan Publishers Limited, 2007, p. 2243.

3 Emrys Jones, "Stuart *Cymbeline*", p. 97.

与詹姆斯的王后联系起来。然而，这样的"保护措施"其实是双刃剑。虽然简化角色刻画似乎隐藏了作者对于君主的评判，但同时也不可避免地让观众对辛白林的心理产生各种揣测。观众也许会像有的学者那样得出结论："辛白林主张和平……但他的统治并不因此而软弱。在他的国家，权威存在于强有力的父性中。"[1] 但亦可以这样解读：辛白林关于"停止缴纳乃是我邪恶王后的主张"（5.6.463）的解释，暴露出其懦弱的本质——他要么是受人左右的傀儡，要么是敢做不敢当的懦夫。

通过以上梳理，可以看出，莎士比亚在剧中演绎"威尔士""米尔佛""不列颠""辛白林"等有时事指向的符号、意象时，做了平衡处理，刻意提供了近乎等量的正面与负面的描述。

三

乍看之下，《辛白林》中平衡处理政治话题的做法并不特殊。上节已说过，莎士比亚在其作品中往往会对一个主题同时做正面和负面的敷衍。这种"从两面看问题（in utramque partem）"的思维方式，是其所接受的英格兰文艺复兴文法教育的核心。[2] 另外，身处存在严格审查制度的时代，这也是隐藏个人政治观点以自保的必要手段。

然而细究起来，《辛白林》中的平衡处理背后，似乎不仅有思维习惯和自保的考虑，因为除了时事元素外，剧本对其他组成元素的

1　Martin Butler, "Introduction", p. 51.

2　See Jonathan Bate, "General Introduction", *The RSC Shakespeare: The Complete Works*, p. 26.

安排也极尽平衡之能事。从表现手段看,剧中对于同一事件的演绎,往往平衡了直接敷衍与间接展现:剧中多数事件,舞台直接表演外常加上他人转述。从时空设置看,古罗马与文艺复兴的意大利并存,古不列颠与詹姆斯时代的英格兰同在。从情节来源看,作者平衡了历史和传说,前者提供主要人物、故事背景和副情节线,后者提供主情节线。在此框架下,作者又平衡了喜剧和悲剧、田园和怪诞元素。实际上,莎剧中,《辛白林》属于体裁尤难界定的一部[1],很大程度上就是体裁特征过于平衡造成的。

这样的平衡处理,通过给观众提供过多线索,充分掩盖了剧作者本人的观点,迫使观众以自己的固有认识为基础,形成对与剧本相关的各种问题的看法。莎士比亚当年的观众也许不会像今天的学者这样试图解析剧本的体裁归属、故事来源、风格特征等问题,但如前文所述,文艺复兴时期英格兰的观众往往会对文学作品有"议政"的预期,《辛白林》中又有大量明显的时事指向,因此可以推测,他们会对剧本中作者的"政治表达"形成看法,而这便是莎士比亚在剧本中指向时事并平衡处理的目的。从某种程度上说,莎士比亚对观众的做法,正是《辛白林》主要戏剧冲突之一的"忠贞赌局"[2]中,阿埃基摩对波塞摩斯的做法。

在那个赌局中,阿埃基摩描述在不列颠王庭的经历时,虽然旨

1　See also Tony Tanner, *Prefaces to Shakespeare*, Cambridge, Massachusetts and London, England: The Belknap Press of Harvard University Press, 2010, p. 721; J. Clinton Crumley, "Questioning History in *Cymbeline*", p. 297; Marjorie Garber, *Shakespeare After All*, p. 802.

2　"忠贞赌局"是波塞摩斯就妻子伊慕贞是否坚贞与阿埃基摩打的赌,赌注是伊慕贞赠给波塞摩斯的钻石戒指及阿埃基摩的全部家当。赌局安排下,阿埃基摩前往不列颠,试图勾引伊慕贞。他言语挑逗不成,便藏身于托她保管在她卧室内的箱子,夜深人静时,出箱记录了室内摆设及伊慕贞的身体特征,并窃取了她的手镯,回去后转述、展示给了波塞摩斯。后者因此判定妻子不贞,写信给仆人,指示他杀掉伊慕贞。

在欺骗,但除了编造得到伊慕贞手镯的方式["她从她的胳膊上取下来的"(2.4.101)]、说自己吻过她胸口的痣,多数时候,其实并未篡改事实,而仅是言语模糊,利用词义双关、似是而非的描述和对伊慕贞的诋毁,将重塑过去的责任交给了听者。例如,他说"your lady being so easy"(2.4.47)[1]时,全看听者如何理解"easy"一词:如果将其理解为"容易受骗"[2],便可以说他的描述是尊重事实的,因为伊慕贞的确因为轻信阿埃基摩,无意中助他实施了针对自己的奸计;但如果听出弦外之音,将"easy"理解为"lady of easy virtue"中的"浪荡"之意,那么伊慕贞便成了淫荡之人。同样,阿埃基摩宣称:

> her bedchamber—
>
> Where I confess I slept not, but profess
>
> Had that was well worth watching. (2.4.66 - 68)[3]

只看字面意思,也的确属实:他确实彻夜未眠,在伊慕贞的卧室里忙着观察、记录室内陈设和熟睡的公主体貌。但听者也可选择从这句话中品出对性爱之事的隐射。另一个例子是展示伊慕贞的镯子时,他发誓,"By Jupiter, I had it from her arm"(2.4.121)——手镯的确是从伊慕贞胳膊上弄来的,但这样的说法会让波塞摩斯误认为是伊慕贞主动相赠。

---

1 2.4.47,以及下面所引的 2.4.66 - 68、2.4.121,讨论的是原文中的双关含义,因此未引译文。

2 "Easy, adj., adv., and n.", Def. 12a, *OED Online*, Oxford: Oxford University Press, 2016, http://ezproxy-prd.bodleian.ox.ac.uk:2355/view/Entry/59126?rskey = nE3y8U&result = 1&isAdvanced=false.

3 本书中莎剧原文引语段排版均以原版书为准。

　　虽然阿埃基摩对伊慕贞卧室的描述未能动摇波塞摩斯,但他
一拿出手镯来,后者便认了输。若将《辛白林》中的"忠贞赌局"与
其源头德国故事《耶拿的弗雷德里克》(*Frederick of Jenna*)和薄
伽丘《十日谈》中的相关情节进行对比,就能发现,此处莎士比亚做
了一个调整,突出了波塞摩斯对妻子的不信任。另两个故事中,丈
夫在看到"物证"时,均拒绝相信妻子失贞,听到对方准确描述了妻
子身体私密处的特征后,才彻底崩溃。而《辛白林》里,看到手镯,
波塞摩斯几乎立即就认了输:"你听见么,他发誓了;他指着朱匹特
发誓。那是真的……这是她不贞的明证。"(2.4.122-123,126-
127)此处,作者还特地安排局外人插上一句,反衬出波塞摩斯结论
之草率:

> 菲拉里奥:先生,别着急:对于一个对她深具信心的人来
> 　　　说,这证据还不够——
> 波塞摩斯:别再说起了;她已经被他奸污了。(2.4.130-
> 　　　134)

　　波塞摩斯之所以会如此轻易地相信妻子失贞,是因为他潜意
识里将妻子与不忠联系起来。阿埃基摩从不列颠回来,还未提及
赌约,他便主动"扬扬得意地"[1]问:"这一块宝石还是照旧发着光
么? 或者你嫌它戴在手上太黯淡了?"(2.4.40-41)钻石是两人的
赌注,而在他们之前的对话中被用来指代伊慕贞,因此他是在问妻
子是否坚贞。然而,这个问法十分诡异——阿埃基摩无论回答

1　James Edward Siemon,"Noble Virtue in *Cymbeline*",*Shakespeare Survey*,29（1976）,
　　p. 57.

"是"还是"否"，都可以亵渎伊慕贞，诽谤其不贞。此句原文为：

Sparkles this stone as it was wont, or is't not

Too dull for your wearing?

其中"wear"一词，除了"穿戴"以外，还有"作为自己的拥有、享用"[1]之意。如果阿埃基摩说宝石光彩照人，他"用着"不嫌黯淡，那言下之意可以是他要"戴"宝石，"享用"伊慕贞；而如果说自己不屑于戴这钻戒，那便意味着伊慕贞行为不检。波塞摩斯急于表现自己的"扬扬得意"，却透露出潜意识里的不安。在此之前，回应阿埃基摩对伊慕贞美貌的赞扬时，他说如果她徒有其表，就"让她的美貌在窗孔里引诱邪恶的人们，跟着他们堕落了吧"(2.4.33-35)。"在窗孔里引诱"是"妓女招揽嫖客的方式"[2]。他说这句话，似乎是在赞美妻子美丽端庄，但实际上暴露出内心已"倾向于将伊慕贞与卖淫通奸联系起来"[3]。

波塞摩斯在"忠贞赌局"中的溃败，是由于先入之见左右了对"文本"的解读。同样的事情也发生在伊慕贞身上。得知丈夫要杀害自己，她立即得出结论，是"意大利小娼妇诱惑了他"(3.4.48-49)。她之所以下这样的结论，是因为之前听说过丈夫在国外花天酒地——"阿埃基摩，你倒是指责过他生活放荡"(3.4.45)——疑虑就此存在于潜意识中。从未听过这种说辞的人，则会根据波塞

---

1 "Wear v. 1" Def. 8b, *OED Online*, Oxford: Oxford University Press, 2016, http://ezproxy-prd.bodleian.ox.ac.uk:2355/view/Entry/226606?rskey=9Xupm9&result=2&isAdvanced=false.

2 Jean Howard, Footnote 4 to *Cymbeline*, *The Norton Shakespeare*, p. 2999.

3 Martin Butler, Footnote to 2.4.34, *Cymbeline*, p. 135.

摩斯的一贯品行,得出更合理的结论:"我的主人一定是被人骗了;一定是有个小人,而且是个手段高明的小人,用这种该死的法子伤害你们两个。"(3.4.118-121)

《辛白林》主情节线中的戏剧冲突,源于主人公解读现象时受成见左右而扭曲了事实。同样地,副情节线中的主要矛盾,即罗马与不列颠在岁贡问题上的纠纷,亦因此而起。两个国家因立场不同,对同一段历史产生了不同的解读,最终导致兵戎相见。在罗马人的历史中,凯撒"来到不列颠并征服了它"(3.1.4-5),不列颠国王"答应终身向罗马纳贡,而且子孙永守毋替,每年纳贡三千镑"(3.1.8-9)。不列颠人则拒绝纳贡,在他们的历史里:

> (凯撒)是曾在这里做过类似征服的事,但不曾在此地发过他的豪语"我到了,我看了,我战胜了";他两度战败,带着他首次遭受的耻辱离开了我们的海岸;他的船只——可怜的不知道深浅的玩具!——在我们汹涌大海里,像蛋壳一般在波浪上漂荡,撞在我们岩石上就粉碎了。(3.1.22-29)

罗马人与不列颠人谈的是同一个历史事件,对事件的基本认识亦相同(不列颠人未否认自己战败),但立场不同(宗主国/藩属国),援引历史的目的不同(追讨贡金/拒绝纳贡),因此解读时的侧重点不同(凯撒征服/凯撒受辱),构建出来的历史及这段历史在当时的影响也完全不同:在罗马版本里,凯撒征服不列颠,后者理应纳贡;在不列颠版本里,凯撒狼狈退去,不列颠独立自由,不必对罗马奴颜婢膝。

就像故事中的罗马人和不列颠人在面对同一历史"文本"时会

做出截然相反的解读一样，故事外的观众、学者面对同一部《辛白林》，也会就剧本中时事元素的演绎透出的政治倾向得出截然不同的结论。学界就剧中莎士比亚政治观点的持续争论证明了这一点：面对剧中丰富的时事线索，学者们对《辛白林》进行了大量的历史、政治解读，得出了大相径庭的结论。维多利亚时代的学者从剧中读出了对女性力量的刻画和对不列颠精神的颂扬[1]，当代学者则指出剧本"以父权政治收尾"[2]，"不列颠的自我复苏中，女性们不是失去权力，就是干脆消失了"[3]。有学者认为，这部剧在发表不列颠的"国家宣言"[4]，也有的视其为莎士比亚最后一部"罗马剧"[5]，"在此剧中，莎士比亚向罗马致敬，视其为不列颠的文化样板"[6]。有学者认为此剧的创作是为了"赞美詹姆斯积极的和平政策"[7]，而与之相对，也有学者指出，此剧"通过各种方式反对了詹姆斯的各项政治计划"[8]，并"给了观众一个机会，可以冷眼审视政权的宣传"[9]。实际上，这些政治解读均有其合理之处，均能在剧本中找到大量证据——莎士比亚的"平衡处理"保证了这一点。

恰如波塞摩斯和伊慕贞落入了阿埃基摩的陷阱那样，我们得出结论时，便踏进了莎士比亚的"圈套"。莎士比亚在剧中大量使

1　See Jonathan Bate, ed., *The Romantics on Shakespeare*, London: Penguin Books, 1992, pp. 297 - 302.

2　Jodi Mikalachki, "The Masculine Romance of Roman Britain: *Cymbeline* and Early Modern English Nationalism", *Shakespeare Quarterly*, 46 (1995), p. 303.

3　Jean Howard, "*Cymbeline*", *The Norton Shakespeare*, p. 2970.

4　G. Wilson Knight, *The Crown of Life*, p. 130.

5　David M. Bergeron, "*Cymbeline*: Shakespeare's Last Roman Play", *Shakespeare Quarterly*, 31 (1980), p. 30.

6　Coppélia Kahn, *Roman Shakespeare: Warriors, Wounds and Women*, p. 161.

7　Emrys Jones, "Stuart *Cymbeline*", p. 96.

8　Lisa Hopkins, "*Cymbeline*, the *Trans Imperii*, and the Matter of Britain", p. 153.

9　Ros King, Cymbeline: *Constructions of Britain*, p. 63.

用时事元素,因此观众——特别是其同时代的观众——会将此剧
视作政治寓言。但是,莎士比亚又用重重的平衡处理隐藏了自己
的政治观点,因此任何关于剧本政治倾向的判断,其实都是观众个
人关于相关历史事实既有认识的体现。换句话说,剧中既有充足
的证据可以证明莎士比亚"支持"国王及其政治主张,亦有足够证
据证明他在"质疑"君主。我们推导结论的过程中,实际上"是我们
选择事实,我们选择文本,我们将它们置于语境中,我们感知它们,
我们决定事情的主次……是我们,通过(事实选择),表达我们的意
思"[1],因此会得出什么结论,很大程度上取决于我们自己对詹姆
斯一世的政治主张,以及对于文艺复兴时期戏剧功能的固有认识
和评价。而每个观众得出的关于此剧政治倾向的结论,都再次印
证了《辛白林》剧情演绎的一个主题:在实践中,解读的过程往往不
是我们根据证据形成观点,而是根据观点挑选证据的过程。这样,
通过在剧本中大量使用时事元素,并辅以平衡处理,剧作家令观众
亲身体验了剧中人物的经历,参与、支持了戏剧主题的构建。

　　需要指出的是,以上论述并非试图否认莎士比亚《辛白林》中
时事元素的"政治性",毕竟,"尽管并不是所有的戏剧都表达了什
么政治主张,但所有的戏剧都指向政治经历,并表达了对此的看
法"[2]。莎士比亚在剧中指涉、演绎时事元素,目的也许不仅限于
利用它们做"诱饵",令观众"实践"剧中的论点。或许他亦希望通
过它们,隐晦地表达自己的政治观点。但是,由于其对政治元素的

1　Hugh Grady and Terence Hawkes, "Presenting Presentism", *Presentist Shakespeares*,
　　eds. Hugh Grady and Terence Hawkes, London and New York: Routledge, 2009, p. 2.

2　Dermot Cavanagh, "History and Politics", *The Edinburgh Introduction to Studying English*
　　Literature, 2nd ed., eds. Dermot Cavanagh et al., Edinburgh: Edinburgh University Press,
　　2014, p. 199.

平衡处理,在没有关于莎士比亚政治倾向的外部证据的情况下,对剧中所谓"真实的政治表达"的探索,都将是徒劳。而这样的外部证据,至少目前是缺失的。

与之相对,我们的确掌握了大量的外部证据,可以证明不同时代、阶层、背景的观众,通过自己对剧本的带有本阶层、本时代特色的解读,参与了莎士比亚在剧中关于"解读"和"事实"间关系的讨论,证明了剧中故事所指出的"固有认识会左右事实解读"这一观点的合理性。詹姆斯时代负责作品审查的宴乐长官(Master of Revels)没有在剧中读出任何"反动"内容(剧本通过了审查,未给莎士比亚和剧团带来麻烦)。1634 年 1 月,宴乐部的官方记录也显示,查理一世对此剧"颇喜欢"[1]。20 世纪中后期至 21 世纪的学者——经历过了后现代主义、后结构主义、解构主义等思潮——"意识到,长久以来人们所珍视的关于西方文化的假设和认识既不自然,也不普适"[2],因此倾向于在剧中读出作者——通过揭露"历史书写中不可避免的故事虚构"[3]——对都铎-斯图亚特历史、政治宣传的质疑,发掘作者所提出的"关于英格兰的历史地位、它的宗教经历,以及它在世界的未来的根本性疑问"[4]。

综上所述,《辛白林》中时事元素的作用,与其说在于指向剧作家个人的政治观点,不如说在于深化戏剧主题。如果说正、副情节

1　Sir Henry Herbert, *The Control and Censorship of Caroline Drama: The Records of Sir Henry Herbert, Master of Revels 1623 - 73*, ed. N. W. Bawcutt, Oxford: Oxford University Press, 1996, http://ezproxy-prd.bodleian.ox.ac.uk:2219/view/10.1093/actrade/9780198122463.book.1/actrade-9780198122463-div2-267.

2　Gregory Castle, *The Blackwell Guide to Literary Theory*, Oxford: Blackwell Publishing, 2007, p. 33.

3　J. Clinton Crumley, "Questioning History in *Cymbeline*", p. 312.

4　Ros King, Cymbeline: *Constructions of Britain*, p. 2.

线中的主要戏剧冲突提醒观众"事实并不会为自己说话"[1]，通过
解读现象得出的结论往往与实情多有出入，那么剧情中对于时事
元素的运用，则通过"诱导"观众做出关于剧本政治立场的判断，使
其亲身实践、体验这样的解读过程。

---

1   Hugh Grady, "Shakespeare Studies, 2005: A Situated Overview", *Shakespeare*, 1 (2005),
    p. 106.

第三章

《暴风雨》：参与历史

　　自 20 世纪 50 年代以来，《暴风雨》一直是学者对莎剧做"政治解读"时所青睐的文本。莎学家们一度热衷于"将剧本置于殖民主义、后殖民主义、反殖民主义、女权主义"[1] 等现当代文学文化理论框架下，提出《暴风雨》是莎士比亚对当时美利坚新大陆及新大陆上的殖民、蓄奴状况的探讨[2]；《暴风雨》反映的是殖民体系中不可或缺的语言殖民过程[3]；《暴风雨》既是殖民话语体系的一部分，也是对它的干预[4]；《暴风雨》展现的是起义与革命对于建立理想政府的阻碍[5]。这些实际上是以现当代视角探索剧本对文艺复兴时期英国的帝国主义、殖民主义思维模式，以及该思维模式对种族、性别的历史性偏见的解读。

　　这些解读虽然建立了《暴风雨》与古今各类政治观点、话题之

1　Neil Heims，"*The Tempest* in the Twentieth Century"，*Bloom's Shakespeare Throughout the Ages：* The Tempest，ed. Neil Heims，New York：Infobase Publishing，2008，p. 120.

2　See Leslie A. Fiedler，*The Stranger in Shakespeare*，London：Croom Helm，1972，pp. 199 - 253.

3　See Stephen Greenblatt，*Learning to Curse：Essays in Modern Culture*，pp. 16 - 39.

4　See Paul Brown，"'This thing of darkness I acknowledge mine'：*The Tempest* and Colonial Discourse"，pp. 48 - 71.

5　See Dean Ebner，"Rebellion and the Ideal State"，*Shakespeare Quarterly* 16. 2（1965），pp. 161 - 173.

间的联系,却对这部剧本身的政治属性鲜有探讨。换言之,尽管它
们充分展现了莎士比亚戏剧与现当代政治的契合度,也探究了剧
本中所反映出的文艺复兴时期英国的政治问题,甚至构建起一套
合理的"《暴风雨》政论体系",它们却止步于此,未进一步探究"政
论"是否确是作家的初衷,以及(如果是的话)此政论除了是对某个
经典或时下政治话题讨论的文人式参与外,是否还有更为明确直
接的政治功能。

　　本章希望通过综合分析《暴风雨》内部剧情、台词和已知的外
部资料,尝试探索其创作之初可能具有的政治功能。笔者认为,虽
然大部分情况下莎剧的政治立场和功能都比较模糊,《暴风雨》却
可能是个例外:它可被视作一部具有明确政治功能的戏剧,作者在
剧中对时政话题做出了有针对性的探讨,借助英国宫廷的劝谏剧
传统,在这部于英格兰国王詹姆斯一世面前首演的剧中,委婉但明
确地对后者所坚持的王权观提出了质疑和规劝性建议。

一

　　"王权"是《暴风雨》的主题。这几乎在序幕拉开后几分钟内就
被点了出来:面对贡柴罗"但是请记住这船上载的是什么人"
(1.1.17)的提醒,水手长回答:

　　　　走开! 这些波涛才不在乎你国王不国王呢(What cares
　　these roarers for the name of king?)……随便什么人我都不
　　放在心上,我只管我自个儿。……要是你有本事命令风浪静
　　下来,叫眼前大家都平安,那么我们愿意从此不再干这拉帆收

缆的营生了。你倒是用用你的威权呀!(1. 1. 16,18-24)

其中,"roarers"一词的使用令水手长的话有了双关乃至三关的含义。不在乎"国王不国王"的不仅仅是他们船下的惊涛骇浪,还有正在甲板上奔走呼喊的一众水手,以及更广泛意义上的不受管教、难以控制的暴民们。[1]

短短六七行台词,已引出关于王权的数个互相渗透的话题。王权的本质是什么——它是切实的力量(可镇住风暴),还是只是一个名头("the name of king")?是一种不容置喙的绝对权力(不管风暴是否平息,"我们"都愿意听从国王的指示),还是建立在互惠互利关系上的相对权力(如果"你"可以止住风浪,"我们"才愿意臣服)?而民众对君主,是应该从情感上就有绝对的敬畏和服从(生死关头还需记得船上载着自己的国王),还是可以不把君主"放在心上,我只管我自个儿"?

这些关于王权的问题,归根结底是在剖析君主与臣民是何种关系,这正是接下来展开的剧情里将要充分讨论的问题。剧中的君主普洛斯彼罗即使修炼成了厉害的魔法,威能无边,他的荒岛政权运作仍非一帆风顺。他依照君权神授的绝对王权观所缔结的君臣关系往往十分紧张、低效;而以另一种模式,即强调义务责任双向、不要求情感上效忠的契约王权模式,所缔结的君臣关系相较之下则平和、高效许多。

实际上,《暴风雨》中荒岛上这一下午的故事的源头,可追溯到十二年前,普洛斯彼罗将治理国家的重任托付给弟弟安东尼奥,后

---

1 Virginia Mason Vaughan and Alden T. Vaughan, Footnote 17, *The Tempest* (Arden 3rd Series), p. 145.

被篡权夺位,只得携幼女流亡。在回忆这段历史时,他告诉女儿:

> 我的弟弟,就是你的叔父,名叫安东尼奥。听好,世上真
> 有这样奸恶的兄弟!除了你之外,他就是我在世上最爱的人
> 了;我把国事都托付给他管理……我这样遗弃了俗务……谁
> 知道这却引起了我那恶弟的毒心。我给予他的无限大的信
> 托,正像善良的父母产出刁顽的儿女来一样,得到的酬报只是
> 他的同样无限大的欺诈。(1.2.66-70,89,92-97)

关于这段往事的细节,全剧中基本只能从普洛斯彼罗在第一幕
第二场的口述里得到。但即使是从这样的"一面之词"里,也不难听
出造成安东尼奥篡权的不仅仅是他本人的"毒心",亦是普洛斯彼罗
为君的不足。两人的君臣关系无法维系,一个重要原因在于普洛斯
彼罗认为臣民对他的忠诚理所当然,而安东尼奥对于他的忠诚则更
加天经地义,因为他们二者之间还有更进一步的、基于血缘关系的
情感纽带。实际上,从其口述中不断出现的"奸恶的兄弟"的咒骂可
知,十二年后他依然没有改变这种想法。然而,正如马基雅维利在
《君主论》中指出的,"维系爱的这条纽带,由于人总是卑鄙的,所以
在各种情况下都会被他们的私欲扯断"[1],将权力关系完全建立在
感情之上是十分不明智的。平日里恭顺的米兰达要去幽会腓迪南
而未得到父亲允准,在自己的私欲与君主/父亲的命令起冲突时,也
选择了违背父亲的意愿,偷偷去见腓迪南。在接下来的四个小时
中,流落荒岛的那不勒斯王庭里,西巴斯辛企图刺杀熟睡的兄长、国

---

[1] Niccolò Machiavelli, *The Prince*, trans. Peter Bondanella, Oxford: Oxford University Press, 2008, p. 58.

王阿隆佐,再次证明了兄弟之情和家庭纽带的脆弱。

普洛斯彼罗为了满足"在幽居中修养德行"(1. 2. 90)的个人追求,基于自己对王权的固有认识,"把政治放到弟弟的肩上,对于自己的国事不闻不问,只管沉溺在魔法的研究中"(1. 2. 74-77),推卸了作为君主治理国家的基本职责,令安东尼奥承担起治国的实际工作,却不享有君主的名号。换言之,在这段君臣关系中,责任与义务都是单向的,安东尼奥负有对普洛斯彼罗忠诚、为其代理国事的义务,而普洛斯彼罗除了出于兄弟本能"爱"安东尼奥外,不对他有任何付出,亦不对他负有任何责任。

这种建立在单向责任义务之上的君臣模式,被普洛斯彼罗带到了荒岛,用于控制凯列班。虽然这次他不再是不问俗务的学究,而是魔力无边、铁血铁腕的法师,但这段君臣关系仍以凯列班发动"政变"告终,证明了即使是实力强大、近似天神的君主,以单向义务的君臣模式治国也不是明智之举。

普洛斯彼罗与凯列班相处的最初模式,《暴风雨》中并未直接敷衍,而是通过两人在1. 2的互相指责中透露出来。凯列班控诉普洛斯彼罗忘恩负义:

> 你刚来的时候,抚拍我,待我好,给我有浆果的水喝,教给我白天亮着的大的光叫什么名字,晚上亮着的小的光叫什么名字:那时我是爱着你的,把这岛上一切的富源都指点给你知道,什么地方是清泉、盐井,什么地方是荒地和肥田。……我本可以自称为王,现在却要做你的唯一的奴仆;你把我禁锢在这堆岩石的中间,而把整个岛给你自己受用。(1. 2. 335-341, 345-347)

普洛斯彼罗则斥责凯列班是卑鄙禽兽,自己将他纳入家庭,教他语言,换来的却是他试图侵犯米兰达。同分析安东尼奥为何会篡权时一样,普洛斯彼罗将这一切归咎于凯列班天性卑劣:凯列班是魔鬼与巫婆结合的产物,是"下流胚,即使受了教化,天性中的顽劣仍是改不过来"(1. 2. 361 – 362),是"一个魔鬼,一个天生的魔鬼,教养也改不过他的天性来"(4. 1. 188 – 189)。而同普洛斯彼罗与安东尼奥的关系破裂一样,普洛斯彼罗与凯列班的关系无法持续,归根结底不在于凯列班天性卑劣,而在于这种关系建立在臣须对君尽忠而君不必对臣尽义的单向义务安排之上。

从表面上看,两者的关系似乎源于互惠互利的双向义务与责任:凯列班为普洛斯彼罗提供岛上的资源,普洛斯彼罗则将文明带给凯列班。然而,细究之下,这段关系中尽义务的只有凯列班,获益的只有普洛斯彼罗。凯列班带给普洛斯彼罗的是在荒岛上维持生命的必需物资,而普洛斯彼罗给予凯列班的任何东西对于其在荒岛的生活都非必需:"有浆果的水"(这应该是某种低度酒[1])和一门外语。更重要的是,虽然他自诩将文明礼仪带到了荒岛,但实际上他给予凯列班文明的方式,是在未向凯列班传授文明世界道德行为准则的情况下,就要求其行为符合文明世界道德评价标准。从 1. 2 中的对话看,普洛斯彼罗和米兰达不过是给了凯列班基本的"语言培训",让他知道了"怎样用说话来表达自己的意思"(1. 2. 360 – 361),而未给他机会接触人类文明的其他方面,更未给过他道德教育。凯列班企图侵犯米兰达的举动的确反映了他的天性低劣:他是在遵循野兽的繁衍天性,要让"岛上住满大大小小的

---

1 Virginia Mason Vaughan and Alden T. Vaughan, eds., *The Tempest*, p. 174.

凯列班"(1.2.353-354)。但普洛斯彼罗无权将他们关系的破裂归咎于凯列班的天性,因为他作为一个君主,作为"带来文明"、将凯列班纳入自己家庭体系的人,实际上并未担起教化子民的责任,未设法改变凯列班的野兽天性。换言之,"教给凯列班自己的语言"这一举动不是普洛斯彼罗心慈性善的表现,只是其统治前者的手段。[1] 而凯列班掌握了语言,的确如他自己所说,"所得的好处不过是知道了怎样诅咒"(1.2.366-367),以及能够更好地听懂普洛斯彼罗的命令。

《暴风雨》正剧中直接演绎的是撕去了"互惠"假象后的普洛斯彼罗与凯列班的君臣关系。这是一种绝对君主专制、义务单向的关系,普洛斯彼罗不对凯列班有任何责任义务,而凯列班则完全按普洛斯彼罗的吩咐为其服务:"给我们生火,给我们捡柴,也为我们做有用的工作"(1.2.314-316),即使"里面木头已经尽够了"(1.2.317),也得继续搬柴。不仅如此,普洛斯彼罗还要求他做起事来心甘情愿,不然就要受到严惩:"要是你不好好做我吩咐你做的事,或者心中不情愿,我要叫你浑身抽搐;叫你每个骨节里都痛起来;叫你在地上打滚咆哮。"(1.2.371-373)而虽然普洛斯彼罗强大的法术的确将"我必须服从"(1.2.375)的意识深植进凯列班的脑中,但当机会来临,后者依旧毫不犹豫地投向新主,煽动政变。尽管凯列班挑了两个"猪队友"斯丹法诺和特林鸠罗,且遇上的是普洛斯彼罗这样的"神对手",因此惨遭镇压,但凯列班选择叛变这

---

1 See Brinda Charry, The Tempest: *Language and Writing*, London: Bloomsbury, 2013; Pierre Bourdieu, "The Economics of Linguistic Exchange", *Social Science Information* 16 (1977), pp. 648-668; Stanton B. Garner, "*The Tempest*: Language and Society", *Shakespeare Survey* 32 (1979), pp. 177-187; Meredith Anne Skura, "Discourse and the Individual: The Case of Colonialism in *The Tempest*", *Shakespeare Quarterly* 40 (1989), pp. 42-69.

一事实依然证明,普洛斯彼罗即使有左右自然的强大力量,也无法成功推行臣子单向义务的王权模式。

　　值得注意的是,虽然自认是荒岛的合法主人,但对于"为人臣子",只要"君"能好好待他,凯列班也不拒绝。确信斯丹法诺是个"好人"(2.2.108)后,他便愿意"发誓做(斯丹法诺的)仆人"(2.2.116),并主动提议如果"政变"成功,便让他"做这岛上的主人"(3.2.55)。这个"伪王庭"虽然是个笑话,但君臣关系在缔结之初,是建立在各取所需、互惠互利的契约基础之上,因此斯丹法诺与凯列班比普洛斯彼罗与凯列班关系要友好、高效得多,很快就进入了制订、确认并执行针对普洛斯彼罗之暗杀计划的阶段。这段关系开始破裂,则是由于斯丹法诺、特林鸠罗二人撕毁了合约,为了满足自己的虚荣心,半途去试穿林中出现的华服,打乱了刺杀计划。

　　在1.1中,水手长已经明确表态,作为臣子,世上他最在乎的是自己,不是君主。这是人类的天性,不论是在自然中还是在社会里,多数人所做出的一切努力,归根结底都是为了保证自我权益。因此作为君主,不论生性仁慈还是严苛,想要自己的政权长久稳定,就需要确保自己的臣子能从这段君臣关系中得到看得见摸得着的利益。否则,君臣关系即使建立在血缘这种看似牢固的纽带,或者为君者的绝对实力之上,也无法保证稳固。

　　《暴风雨》里最成功的一段君臣关系,要属普洛斯彼罗与爱丽儿的关系,而这段关系恰是建立在双向义务契约之上的。全剧里,爱丽儿给观众留下的印象是一直在积极地完成普洛斯彼罗所布置的各项任务:

万福，尊贵的主人！尊严的主人，万福！我来听候你的旨意……爱丽儿愿意用全副的精神奉行。(1.2.190-191, 193-194)

但也需注意到，这样的积极性基于它与普洛斯彼罗缔结的互惠协议：

（如果）为您尽心尽力服务，不曾撒一次谎，不曾有过一次过失，伺候您的时候，不曾有过一次怨言；您曾经答应过，将我的劳役期限减掉整整一年。(1.2.248-251)

此外，普洛斯彼罗还加上了"你倘然好好办事，两天之后我就释放你"(1.2.299-301)的新承诺。如果两者间没有这个契约，即便爱丽儿是个天性出色的精灵，不似凯列班那样有魔鬼血统，它也依然会像后者那样满腹牢骚、不服管教。毕竟，在1.2中，听说普洛斯彼罗又有新任务给它时，它的第一反应是回答："又有苦差事啊？"(1.2.243)

起初，看到爱丽儿闹情绪，普洛斯彼罗试图用叱责其忘恩负义、威胁要对其严惩的方式令它就范。爱丽儿稍稍表示一点不满，他便立即转移话题，说自己当初是如何将爱丽儿从西考拉克斯手中解救出来的，并宣布"假如你再要叽里咕噜的话，我要劈开一株橡树，把你钉住在它多节的内心，让你再呻吟十二个冬天"(1.2.296-298)。而对于斥责和威胁，爱丽儿几乎全程只用简短的几个单音节词应答["No, sir""Ay, sir""I do not, sir"(1.2.261, 270, 257)]，与其前面讲话时的滔滔不绝、眉飞色舞形成了鲜明对比,彰显出其内心的不满。

　　普洛斯彼罗应是体会到了精灵的情绪,因此在叱责和威胁之余,又答应如果它好好做事,便在两天后还它自由。"新契约"的效果立竿见影,爱丽儿立即再次神采飞扬、积极主动起来:"要我做什么? 快说,快说要我做什么?"(1.2.303)在接下来的剧情里,普洛斯彼罗几乎每给爱丽儿布置一项任务,便会提起一次他俩的契约:"你将像山上的风一样自由;但你必须先执行我所吩咐的一切"(1.2.502-504);"爱丽儿,我的小鸟,这事要托你办理;以后你便空手自由地回到空中"(5.1.317-318)。而爱丽儿也的确一直兢兢业业,再无怨言。

　　通过戏剧演绎,《暴风雨》对比了"契约王权"与"专制王权"给同一位君主所带来的截然不同的君臣关系的体验,展示了基于君臣互尽义务这一契约的政权的相对稳定性。

二

　　王权也是英格兰国王詹姆斯一世所关心的话题。虽然多数君主都对王权及相关讨论非常在意,但詹姆斯是少有的积极在各种场合声明、详解自己的王权观,并将自己的政治理论书面化的君主:"詹姆斯频繁地将自己的政治理念出版发表,这一点上也许再无另一个君主能及。"[1]除去继承英格兰王位后在议会发表的讲话外,詹姆斯还有不下十部政论出版,其中就王权话题展开充分讨论的有《自由君主的真正法律》(*The Trew Law of Free Monarchies*)、《皇

1　Cyndia Susan Clegg, *Press Censorship in Stuart England*, Cambridge: Cambridge University Press, 2004, p. 9.

室礼物》(*Basilikon Doron*)、《为效忠宣誓作辩》(*Triplici Nod, Triplex Cuneus: Or an Apology for the Oath of Allegiance*),以及《对所有伟大君主的告诫》(*A Premonition to All Mightie Monarchs*)。而这其中《自由君主的真正法律》与《皇室礼物》最具影响力,前者详述了詹姆斯一贯坚持的君权神授观,强调"臣民必须在所有事情上都服从君主的命令,除非该命令直接反抗了上帝"[1],并列出了君主的具体行为准则。(后者作为写给长子的"指南",则是以《法律》中所述的原则为默认前提。这次詹姆斯"根本没费神去证明其合理性"[2]。)这两部政论分别于 1598 年和 1599 年在爱丁堡初版,詹姆斯 1603 年继承英格兰王位后,又于 3 月、4 月在伦敦相继再版。

在詹姆斯一世以君权神授为前提的王权观的表述中,关于君臣关系惯用的一个比喻是:"基于自然法则,国王在登基的那天便成了所有臣民的父亲。"[3]

> 为父者可以随心分配给孩子的遗产,甚至在合理的情况下剥夺长子的继承权,按自己的喜好转给幼子;按照自己的喜好,可以让他们一贫如洗,也可以让他们富有;若是他们冒犯了自己,便控制他们的行动,或者拒不再见他们;若是他们诚心悔过,便与他们重归于好。那么国王也可以像这样对待自

---

1 James Ⅵ and Ⅰ, *The Trew Law of Free Monarchies*, *King James Ⅵ and Ⅰ : Political Writings*, ed. Johann P. Sommerville, Cambridge: Cambridge University Press, 1994, p. 72.

2 Johann P. Sommerville, "Introduction", *King James Ⅵ and Ⅰ : Political Writings*, p. xix.

3 James Ⅵ and Ⅰ, *The Trew Law of Free Monarchies*, p. 65.

己的臣民。[1]

将君臣关系等同于父子关系,又意味着君臣关系应建立在自然个体(而非政治个体)的天然情感之上。实际上,1609年,英格兰在詹姆斯的推动下通过了《宣誓效忠法案》(Oath of Allegiance Act)。根据时任上议院大法官的解释,这个新的"宣誓效忠"模式的实质是

> 要求民众从情感上效忠。它在灵魂与意识层面,要求每一位臣民忠实于、服从于君主。而因为灵魂与意识不受政策束缚,忠诚与归顺也无法受政策管控,不是属于政治个体层面的。宣誓的必须是自然个体,向君主效忠的也必须是自然个体。[2]

换言之,在《法案》推行前,臣民对于国王的效忠模式是作为政治个体在行动上对国家君主这一政治个体宣誓忠诚,而《法案》出台后,臣民则需要以自然个体的身份在情感上忠诚于担任君主一职的詹姆斯这一自然个体。

詹姆斯在1610年的白厅讲话里强调:"臣民要向君主奉上灵魂上的深情,以及身体力行的服务。"[3] 在他的王权观体系中,君臣

---

1 James Ⅵ and Ⅰ, "A Speach (sic.) to the Lords and Commons of the Parliament at White-Hall, on Wednesday the XXI of March, Anno 1609", *King James Ⅵ and Ⅰ: Political Writings*, p. 182.

2 Lord Ellesmere (Sir Thomas Egerton), *The Speech of the Lord Chancellor of England, in the Exchequer Chamber, Touching the* Post-nati, London: Print for the Society of Stationers, 1609, p. 101.

3 James Ⅵ and Ⅰ, "A Speach to the Lords and Commons of the Parliament at White-Hall, on Wednesday the XXI of March, Anno 1609", p. 181.

之间的关系是,后者有在法律上和情感上效忠于前者的责任与义务。尽管在其政论中,他的确提及这"纽带是相互的"[1],但与此同时,他也反复强调,"国王只需要对上帝负责"[2],好的君主会"乐于"[3]为臣民着想,而这是一种自觉选择,不是义务。换言之,在詹姆斯王权观体系的君臣关系中,责任义务是单向的,臣必须忠君,君不必爱臣。

分析至此,不难看出,《暴风雨》中的普洛斯彼罗基本是严格按照詹姆斯王权观中的君主形象塑造的。在荒岛上,他是绝对的君主,具有魔法神力,可随心所欲、牢牢控制岛上的一切,并在多数时候将君臣关系认定为自然个体之间的关系,要求臣子不仅在行动上服从君主的命令,而且在情感上自觉地服从。《暴风雨》充分演绎了这种权力模式下政权的动荡性,并展示了另一种模式的优越之处,似是在对詹姆斯的王权观做出回应。但是,当代学界印象中常以"政治寂静主义者(political quietist)"[4]姿态出现的莎士比亚,真的会将直接质疑在位君主的政治观点作为自己的一个创作目的吗?

三

《暴风雨》的几个特征令人有理由推测,它可以被看作一部直接向君主进谏的劝谏剧。它的主题触及在位君主所持政治理论体系

1　James Ⅵ and Ⅰ, *The Trew Law of Free Monarchies*, p. 66.

2　Jonathan Goldberg, *James I and the Politics of Literature: Jonson, Shakespeare, Donne, and Their Contemporaries*, Stanford: Stanford University Press, 1989, p. 19.

3　James Ⅵ and Ⅰ, "A Speach to the Lords and Commons of the Parliament at White-Hall, on Wednesday the XXI of March, Anno 1609", p. 191.

4　Elliott Visconsi, "Vinculum fidei: *The Tempest* and the law of allegiance", *Law and Literature* 20 (2008), p. 1.

中的核心话题,戏剧内部元素设置与戏剧外的现实有呼应。此外:

　　1. 它是一部文艺复兴时期的戏剧;

　　2. 它应是在宫廷首演的;

　　3. 创作时间恰好是君主再次在公共场合讨论过王权之后。

　　上述第一条特征列出来似乎是废话,但实际上是有其值得提出之处的——它意味着《暴风雨》具有与生俱来的政治参与度。虽然现当代文学研究界已达成基本共识,认为文学与政治密切相关,但文艺复兴时期戏剧与政治的相关性有其特殊之处。当时的戏剧之所以均可以被看作是"政治的",不仅仅是因为——如新历史主义所解释的那样——权力政治如电流一般不断在文化场域中流动,不管作家本人是否有意借作品进行政治表达,其文学作品总会沾染政治色彩。实际上,文艺复兴时期的英国作家多是通过文学手段积极参与政治讨论的。

　　不同于现当代对"政治"的理解(现当代的政治概念是美国独立运动、法国大革命和工业革命的产物,其核心是通过制度的、制宪的手段保证国家政权的平稳运行),在 16、17 世纪的英国人眼中,"政治"是隶属于道德哲学的:"他们接受的政治教育也是道德教育,因为当时的人认为,政治思想属于道德哲学的一支……不仅如此,人文学科(studia humanitatis)的其他科目,历史、诗歌和修辞,也被认为是道德哲学的表达媒介,因此也都是进行政治思考的工具。"[1]该时期英国的各级教育机构——各地的文法学校、伦敦

1　David Armitage et al., "Introduction", *Shakespeare and Early Modern Thought*, eds. David Armitage et al., Cambridge: Cambridge University Press, 2009, p. 4.

的四大法律学校（Inns of Court），以及牛津和剑桥大学——除了致力于训练各个层次的学生从各种经典文学作品中熟悉关于政治德行的基本讨论，更是要求他们通过自己的写作练习参与这样的讨论："人文主义修辞教育的……目的，在于将学生培养成高超的劝导者，并由此成为更有力的道德和政治行动者（moral and political agents）。"[1] 在经历过这样的教育训练后，作家们——斯特拉特福之爱德华六世文法学校（King Edward VI Grammar School）出身的莎士比亚也不例外——会把自孩提时代起反复辩论、论述的"怎样做好公民""怎样才是好君主"等辩题带进自己的创作，借助虚构或非虚构的文学体裁，对之展开充分演绎、讨论，"许多传统政治话题"因此"进入了人文主义作品中"[2]。

而莎士比亚惯用的文学体裁戏剧与道德、政治讨论还有着进一步的联系。首先，"道德/政治哲学讨论"是英国16、17世纪戏剧的天然功能之一。在这一时期，英格兰"以本国坚实的中世纪宗教戏剧传统为基础"[3]，将宗教剧中关于教义、信仰的演绎，拓展到世俗政治道德的讨论（节制的重要、腐败的恶果、暴君的下场等），创造出了既具有"道德剧（morality play）的严肃性"[4]，又具有娱乐功能的本土新戏剧形式。其次，戏剧体裁是文艺复兴时期道德/政治讨论的理想平台——各级学校对于学生的政治讨论训练，主要是不断令同一个学生从两面为同一个论题作辩。而一部戏剧中的冲

1　Daniel R Gibbons，"Inhuman Persuasion in *The Tempest*"，*Studies in Philology* 114. 2 (2017)，p. 305.

2　Quentin Skinner，"*Afterword*：Shakespeare and Humanist Culture"，*Shakespeare and Early Modern Thought*，p. 272.

3　"Theatre，Western"，*Encyclopedia Britannica 2005 Ultimate Reference Suite*，CD - ROM，London：Encyclopaedia Britannica Inc.，2005.

4　Ibid.

突，往往也正是由于不同的人群对于同一个问题有不同的看法，是
展现"两面作辩"式政治讨论的绝佳契机。

更重要的是，在文艺复兴时期"讲究万事本质之戏剧性"[1]的
英格兰，戏剧不仅仅是文人间接参与政治讨论的手段，而且时常具
有更直接的政治劝诫功能。正如英国历史学家沃尔克（Greg
Walker）指出的，这一时期的许多戏剧"可以被定性为政治戏剧，不
仅仅因为它们谈及各种政治行为，而且因为它们本身就是政治行
为"[2]，君主、政治家、赞助人深谙"戏剧媒介强大的教诲和劝导功
能"[3]，会通过资助剧团、委托戏剧创作与演出的方式达到自己的
政治目的。相应地，这些戏剧的作者（他们往往是接受过教育，但
并非处于权力政治中心的普通人）也会利用自己的作品，隐晦地向
君主、赞助人就某些关于政治理念、道德准则的问题提出友好的劝
谏。而在现代人印象中具有严格审查制度、言论绝不可谓自由的
都铎和斯图亚特统治时期，这样的做法可以存在且并不少见，主要
有三个原因。其一是因为这一时期的英国朝廷与其说是一个政治
实体，不如说是一个政治论坛，是一个不同的甚至不和谐的声音有
一定存在空间的地方。[4] 其二是因为欧洲自文艺复兴时期人文主
义兴起以来，一直存在着一个"良谏（good counsel）"传统：为君者

1　Arthur F. Kinney, "Introduction", *Renaissance Drama: An Anthology of Plays and Entertainment*, 2nd ed., ed. Arthur F. Kinney, Oxford: Blackwell Publishing, 2005, p. 1.

2　Greg Walker, *Plays of Persuasion: Drama and Politics at the Court of Henry Ⅷ*, Cambridge: Cambridge University Press, 1991, p. 2.

3　Ibid., p. 9.

4　关于16、17世纪英格兰朝廷的研究，可以参考 G. R. Elton, "Tudor Governments, the Points of Contact", *Transactions of the Royal Historical Society* 16 (1976), pp. 211 - 228; K. M. Sharpe, *Criticism and Discontentment*, Cambridge: Cambridge University Press, 1987; 以及 D. Starkey et al., eds, *The English Court from the Wars of the Roses to the Civil War*, London: Longman, 1987。

应具备的三项美德是"开放开明、宽厚仁慈、言出必行"[1]，而三项美德中的前两项，意味着他必须有接受逆耳忠言的胸襟；与此同时，为臣者也有义务向君主进谏，因为"人民无视共同社会的安危，只顾自己的安危，是对政治健康的最大威胁"[2]。在"良谏"传统的支撑下，为臣为民的文人会觉得自己有责任对君主进行劝谏，而君主能够容许这些与自己持不同政见的声音存在，这种行为本身也是展示自己"开放开明、宽厚仁慈"的手段之一。其三是因为戏剧媒介给了其作者一定的天然保障。在这个视教诲功能为戏剧天然功能的时代，社会默认戏剧中会存在"苦口良药"，剧作者有适度指出令人不适的真相的自由。

当然，并不是所有的文艺复兴时期的英国戏剧都可以算是劝谏剧。劝谏剧应具有的一个重要特征是，该剧的劝告对象是君主（或者政治家、赞助人），而不是民众。这也就意味着劝谏剧不可能是仅以获得商业利润为目的、只在君主视线之外泰晤士南岸的商业剧场中上演的"通俗戏剧（popular drama）"，而应是直接呈现在君主面前、可以算作上流社会文化一部分的"宫廷戏剧（court drama）"。多数目前已知的、可明确定性为劝谏剧的剧本，例如作者不详的《西克·斯科尔纳》(*Hick Scorner*)和《圣洁的以斯帖王后》(*Godly Queene Hester*)、约翰·海伍德(John Heywood)的《天气之剧》(*Play of the Weather*)，以及约翰·斯凯尔顿(John Skelton)的《庄严王》(*Magnyfycence*)，都是在皇家场所、私人场合演出的幕间剧、道德剧。

1　Quentin Skinner, *The Foundations of Modern Political Thought*, Vol. 2, Cambridge: Cambridge University Press, 1978, p. 229.

2　Ibid., p. 222.

　　虽然莎士比亚是一位以商业创作为主要目的的作家，其剧本的主要演出场所是商业剧院，但《暴风雨》是具有成为一部劝谏剧的基本条件的。首先，自1603年詹姆斯一世继承英格兰王位以来，莎士比亚所在的剧团就由其赞助，成了国王剧团，莎士比亚及同剧团的理查·伯比奇（Richard Burbage）等九人被封为"王室侍官"（Grooms of the Chamber）。在此之后，国王剧团虽仍以商业演出为主，但其入宫演出的次数大幅增加。从某种意义上说，莎士比亚也成了与政治中心有着直接联系的作家。其与詹姆斯一世的关系符合"良谏"传统中的君臣关系模式。

　　其次，根据《暴风雨》的创作时间和最初的演出记录等外部信息，结合其戏剧主题及戏剧人物设计等内部特征，可以推断，该剧的创作初衷中应该是有入宫演出这一项的。《暴风雨》的创作时间应该就在1611年。《暴风雨》故事的一个重要素材，是托马斯·盖茨爵士（Sir Thomas Gates）一行1609年去往弗吉尼亚途中遭遇海难、流落荒岛，又幸运脱险的事件。对于该事件的记录有三个重要版本：1610年10月登记出版的《寻找百慕大》（*A Discovery of Bermuda*），同年11月8日登记出版的《弗吉尼亚殖民地实况》（*A True Declaration of the Estate of the Colonie in Virginia*）〔这两个出版物一般被合称为《百慕大卷宗》（*Bermuda Pamphlets*）〕，以及盖茨一行中的威廉·斯特拉齐（William Strachey）1625年出版的内容更详细的《托马斯·盖茨爵士遇险获救实录》（*A True Reportory of the Wracke and Redemption of Sir Thomas Gates, Knight*，以下简称《实录》）。《实录》原本是斯特拉齐1610年夏寄往英国的一封长信，他本人也于1611年下半年回到英国。莎士比亚《暴风雨》的主要情节虽然脱胎于《百慕大卷宗》，但其在语言表述上与《实录》"有许多相似之处"[1]，应是"以《实录》为蓝本撰写了（《暴风雨》的）第一场，还借鉴了后面一些部分，写了关于倾轧、谋反、复仇的内容"（Vaughan & Vaughan 283）。这意味着莎士比亚应是在《实录》出版前就参考过斯特拉齐的手稿，或者与其交谈过。这将《暴风雨》的创作时间范围缩小至 1611 年。而现存最早的《暴风雨》的演出记录是皇室宴乐部记录（revels accounts）1611 年下的条目："国王剧团于万圣夜为陛下演出了一部名为《暴风雨》的剧。"[2] 而 1611 年 11 月的这次演出极有可能是此剧的首演，因为在此之前，不论是王室、地方，还是平民个人的记录中，都未曾提及《暴风雨》。换言之，《暴风雨》的创作与宫廷首演之间，并无其在商业剧场演出的记录，而且其创作时间与入宫演出时间衔接相对紧凑，据此可以推测，莎士比亚在创作《暴风雨》之时已将其入宫演出的可能性考虑进去。

就在"百慕大事件"的消息传回英格兰、莎士比亚正式开始创作《暴风雨》的几个月前，1610 年 3 月 21 日[3]，詹姆斯在白厅发表了一次冗长的讲话，重申了自己的王权观。他告诉听众，君主是俗世间的上帝、子民的父亲，是

> 俗世的最高存在：因为君主不仅是上帝（GOD）在人间的

1　E. K. Chambers, *William Shakespeare: A Study of Facts and Problems*, Vol. 1, Oxford: Clarendon Press, 1930, p. 492.

2　Qtd. in E. K. Chambers, *William Shakespeare: A Study of Facts and Problems*, Vol. 2, Oxford: Clarendon Press, 1951, p. 342.

3　詹姆斯的讲话此后不久便交付印刷，初版标题为《在 1609 年 3 月 21 日周三于白厅对上下院议员的讲话》（"A Speach to the Lords and Commons of the Parliament at White-Hall, on Wednesday the XXI of March, Anno 1609"）。这里的 1609 年是以英国旧历（每年的 3 月 25 日为新年第一天）计算，若按 1752 年后英国使用的新历计算，讲话则发表在 1610 年。现当代出版的詹姆斯一世政论集中，一般都称此次讲话为"1610 年讲话"，本书沿袭此传统。

副官,坐在上帝所赐予的宝座上,而且就连上帝本人也称他们为神明(Gods)……君主被称为神明是合理的,因为他们在俗世间行使的权力是类似于神明的:你们只要想想上帝的特质,就能看到它们都存在于一名君主身上。上帝有创造或者毁灭的权力,可以顺着心意或立或破,或赐予生命,或下令处决,可以评判一切,又不必受人评判、向人解释……君主也有一样的权力。[1]

　　詹姆斯在这篇演讲中,以君权神授为前提,大谈君主所应具有的特权。这篇演讲后来很快被整理出版,传入社会。詹姆斯召集这次议会的目的,在于劝说他们将国王的各项税收改换成一整笔数额固定的岁入,以解决他日益困难的财政状况[即"大合约法案"(The Great Contract)]。议会最终没有通过这项法案,詹姆斯遂于1611年2月解散了议会。

　　综上所述,《暴风雨》具有文艺复兴时期英国戏剧固有的政论功能,创作时间与入宫演出时间比较接近(因此入宫演出应是创作初衷之一),且创作于詹姆斯发表"把自己的国王特权说得至高无上、不容置喙的一次"[2]议会演讲之后,主人公的为君方式又呼应了詹姆斯所倡导的王权观。据此可以推测,该剧的创作目的之一是劝谏君主重审自己的王权观,以较为温和的"契约王权说"替换专制的"王权至上说",以保证整个英国民心稳定、国泰民安。

　　在接近《暴风雨》尾声的地方,爱丽儿与普洛斯彼罗有过这样

1　James Ⅵ and Ⅰ, "A Speach to the Lords and Commons of the Parliament at White-Hall, on Wednesday the XXI of March, Anno 1609", p. 187.

2　William McElwee, *The Wisest Fool in Christendom: The Reign of King James Ⅰ and Ⅵ*, London: Faber and Faber, 1958, p. 194.

的一段对话：

> 爱丽儿：按照您的吩咐，他们照样囚禁在一起……您在他
>   们身上所施的魔术的力量是这么大，要是您现在
>   看见他们，您的心也一定会软下来。
>
> 普洛斯彼罗：你这样想么，精灵？
>
> 爱丽儿：如果我是人类，主人，我会觉得不忍的。
>
> 普洛斯彼罗：我的心也将会觉得不忍。(5. 1. 7, 11, 17 - 21)

昔日专制冷酷的君主普洛斯彼罗，听取了爱丽儿的"良谏"，解除了那不勒斯人身上的魔法，与他们握手言和。而作为给予君主"良谏"、劝其重审自己的王权观的劝谏剧，《暴风雨》剧末的这个小小的情节里也许寄托了政治期许。同爱丽儿对普洛斯彼罗的好言相劝一样，《暴风雨》中的王权演绎展现了其作者以文学作品为"良谏"，积极参与社会政治历史发展的美好愿望和实际行动。

第四章
《亨利八世》：质疑历史

　　《亨利八世，又名一切皆真》[1]是莎士比亚在詹姆斯一世时代创作的唯一一部英国历史剧，与他创作的其他历史剧有着明显的不同：剧中"没有叛乱，没有篡权，没有侵略，没有战争；没有真正的阴谋，没有意义深远的冲突，没有无法化解的敌对状态——而且没有幽默"[2]，除此之外，此剧还没有主人公——剧本虽题为《亨利八世》，但亨利在剧中只起到串联各事件的作用，算不上传统意义上的主角。剧中有的，是"几人落马和一人出生"[3]，一系列展现皇家气派的庆典，以及重臣、平民对于历史事件的种种议论。

　　《亨利八世》敷衍历史，却又不具备莎士比亚历史剧的基本要

1　一封写于 1613 年 7 月 2 日的信中说道，"国王剧团上演了一部新剧，叫《一切皆真》，演的是亨利八世时期的一些主要事件"，并提到演出地点是环球剧场，剧情包括"国王在红衣主教伍尔习家中开假面舞会"(Sir Henry Wotton, qtd. in E. K. Chambers, *William Shakespeare: A Study of Facts and Problems*, Vol. 2, p. 344)。这封信提到的演出时间、剧团、剧院、剧情都与莎士比亚和弗莱彻合作的《亨利八世》相符，再加上《亨利八世》中的确频繁出现"真相""真实""真理"等词(据统计，剧中 "true" 的各种衍生词共出现过整五十次，参见 Gordon McMullan, "Shakespeare and the End of History", p. 18)，莎学界大部分学者认为，信中所指就是《亨利八世》一剧。并且该剧初演时，是以《一切皆真》作为剧名或者副标题，《亨利八世》这个标题则是在编纂第一对开本时，编者将剧归为历史剧后，为了保持与其他历史剧剧名风格一致而改的［See Walter Cohen, "*All Is True (Henry Ⅷ)*"; Gordon McMullan, "Introduction", *Henry Ⅷ (All Is True)*］。

2　Tony Tanner, *Prefaces to Shakespeare*, p. 469.

3　Ibid.

素，一直让莎学界难定其体裁归属。第一对开本将其归入历史剧，但有些专家认为，它其实同其他莎士比亚晚年戏剧一样，讲的不是皇权更迭、权力纷争，而是人生无常和宽容可贵，并"以既悲又喜的传奇剧模式演绎国家历史"[1]，当属传奇剧。也有人提出，该剧从人物刻画、剧情安排上看，水平远低于作者的其他戏剧，而且剧中大量展示华丽的庆典仪式，剧末对伊丽莎白歌功颂德，与其说它是历史剧，不如说是一部迎合当时上流社会口味的假面剧（masque），是庆祝1613年另一位伊丽莎白——詹姆斯的女儿伊丽莎白公主——出嫁的应景之作。

　　可以说，上述解读方法均有合理之处。毕竟，莎剧正是以含义丰富、提供多种解读可能而著称。本书不准备推翻任何对此剧的现有解读，而是想在它们的基础上再提供另一种解读：《亨利八世》是莎士比亚晚期对历史剧形式的新尝试，通过表演历史来质疑历史。此剧将历史的形成与传播过程直接搬上舞台，戏剧化地展示事实是如何在你一言我一语中诞生、扭曲、遗失的。剧本或明或暗地质疑语言作为保存和传播媒介的可靠性，对史实是否可知提出疑问。不仅如此，剧本还指出，虽然剧中人物亲见、亲历之事也常常和道听途说的一样偏离客观实际，但其中重大事件的发展几乎完全由它们推动。从这个角度引申开来，可以说，作者质疑的不仅是"对过去事实的记载"意义上的历史，也是"社会发展过程"意义上的历史。

一

　　　列位尊贵的听客，

1　Walter Cohen, "*All Is True (Henry Ⅷ)*", p. 3119.

> 若把我们精选的信史和那丑角
>
> 厮杀场面,混为一谈,这不仅等于
>
> 我们白费了脑筋,白白企图
>
> 给列位演一回确凿的实事真情,
>
> 而且你们永远也算不得是知音。(Prologue 17 - 22)[1]

　　开场白中,作者似要向观众保证,即将上演的是"实事真情",字里行间却在透露,我们接触到的历史,实际上很少是纯粹客观的事实,"历史知识从不自然天成,它无法自主独立存在,必须经人打造"[2]。将要上演的"信史",是"我们选择的真相(our chosen truth)";这样做,要用上"我们的脑筋(our own brains)";甄审史料,也往往要依据"我们所具有的看法(the opinion that we bring)"。也就是说,《亨利八世》里演的"实事真情",其实是作家为了某种创作目的[3],根据他们的"脑筋"和"看法",主观筛选、解读、润色、改写史实而得。

　　同样,大多数史书所述的"史实"与历史间不可避免地隔着亲

1　本章中《亨利八世》的译文若无特别说明,均引自杨周翰译本(《莎士比亚全集》第六卷,北京:人民文学出版社,2009 年,第 509—614 页),带"＊"号的,则选自梁实秋译本(北京:中国广播电视出版社,2001 年),略有改动。历史人物译名从杨译。

2　Brian Walsh, *Shakespeare, The Queen's Men, and the Elizabethan Performance of History*, Cambridge: Cambridge University Press, 2009, p. 7.

3　莎士比亚和弗莱彻创作此剧的目的,绝不是演出一部忠于史料史实的亨利八世统治史。在剧中,二人打乱了历史事件发生的先后顺序,并大大压缩了事件的时间间隔。比如,剧中将亨利娶安·波林安排在伍尔习落马之前,而历史上前者发生在 1533 年,后者发生在 1529 年,并且伍尔习 1530 年已死。剧中凯瑟琳王后在伊丽莎白一世出生前去世,而实际上伊丽莎白生于 1533 年,而凯瑟琳则薨于三年后。历史上勃金汉公爵于 1521 年被处斩,亨利八世 1525 年征"善行捐(Amicable Grant)",两者相隔四年,在剧中勃金汉被杀则紧接着"善行捐"事件。经过如此肆意压缩、重组,历史事件间便有新的因果关系,为剧本内部逻辑服务,但不符合史料记载。剧作家或可称,这样的新安排其实揭露出事实背后的真相,但他们无法否认,至少在历史事件时间、顺序问题上,《亨利八世》绝没做到"一切皆真"。

历者和书史者对于事实的主观选择、解读、描述。再者，即使叙史者意在"将过去原汁原味地表现出来"，也避不开"记叙文体的传统和缺陷"[1]的制约。也就是说，历史经文字为媒介几番转述后，到底还有多少事实能留存，大可怀疑。再加上史书"叙史其实常靠想象来'补漏'"[2]，事实在言语记录、传播中必然渐渐走样、遗失。总而言之，言史时，即使真如《亨利八世》开场白中所称，旨在"演一回确凿的实事真情"，实际上能呈现给读者和观众的，也只能是"我们选择的真相"。

对于现代人来说，上述观点——史书里不全是史实，历史剧更是多有虚构——似乎并不新鲜。这是因为，我们今天对历史的认识，基于历史学家对历史本质的大量思考[例如，结构主义史学家怀特（Hayden White）提出的"修史……从本质上来说是一个文学的，即虚构的过程"[3]]，以及各派哲学家、语言学家对于语言与现实的关系的思辨。但对 1613 年的观众，尤其是环球剧场里那些买不起坐票站着看戏的观众来说，提醒他们史籍里的不一定是事实很有必要，因为历史剧正是他们历史知识的主要来源："大多数人（特别是伦敦人）学到的'历史'来自莎士比亚、海伍德、琼生、马洛及其他剧作家的历史剧，而非正经的史书。"[4] 更重要的是，他们即使读史，所能接触到的历史与虚构文学间的界限也并不清晰。文

1　Donald R. Kelley and David Harris Sacks，"Introduction"，*The Historical Imagination in Early Modern Britain: History, Rhetoric, and Fiction, 1500 - 1800*，eds. Donald R. Kelley and David Harris Sacks，Cambridge：Cambridge University Press，1997，p. 1.

2　Ibid.，p. 2.

3　Hayden White，"The Historical Text as Literary Artifact"，*The Norton Anthology of Theory and Criticism*，2nd ed.，eds. Vincent B. Leitch et al.，New York：W. W. Norton & Company，Inc.，2010，p. 1540.

4　Ivo Kamps，"The Writing of History in Shakespeare's England"，p. 5.

艺复兴时期,修史"与获得过去的真相无关,而是为当时的实际用途构建一个真相"[1]。总结起来,"当时的实际用途"是对时人进行教诲,为的是:

1. 激发人民的爱国热情;
2. 给当时的政治行为提供依据和指南;
3. 指出人类社会发展由上帝主导,其安排充满智慧。

而"为了达到教诲的目的,修史人不管是编戏还是著述,都会对他们的材料进行任意的改编、加工"[2]。这样的"历史",普遍为大众所接受,被认为是纪实,影响深远。甚至到了18世纪,当历史逐渐成为一门使用科学研究方法的学科时,依然有不少人将戏文当作获取历史信息的主要来源:"据说,马尔伯勒公爵一世约翰·丘吉尔(John Churchill, the first Duke of Marlborough)曾说过,他知道的英国历史,全是从莎士比亚那儿学来的。"[3]

莎士比亚在以前的历史剧里对史实多有改写,而这次在《亨利八世》中,虽然"描绘的大事件都是真实发生过的……紧跟在史学家霍林希德的史料后面,几乎是亦步亦趋。大体说来……是秉笔照录的"[4],但对于这些事件发生的顺序、时间间隔,他与弗莱彻依

---

1 Emma Smith, *The Cambridge Introduction to Shakespeare*, Cambridge: Cambridge University Press, 2007, p. 137.

2 Irving Ribner, "The Tudor History Play: An Essay in Definition", *PMLA* 69 (1954), p. 595.

3 A. J. Hoenselaars, "Shakespeare and the Early Modern History Play", *The Cambridge Companion to Shakespeare's History Plays*, ed. Michael Hattaway, Cambridge: Cambridge University Press, 2002, p. 25.

4 阮珅,《前言》,载方平主编《莎士比亚全集》第八卷卷二,上海:上海译文出版社,2014年,第593页。

然多有改窜。可以说,二人这般"对他们的材料进行任意的改编、加工",目的也是教诲。从大结构上粗略看,此剧要表现的,似乎正是文艺复兴时期英国的史籍史剧常表现的:阐述历史人物得势失势紧密交替的规律,说明人生无常、兴衰天定的道理,而剧末对伊丽莎白和詹姆斯统治下国泰民安景象的赞美,也应能起到一定"激发爱国热情"的作用。但是,只要仔细审读剧中的细节安排,就可以看到,二位作家在《亨利八世》中其实是在努力提醒我们,戏剧叙述的历史不可轻信。

二

相比莎士比亚其他历史剧,《亨利八世》对历史事件的直接再现相对较少,而是大量通过"台上的绅士、朝臣们聊起未在台上展现的事件"[1]的转述形式,从侧面表现历史。这些"旁人言事"的场景,让细心的观众注意到所谓"事实"往往只是二手甚至三四手信息。实际上,作者让"旁人言事"的场景贯穿全剧,几乎每场中都有这样的谈话,无时无刻不在提醒观众:"我们基本是通过别人的解读来了解历史的。"[2]

如此一来,与其说《亨利八世》是在敷衍历史事件,不如说它搬上舞台的是修史过程,因为不论是作为剧本取材来源的霍林希德的《英格兰、苏格兰、爱尔兰编年史》和福克斯(John Foxe)的《殉教者书》(*Acts and Monuments*),还是其他史籍,包括这部《亨利八世》本身,本质都是"旁人言事"。与此同时,《亨利八世》作为一部

1　Marjorie Garber, *Shakespeare After All*, p. 880.

2　Paul Dean, "Dramatic Mode and Historical Vision in *Henry Ⅷ*", p. 177.

恳请观众"把这高贵的故事里的人物/当真人看待"（Prologue 25－27）的历史剧，在带着我们穿越时空，贴近历史人物，将"那时那地"当成"此时此地"之时，却又用剧中频繁出现的议论场景不断提醒着我们，即使少了时空阻隔，我们也依然只能通过旁人之口获知事实，看真相依然如雾里看花。

这些"旁人言事"的场景，有的还直接展示言语如何扭曲事实。第三幕第二场中一段，台上伍尔习在沉思、踱步，诺福克等则躲在一旁观察、议论。之后亨利登场，问他们是否见到过伍尔习，诺福克便报告：

> 陛下，我们站在这里看他；他的头脑中有奇怪的骚动：他咬着嘴唇，不时惊动；突然停步，注视地面，然后把他的手指放在他的太阳穴上；急步向前跳去；然后又停步，用力地捶胸；立刻又举目望月，我们看着他做出许多顶奇怪的姿态。*
> (3. 2. 112－120)

从莎士比亚在其他剧中对表演方式的评论来判断，他设计的伍尔习的举动，不会是诺福克描述的那种样子。实际演出中，扮演伍尔习的演员在台上是否该照着这段描述做动作，自然由导演和演员本人决定。但笔者怀疑，两位剧作家，尤其是莎士比亚，很可能并不乐于看到这样的表演。莎士比亚经常在自己的剧中嘲讽和批评程式化、夸张的表演方式，而诺福克口中的这个伍尔习，恰恰是招招式式都违背了他的原则。莎剧中对于表演技巧的点评，最著名的莫过于《哈姆莱特》第三幕第二场中，哈姆莱特对进宫献演的剧团的一番指点，其中便有："也别把手这样乱舞；要态度雍容。"

(3.2.4-5)《特洛伊罗斯与克瑞西达》里，俄底修斯极为鄙视"高视
阔步的伶人"那"可怜又可笑的夸张举止"(1.3.153-154)。而早
期作品《理查三世》中的白金汉公爵则不屑地总结了程式化表演的
套路：

> 啧！悲剧演员装严肃的那套我都会。还能风吹草动就吓
> 个一跳，浑身发抖。说几句，就回头张望，四处窥探，做出草木
> 皆兵的样子。摆出惊恐万状的表情，就和挤出一脸假笑来一
> 样轻而易举，手到擒来。(3.5.5-9)[1]

另外，诺福克所刻画出的伍尔习，让人感觉此人胆战心惊、忧
心忡忡。他的描述与其他莎剧中关于人物内心恐慌或是黯然神伤
的描述高度相似。《无事生非》中，克劳狄奥口中害了相思病的贝
特丽丝便时常"捶胸"(2.3.142)。《理查三世》里，理查则问勃金
汉能不能

> 发抖，变色，话说到半截儿就喘不过气儿，然后再开始，再
> 停顿，好像是神经错乱，吓得要发狂？(3.5.1-4)

可是再看看同场中伍尔习的独白：

> 被废的王后的侍女？骑士的女儿倒做起了女主人的女主
> 人？王后的王后？这支蜡烛的光亮不够，必须由我来把它夹

1　此段为笔者自译。

灭，它才会熄灭。我知道她品德很好，配当王后，这又怎么样
呢？我还知道她是个热衷的路德派呢，她对我们的事业是有
害的，不应该让她成为我们那倔强的国王的心腹人……
（3.2.95－112）

可以看出，与其说他惊惧忧虑，不如说他是恼火。另外，从上
段独白可以推测，他虽烦恼，却远非束手无策，而是自信果断，要左
右政局："这支蜡烛的光亮不够，必须由我来把它夹灭，它才会熄
灭。"听这狂妄的口气，可以想见此时的伍尔习依然气焰熏天、不可
一世，不像诺福克形容的那般忧惧。所以，在演出中，剧作家实际
上是要让伍尔习的舞台表演动作明显有别于诺福克的叙述。

如此一来，第三幕第二场安排观众先亲眼看伍尔习的举动，再
听诺福克的口述，若察觉到两者间有差异，便能体会到言传偏离事
实。可以说，不管是有意还是无心，诺福克描述伍尔习时，便是在
编排一部可题为《伍尔习》的历史剧。而从还原历史的真实度来
说，这部《伍尔习》与莎士比亚和弗莱彻的《亨利八世》如出一辙。
不同的是，看诺福克编的这出"历史剧"时，观众有机会先"亲历历
史"，因此可以发现，经过言语再现的伍尔习，不仅言行举止，连心
理状态都同实际大相径庭。观看这一段，就是眼睁睁地看着真相
在言语描述中歪曲走样，看"语言引得我们误叙事实，自欺欺
人"[1]。换句话说，观众亲眼见证了一件事是如何成为历史的。而
这一段历史刚刚发生，讲述人记忆犹新。如果刚刚发生的事件都
不能准确转述，千百年前发生的事件更可想而知了。第三幕第二

---

[1] Donald Davidson，*Truth, Language and History: Philosophical Essays*，Oxford：Oxford
University Press，2005，p. 129.

场中的这段"旁人言事"，一方面向观众说明历史就是在言传中失准失真的过程，另一方面也暗示他们，他们正观看的这出《亨利八世》（从语言记载的历史中选材，再将文字记述的历史搬上舞台敷衍）其实也是这个过程的一个组成部分。

在第一幕第二场中，伍尔习本人已指出，语言报告会扭曲事实。究其根源，他认为是因为"以前头脑糊涂，如今又心怀叵测的人"（1.2.83）[1]信口雌黄，错解事实。他说，"一些无知之辈既不了解我的性格，又与我素昧平生，竟自诩记录下了我的一举一动"（1.2.72-75）——用这段话来总结诺福克在第三幕第二场中的所作所为，颇为恰当。讽刺的是，在第一幕第一场里，诺福克自己也承认事实会在言语相传中流失。不过他想强调的是语言本身有局限，无法将过去分毫不差地再现。当时，勃金汉怀疑他描述金缕地会盟的排场"说得过分了"（1.1.38）。他便辩解："当日发生的一切，让最有口才的人来报道，也会失真，唯有当日的行动本身才是真实的。"（1.1.40-42）尽管他说这番话的初衷是为自己辩护，但话里也承认，他对会盟的报道，甚至任何人对于任何事件的任何语言描述，其实都无法准确地重现当时发生的一切，总有一些"真"会因此失去。

伍尔习、勃金汉、诺福克的三段评说，加起来便道出了我们为什么应该谨慎对待言传的事实。勃金汉一句"您说得过分了"，指出了语言描述中也许会带有言者的自我发挥。诺福克的一段话提醒听众，通过语言再现的事实，失真在所难免。而伍尔习则揭露，"头脑糊涂"或是"心怀叵测"之人在描述中会有意无意地扭曲事实。

1　笔者自译，原文为"sick interpreters, once weak ones"（1.2.83），有的版本也作"sick interpreters, or weak ones"。

尽管语言转述的事实极不可靠，《亨利八世》中多数人却似乎认定大家都说的事就一定为真："千真万确，这消息已经四处传扬，人人都在议论。"[1]（2.2.36-37）在第三幕第二场伍尔习倒台前，几乎所有重大历史决策都依据言语描述的"事实证据"来制定。第一幕第二场中亨利亲审勃金汉府总管这场戏便是一例。勃金汉叛国，是通过"各证人的口供、笔供、证件"（2.1.17-18）证明的——换句话说，基本是依"言证"定他有罪。剧中只演出了勃府总管做证的场面，其证词主要是转述据称是勃金汉说过的话、描述他据说有过的动作。就连三手信息都被拿来当作证据："他原来的主人[2]援引自己私人牧师转述的一位'圣洁的僧侣'的话。"[3]而这些，居然已足以让亨利下定论："白昼和黑夜做见证，他是个彻头彻尾的叛贼。"（1.2.214-215）尽管凯瑟琳提醒，总管有可能因私人恩怨而做伪证，且这一点也可推及其他证人证词，法庭最终还是依照剧中判断真伪的原则（四处传扬、人人议论的消息就是千真万确的消息），因所有证人一致指认勃金汉有谋反之意而裁定其有罪。

证人们的证词或许足以让台上的国王和法庭信服，但台下的观众，尤其是今天的观众，可以怀疑这些证据并不充分，认为审判不公。而这种对于眼前的、虚构情节的怀疑——剧中勃金汉到底有没有罪——也完全可以放大成对历史的怀疑：当年勃金汉是否真的意欲篡权？"言证"叙事的结果便是，"就连台上直接演出的事件本身也似乎被故意模糊处理了"[4]，并且殃及池鱼，让原本已有

1　笔者自译。

2　即勃金汉。

3　Pierre Sahel," The Strangeness of a Dramatic Style: Rumour in *Henry Ⅷ*", *Shakespeare Survey* 38 (1985), p. 149.

4　Ibid., pp. 145-146.

定论的史实本身也变得虚实难定。

对历史"模糊处理"是《亨利八世》的特色:"你觉得该有真相剖析或个人表白的地方,它总……搪塞过去。"[1]而本剧使用的"搪塞"手段之一,就是"在剧中给出过多的信息"[2],"从多个均能让人产生共鸣的视角"[3]看一个历史事件。如果说"旁人言事"的场景是将修史过程视觉化,那么多角度展示同一段历史,则是揭露出"史籍间的矛盾"[4],进一步提醒观众,他们所知的史实,是随叙史人观点、用语的变化而变化的。

勃金汉的刑前陈言就是"模糊历史"的一个例子。"按惯例",行刑前"罪犯会坦白罪行,求国君宽恕"。[5] 可剧中,勃金汉刑前也未陈说实情。他一方面承认"法律根据程序,办事很公道"(2.1.64),一方面又说"对那些诉诸法律的人,我倒是希望他们更像基督徒一点"(2.1.65)。他没有求君主宽恕,反而表示饶恕他的敌人,但同时又叫他们小心,"无辜流血的我一定要起来大声反对"(2.1.69)。勃金汉这番临终遗言,"围着一系列对立的解读打转:他要么无辜要么有罪,要么是叛了国要么是被伍尔习陷害,府中总管要么做了伪证要么没做。必须选出一个,但又没法选"[6]。因此听者既无法判定他到底是否谋了反,也难以分辨他是确如自己所称,认了命,已心平气和地"走完了进入天堂的一半路程"(2.1.89),还是只在做出基督

---

1 Anne Barton, *Essays, Mainly Shakespearean*, Cambridge: Cambridge University Press, 1994, p. 185.

2 Lee Bliss, "The Wheel of Fortune and the Maiden Phoenix of Shakespeare's *King Henry the Eighth*", p. 3.

3 Ibid., p. 6.

4 Ibid.

5 Gordon McMullan, "Introduction", p. 99.

6 Peter Rudnystky, "*Henry Ⅷ* and the Deconstruction of History", *Shakespeare Survey* 43 (1991), p. 48.

教徒宽容慷慨、顺从天意的姿态。

　　除了勃金汉的"永别词"外,剧中其他角色的自白也基本让听众琢磨不透言者的真情实意、所思所想。除了内容矛盾含混外,有些时候,自白会因语言风格而让人难辨虚实。最明显的例子就是伍尔习第三幕第二场中的"永别词"。勃金汉的自白,台上有听众,他可能因此言不由衷,但伍尔习的"永别词"不同:说前二十三行时,台上只有他一人,可以说这二十三行是全剧最接近内心独白的一段。但这段依然没有坦陈人物内心思想。从内容和语言风格看,伍尔习的"永别"与勃金汉的十分相似,也将自己垮台归结为命运无常,把自己说成是不可控的外部因素的牺牲品。他语工辞丽,"十分像在练习修辞,演练辩才"[1]。这段独白因此不像自言自语,倒像说的人意识到台下有听众,特意说给他们听。这里,伍尔习好像"在扮演一个角色,一个出人意料的角色。悲惨、高尚的受害人这悲剧英雄角色静候勃金汉也静候伍尔习来饰演。一切都准备好了,他们只要按稿照念就行了"[2]。而和勃金汉一样,伍尔习到底是不是如自己所称,"我现在了解我自己了,我感到在我内心里有一种平静,远非人间一切尊荣所能比拟,是一种宁静安详的感觉"(3.2.379-381),那可说不清。他华丽的念白,让人辨不清他是真的大彻大悟了,还是仅在按套路饰演一个悲壮殉道者的角色,以"洗白"自己。

　　值得一提的是,上述两段"永别词",如今一般被认为是弗莱彻的笔墨。弗莱彻的语言特点便是辞藻华丽,略显浮夸。虽然这种

1　Eugene Waith, *The Pattern of Tragicomedy in Beaumont and Fletcher*, New Haven: Yale University Press, 1952, p. 122.

2　Ibid., p. 122.

文风比不上莎士比亚的洒脱大方、收放自如，并不受后世推崇，但这种过分的雕琢放在这里倒是颇为合适，它从语言风格上表现出"言证"之真伪莫辨，烘托了剧本宗旨：从剧本大结构来讲，"旁人言事"的场景拉开了观众与历史事件的距离，让他们难窥史实；从细部小结构来看，弗莱彻瑰玮的文辞则让听者参不透几段独白是否发自肺腑。不论是叙史，还是陈情，语言文字都"如落雪般盖在真相上"[1]。

第四幕第二场凯瑟琳的"永别词"也是弗莱彻所写，风格、内容与勃金汉、伍尔习两段自白相似。尽管这次，王后的话的确符合她的性格、境遇，也许是肺腑之言，但对观众来说，剧情发展至此，已让我们高度敏感，时刻怀疑角色的言语是否可信。三段"永别"台词，言者性格迥异，落难的原因不同，风格内容却相当一致，更让人不得不怀疑其中所言有几分是真。换句话说，三段"永别词"高度相似，极不自然，结果互相抵消了可信度。

剧中最后一场戏（第五幕第四场），仍以言述"事实"为中心，由克兰默大主教描绘英国国泰民安的未来。虽然第五幕第二场中国王刚刚高度赞扬了大主教的正直诚实，他本人也强调"我说的话，谁也不要认为是奉承话，因为都是真实的话"（5.4.15-16），观众却清楚地知道，他的描述与事实出入巨大。对于莎士比亚和弗莱彻同时代的多数观众来说，这个认识并非书本知识，而是亲身体验：

---

1 George Orwell, "Politics and the English Language", *The Collected Essays, Journalism and Letters of George Orwell*, Vol. 4, eds. Sonia Orwell and Ian Angus, London: Penguin Books, 1968, p. 166.

克兰默的英国历史中,王位由亨利八世直接传至伊丽莎白,再传给詹姆斯,好像其间爱德华六世(1547 — 1553)的统治,以及玛丽女王(1553—1558)统治下的天主教复辟动乱并不存在似的……最大的讽刺在于,历史上,信奉新教的克兰默正是被"血腥玛丽"处以火刑的。而剧中,大主教的英国历史把他自己的惨死抹掉了。[1]

作家在终场安排这一段不甚精准的描述,也许另有深意[2],但不可否认,它给观众的第一印象应该是:这样叙史,所言非实。

研究莎士比亚晚期戏剧对语言的讨论的学者亨特(Maurice Hunt)曾指出,《亨利八世》"通剧都展示了语言的局限性、限制性,及其带来的一系列困惑和混乱"[3]。的确,剧中的语言描述很少能准确转述事实,不管是开场白中要演"实事真情"的保证,还是剧中的各种口头报告、公共演说、内心独白,都因描述人或者事实不明,或者出于某种目的故意掩盖、歪曲事实,而或多或少地失真失实;他们的选词用句,也经常有意无意地扩大语言描述与实际情况之间的差异。而在现实中,史书史料多是通过语言描述史实,历史事件本身便躲不开被语言描述所左右的命运。《亨利八世》通过展示语言媒介传史不可靠,给历史的可信度打上了问号。

1　Ivo Kamps, " Possible Pasts: Historiography and Legitimation in *Henry VIII*", *College English* 58 (1996), p. 211.

2　例如,《亨利八世》牛津单行本的主编便提出,"考虑到此剧很有可能是为进宫演出所编",这一段"描绘圣君仁政"的内容可能是为了敦促"君主詹姆斯一世以此为鉴。"(Jay L. Halio, "Introduction", *Henry VIII* by William Shakespeare and John Fletcher, ed. Jay L. Halio, Oxford: Oxford University Press, 1999, p. 37.)

3　Maurice Hunt, " Shakespeare's *King Henry VIII* and the Triumph of the Word", *English Studies* 75 (2008), p. 228.

三

传史的流程,可概括为"事件→亲历者/目击者→直接听闻者→间接听闻者"。上文论述叙史常有失实,指出的是这个传播过程后半段会出现的问题。但按《亨利八世》所演,往往在"事件→亲历者/目击者"这个环节,事实就已经遭掩盖、歪曲了。剧中的亲历者/目击者多以自己已有的观点看事实,而非根据事实形成观点,因此在他们"看"时,事件就已失真失实。

对于这一点,开场白已有提醒。作家向观众保证:"若花钱看戏,以求一'信',就能在这里看到信史。"[1](Prologue 7-9)但其实这并不是在保证剧中演的是信史,只是说此剧能满足观众想"相信"的愿望。话里话外暗示,此剧里的"信史"是观众"相信的历史",而非史实:这是"一个由'模糊外相'和'相对真理'主导的戏剧空间……这里'一切皆真',因为只要自己坚信,自己对'外相'的解读就是真理"[2]。正剧则表现了当事人、目击者对于自己所见时常解读错误或是描述失准,由此提醒观众,自认的所见并不一定是真实的所见,换句话说,"'看'与'理解所看'间有鸿沟"[3]。

第三幕第二场中诺福克描述伍尔习举动的这段戏,不仅体现了语言描述事实失准,也演出了造成这种情况的原因。在看到伍尔习前,诺福克一伙正聊到他给教皇的信落在了国王手里,阴谋败露,亨利大发雷霆。而看伍尔习似有烦恼,他们便将其原因归结为

---

1 笔者自译。

2 Peter Rudnystky, "*Henry Ⅷ* and the Deconstruction of History", p. 46.

3 Anita Gilman Sherman, *Skepticism and Memory in Shakespeare and Donne*, New York: Palgrave Macmillan, 2007, p. 126.

获知国王盛怒，主教无限惶恐：

> 诺福克：他像很不满意的样子。
> 萨福克：也许他听说国王生他的气了。
> 萨立：上帝的公道是不饶人的。(3. 2. 92 - 94)

　　三人之前的讨论一直围绕伍尔习阴谋败露，心中已将他与大势已去、身败名裂画了等号，认定他现在的状态是对未来惶恐绝望。诺福克向国王描述其举动时，也以此认识为基础。但实际上，此时伍尔习还不知自己被拿住了把柄，独白里还雄心勃勃地要解决国王的婚姻问题。诺福克将伍尔习描绘成一头落入陷阱的困兽，这样的描述符合他想象的伍尔习失势的状态，却不符合事实。也就是说，诺福克看伍尔习，看到的并不是实际的伍尔习，而是他凭自己掌握的片面信息所想象的伍尔习。

　　诺福克对伍尔习的"主观描写"虽不准确，却无碍历史进程。而第五幕中，亨利在处理克兰默案时对"物证"的解读，却左右了历史事件的发展，让观众意识到亲历者的"看"对于历史具有潜在威胁。不同于前三幕中的亨利，第五幕中，他不依靠他人报告做决策，坚持眼见为实。他并未一听到关于克兰默不忠的报告，就得出"他是个彻头彻尾的叛贼"的结论，但看到克兰默的泪水，便认定了他的忠诚："看，这位善良的人哭了，我敢拿我的荣誉担保，他为人是诚实的。我的圣母在上，我敢发誓，他的心是纯正的，在我的王国里，没有人有一个像他这样好的灵魂。"(5.1.153 - 156)同样地，在第五幕第二场对克兰默的审判中，亨利力证其无辜，主要的依据是他看到众大臣怠慢克兰默：

诸位,让这个人,这个善良的人——你们当中很少配有这个称号——这个忠诚的人,像一个卑贱的僮仆一般在门口外面等候着。这成何体统!……我看出你们当中有几个,出于挟嫌而非出于公正,只要有机会就要彻底地收拾他一番。* (5.3.171-174,178-180)

但亨利本人对此案的处理也算不上公正。首先,细究第五幕第一场、第五幕第二场中他的"证词",可发现他自始至终都没能提供确凿无疑的证据,证明克兰默无罪。另外,他也从未正面反驳枢密会议对克兰默的指控。再者,剧中虽未明确表示亨利对克兰默落泪、受欺的两个场景解读有误,却充分表现他解读"物证"时先入为主。第五幕第一场中,亨利早早就表示过:"好坎特伯雷主教,我是你的朋友,你的真诚耿直,在我印象里是扎了根的。"(5.1.114-116)而同场中(也就是说,离第五幕第二场中大臣羞辱克兰默的场面还有大半场戏),他已对枢密院下了定论:

您的敌人众多,而且不是等闲的敌人,他们的计谋也不是等闲的;在争论中,正义和真理也不一定永远能得到公平的裁判,黑了良心的人要招揽一些同样黑了良心的恶棍来做您的反面证人,那该是多容易啊?这类事情过去是发生过的。反对您的人很有势力,他们的狠毒也是很可观的。(5.1.129-136)

这话虽有理,但若不带成见地看,落泪、受欺两个场面都不足以证明克兰默清白无罪。克兰默流泪也许是在做戏,而且即使是真情流露,多半也是因为躲过一劫,欣幸、感恩。但为躲过一劫而松一口气,感激国王救自己出水火,与自己的确无罪这两者之间,并无必然联系。同样,枢密院大臣粗鲁对待克兰默,就算确实出于恶意,而非如他们所称,因为他是"枢密会议的大臣……没人敢控告"(5.2.83-84),不得不杀一下他的威风,这也只能说明众臣徇私枉法,并不能反证克兰默忠君爱国。

第二幕第二场中,诺福克和萨福克讨论说国王偏信伍尔习的谗言,期盼"上帝让皇上睁开眼睛"(2.2.19)。伍尔习倒台后,国王的确是"睁开了眼睛",但第五幕第一场和第五幕第二场中亨利睁开眼做决策的方式,让人依然怀疑他不是位明君。尽管他在第五幕第一场(129-136)中的一席话堪称箴言,的确是字字珠玑,揭破官场,与当初亲审勃金汉府总管时轻信人言的表现不可同日而语,但从他处理克兰默案"物证"的方式可以看出,"眼见为实"于他,是用认定的"事实"解读"眼见",而非通过"眼见"判断"事实"。总的来说,亨利只是从一个极端走到了另一个极端,从完全为人言所左右,到完全为己见所控,两者都不高明。

剧中人物虽然眼见却不辨事实的经历提醒观众,若为固有观点所影响,即使在第一现场第一时间看到事实,真相也会歪曲、流失。但麻烦的是,任谁也做不到"看"事实时,不运用一点背景知识和固有观点。毕竟,没有相关的知识储备,对于事实,即使"眼见",也难以"明白"。第四幕第一场中三绅士旁观加冕礼时,乐此不疲地指认仪仗队伍里的贵族,交流关于加冕仪式步骤的信息,这看似

"卖弄学问,好为人师"[1],却反映出,观礼时须具备一定背景知识,不然所谓皇家仪式,也不过是一队穿着花哨的人,僵直着身子走过大街而已。又比如去剧院看戏,"作为观众,需要一定的经验技巧,知道如何对表演做出反应,如何欣赏、评判它"[2]。这样的经验技巧,通常是通过之前看戏的经历或者书本所学获得。因此,让目击者看、读事实时完全摒弃已有的知识及观点并不现实。

理想的状况,当然是"看"事实时,以现有知识和认识来帮助而非左右自己的理解与判断,并且实事求是,根据实际情况及时调整观点。后者可以做到,但前者说来容易,做来难。实际操作中,区分"帮助"和"左右"并不易。因此说到底,想要客观地看历史,基本不可能。如果《亨利八世》中"言传"的场景道出了我们主要是通过别人的解读来了解历史,那么剧中对"眼见"之本质和过程的表现,则说明了就算我们亲历历史,对它的解读也不见得靠谱。

四

随之而来的问题便是:为什么莎士比亚和弗莱彻要选取亨利八世及其宫廷作为戏剧的描写对象?为什么要写这样一部质疑历史的历史剧?

《亨利八世》质疑历史的主要方式是通过舞台表演直观地展示"历史"与"事实"的不同。要达到这一目的,最简单的方法就是在舞台上演出一部与观众知识储备有出入的历史,而且观众的知识

1　Alexander Leggatt, *Shakespeare's Political Drama: The History Plays and the Roman Plays*, London and New York: Routledge, 1988, p. 233.

2　John Sutherland, *A Little History of Literature*, New Haven and London: Yale University Press, 2013, p. 34.

储备不能完全来自史书、戏文。这就意味着,剧作家只能选取"近现代史"进行改编。而受当时审核制度所限,他们不可能演绎伊丽莎白或是詹姆斯执政时期的历史,因此最好的选择便是距离足够远却又算得上是"记忆犹新"的亨利八世时期。

从创作时间上看,《亨利八世》属于莎士比亚的晚期戏剧。如本章开头所说,虽然故事选题与其他晚期戏剧不同,但此剧在戏剧手法及语言风格上仍具有强烈的莎士比亚晚期特征。而这一时期的莎士比亚,除了惯用悲喜剧和传奇剧的形式,写关于悔过和宽容的故事外,还在剧中特别探究语言的特性和作用:"在《配力克里斯》《辛白林》《冬天的故事》和《暴风雨》中,作家展示了语言交流失败的各种例子。"[1]《亨利八世》中对于历史的质疑,建立在对于语言媒介传递信息可靠性的怀疑之上,是对前四部晚期戏剧探讨内容的继承和发展。

在"莎士比亚创作年表"里,《亨利八世》是晚期戏剧,将其放在英国文艺复兴的大背景下看,它同时也是一部斯图亚特时期的历史剧。而英国文艺复兴时期的历史剧,正是在都铎王朝和平过渡为斯图亚特王朝后,开始出现一系列变化。主要戏剧冲突不再总是权力争夺,关注重点不再仅是王位继承的合法性。除了这些之外,最大的变化,是历史取代君主成为历史剧的主要审视对象。"都铎文化中'历史'的概念,掩盖了历史是打造出来的事实"[2],而斯图亚特时代的历史剧,则"将当时的几种史学研究模式并置,通

---

1   Maurice Hunt, *Shakespeare's Romance of the Word*, London and Toronto: Associated University Press, 1990, p. 13.

2   Ivo Kamps, *Historiography and Ideology in Stuart Drama*, Cambridge: Cambridge University Press, 1996, p. 2.

过它们之间的冲突"[1],揭示都铎时代"上帝授意君主塑造历史"这
一历史建模之不足。

一般认为,16、17世纪英国的历史研究模式(或者说史观)大
致可分为三类:天意主义史观(providentialist historiography)、人
文主义史观(humanist historiography),以及考古主义史观
(antiquarian historiography)。天意主义史观从中世纪起一直是英
国社会的主导史观。它认为人事天定,历史研究即依据《圣经》解
释在人间事务上体现出的上帝意志。人文主义史观认为,历史的
作用是对今人进行道德品质教育和修辞艺术示范,研究方法是通
过典籍中的例子(必要时可改写、编造),为当下的政治、德育和文
学活动提供指导。考古主义史观则通过遗迹实物重塑历史,其研
究目的是看清过去,但此"过去"并不为当下提供参考。[2]

《亨利八世》既通过议论场景展现言传历史不可靠,也参与了
当时历史剧从史学研究模式的角度对历史的质疑。它将几种史观
并置:勃金汉案展现的是人文主义史观(公爵的罪名是以伍尔习为
首的政治集团出于为当下服务的目的,援引已有的法律条文为例
而确立)与天意主义史观(勃金汉认为,自己被判有罪是上帝的旨
意);凯瑟琳案则是人文主义史观(凯瑟琳与亨利的婚姻有效,是被
教会认可的,并具有法律、历史先例)与"自创史观"(亨利无法援引
法律、历史依据,只好综合神学家的意见,辅以"天意说"和"良心
说"来与教廷抗衡)的冲突;伍尔习案则展现了考古主义史观(伍尔
习过去的腐败是由实物记录揭露的),但亨利用"过去"来扳倒伍尔

1　Ivo Kamps, *Historiography and Ideology in Stuart Drama*, p. 2.

2　See Ivo Kamps, "The Writing of History in Shakespeare's England"; and Irving Ribner, "The
　　Tudor History Play: An Essay in Definition".

习的做法,同时也违背了考古主义史观"古不为今用"的原则;而克兰默关于英国未来的预言,则体现了天意主义史观,将历史发展同上帝旨意紧密联系。[1] 这种安排,打破了都铎时期历史剧天意主义史观"一统天下"的局面。另外,它表现了不同史观间的冲突,这在凯瑟琳案上体现得尤为明显。更重要的是,通过表现政客巧妙利用不同史观应对不同事件,作者点破了所谓"历史真相"的本质:历史并非客观事实,而是人们出于某种目的而建构的有选择、倾向性的"真相"。结合剧中的"议论场景",《亨利八世》揭露出不管有意无意,历史在传播过程中必然被重塑的事实。它既继承了同时代历史剧的质疑精神,也在表现方法上有所创新,在质疑力度上有所加强。

为什么 16 世纪末 17 世纪初的英国历史剧将审视重心从君主转为历史,学界尚无定论:"也许我们最终也无法确定,莎士比亚和他的斯图亚特时代同行们为什么对历史研究会有这样的质疑。"[2] 不过笔者认为,女王驾崩、新王登基后,英国新的社会政治状况要求变革,需要出现新的起指导作用的历史观,这对剧作家们的创作显然产生了一定程度的影响。詹姆斯一世执政后,英国政治面对的重大矛盾不再是国君无子嗣而导致政局不稳,如此前几次政权交替那样引起大规模杀戮,此时矛盾来源于国王对王权至上的坚持。詹姆斯本人致力于政治学研究,著述颇丰,出版了大量政论,"援引《圣经》和历史"[3]证明君权神授,高于法律。议会则针锋相对,虽不明确否认国王的王权说,却同样"援引历史,证明议会自有

---

1   See Ivo Kamps, *Historiography and Ideology in Stuart Drama*, pp. 91 - 139.

2   Ibid., pp. 21 - 22.

3   Johann P. Sommerville, "Introduction", *King James Ⅵ and Ⅰ: Political Writings*, p. xvii.

一套特权"[1]。而文艺复兴时期的英国历史剧，一贯对国家政局有所反映，因此伊丽莎白时期的历史剧多演君主更迭，詹姆斯时期的则探讨成史过程。

《亨利八世》中多用议论场景表现历史，呈现多视角下的所谓"历史真相"，也许也是剧作家应对"合作"这种创作形式的一种方法。当时的合作剧，并非作家们在创作中反复交流、意见统一后的产物，而是剧作家们在大致确定剧本选题后，分配场景，各自"闭门造车"，再粗粗整合到一起。这样的创作流程，意味着作家对所选材料的解读无法统一。而选择通过不同声音表现同一段历史[2]，"在一个文本中同时展示17世纪初期的几种历史表现模式"[3]，以及"大幅度拓宽'真相'的概念"[4]，一方面是表现了作家对于史实的思考，另一方面则可以说是将"合作创作历史剧"的过程直接搬上了舞台，毕竟这个过程自身就包含了对同一段历史的至少两种不同的解读。用"旁人言事"的方式表现"信史"，有效地将作家对历史事件的理解上的分歧隐于众人的七嘴八舌之中，保证了作品的完整性。而《亨利八世》虽然结构松散，却也以情节、主题统一著称，以至于在很长一段时间里，不少莎学家正是以此为由，反驳此剧为合作剧的说法。

总的说来，作者创作这样一部历史剧，一方面是由于莎士比亚

1　Leonard Tennenhouse, "Strategies of State and Political Plays: *A Midsummer Night's Dream*, *Henry Ⅳ*, *Henry Ⅴ*, *Henry Ⅷ*", *Political Shakespeare: Essays in Cultural Materialism*, 2nd ed., Manchester: Manchester University Press, 1994, p. 119.

2　See also R. A. Foakes, "Shakespeare's Other Historical Plays", *The Cambridge Companion to Shakespeare's History Plays*, Cambridge: Cambridge University Press, 2002, pp. 214 - 228.

3　Ivo Kamps, *Historiography and Ideology in Stuart Drama*, p. 91.

4　Gordon McMullan, "Introduction", p. 2.

自身戏剧创作理念的变化,另一方面是顺应了当时历史剧发展的方向,同时,此剧的写作形式是合作而非独创,也对剧中对历史的表现有所影响。《亨利八世》质疑了言传历史的可信度,也对历史本身是否可靠提出了疑问。剧本主要通过议论和口头报告表演历史事件,用这种方法提醒观众,言传和史实之间有差距。由于语言固有的缺陷,言传、报告总是或多或少地失准失真,而有时经语言润饰,史实会进一步歪曲、流失。不过导致信史不可信的罪魁祸首,是传史人对于事实的片面理解。描述历史,总是发生在"解读事实、了解事实的复杂过程"[1] 已将事件加以"处理"后,而这个过程不可避免地会受固有观点和已有知识的影响,以至于在第一时间、第一现场,历史事实的解读都无法真实准确。而推动历史发展的决策中,当权者难免带有成见地判断一手视觉信息,或者解读二三手言传信息,而后制订其方针大计。由此可知,《亨利八世》不仅质疑"对过去事实的记载"意义上的历史,也对"社会发展过程"意义上的历史是否可靠提出了一定的怀疑。如果此剧初次上演时,用的剧名的确是颇有自嘲意义的《一切皆真》,那么可以说从标题到开场白,剧作者一直在向观众暗示,不管是"对过去事实的记载"还是"社会发展过程",历史都是人为打造的。而此剧中敷衍的历史也经过剧作者这样的打造,成了"我们选择的真相",故而"一切皆真"。

---

1 Anita Gilman Sherman, *Skepticism and Memory in Shakespeare and Donne*, p. 126.

第二部分

第五章
从成熟期悲剧到晚期戏剧

一

当代著名莎学家乔纳森·贝特(Jonathan Bate)曾这样描述自己与《配力克里斯》的第一次接触：

> 我记得自己少年时代第一次读《配力克里斯》，那时自己压根儿不知关于此剧本还有真伪之说、合作之论。我不大说得确切，但是前两幕的语言感觉就是有哪里不大对劲儿。然后，第三幕伊始，狂风大作，巨浪滔天——"The god of this great vast, rebute these surges, /Which wash both heaven and hell（大海的神明啊，收回这些冲洗天堂和地狱的怒潮吧）"[1]——突然地，诗行就生气勃勃，铮铮作响起来，我知道自己在读莎士比亚了。等读到第五幕配力克里斯与女儿团聚的情节时，我知道那不仅是莎士比亚的手笔，而且是莎士比亚

1　本章内容中涉及用以讨论莎士比亚语言风格的莎剧选段，均保留原文。

的状态无与伦比时的文字。[1]

从诗歌语言风格上来看,《配力克里斯》第一、二幕与第三、四、五幕间的确对比鲜明,存在巨大的脱节。第一、二幕的诗行往往是行尾停顿,有大量押韵对偶句,所使用的比喻多落于俗套[比如"她的面庞是一卷赞美的诗册"(1. 1. 16)[2],"生命不过是一口气"(1. 1. 47),"用无数的天眼洞察人类行为的神明啊!"(1. 1. 73–74)],诗句中的意象也往往简单直观。而第三、四、五幕中,诗行为大量跨行诗句(enjambment),比喻也往往隐晦古奥——这两者恰恰是莎士比亚晚期诗歌的重要特征。

阅读学者对莎士比亚的晚期语言特征的描述分析,可发现一些形容词反复出现:elliptical(省略含蓄)、convoluted(错综复杂)、repetitive(重复反复)、irregular(不规则)、abrupt(支离破碎)、digressive(枝蔓发散)。这其中,"elliptical"描述的是莎士比亚晚期诗行中大量省略词句原有结构组成部分的习惯:词语中的音节、词语间的关联词、主从句之间的介系词等。然而,虽然诗文中有大量省略,他却并非在追求惜字如金、言语精练。一方面,他通过大量省去重要的语法结构而"节省"了诗句空间,另一方面,他又在节省下来的空间中恣意塞入重复的元音辅音、单词、短语、节奏。例如,他在成熟期创作时渐弃的头韵(alliteration)和半韵(assonance)后来又

---

1 Jonathan Bate, "Writ by Shakespeare: The Intrinsic Power of the Countess Scene in *Edward Ⅲ* ", *Times Literary Supplement*, 17 Jan. 1997: 3.

2 诺顿版莎剧全集沿用 1609 年第一四开本的形式,未将剧本内容分幕。为方便起见,本章中引用的英语原文与幕场行数来自分幕的亚登第三版(Arden 3rd Series):William Shakespeare and George Wilkins, *Pericles*, ed. Suzanne Gossett, London: Methuen Drama, 2004。

强势回归。此外，诗句中还大量存在各种意象、比喻，大多尚未来得及铺陈明晰，便迅速被同样隐晦又"短寿"的其他比喻所取代；大量夹杂在连字号、逗号与括号[1]之间的枝蔓；以及接在句子主干后延绵不绝的介词短语。而这种近乎狂热地将自己的"无限辩才（spacious volubilitie）"[2]倾注入有限诗行的做法，令莎士比亚的晚期戏剧中充满"强烈不规则（aggressively irregular）"[3]的无韵诗，"诗句完整性往往受到诗句跨行、阴性行末、抑格行末，以及频繁的停顿、转向的威胁"[4]。莎士比亚晚期的句法因此往往被形容为"错综复杂"。他往往出其不意地调换词语顺序，写下残缺断句，突然改换句子陈述方向，给观众读者的理解增添了不小的困难。

从莎士比亚任意一部晚期戏剧中任意选择一段，便可明显看到上述晚期特征。以下选段来自《配力克里斯》，这是第三幕中，刚听闻妻子难产而亡的配力克里斯对怀中新生的女儿说的话：

1　需要注意的是，《辛白林》《冬天的故事》《暴风雨》这三部剧中连字号与括号数量的陡然提升，或并非莎士比亚本人所为，而更有可能是抄写员拉尔夫·克莱恩（Ralph Crane, 活跃于1615—1630年）所添加的。1623年首部莎剧全集（即第一对开本）中这三部剧便是以其誊写本为蓝本进行排印的。克莱恩以热爱使用括号、撇号、连字符著称。不过，克莱恩在誊写这三部剧时，能够找到大量机会添加这些标点符号，这件事本身便是对莎士比亚晚期语言风格的一种反映。换言之，克莱恩的誊写策略其实可被看作对莎士比亚晚期戏剧的典型读者反馈：他添加标点、明确句读的做法，实际上就是努力厘清诗行语法结构的过程，而这些表转折、省略、插入的标点符号的大量出现，也反映出莎士比亚晚期诗句并非结构清晰、线性发展，而是多有回旋、发散、延展的。

2　Thomas Nashe, "Preface to R. Greene's *Menaphon* (1589)", *The Works of Thomas Nashe*, Vol. 3, eds. R. B. McKerrow and F. P. Wilson, Oxford: Blackwell, 1958, pp. 311 - 312.

3　Russ McDonald, *Shakespeare's Late Style*, Cambridge: Cambridge University Press, 2008, p. 33.

4　Ibid.

> Now, m*i*ld may be th*y* l*i*fe!   27
>
> For a more ***b***lusterous ***b***irth had never ***b***a***b***e;   28
>
> Quiet and gentle thy conditions, for   29
>
> Thou art the rudeliest ***w***elcome to this ***w***orld   30
>
> That ever ***w***as prince's child. Happy ***w***hat follows!   31
>
> Thou hast as chiding a nativity   32
>
> As fire, air, water, earth and heaven can make   33
>
> To herald thee from the womb.   34
>
> Even at the first thy loss is more than can   35
>
> Thy portage quit, with all thou canst find here.   36
>
> Now the good gods throw their best eyes upon't!   37
>
> (3. 1. 27 - 37) [1]

（但愿你的一生安稳度过,因为从不曾有哪一个婴孩在这
样骚乱的环境中诞生! 愿你的身世平和而宁静,因为在所有
君主的儿女之中,你是在最粗暴的情形之下来到这世上的一
个! 愿你后福无穷,你是有天地水火集合它们的力量、大声预
报你坠地的信息的! 当你初生的时候,你已经遭到无可补偿
的损失;愿慈悲的神明另眼照顾你吧!）

从音效与词语这个层面看,首先可以注意到,前五行中有大量
的音韵重叠现象:第 27 行中的/ai/音,第 28 行中的/b/,以及由第
30 行延伸至第 31 行中的/w/。这种声音单位的反复最终将成为第
五幕中的一个主要语言特征,在那里,即使简单的一句"**My name is
Marina, / O I am m**ocked"(5. 1. 133,我的名字是玛丽娜。/ 啊! 这

---

1   选段中的斜体、粗体为笔者所加。

简直是对我开玩笑)中也满是音韵的反复,在配力克里斯听到"天上的音乐"(5. 1. 217)之前,这一幕就已经充满了奇妙的乐音。

　　除了声音单位的重复外,此段中也能找到吞音(elision)的例子。第37行中的"upon't"便是一例。有一些版本中,第28行中的"blusterous"吞音后成了"blust'rous",第31行中的"ever"省略为"e'er",第33行中的"heaven"省略为"heav'n",第34行中的"the womb"省略为"th'womb",第35行中的"even"则省略为"e'en"。即便保留这些被撇号略去的音素(上文所引的亚登版便是这样做的),诗行也符合莎士比亚晚期语言风格特征,因为这样,五音步抑扬格诗行中便有大量的超音节、抑格行末。实际上从句子层面看,这十一行中,有五行(29、30、32、33、35)为跨行诗句,其完整含义要延展到下一行才得以显现。其实,第32行连跨两行,直到第34行末含义才完整。进一步细读可以发现,第34行只是半个五音步诗行,第31行则是阴性行末。这些都是晚期莎士比亚的语言"破格"典型。

　　上段中提到的省略结构元素的做法,在句子层面也有。第29行与第31行为省略句,重要的主动词"be"被略去["Quiet and gentle (be) thy conditions""Happy (be) what follows"]。尽管严格说来,这样的做法是合乎常规语法的(与"I love you and you me"的句法原则一致),但在这里,"Quiet and gentle thy conditions"同"Happy what follows"与首次出现的主动词"be"("Now, mild may be thy life")之间分别相隔一行和三行半,这意味着,对于观众甚至读者来说,这里的句意并非"不言"而喻,需要花一定的精力去琢磨与破解。而插在"Now, mild may be thy life"与"Quiet and gentle thy conditions"之间的第28行又是一个句法十分繁复的诗行,展示了莎士比亚在创作晚期是如何随意调换句子成分顺序的。这里,主语与谓语的位置被颠倒了过来,更正常的句法顺序应该是"For a babe never had a more blusterous birth",或者"For a more blusterous birth a babe never had"。同理,前一行(27)也可以说包含了成分顺序的调换,即使在语法与拼写未完全规范化的文艺复兴时代,更合乎语言习惯的说法也仍应是"May thy life be mild"或者"Mild may thy life be"。值得一提的是,至少在第27行中,这样的语序似乎并非随性而致,而有着更深层次的作用:"may"与"be"紧紧相连,形成可表怀疑、疑虑的"maybe"(对于只闻其声、未见其字的现场观众来说,这种感觉会更加强烈),一方面展现出配力克里斯对出生即丧母的女儿之未来的深深忧虑,另一方面也向读者暗示,婴儿玛丽娜的成长确实未能像其父所祝愿的那样一帆风顺、"后福无穷",她的人生之路将风浪不断,荆棘遍地。

从句意理解的层面看,配力克里斯对女儿的这十一行"寄语"也将学者们常说的莎士比亚晚期诗句的繁复晦涩展现得淋漓尽致。前文中已经展示出,莎士比亚晚期诗句的难懂,一部分原因是音素语素的省略与语序的破格。晚期莎诗晦涩的另一个重要原因是,句中各类指示隐晦不明,而这其中又以隐喻的未充分展开为主要原因。上述十一行中,第35、36行便为一例:"Even at the first thy loss is more than can / Thy portage quit,with all thou canst find here."。对这两行诗的理解,关键在于解析出"thy portage"的指涉。《牛津英语词典》中,"portage"的基础释义是:"用来充作船上水手全部或部分工资的水手私运货物;以此条件运送的货物;后被用以作'水手的薪酬'解。"[1]实际上,这个解释下所用的例句之

---

1 "Portage, n. 1", Def. 1 and 2a, *The Oxford English Dictionary*, 3rd ed., 2006; online version December 2011. Web. 21 Feb. 2018.

一,便是《配力克里斯》第三幕第一场(35‐36)。从这个释义来看,
"thy portage"指涉的是玛丽娜天生可有的福报(felicity)——与同
一行中所说的"all thou canst find here(你在这里能找到的一切)",
即世俗意义上的幸福富足形成对比——因此整句话的逻辑是:玛
丽娜天生带来的福报与后世获得的富足相加,也不能弥补婴儿出
生即丧母的损失。考虑到配力克里斯给自己女儿取名
"Marina"——与"水手(Mariner)"一词同源近音——将"portage"
与这个婴儿联系起来,似乎十分恰当合理。

　　然而,"水手私运货物/薪酬"并非"portage"一词的唯一意义,
它同时也可作"运送(carrying, transporting)货物、信件"[1]解。而
从这个角度看,"thy portage"指的便不是玛丽娜先天的福报福分,
而是她的孕育("carrying")与出生("transporting")。这两个动作,
以及此释义下的"portage"一词,逻辑上的施动者都是配力克里斯
的妻子、玛丽娜的母亲泰莎。这也就意味着,"thy portage"在这里
喻指的是泰莎的怀孕和生产。第35、36行的解释也顺势转成:你
的母亲将你孕育、产出,即你获得了生命,并不能补偿你亡母的损
失。这里,配力克里斯的感叹重点会落在"母亲"和"孕育与生产"
上,亦与上下文情境十分相符:玛丽娜出生的消息和泰莎难产身亡
的消息同时到来,而在此之前,配力克里斯一直关注的是"我的王
后怎么样了"(3.1.7)和"我的王后的苦痛"(3.1.13)[2]。按照这个
逻辑来看,"all thou canst find here"则指涉"你人生在世的未来经

1　"Portage, n.1", Def. 1 and 2a, *The Oxford English Dictionary*, 3rd ed., 2006; online version December 2011. Web. 21 Feb. 2018.

2　配力克里斯一直询问其王后的情况这一点,与后来《亨利八世》中的亨利八世在相似情况下的反应大相径庭。亨利的关注点是:"王后生了? 是吧? 说'是的,而且生的是个男孩'。"(5.1.162‐163)通过对比可知,配力克里斯关心的的确是王后的安危,并非看似询问王后的状况,实际上在问婴儿是否降生、是何性别。

历"。整句话的意思也就转为:"你获得了生命,拥有未来,但这两者相加,也不能弥补你的丧母之失。"这样的解释同样适用于此时的情景和配力克里斯的心情。

除了第35—36行以外,短短十一行的念白中,还有一处因指涉不明而可以引起多重解释的相似例子,那便是第30—31行:"Thou art the rudeliest welcome to the world / That ever was prince's child."。乍看上去,配力克里斯似乎在说玛丽娜是世界上最粗暴的迎接("rudeliest welcome"),而这十分奇怪,因为将新生的婴儿比作欢迎的举动似乎并不合乎逻辑。另一种理解方式则认为这里的"welcome"所取的不是现代常用的"欢迎"之意,而是该词的旧意:"招人喜欢、受人欢迎的来者;可被接受的人或事物。"[1]这样一来,"rudeliest welcome"就是一个采用了矛盾修饰法(oxymoron)的词语组合,用以指代刚出生的玛丽娜:她的出生既是众人所期盼的,又是粗暴骇人的。这种解释的合理性似乎可由前一行中的"Quiet and gentle thy conditions"佐证,两行以介系词"for"相连接,昭示了两者间存在一定的因果关系。第29行中的"conditions"一词或可理解为"个人特质,态度举止,道德观念,行事方式,脾气秉性"[2]。那么,这里配力克里斯的逻辑似乎是:因为在你出生时,你表现出了一定的粗暴特质,我对你的希望便是你能成长为一个温柔娴静的人。

然而,将"welcome"解读为"被欢迎/接受的人"而非"去欢迎/接受人"这个动作,存在一个致命缺陷:这一用法只有古英语(具体

---

1 "Welcome, n.1, adj., and int.", Def. A, *The Oxford English Dictionary*, 2nd ed., 1989, online version December 2011. Web. 22 Feb. 2018.

2 "Condition, n.", Def. 11b, *The Oxford English Dictionary*, 2nd ed., 1989, online version December 2011. Web. 4 Mar. 2018.

说来，是 9 世纪时的古英语）中才有。即使莎士比亚本人博闻强识，知晓"welcome"一词的这层古义，或者特意使用了这个词，以体现配力克里斯这个故事的悠久历史，他 17 世纪的观众，尤其是那些买站票看戏的社会底层观众能否按此意理解本句，也是令人怀疑的。

另外，如果根据多数学者的理解，不将这里的"conditions"一词解释为个人特质，而是将其看作"生活条件、状态"[1] 的同义词，那么配力克里斯的逻辑似乎是：玛丽娜出生时迎接她的是不平和不宁静的客观条件，因此他祝愿她此后的生活能平和而宁静。这样理解的话，"rudeliest welcome"指涉的便不是呱呱坠地的婴儿玛丽娜，而是她出生时所受到的那种"欢迎"：母亲身亡，风急雨狂，茫茫怒海。第 28 行中用以形容玛丽娜之出生的"blusterous"一词似乎也可以支持这一种解释。因此，第 30—31 行的意思是，玛丽娜出生时，迎接她的是狂风暴雨、滔天巨浪，这是对新生婴儿（更不要说君主之后）最粗鲁的迎接。

然而以这种方式理解这两行，第 30 行中的"thou"指涉的便不是此前配力克里斯一直指涉的玛丽娜，而是狂风巨浪。但若如此，这一行中的语法便十分令人费解，不仅仅是因为呼格指涉对象转换毫无前奏，十分突兀（且之后亦同样突兀地又转回先前指涉），更因为转换后的呼格指涉与接下来一行中出现的主语从句"That ever was prince's child"完全无法匹配，除非我们假设在第 31 行中，莎士比亚省略了一个重要动词——"That ever was（presented to）（a）prince's child"——但哪怕是对于晚期偏好省略音节语素

1　Note to l. 29 in *Pericles*, ed. Suzanne Gossett, p. 281.

的莎士比亚来说,这样的省略也显得过激了,难以找到其他例证。综上所述,"Thou art the rudeliest welcome to the world / That ever was prince's child"便是一句典型的莎士比亚晚期诗:语法含糊,释义丰富。

第35—36行和第30—31行有多种相似但又具有微妙差别的释义,这也反映了观众/读者对莎士比亚晚期诗歌的普遍体验:尽管大家可以抓住角色念白大致的含义走向[以这两行为例,分别是,玛丽娜出生之喜无法弥补泰莎亡故之痛(35—36),玛丽娜的出生环境十分恶劣(30—31)],但难以将剧中的隐喻充分展开,厘清指涉,也不容易确定句子成分之间的关系。而倾听或者阅读这样念白的结果,就是观众读者会对剧本同时产生两种印象:其一,角色的言语含义似乎比其实际的言说内容丰富、曲折、繁复得多;其二,一切皆充满了不确定性。

其他一些莎士比亚晚期语言特征,虽在这十一行中未有明显体现,但在剧中的其他部分历历可见。例如"'Tis most strange / Nature should be so conversant with pain / Being thereto not compelled(既然没有迫不得已的原因,一个人的天性怎么能够习惯于这种辛劳而不以为苦)"(3.2.24‐25),以及紧接着这一段的"I hold it ever / Virtue and cunning were endowments greater(我一向认为道德和才艺是远胜于富贵的财产)"(3.2.26‐27)。这样的诗行均省略了关系代词"that"['Tis most strange /(That)Nature should be so conversant with pain / Being thereto not compelled;I hold it ever /(That)Virtue and cunning were endowments greater],而莎士比亚晚期语言"省略倾向"的一个重要表现,便是频繁略去句子成分或者从句间明确指示逻辑关系的

功能词。除了关系代词外，另一种常被省去的功能词便是并列词句中的连词。莎士比亚晚期诗行中有大量并列词句连词省略结构（asyndetic construction），例如配力克里斯十四年后找回玛丽娜时说的"O Helicanus，strike me，honoured sir，/ Give me a gash，put me to present pain（啊，赫力堪纳斯！打我；好老人家，给我割下一道伤口，让我感到一些眼前的痛苦）"（5. 1. 180 – 181）。这种在并列词句结构中抛弃连接词的做法将在《配力克里斯》之后创作的晚期作品中愈发常见。《辛白林》中，就有"七十八例并列词句连词省略结构，几乎是《李尔王》与《安东尼与克莉奥佩特拉》的两倍，而后两者中的并列词句连词省略结构本就已经比其他悲剧要多得多"[1]。

在频繁省略的同时，莎士比亚晚期亦频繁地在单句中插入同位阐述结构。《配力克里斯》中，萨利蒙爵爷对于自己医药知识的一段解释，便能让观众和读者一窥莎士比亚这种"添加冲动"：

'Tis known I ever

Have studied physic，through which secret art，

By turning o'er authorities，I have，

Together with my practice，made familiar

To me and to my aid the blest infusions

That dwells in vegetives，in metals，in stones，

And I can speak of the disturbances

That nature works and of her cures，which doth give me

---

[1]　Russ McDonald, *Shakespeare's Late Style*, p. 90.

A more content and cause of true delight

Than to be thirsty after tottering honour,

Or tie my pleasure up in silken bags

To please the fool and death. (3. 2. 31 - 42)

（你们知道我素来喜欢研究医药这一门奥妙的学术[1]，一方面勤搜典籍，请益方家，一方面自实地施诊，结果我已经对于各种草木金石的药性十分熟悉，不但能够明了一切病源，而且能够对症下药，百无一失；这是一种真正的快乐和满足，断不是那班渴慕着不可恃的荣华，或者抱住钱囊，使愚夫欣羡、使死神窃笑的庸妄之徒所能梦想的。）

严格从语法角度说，这一长段念白实际上只是一个句子（"'Tis known I ever have studied physic"）。但在叙述过程中，萨利蒙不断加入修饰、阐述性从句、短语，用关系从句（"through which..." "that dwells..." "that" "which"）、介系词短语（"together with..."）、不定式短语（"to please"）、连词"或"（"or tie..."），以及句中新加入的谓语["and (I) can"]将这一陈述句（"人们知道我学习过医药"）扩展成为如今的模样。

　　即使是在稍短的对话中，晚期的莎士比亚似乎也无法甩掉这种粘连从句、扩展主句的"冲动"。狄奥妮莎买凶，指使刺客里奥宁去除掉玛丽娜时，是这样叮嘱、叫他不要犹豫的：

1　原译如此。

Let not conscience,

Which is but cold, inflame love in thy bosom,

Nor let pity, which even women have cast off,

Melt thee, but be a soldier to thy purpose. (4. 1. 4 – 7)

（不要让那冷冰冰的良心在你的胸头激起了怜惜的情绪；
也不要让慈悲，那甚至为妇女们所唾弃的东西，软化了你；你
要像一个军人一般，坚决地履行你的使命。）

粘连在祈使句"let not conscience"后的"which is but cold"，在短暂
却确实存在的一个瞬间，阻止了句子向能使其语义与语法结构完
整的宾语补足语（"inflame love in thy bosom"）行进；而第二个祈
使句中，"which even women have cast off"也起到了同样的作用。
两个插入的宾语从句一起，则短暂地推迟了狄奥妮莎指示的主干
内容的出现——"be a soldier to thy purpose"。

　　在《配力克里斯》之后的其他晚期戏剧中，这种枝蔓衍展的风
格将更加明显。而且对于现代读者来说，这不仅源自听觉，更源自
视觉：剧中大量的（也许是克莱恩添加的）冒号、分号、逗号、破折
号、连字号及括号，时刻提醒读者某角色又开始离题发挥了。虽然
大多时候，他们最终还是能够兜兜绕绕回到自己原本的主句、主题
上，但在某个瞬间，层层堆积的同位语和关系从句将言者与听者/
读者同时拦住，无法抵达陈述的核心，因此制造出小小的悬念，令
观众/读者颇有几分提心吊胆、不知所措。

二

　　这便是莎士比亚晚期戏剧的语言风格：简略又繁复，丰富且隐晦。而正如上节中的分析显示的，从观众和读者的观剧体验来看，这种晚期语言风格对他们的一个主要影响是，不确定感时刻萦绕在心头。复杂曲折且不时违反语言规则的语法结构、含糊的指涉、层次丰富又未曾充分铺陈的隐喻飞快地轮番登场，令听者/读者难以判断诗行诗句的确切意义，也难以确定言者使用这种表达方式的真正目的；句子成分之间，乃至从句之间从语法和逻辑角度看都应存在的连接词、关系代词的省略缺失，令听者/读者难以确定句子组成部分乃至言者论据论点之间的逻辑关系；同位语、后置定语的大量叠加堆积，则令他们难以预估句子或是念白走向如何、何时结束，以及言者的论证过程能否顺利得出应有的结论。

　　想要理解并欣赏、享受莎士比亚晚期语言和诗句，就需要一点耐心，以及对作者/言者的一点信任。如果读者/听者相信那些纠结曲折的句子、比喻均在剧作家的掌控之中，只要耐心等待，它们的丰富内涵最终一定能在剧中以某种形式被理顺厘清，那么其观剧读剧的体验便能大大改善。

　　实际上——这也许颇有一些吊诡——在这些含糊隐晦、"难以预测"的语言中，也隐藏着"只要一点时间，一切终将大白"的信息。莎士比亚晚期诗句中元音、辅音、音节、词语，以及意象的频繁重复出现，在为戏剧营造出一种特定的音响效果和乐感的同时，也在语言层面加强了听者对周遭环境的熟悉感。含糊指涉也许给语句细节的理解带来一定困惑和难度，但正如上节所展示的，一个句子、

一段话的大致含义总是清楚的、能令听者/读者迅速捕捉到的，只
要他们不过于纠结句子成分间语法关系这样的细节——除了不得
不对剧本进行深度细读的学者们外，大多数读者和观众在读剧观
剧时，一般不会有精力和时间去特别关注这种微小的语法细节。
尽管言者的论据论证由于大量插入性短语、从句的叠加，常常呈枝
蔓发散"脱缰"之势，但与此同时，词语音节层面、语句单词层面，以
及从句关系层面的各种省略性修辞措施又在不断加快言语的节
奏，促其走向言者预设的结论。

　　"不确定感""逻辑连接缺失""耐心和信任的重要性""一切都在
掌控中"——如果本书的读者们，或者莎士比亚晚期戏剧的爱好者
们，感觉这些说法似曾相识，那是因为它们也恰是在对这些戏剧的
剧情、寓意（尤其是道德层面的寓意）、品质特征的分析中能读到的
评判，或者至少说是在对《配力克里斯》《冬天的故事》《辛白林》和
《暴风雨》这四部更具传统意义的传奇剧的解析中常见到的分析用
语。观众/读者倾听/阅读晚期戏剧语言的微观体验，与观看这些戏
剧情节——敷衍出来时的宏观体验，似乎是相当平行一致的。这样
看来，似乎可以说，这位在职业生涯前期曾让哈姆莱特建议演员们
"把动作（actions）和语言相互配合起来"（Hamlet 3.2.16-17）的剧
作家，在创作生涯晚期，也成功地达到了语言与戏剧情节（actions）
之间的配合统一。正如麦克唐纳所指出的那样："就像莎士比亚调
整自己的戏剧情节来源，使之更好地服务于'在舞台上讲述故事'这
项任务一样，他对诗歌构成元素的调整和利用，也同自己戏剧元素
的设计安排相统一协调。"[1] 结果就是，"其晚期诗歌中，尤其是那些

1　Russ McDonald, *Shakespeare's Late Style*, p. 38.

最为复杂曲折的段落中,诗句本身便是迷你型的传奇叙事"[1]。

　　麦克唐纳对莎士比亚晚期诗歌和戏剧的这一分析很有见地。上节所述的那些仿佛只是莎士比亚个人特定时期语言习惯的表征,如果与他晚期戏剧剧情推进和观众/读者整体体验联系起来看,其功能性作用便会开始显现,更像是经验丰富的剧作家故意为之,而非随性所致。比如上文提到诗歌中会有某些声音(或是元音,或是辅音,或是某个特定音节)反复出现,甚至频繁到有如咒语。这样的音韵反复,一个重要效果便是使整部剧在听觉体验上产生乐感,而这正是音乐在这批晚期戏剧中重要作用的体现。音乐不仅是晚期戏剧中频繁出现的宏大仪式场面不可或缺的元素,在好几部剧中还是重要甚至关键事件发生的先兆。例如《配力克里斯》中,将泰莎从死亡边缘拉回来的,除了萨利蒙的药石和医术外,更有六弦琴奏出的"朴拙而忧郁的音乐"(3.2.90);常年缄默不语、了无生气的配力克里斯终于"苏醒",回归社会的重要标志,则是他开始听到"天上的音乐"(5.1.217)。在《暴风雨》中,腓迪南是被爱丽儿的歌声一路指引,来到了普洛斯彼罗和米兰达面前,从而开启了普洛斯彼罗为米兰达安排的重要副情节线,令普洛斯彼罗的全面"复仇"计划得以实现。

　　类似地,上节中所分析的晚期诗歌句子与段落层面语法、逻辑关系的松散,也是对整体戏剧组织结构的一种映射:莎士比亚晚期戏剧的结构往往亦被学者们描述为"松散的",多采取事件片段式组织形式(episodic structure),多有出人意料的事件并置、情节转折、时空变幻。

1　Russ McDonald, *Shakespeare's Late Style*, p. 169.

那些信息满溢以至于阻碍语义推进、得出结论的句子和段落，令观众/读者一时无法获得言者欲表达的完整意思。他们只好努力分辨句子成分，解析从句结构，破解语句逻辑关系，努力理解这些句子和段落，最后往往败下阵来，向它们的语法结构、隐喻风格做出某种程度的妥协，将耐心和信任付与言者及剧作家，最终大致成功解开句意的这个过程，同这批戏剧中的男女主人公与命运交手的过程很是相近。这些剧中角色在最终理解、接受命运之前，每一步都可能遇上出乎意料的新事件，延迟抵达传奇剧传统中仇家和解、亲人团聚、主人翁参悟命运的最终结局。值得一提的是，观众/读者在聆听/阅读莎士比亚晚期戏剧时，"我们知道人物角色在说什么，但是我们没法说清楚——甚至不知道——我们何以知道"[1]这种语言层面上的体验，与我们面对传奇叙事时并不知道，也无法知道到底什么是传奇叙事的必备"迷因"，却仍能认出它是一出传奇剧、一首传奇长诗或一部传奇小说的情形似乎互为镜像（见第一章）。此外，一时止住语义的推进，延迟其完整意义出现的做法，也是晚期戏剧时间结构安排在语言微观层面的一种体现：如前文所指出的，在这些晚期戏剧中，从情节角度来看，故事的开端和结局，或者说剧本的开场与收场之间，一般都相隔十五六年时间。在剧本内部的世界中，男女主人公必须拥有坚忍之美德，才经得住十五六年艰难困苦的考验，迎来美好的结局；而同样地，在语言理解层面上，观众/读者也必须耐心等待句子和段落自我展开，在文意的回旋、反复与曲折中走向结尾。对于剧中人物来说，晚期戏剧的世界中至少总有一个神明在关注着人间诸事，并确保这些

1　Russ McDonald, *Shakespeare's Late Style*, p. 31.

有坚忍之德、经受住长时间苦难考验的人最终有幸福（或者至少并非不幸）的结局。而对于观众/读者来说，则有剧作家关照，保证那些音节、词语、隐喻、句子和段落——看似散漫无章——最终以最佳方式表达语篇需要表达的意思，并照应剧本宏观特征，加强观剧体验。

　　莎士比亚晚期语言风格是对剧本宏观结构的映照与强化，能体现这一点的还有莎士比亚晚期惯常的切断（或者说弱化）言者性格与言语风格之间联系的做法。根据诺思洛普·弗莱（Northrop Frye）的分析，传奇这个体裁，作为新喜剧（New Comedy）的一个分支形式，本质上采取的是"'人物服务于情节'这样的结构"[1]。因此，莎士比亚为了昭示情节在自己所采用的新体裁中的核心地位，便"根据新戏剧模式的要求（总的来说，情节要比人物更加生动，更动人心弦）调整了自己的语言和戏剧艺术手法"[2]。从《配力克里斯》的第三至第五幕开始（即本章开头贝特引言中所说的，这部合作剧中"无与伦比"的莎士比亚部分），晚期戏剧中人物性格与语言风格之间的关系一直在逐步弱化。尽管在某些语篇中，语言风格似乎依然对应角色说话时的具体心境（例如《冬天的故事》中，里昂提斯怀疑妻子赫米温妮与朋友有染后的几段长独白中，有明显的同词重复现象，而这很好地刻画了他阴郁深沉进而狂热错乱的内心世界），但大多数情况下，在这批戏剧中，想要通过语言风格特征

1　Northrop Frye, "Romance as Masque", *Shakespeare's Romance Reconsidered*, eds. Carol McGinnis Kay and Henry E. Jacobs, Lincoln and London: The University of Nebraska Press, 1978, p. 11.

2　Anne Barton, "Leontes and the Spider: Language and Speaker in Shakespeare's Last Plays", *Shakespeare's Styles: Essays in Honour of Kenneth Muir*, eds. Philip Edwards, Ingo-Stina Ewbank and G. K. Hunter, Cambridge: Cambridge University Press, 1980, p. 149.

辨认、区分人物形象，是有些困难的。《辛白林》中愚钝不堪的克洛顿也有能言善辩的时候。而他心狠手辣的母亲——剧中最大的反派，在申明不列颠拒绝继续向罗马奉上岁贡时，对不列颠的描述之优美、激昂、正气满满，令人不禁想起《理查二世》中的正面角色兰开斯特公爵约翰·刚特临终时"这一个英格兰"那段著名念白——"This royal throne of kings, this sceptred isle, / This earth of majesty, this seat of Mars, / This other Eden, demi-paradise（这一个君主们的御所，这一个统于一尊的岛屿，这一片庄严的大地，这一个战神的别邸，这一个新的伊甸）"（2.1.40-42）。换言之，具体的语言风格特征不应再被看作配力克里斯、伊慕贞或者普洛斯彼罗的个人风格，而是莎士比亚本人晚期语言风格的体现。

三

人物性格与语言风格的割裂，是莎士比亚艺术手法在晚期发展中的一种"逆转"。在这批晚期戏剧前，莎士比亚戏剧的一个重要特征便是人物语言与其特定性格、心境紧密相连，增强对角色性格的刻画。实际上，莎士比亚同时代的剧作家和观众对其作品的评价是，莎士比亚的戏剧或许在情节设计上不大合乎规则，缺了几分雅致，但其人物塑造能力之高超是毋庸置疑的。[1] 如麦克唐纳所指出："随着其创作技艺日趋成熟，到了16世纪90年代中期，莎士比亚已能轻而易举地创造出'言如其人'的角色，而这是他戏剧艺术的一大成就，人们颂扬他、将他与二三流的剧作家区分开来的

1　See Margreta de Grazia, Hamlet *Without Hamlet*, Cambridge: Cambridge University Press, 2007, p. 11.

一个重要原因是,他具有这项特殊才能。"[1]然而到 1607 年前后,随着创作体裁由悲剧转向传奇剧,他弱化了人物与语言、语言与言语背景之间的关系,代之以一种统领全剧、具有剧作家本人文风特征的新语言风格。

这似乎反映出,在其晚期,莎士比亚创作理念中的一个重要考虑,是将剧作家这个"人物"引入叙事中去。也的确,不管是从语言层面还是戏剧层面看,整个观剧/读剧过程中,观众/读者一直以这样那样的方式被提醒,无法忘却"作者"的存在。从语言层面看,上文中所列举、分析的那些繁复、破格,甚至有几分刻意的言语形式,实为引导读者/观众将观剧时看故事情节、听对话内容的精力分一部分来关注剧作家语言组织形式本身。换言之,这是强势宣告自我存在的语言。而因为语言风格特征与人物个人特征分离割裂,剧作家/诗人本人的声音便得到加强,逐渐凸显出来。毕竟,当所有的剧中人物都在用大致相似的风格说话时,那种风格自然而然地就会被听众/读者与剧作家而非角色联系在一起。

从戏剧层面看,对"传奇"这种文学体裁的选择本身就意味着,从本质上来说,这些晚期戏剧的情节发展、人物举动就不可能是自然、写实的。这一批戏剧的大部分,其中主要的戏剧冲突都有赖神明(或其他超自然方式)的提示、指示或直接介入而得以最终化解。人物行为背后也往往缺乏足够的合乎逻辑的动机支撑。这与此前的历史剧、悲剧形成鲜明的对比。在莎士比亚成熟期戏剧中,谋事、成事可谓都在"人":没有明显的超自然力量介入,事件发展按照自然法则与因果关系,环环相扣,步步推进。这种真实自然、水

1　Russ McDonald, *Shakespeare's Late Style*, p. 34.

到渠成的情节发展，显示了剧作家把控全局的"看不见的手"，令观众/读者在欣赏正剧（即戏剧中除去开场与收场白的部分）时可以暂时忘掉创作者的存在，将台上的一切视为自然发展的结果。而在这批晚期戏剧中，这种巧妙的遮盖被完全掀开，剧作家对剧情发展、人物命运的把控显而易见。

实际上，在晚期戏剧中，莎士比亚为提醒观众/读者剧情发展、人物命运是由一位剧作家/诗人把控的，不仅使用了上述相对微妙的方式，更直接将"剧作家/诗人"这个形象搬上了舞台。在《配力克里斯》中，各个片段式的事件是由中世纪诗人约翰·高尔（John Gower，约 1330—1408）这个人物串联起来的。高尔不仅出现在开场和收场之时，还穿插在幕与幕之间，甚至为以哑剧形式在舞台上呈现的各过渡事件解说。全剧中，他不断以故事叙述者的身份出现，不断地提醒观众/读者，他们所见的这出"配力克里斯生平"，归根结底是诗人在讲一个故事。在《冬天的故事》中，著名的"雕塑苏醒"场景（5.3），从本质上来说，是赫米温妮在宝丽娜的指挥安排下，所演出的一场呈现人死而复生的哑剧（或也可将其认作某种无言的假面剧），而这也是在告诉观众/读者，剧终看似基于各种偶然巧合的多方面的人物团圆（夫妻、父女、父子），实际上是剧作家/导演的精心安排。而在《暴风雨》中，荒岛各处那一下午几乎所有的事件，都是依照普洛斯彼罗的事先计划和实时操纵进行的。值得一提的是，《暴风雨》是一部戏剧内部剧情时间完全等同于演出时长的剧[1]，而在剧中，事件发展又完全被普洛斯彼罗掌控，因此在很长一段时间内，普洛斯彼罗都被认为是莎士比亚本人的化身，而

---

1 剧中明确指出，这一切发生在一个下午两点至六点的四小时内，而这出戏的原始演出时间也正是四小时左右，而且莎士比亚时代，剧院也总是下午两点才开场。

且前者在收场白中对观众的道别,也往往被视作莎士比亚本人在向舞台和自己的剧作家生涯告别(当然,实际情况并非如此)。

以上这些例子展示出,这些剧本是如何将"艺术"和"艺术家"移至戏剧舞台和主题前景的。而莎士比亚晚期艺术的这一发展趋势,似乎是对其通过成熟期悲剧所达高度的又一种"逆转"。在创作这批戏剧之前,莎士比亚戏剧艺术发展的大趋势,不论在诗学层面,还是在戏剧冲突、情节设置层面,都是不断趋向自然的。从诗歌格律上来看,"莎士比亚早期和中期,一直是明确地朝着越来越口语化格律语流(speech-like line-flow)行进的"[1],即学者说的"莎士比亚作为戏剧诗人······倾向于将韵文向自然的口语"[2]发展。换言之,在晚期戏剧前,从语言风格上说,莎士比亚的艺术发展方向是去雕饰(artificiality)、隐藏艺术痕迹,不令诗歌喧宾夺主,使其更好地为人物表情达意服务。同样地,在戏剧叙事层面,莎士比亚的创作也是朝着"去雕饰"这个方向发展的。如前段所述,事件的发生逐渐脱离对巧合的依赖,而取决于合理的因果推动。人物角色也渐渐地脱离脸谱状态,成为呈现出相当程度独立性、具有独特自我意识的个体,其举止和行动存在有逻辑可言的动机,受正常的人类心理活动模式制约,而非由作家强行塑造。然而进入创作晚期后,莎士比亚却好像完全推翻了自己之前的艺术创作理念,开始故意将"掌控一切的剧作家"重新引入作品中,由此将观众/读者的

1　George T. Wright, *Shakespeare's Metrical Art*, Berkeley, Los Angeles and Oxford: The University of California Press, 1988, p. 96.

2　Matteo A. Pangallo, "Dramatic Metre", *The Oxford Handbook of Shakespeare*, ed. Arthur F. Kinney, Oxford: Oxford University Press, 2012, p. 100.

注意力引导至艺术和艺术技巧的使用[1]之上。

　　而随着莎士比亚创作原则的这一颠覆,另一种逆转也开始逐渐显现,那便是其对语言的效果和力量的刻画。至少在前三部晚期戏剧(即《配力克里斯》《冬天的故事》和《辛白林》)中,莎士比亚对作为人类交际工具的"语言"的处理及表现出来的态度,远比其在之前成熟期悲剧中的要和缓许多,整体呈积极之态势。换言之,这些晚期戏剧似乎说明莎士比亚在重拾对于语言力量的信任:一方面,如上文所述,其晚期语言十分"大方"地展示出内在的修辞技巧,并将受众的注意力吸引到作者身上;而另一方面,从剧情内容看,这些晚期戏剧大幅减少了对于语言破坏力的演绎(当然了,这并不是说在这几部剧中,对语言力量的展示全是积极正面的)。比如上面的引文中,狄奥妮莎用语言指示里奥宁去杀害玛丽娜,并告诫他不要被良心和怜悯蛊惑,要果断下手。《暴风雨》中,凯列班学会了语言,方能诅咒他人,并与新近上岛的特林鸠罗和斯丹法诺合谋刺杀普洛斯彼罗。但总的来说,在晚期戏剧中,语言不像之前悲剧中那般破坏力巨大甚至具有毁灭性。实际上,在前几部晚期戏剧中,语言——尤其是口述语言——具有使个人乃至社会重振生机、恢复秩序的拨乱反正之力。配力克里斯失去妻女后,悲恸自闭,无恋人生,是玛丽娜的言语使他恢复了生气。《辛白林》前四幕所积攒起的家国层面的所有混乱、误会,都在最后一场中通过各种人物轮番登场讲述历史的方式得以消解,"一点一点地解开自剧情

1　需要指出的是,在文艺复兴时期的英语中,"艺术(art)"一词的词意更多地侧重在"有章法、需要技巧的人类活动(human activity)"这个层面,而非仅仅指狭义上的"美学艺术"。因此,莎士比亚在晚期戏剧中多凸显的"艺术"并非仅仅是歌舞美术,而是更广泛地包含语言使用、历史构建等非自然性的、不可避免地带有人工痕迹的活动。

伊始便不断积压的秘密,纾解观众累积了五幕的精神压力"[1]。甚至在《亨利八世》和《两个贵族亲戚》这两部对语言效力的演绎并不如前三部晚期戏剧积极正面的剧中,语言力量也未曾达到成熟期悲剧中那般毁灭一切的恶毒程度。晚期戏剧仍然展现了语言与交际的不足,但总的来说,并未过分渲染其害。

而悲剧,尤其是成熟期后期的"大悲剧(great tragedies)"中,"人类活动形式"意义上的语言却一直是危险而可怖的。重要表现之一便是,这些悲剧中,主人公的衰败几乎无一不可追溯到一位或几位能言善辩的女性身上——而在莎士比亚所处的时代,女性与语言,尤其与"有技巧的蛊惑性语言"紧密相连。[2] 李尔王被大女儿高纳里尔和二女儿里根表孝心的甜言蜜语所迷惑,放逐了小女儿,二分国土,由此开启了自己的不幸和国家的内乱。麦克白取国王邓肯而代之的欲望,最初由女巫们的语言挑起,最终在麦克白夫人的有力唆使下化为弑君的行动。科利奥兰纳斯的悲剧,则始于他听从了母亲伏伦妮娅的劝说,违心去大市场上"向人民说话"(Coriolanus,3.2.54)。作为一个本不屑于多费口舌的人,在面对人民的质疑时,他一反常态,多方解说,反而祸从口出,最终被定为叛国者,驱逐出罗马。而众所周知,在《安东尼与克莉奥佩特拉》中,一代英雄安东尼的毁灭,在他被克莉奥佩特拉迷住的那一刻便开始了,后者的魅力不仅仅来自美貌性感,更来自对语言的操纵与伶牙俐齿。

在晚期戏剧中,随着作者对语言态度的缓和,女性形象也有所

---

1 H. A. Evans, qtd. in Tony Tanner, *Prefaces to Shakespeare*, p. 726.

2 See Margaret Tudeau-Clayton, "'The Lady shall say her mind freely': Shakespeare and the S/Pace of Blank Verse", *Shakespeare and Space: Theatrical Explorations of the Spatial Paradigm*, eds. Ina Habermann and Michelle Witen, London: Palgrave Macmillan, 2017, pp. 79 - 102.

逆转，再次开始正面化。尽管狄奥妮莎、辛白林的王后、女巫西考拉克斯这样的恶毒女性形象依然存在，但她们的人物塑造多是二维的、脸谱化的，就戏剧效果而言，无法抗衡鲜明立体的正面形象玛丽娜、伊慕贞、宝丽娜、潘狄塔（Perdita）、米兰达等，不足以破坏晚期戏剧观众对女性形象的认识。在晚期戏剧中，大多数女性是正义与道德的化身，是救赎与生机的力量来源。

四

　　莎士比亚晚期戏剧中，语言效力与女性形象的逆转，是莎士比亚在创作晚期"回顾过去"这一整体趋势的一部分。在创作上，他频频重温戏剧创作生涯初期演绎过的戏剧主题、使用过的语言与戏剧建构技巧，并"以陈促新"，巧妙地利用旧元素、旧手段，制造出崭新的戏剧效果，展示出新的历史、社会及文学思考。

　　从戏剧主题和元素的角度看，随着其转向传奇剧体裁，莎士比亚似乎开始回顾、反思自己早期的一些创作。他重拾大团圆结局的设计，再次探索早年使用过的故事来源，重新演绎自己青年时期演绎过的戏剧动机和主旨。配力克里斯的情节来源于中世纪的流行故事"泰尔的爱普罗尼厄斯（Apollonius of Tyre）"，而这也是莎士比亚早期剧作《错误的喜剧》及后来的《第十二夜》的蓝本。类似地，《两个贵族亲戚》与《仲夏夜之梦》都从乔叟《坎特伯雷故事》中《骑士的故事》里汲取了大量情节元素。《辛白林》《冬天的故事》《两个贵族亲戚》及（从某种意义上说）《暴风雨》中地理背景的频繁变换，是遵照"宫廷→绿林/乡野→回归宫廷"的方向行进的，而这条"路线"在莎士比亚作品中的使用，最早可见于《皆大欢喜》和《仲夏夜之梦》。"父女骨肉分离又再次团聚"的主题(《配力克里斯》《辛白林》《冬天的故事》)可见于《皆大欢喜》。"怒海"——家庭成员因海上风暴而失散——主题(《配力克里斯》《暴风雨》《冬天的故事》)也是《错误的喜剧》和《第十二夜》的故事缘起。淑女"起死回生"——被认为早已离世的姑娘再次出现在众人面前——的情形(《配力克里斯》《辛白林》《冬天的故事》)可追溯到《无事生非》中希罗的"复生",也同《第十二夜》中维奥拉的际遇相近。超自然力量介入或参与人间事务(《配力克里斯》《辛白林》《冬天的故事》《暴风雨》《两个贵族亲戚》)的安排在《皆大欢喜》和《仲夏夜之梦》中曾出现过。而"做父亲的真爱之路"的情节设置(《辛白林》中的辛白林与《冬天的故事》中的波力克希尼斯被真心阻碍,《配力克里斯》中的西蒙尼狄斯与《暴风雨》中的普洛斯彼罗被佯装阻碍)可追溯至《仲夏夜之梦》中的赫米娅之父伊吉斯。就连晚期戏剧中最为关键的主题之一——与自己从未或几乎从未会面的亲人相逢或重逢(配力克里斯与女儿,辛白林与儿子们,伊慕贞与兄长们,里昂提斯、赫米温妮与女儿)——归根结底也可被视作莎士比亚最早的作品之一《错误的喜剧》中"出生即失散的孪生子重逢"主题的变体。

这样的主题与动机可以再列举很多,但仅上述各例就足以反映出莎士比亚晚期确实在对旧材料进行充分再利用、再发掘,给予旧冲突新解决方式,或是对旧哲学议题提出新观点、新回答。需要注意到,即使是初次在莎士比亚的早期戏剧中出现之时,上述的许多——或者可以说大多数——主题元素和情节设计都并非莎士比亚的原创,而是从既有故事与戏剧中借来,有些甚至在16、17世纪就已成"陈词滥调"了。如果说早期喜剧是莎士比亚借这些陈旧戏剧元素所做的第一次实验,那么晚期传奇剧或可被看作他重新利用他人及自己(尤其是自己)早已用过的旧材料进行的又一次实验。而他运用这些旧元素所创造的这批戏剧与自己以往的作品大相径庭,以至于后世的学者觉得有必要将它们单独划分出来,作为莎学的一个专门课题。

　　这种"旧瓶装新酒"的手法,在莎士比亚晚期戏剧中的诗歌语言发展上也有明显体现。他在走向16世纪90年代中期成熟风格过程中逐渐抛弃的许多诗学修辞手法,此时被他再度拾起,大加利用:为了音步格律或诗行节奏而省略字母、音节,调换主谓宾顺序,频繁押头韵或半韵等。不仅如此,在诗歌格律方面,他似乎通过沿着成熟期诗歌的发展道路继续前行的方式,得到了与该时期语言风格截然相反的效果。研究莎士比亚语言特征的专家乔治·T. 莱特(George T. Wright)曾指出,从创作早期到成熟期,莎士比亚的诗歌一直朝着"越来越少的尾韵,越来越不张扬的格律,以及越来越接近日常会话风格的语流"[1]发展。而这一描述看起来也一样适用于莎士比亚职业生涯晚期的语言特征:莎士比亚的晚期诗句鲜押尾韵;由于大量使用短行(short line)、超音节诗行(extra syllabic line)、弱行末(weak ending)或阴性行末(feminine ending)[2],诗行的韵律更加自由多变,打破了五音步抑扬格一成不变的规律节奏,也的确让格律不再那么张扬;而大量使用跨行诗句,突破一行一句的刻意限制,是在诗歌体系下创作出接近日常口语之诗句的一种尝试——毕竟,在日常即兴口头对话中,说话的人往往不易也不会选择将自己的每一句完整话语都限制在特定音节

1　George T. Wright, *Shakespeare's Metrical Art*, p. 96.
2　弱行末指的是原本应以重音节结尾的五音步诗行,在不增减音步的情况下,以轻音节收尾。阴性行末则指的是在五音步之外多添一个轻音节(即整行有十一个而非本应有的十个音节),以此收尾。

数量之内。然而,这些语言特征在晚期戏剧中集中到一起时,所产生的却并不是自然、流畅的言语,而是有着异样的乐感,并恣意地张扬自己的雕琢感。

正是莎士比亚在创作生涯晚期这种同时往回又向前看的做法,令学者们有理由认定莎士比亚是拥有"晚年风格"的。虽然,正如第一章中所分析的,"晚年风格"这个概念本身的定义是悬而未定的,但研究者们还是分辨出了一些可昭示其存在的特征:

> 晚年作品中有一种宽广而激进的视角,使艺术作品回归至一个久远的过去,同时又跃至一个也许一样遥远的未来。晚年作品是对其先行者的颂扬和总结[或者,按阿多诺(Theodor W. Adorno)的话说,是对它们的批评],令我们得以一窥某种未来——而虽然这样说起来似乎自相矛盾,但那种未来实际上也总是一种过去。[1]

这样看来,莎士比亚晚期戏剧中所体现的语言与戏剧风格确实是具有"晚年风格"的。从年代顺序来说,这批晚期戏剧是莎士比亚创作的最后一批戏剧:1616 年,差不多是《两个贵族亲戚》问世两年后,他便与世长辞。而从效果上来看,他的晚期语言与戏剧各方面特征也符合晚年风格的定义:"具有一种松散的、漫不经心的、梦境般的品质","是任何领域中创作型艺术家在取得人生主要艺术成就之后一个短暂的艺术干劲重生的时期,是对自己艺术人生的拓展、完善与验证",也是"一种自我放逐,远离一般为人所接受的

---

1 Gordon McMullan, *Shakespeare and the Idea of Late Writing*, p. 44.

范式,出现得较迟,留存得更长"。[1]　同时,考虑到晚年风格如戈登·麦克马伦所说,并非一种自然形成、客观存在的概念,而是"后见之明的产物,是评论家强加于特定艺术家身上的一种纪念形式"[2],为莎士比亚安上一个"晚年风格"似乎也无可厚非。

不过,"晚年风格"多暗指艺术家明白(或是在潜意识中认为)自己职业生涯即将结束,因此在这一时期的创作中对自己的过往艺术生涯进行有意识的总结,唱出自己的天鹅之歌。从这个角度说,莎士比亚的晚期风格看似属于晚年风格,但事实上又与之相左,因为这并不是莎士比亚的"绝笔"风格。相反,《亨利八世》与《两个贵族亲戚》(尤其是《两个贵族亲戚》)是其不断创新艺术理念与手段、探索新创作方向的证明。

再者,尽管这批晚期戏剧的确符合"晚年风格"应具有的"对其先行者的颂扬和总结"这一特征,但有必要指出的是,这几乎是莎士比亚正典中每一部作品都具有的特征。上文中的晚期戏剧中对旧主题再利用的"列举单"虽然长且丰富,但如果读者梳理一下(比如说)莎士比亚悲剧涉及的戏剧主题和动机,也不难找到它们与历史剧、喜剧乃至问题剧之间的相通、平行之处。例如悲剧《罗密欧与朱丽叶》与喜剧《仲夏夜之梦》,在创作时间上毗邻,两者也似乎"同是建立在一些非常相似的文本材料之上"[3]。《麦克白》与《理查二世》共享篡权弑君主题。《李尔王》中女儿对父亲的虐待,与《威尼斯商人》中杰西卡对父亲夏洛克的卑劣态度有相同之处(尽管在《威尼斯商人》中,杰西卡的行为或许尚不算"虐待")。简而言

1　Edward Said, *On Late Style*, p. 16.

2　Gordon McMullan, *Shakespeare and the Idea of Late Writing*, p. 62.

3　Stephen Greenblatt, *"Romeo and Juliet"*, *The Norton Shakespeare*, p. 897.

之,莎士比亚的多数戏剧都存在一些(有时甚至是大量的)他在其他戏剧中使用过的主题、元素和情节设计,可被视作对他之前创作的一种再思考、再探索。从其整个创作生涯的发展来看,他的悲剧可谓是对之前喜剧与历史剧的再发展,而其晚期传奇剧则又是对成熟期悲剧的再创造。他最后的一部戏剧《两个贵族亲戚》是充分反映"反传奇"精神的传奇剧,或许本该是新一轮探索的开始,很可能会推进其传奇剧的发展。在其整个创作生涯中,莎士比亚都在不断对自己先前的作品进行重评估、再创造:"现在,这已经是基本共识,那就是莎士比亚总是在自己借鉴自己,不过他从不会重复自己。"[1]因此,其晚期戏剧中那些对早期作品明显的总结、修改、歌颂,并非莎士比亚到创作生涯晚期才有的艺术手段。它们并不是孤立的现象。

虽然莎士比亚可谓一直在孜孜不倦地回顾自己的创作,在其基础上创造,但其表现之明显,是到晚期创作中才出现的。比起说这是莎士比亚在有意识地总结过往、做封笔绝唱,更合理的解释似乎与他在这一时期的创作体裁传奇剧有关系。创作传奇剧,意味着回归"一种流行且原始的戏剧形式……充满了狂暴激烈的情节发展——不管是夸张的(melodramatic)还是胡闹的(farcical)——以及舞蹈歌唱、粗俗对话,还有如画背景"[2]。比起悲剧,喜剧可以更好地适应它的形式要求。莎士比亚高超的戏剧技艺可以保证其晚期传奇剧与早期喜剧有明显不同,但由于两种戏剧类型的天然相似性,其传奇剧主题和元素很难避免与之类似(而且这其中大部分

---

1 Russ McDonald, *Shakespeare's Late Style*, p. 220.

2 Northrop Frye, *A Natural Perspective: The Development of Shakespearean Comedy and Romance*, New York and London: Columbia University Press, 1965, p. 55.

原本就是已存在了好几个世纪的"文学套路")。而由于莎士比亚的喜剧大多创作于其职业生涯早期，这种由体裁所致的戏剧主题、情节设置的共用便导致在后人眼中，老年莎士比亚似乎是在有意识地重回自己的青年时代，但在笔者看来，他这样做也许并非在"怀旧"。

乔治·莱特在总结莎士比亚诗行的发展轨迹时指出："作为剧作家，莎士比亚似乎很早就意识到了变化之价值（the value of change)，它能在各种层面发生作用。"[1]其创作生涯每一个时期的戏剧手段与语言风格的重大发展，归根结底是在"戏剧的根本情节——两个人发生分歧"[2]的基础上创造变化。晚期戏剧中大胆奇特、内涵丰富的情节和瑰丽繁复、乐感奇妙的语言是其"思变"之举。如果他能多活几年，也许还会有其他的新变化。

五

莎士比亚晚期戏剧中大量、反复运用早期作品中的某些元素，是后世学者产生莎士比亚的艺术创作或存在晚年风格这一认识的部分原因。而将这些戏剧视为晚年风格作品，或者说认定剧作家及作品确实具有晚年风格的做法，反过来又进一步加强了戏剧中这些元素和设计反映出剧作家有意识再利用自己早期作品的认识。在这种认识潜移默化的影响下，后世在阅读、观赏、研究这批戏剧时，往往会觉得在剧中感受到了一种"重返青春"的气氛，好像剧作者转身越过自己的悲剧期，去回顾自己的青涩时期。

这种固有印象，使得今天的西方学者在讨论莎士比亚晚期戏

1　George T. Wright, *Shakespeare's Metrical Art*, p. 236.

2　Ibid., p. 240.

剧时,会说他从悲剧"转辙(switch to)"到了传奇剧,并将这一整个时期称作其"后悲剧转向(post-tragic turn)"。英语中,"switch"这个动词,以及"turn"这个名词,词意含有相当明显的突然性,似乎暗示莎士比亚一时间怀旧之情陡然而生,难以解释的乐观忽至,于是急匆匆转换戏剧模式(以适应和充分利用国王剧团新购得的室内剧场?)或是猛然扭转戏剧发展方向(好迎合大众的新趣味?)。与这种突发感同时存在的,还有一种割裂、断层之感,仿佛莎士比亚与自己此前创作的悲剧进行了彻底决裂,划清了界限。因此,"转辙"和"转向"二词,给人留下剧作家突然背弃自己前一阶段的艺术成就,转而投入一种全新的戏剧类型与创作模式的印象。这种突发(abruptness)、断层(break)之感,也的确反映了很大一批观众/读者探索莎士比亚正典时那种看完成熟期悲剧再看晚期戏剧的体验(如果他们与莎士比亚同时代的观众一样,是基本按照莎士比亚的创作顺序接触每部戏剧的话):毕竟,在大悲剧里延绵不绝的死亡、衰败与绝望之后,突然迎来了《配力克里斯》中正义战胜邪恶、家族团聚、有情人新婚在即的皆大欢喜的结局,确实如久旱之际甘霖突降,既叫人欣喜,也令人惊讶。

　　然而"转辙"与"转向"所暗含的突然、隔断之意,却也容易让人在研读莎士比亚晚期戏剧时被错误的或至少说有偏差的印象引导,误入歧途,因为这并不是对莎士比亚从成熟期悲剧创作过渡至晚期传奇剧这一过程的准确反映。别的暂且不论,莎士比亚在晚期并没有抛弃悲剧。他也许暂时不再使用悲剧形式的结尾,但他远没有结束对自己成熟期悲剧各主题的探索。实际上,我们只要记起晚期戏剧的另一个常用标签,即第一章中提到的"悲喜剧",就能清楚地看到"悲剧"仍然存于这批戏剧之中。本书将在第八章对

《两个贵族亲戚》的分析做进一步详论,因为莎士比亚对乔叟《骑士的故事》的这一版本改编,似乎昭示着他在创作晚期之末又开始了从传奇剧风格向悲剧风格的过渡。

在莎士比亚后期悲剧(late tragedies,一般包括《麦克白》《李尔王》《安东尼与克莉奥佩特拉》)中,实际上已经能够窥探到其晚期语言和戏剧风格的萌芽。这种萌芽最终会在 1608 年以《配力克里斯》这部合作剧的形式出现,这一具体事件本身也许有其偶然性,因为它受到了一系列外部因素的影响。但根据后期悲剧文本能够提供的内部证据,可以推测出,由成熟期风格过渡至晚期风格是莎士比亚戏剧艺术理念发展的必然趋势,其晚期戏剧风格是逐渐成形的,绝非突然显现,一蹴而就。

莎士比亚从后期悲剧向晚期戏剧逐渐过渡的一个重要反映,依然是其戏剧的语言特征。前文曾详述过其许多晚期语言风格的重要修辞构成,早在其后期悲剧中已开始出现。例如念白中充满复杂隐喻且均不展开详述这一特点,也正是《麦克白》中重要的语言特色。最明显的一个例子,便是麦克白那段著名的独白["If it were done when 'tis done, then 'twere well / It were done quickly... (要是干了以后就完了,那么还是要快一点干⋯⋯)"(1. 7. 1 - 28)]。对于这段独白,18 世纪时塞缪尔·约翰逊博士(Dr. Samuel Johnson,1709—1781)有过这样颇不客气的点评:"这段独白的意思不是很明白,我还从未遇到过哪两位莎士比亚读者能对它有相近的理解。"[1] 在接近这段独白结尾的地方,麦克白用了一系列相当令人

---

[1]　Samuel Johnson, *Johnson on Shakespeare* (*The Yale Edition of the Works of Samuel Johnson*), Vol. 8, ed. Arthur Sherbo, New Haven and London: Yale University Press, 1968, p. 766.

费解的比喻——"pity，like a naked new-born babe / Striding the
blast，or heaven's cherubin，horsed / Upon the sightless couriers
of the air（怜悯像一个赤身裸体在狂风中飘游的婴儿，又像一个御
气而行的天婴）"（1. 7. 21 - 23）。约翰逊博士所批评的"意思不是
很明白"与这样的比喻不无关系。而它们也昭示着接下来的晚期
戏剧中那些"若明若灭，鲜能得到充分展开以令人能够将之归类、
分析"[1]的隐喻的涌现。

　　《麦克白》中也有大量连续不间断的重复，不仅是词语层面上，
还有辅音元音、节奏节拍、短语、意象，它们"不断被重复，不仅仅是
甫一出口便立即被重复，而且会接连跨越几场而重复，令人难以忽
视和忘却"[2]。这种近乎强迫性的词句元素重复亦是《科利奥兰纳
斯》某些场景中语言的关键性特征。实际上，该剧刚刚拉开帷幕，
观众/读者耳边、眼前便萦绕着音素和词语的重复。第一幕第一场
中，罗马民众不断地、吟诵似的念叨着"Speak，speak（说，说）"
"resolved，resolved（下定决心了，下定决心了）""We know't，we
know't（我们知道，我们知道）""away，away（走，走）"（1. 1. 2，4，
7，10）。而第二幕第三场，这样的重复已经到了如此地步："单这
一场中，'voice(s)'这个词就被重复了二十七次之多。"[3]我们只需
节选一小段，便可充分展示这一点：

　　　　Here come more voices.

　　　　Your voices! For your voices I have fought,

1　Frank Kermode，"Introduction"，*The Tempest*（Arden 2nd Series），p. lxxix.

2　Russ McDonald，*Shakespeare's Late Style*，p. 47.

3　Ibid.，p. 54.

Watched for your voices, for your voices bear

Of wounds two dozen odd; battles thrice six

I have seen and heard of for your voices, have

Done many things, some less, some more. Your voices!

(2. 3. 115 – 120)

（又是同意。你们的同意！为了你们的同意，我和敌人作战；为了你们的同意，我经历了十八次战争，受到二十多处创伤；为了你们的同意，我干下许多大大小小的事情。你们的同意！）

　　不过，《科利奥兰纳斯》语言中最突出的特征，是剧中人物习惯性地省略并列词句中的连词。这其中，又以主人公科利奥兰纳斯的表现为最甚。在他的口中，一句话与一句话之间鲜有连接、过渡，仿佛全凭蛮力转换，上下句间逻辑关系需听者自行揣摩、添加："Nay, let them follow. / The Volsces have much corn. Take these rats thither (不，让他们跟着来吧。伏尔斯人有许多谷。把这些耗子带去吧)"(1. 1. 239 – 240)；"Look to't. Come on…Follow (留心着。上去。……跟着来)"(1. 4. 40, 42)；"He used me kindly. / He cried to me; I saw him prisoner (他招待我非常殷勤。他朝我呼喊。我见他被俘虏)"(1. 9. 82 – 83)。上文所引的"Your voices"一段中，排比之间也无传统的"and"一词连接。这种并列词句连词省略的句式，在《安东尼与克莉奥佩特拉》中也频繁出现。根据麦克唐纳的统计,那里的并列词句连词省略结构"比之前的悲剧里都多"[1]。

并列词句连词省略结构会创造出这样一种意境,让听者/读者觉得说话的人所说的话都是短句连着短句的爆发。而从诗歌格律上来说,莎士比亚在后期悲剧中,也的确益发频繁地使用短行短句。至《安东尼与克莉奥佩特拉》时,这已经成了剧本语言的决定性属性之一。在那部剧中,诗行被"截成好几个意群片段,以各种各样的形式呈现与组合"[2]。像安东尼的念白:

> So, so; come give me that; this way—well said.
> Fare thee well, dame, what e'er becomes of me.
> This is a soldier's kiss; rebukable
> And worthy shameful check it were, to stand
> On more mechanic compliment. I'll leave thee
> Now like a man of steel. You that will fight,
> Follow me close, I'll bring you to't. Adieu. (4. 4. 28 – 34)

(好,好;来,把那个给我。这一边;很好。再会,亲爱的,我此去存亡未卜,这是一个军人的吻。我不能浪费我的时间在无谓的温存里;我现在必须像一个钢铁铸成的男儿一般向你告别。凡是愿意作战的,都跟着我来。再会。)

或者克莉奥佩特拉的:

---

1   Russ McDonald, *Shakespeare's Late Style*, p. 90.
2   George T. Wright, *Shakespeare's Metrical Art*, p. 220.

Courteous lord, one word.

Sir, you and I must part; but that's not it.

Sir, you and I have loved; but there's not it;

That you know well. Something it is I would—

O, my oblivion is a very Antony,

And I am all forgotten. (1. 3. 87 - 92)

（多礼的将军，一句话。将军，你我既然必须分别——不，不是那么说；将军，你我曾经相爱过——不，也不是那么说；您知道——我想要说的是句什么话呀？唉！我的好记性正像安东尼一样，把什么都忘得干干净净了。）

这类由大量短行短句构成、不断改换思绪的念白，在《安东尼与克莉奥佩特拉》中比比皆是，在两位主角的口中出现得尤其频繁。

这种对短句断句的频繁使用，再加上语序的调换、阴性行末的出现，令《安东尼与克莉奥佩特拉》中的诗行格律越发地不规律。"这部剧中的戏剧诗歌丰富多彩，无拘无束，恣意张扬，对观众理解的要求极高。"[1]这样的描述，已经十分接近学者们对于莎士比亚晚期语言风格特征的总结了。

也是在莎士比亚的成熟期悲剧，尤其是后期悲剧中，语言风格的功能开始向晚期戏剧中的语言风格功能过渡。如上文所述，在此之前，语言风格是莎士比亚借以塑造人物个性、刻画其心境的重

1　Russ McDonald, *Shakespeare's Late Style*, p. 70.

要工具,而在这些后期悲剧中,它的功能则渐渐开始朝着映射整部戏剧主题与结构的方向发展。学者指出,正是"自《麦克白》开始,语言与言者的割裂变得明显起来"[1]。牛津大学 1990 年版《麦克白》的编辑尼古拉斯·布鲁克(Nicholas Brook)也曾引用该剧中刺客甲极具诗情画意的 "The west yet glimmers with some streaks of day. / Now spurs the lated traveller apace / To gain the timely inn(西方还闪耀着一线白昼的余晖;晚归的行客现在快马加鞭,要来找寻宿处了)"(3. 3. 5 - 7),说明莎士比亚创作晚期的习惯是将诗歌与戏剧而非人物匹配起来。[2]《麦克白》中,重复循环出现的音素、节奏与全剧魔咒萦绕、癫狂错乱的主题和气氛紧密配合,相得益彰。不仅如此,它也从语言的微观层面证实,一旦麦克白将弑君的念头化为行动,剧中的杀戮便不会有尽头。就像一个音素、一个单词或一个意象,一旦被提起,就会强势地反复闯入人物的对白独白,谋杀也是一样,一次谋杀必将带来下一次杀戮。此外,在语言交际层面,词句意象的重复反映出说话者精神的崩溃,譬如麦克白夫人的"To bed, to bed. There's knocking at the gate. Come, come, come, come, give me your hand. What's done cannot be undone. To bed, to bed, to bed(睡去,睡去;有人在打门哩。来,来,来,来,让我搀着你。事情已经干了就算了。睡去,睡去,睡去)"(5. 1. 56 - 58)。而与之平行的 ,在剧情结构层面,一次又一次的谋杀也昭示着政治局面的崩溃。

在《科利奥兰纳斯》中,主人公的念白多由省略连接词的并列

---

1   Russ McDonald, *Shakespeare's Late Style*, p. 47.
2   See Nicholas Brooke, "Introduction", *The Tragedy of Macbeth* by William Shakespeare, ed. Nicholas Brooke, Oxford: Oxford University Press, 1990, p. 11.

祈使句构成。这当然一方面与主人公不苟（且不擅）言辞的武将身份相符，也烘托了他懒于处理复杂的社会和政治关系，只想断绝一切人际联系的性格，"要漠然无动于衷，就像我是我自己的创造者，不知道还有什么亲族一样"（5. 3. 35 - 37）。但另一方面，这些句式结构也从语言风格的层面映照了《科利奥兰纳斯》全剧的寓意之一，即一个共同体的成员之间是互相依存、互相联系的，人与人之间的关系是无法抹杀的。从表面上看，并列词句省略连词的结构通过抛弃连词，试图斩断从句、诗行或者句子之间的明确关联。然而实际上，剧中的并列词句省略连词结构，不论多么支离破碎，其间的联系也多能被听者重建。例如前面所举例的"Nay, let them follow. / The Volsces have much corn. Take these rats thither"，虽然没有连词标明三句间的逻辑关系，我们却可以轻而易举地将其补足——"Nay, let them follow, (for since) the Volsces have much corn, (we shall) take these rats thither"。这表明，虽然移开了逻辑关联的外在标志，句间或句子成分间的语法与语义上的逻辑关系却不会消失。而戏剧人物之间客观存在的社会关系、政治关系也是如此。尽管科利奥兰纳斯与罗马民众双方都拒不承认他们是互相依存的，这种依存关系却真实、客观地存在着。任何否认和打破它的企图都会招致悲剧——剧中它也的确引发了最终的悲剧：科利奥兰纳斯威胁要消灭生养他的社会，最终身败名裂，被当作叛徒杀死。而罗马"以为自己不需要他和他所代表的价值……最后也几乎差点毁掉了自己"[1]。

　　《安东尼与克莉奥佩特拉》中大量出现的短句断句，意味着作

1　Katharine Eisaman Maus, *"Coriolanus"*, *The Norton Shakespeare*, p. 2978.

为文艺复兴时期英语戏剧诗规范的五音步诗行的权威受到了短暂
但不断的爆发式挑战。类似地,剧中诗行频繁地以阴性行末或弱
行末结尾,也是对抑扬格诗行标准格律的打破。再加上剧中句意
的跨诗行趋势[1],全剧中,诗歌总体风格实际上"比任何之前的作
品都更接近散文(prose)"[2]。短句断句及阴性/弱行行末对代表着
戏剧诗歌格律常态和稳定性的抑扬格五音步诗行权威的挑战,与
剧情中关注享乐、以女性为主导的埃及对只讲现实政治的父权社
会罗马的统治构成的威胁是相似的。类似地,剧中语言风格上,诗
歌体裁与散文体裁之间的界限模糊,也映射出剧中各个层面上的
"破界"趋势:安东尼与克莉奥佩特拉的结合,象征着男性气质与女
性气质的融合,代表西方的雅典文化(the Attic)与象征东方的埃
及文化(the Asiatic)的融合;在安东尼死后,克莉奥佩特拉通过重
新想象和塑造安东尼这个"概念",模糊了现实与虚构之间的界
限——学者称这一对安东尼形象的美化重塑"比想象更具想象,比
梦境更似梦境"[3];以及——也许是最重要的——克莉奥佩特拉通
过设计、导演自己的死亡,打破了悲剧与传奇之间的界限。埃及的
烈日和克莉奥佩特拉的魅力融化("melt"一词在《安东尼与克莉奥
佩特拉》中频繁出现,是其关键词之一[4])一切,从诗歌节奏到句法
规则,到诗歌与散文的体裁差异,再到男女、东西方、想象与现实、
顷刻与永久,以及悲剧与浪漫/传奇剧之间的各种差别。

　　尽管从戏剧体裁类型上说,《安东尼与克莉奥佩特拉》是一部
悲剧,以男女主角的死亡收场,但莎士比亚对于克莉奥佩特拉之死

1　See George T. Wright, *Shakespeare's Metrical Art*, p. 222.

2　Russ McDonald, *Shakespeare's Late Style*, p. 70.

3　Tony Tanner, *Prefaces to Shakespeare*, p. 630.

4　See ibid., p. 622.

的演绎并不悲凉凄惨，甚至堪称耀武扬威。而这种奇妙的"凯旋"之感，很大程度上来自莎士比亚/克莉奥佩特拉对于语言风格的充分利用，正是借助语言媒介，克莉奥佩特拉让自己与安东尼获得了不朽。当然，如果克莉奥佩特拉自戕时一言不发，从政治后果上说，她也的确能够挫败凯撒将其作为战俘在罗马游街示众的计划，将其一军。然而自杀这一举动，充其量可称庄重壮烈，实质多为走投无路、悲惨可怜，而克莉奥佩特拉通过语言对安东尼形象的重塑和对自己死亡的设计获得了一种几乎令人精神为之一振的胜利感，两者的效果不可同日而语。在语言力量的帮助下，克莉奥佩特拉得以将自己故事的演绎权把握在自己手中，力抗命运下行的车轮。她的念白"语言滔滔不绝地溢出"[1]——这也预示着晚期戏剧的语言风格——彻底改换了她孤立无援的凄惨现实，将之重塑成自己精神层面的全胜。历史与悲剧就这样通过她自我塑造、自我成全的语言，被转化为传奇，她的死亡成了壮观华丽的戏剧高潮。

　　有意思的是，克莉奥佩特拉之所以会自导自演自己的死亡，部分是因为她想到别人会排演、扭曲自己与安东尼的故事，感到既恐惧又鄙夷：

　　　　放肆的卫士们将要追逐我们像追逐娼妓一样；歌颂功德的诗人们将用荒腔走板的谣曲吟咏我们；俏皮的喜剧伶人们将要把我们编成即兴的戏剧，扮演我们亚历山大里亚的欢宴。安东尼将要以一个醉汉的姿态登场，而我将要看见一个演克

1　See Tony Tanner, *Prefaces to Shakespeare*, p. 629.

> 莉奥佩特拉的男童,逼尖了喉音,将我高贵雍容的伟大姿仪,
> 变成淫妇卖弄风情的作态。(5.2.212-217)

她不愿落得如此下场,因此排演了自己的戏剧,"在自己的舞台上,
穿着自己的冠服,用自己的念白和手势"[1],以语言与戏剧的力量
对抗语言与戏剧的力量。不过,对于台下的观众或是剧本的读者
来说,如果跳出故事情节再看这一段,却颇有一些讽刺:上述念白,
以及此场中埃及艳后别的那些充满皇家气派、恢宏夸张的言语,在
莎士比亚时代的舞台上,实际上确实是由一个演克莉奥佩特拉的
男童——很有可能也的确是"逼尖了喉音"——念出,而这男童参
与饰演的整部戏剧,也实在不能被称作对历史事实精准、忠实的还
原。但也恰是这样的言语演绎,不论是从剧中情节的内部层面而
言,还是从文学、社会和历史现实的外部层面而言,都如剧中的克
莉奥佩特拉所愿,令她荣升不朽,令她与安东尼"伟大爱侣"的形象
深入人心,并一直流传下去。

　　《安东尼与克莉奥佩特拉》最后一幕中,语言所具有的强大力
量和正面作用,对于剧中其他部分对语言的使用和演绎,起到了一
定的平衡作用。在第五幕之前,此剧中所演绎出的语言,是腐蚀意
志、涣散精神、玩弄政治手腕和阴谋的工具。最后一种功能,在凯
撒对语言的运用上体现得尤为淋漓尽致,连对操纵语言很有一手
的克莉奥佩特拉都要感叹:"他用好听的话骗我(He words me),
姑娘们,他用好听的话骗我,叫我不能做一个对自己光明正大的
人。"(5.2.187-188)而截至《安东尼与克莉奥佩特拉》第五幕第二

1　Tony Tanner, *Prefaces to Shakespeare*, p. 639.

场前，在后期悲剧中，语言也几乎总是欺诈的工具、不幸的源泉。邪恶/反面角色利用语言迷惑（《麦克白》中的三女巫）、欺骗（《李尔王》中的高纳里尔与里根），或是劝说犹豫者打消疑虑、大胆犯罪（《麦克白》中的麦克白夫人）；而高洁/正面角色则抗拒语言修辞，少言寡语，这样的做法为自己与他人带来的后果，同反面角色操纵语言所造成的影响同样可怖。考狄利娅与科利奥兰纳斯是立即能让人联想到的例子（尽管也许用"非反面""非邪恶"来描述科利奥兰纳斯的人物形象更合适）。两人都无法或者说拒绝用语言表达自己的真实内心，而这种无法通过语言修辞媒介与自己所处的世界、社会建立应有联系的做法，从某种程度上说正是《李尔王》与《科利奥兰纳斯》这两部戏之为悲剧的发端。可以说，克莉奥佩特拉在《安东尼与克莉奥佩特拉》第五幕第二场中的自杀场景，是后期悲剧中语言功能首次得到正面或至少非负面的展现和演绎。它打破了后期悲剧中惯常展现出的对语言、风格和戏剧性/戏剧艺术（theatricality）的深度质疑，开始向某种更为平衡的语言观、风格观和戏剧观靠近。

　　虽然得出"莎士比亚晚期传奇剧——那批以修辞技巧丰富张扬的语言所写成、充满了想象和创造力、总能将悲剧以团圆形式化解的戏剧——就诞生于克莉奥佩特拉以华丽张扬的言语为自己打造的、转悲为胜的自戕场景之中"这样一个结论非常具有诱惑力，但很遗憾的是，没有足够的外部证据能够证实，《安东尼与克莉奥佩特拉》就是莎士比亚进入晚期戏剧创作前所写成的最后一部悲剧。不过，做出如下推测似乎并非完全不合乎逻辑：在创作了克莉奥佩特拉以言语力量自我封神的场景后，莎士比亚会希望在其后的戏剧中对语言功能的演绎方式进行进一步实验，探索修辞之

"有"（the rhetorical "something"）的潜在空间，而非继续深陷诗意
之"无"（the poetics of "nothing"）的有限戏剧潜能中。当然，若如
牛津版《莎士比亚全集》的编者们提出的那样，《科利奥兰纳斯》实
际上是后于《安东尼与克莉奥佩特拉》（甚至可能后于《配力克里
斯》）而问世的[1]，那么上述结论可能会显得不那么恰到好处。然
而我们依然可以说，在《安东尼与克莉奥佩特拉》的创作前后、后期
悲剧创作接近尾声之时，从语言风格、戏剧结构，以及艺术理念的
角度看，由成熟期悲剧过渡为晚期戏剧的条件已经充分成熟了。
《配力克里斯》与其他晚期戏剧的创作及其中的历史书写就在一步
或者两步开外。

---

1 See Stanley Wells et al., *The Oxford Shakespeare: The Complete Works*, 2nd Ed., Oxford:
Oxford University Press, 2005, p. 1087.

第六章
《配力克里斯》:语言与历史

一

《配力克里斯》是以"古老的高尔(ancient Gower)"(1.0.2)自称"从往昔的灰烬之中"走来、将"唱一支古人吟唱的曲调"(1.0.2,1)开始的。泰尔的爱普罗尼厄斯的故事,即《配力克里斯》故事的蓝本,如其所说,是具有悠久历史的古老故事。据推算,其成文不迟于4世纪,再由口述故事的形式传至希腊东部[1],并经由那里传遍整个西方世界。这个古老故事经久不衰,一直大受欢迎。实际上,《配力克里斯》这部剧——泰尔的爱普罗尼厄斯这个故事的一个版本——虽然在学术界不如《哈姆莱特》《奥赛罗》《麦克白》《暴风雨》或两套历史"四联剧"(First and Second Tetralogies)那般备受关注,但自其问世起,在舞台上它就一直是最受欢迎的莎剧剧目之一[2]。观众对它的认可,无疑与他们倾听配力克里斯跌

1　See Andrew Welsh, "Heritage in *Pericles*", *Shakespeare's Late Plays: Essays in Honour of Charles Crow*, p. 89.

2　See Suzanne Gossett, "Introduction", *Pericles*, pp. 2 - 10.

宕起伏、扣人心弦、颇有裨益的旅行奇遇时的愉悦感，以及获得"古老、永久的真理"[1]之满足感是息息相关的。对于自己将要讲述的这个故事，高尔总结性地评价它是"消愁解闷"的：他告诉听众和读者们，这个故事在各个场合"常被人歌唱"，"贵人淑女……也曾读它以消愁解闷"(1.0.8)。剧本原文中，朱生豪译本所用"消愁解闷"一词对应的是"restorative"这个单词，而"restorative"的基本意义，源于其词根"restore"，有"能够使复原、更新的；促进健康恢复、助复原、滋补精力的"[2]之意。换言之，听者/读者之所以能以这个故事消愁解闷，是因为它具有修复、复原之力。这个古老的故事历经了十几个世纪，通过口头和书面语言的方式代代相传，它的保存及持久的流行本身便是语言和故事之"复原"能力的一个佐证。

从整体来看，泰尔的爱普罗尼厄斯，或者说配力克里斯的种种经历，如高尔所说是能助听者/读者"恢复元气"的古老故事。而在《配力克里斯》这部剧中，故事，或者准确地说是对往事/历史的讲述（特别是口述），同样具有不可小觑的修复作用。而这种修复过程，是必须要依赖语言作为载体而生效的。《配力克里斯》的情节中，特别是莎士比亚执笔的后三幕中的几个关键节点和场景，一直不断地将语言推至前景，展示其积极效用。

第四幕中玛丽娜在妓院的经历，便是上述场景中的一例。在第四幕第五场，莎士比亚以二绅士对话的形式，侧面展示了玛丽娜语言的力量：

1　Tony Tanner, *Prefaces to Shakespeare*, p. 697.

2　"Restorative, adj. and n.", *OED Online*, Oxford: Oxford University Press, September 2019, www.oed.com/view/Entry/163989, accessed 9 September 2019.

绅士甲:您听见过这样的话吗?

绅士乙:没有,而且要是她去了以后,在这样一个所在,也
　　　　永远不会再听见这样的话的。

绅士甲:可是在那样的地方高谈上帝的真理! 您有没有
　　　　梦想到会有这样的事情?

绅士乙:没有,没有。来,我从此不再逛窑子了。我们要
　　　　不要去听听修道女的唱诗?

绅士甲:只要是合乎道德的事情,我现在什么都愿意做;
　　　　可是从此以后,再不寻花问柳。(4.5.1-9)

　　玛丽娜在妓院里布道传福音,讲述耶稣基督的故事,不仅成功地保
全了自己,更是改造了去那里寻欢的狎客,竟然说得他们要相约改
去"听修道女唱诗"——这便是玛丽娜语言的力量。从效用上说,
她的语言可被视为一剂治疗妓院中烂腐恶疾的良方。而这之后,
玛丽娜也是凭借语言的力量,成功地打消了龟奴侵犯她的念头,并
劝得他将自己救出火坑,和"良家妇女"(4.5.197)安置在一起,开
始了自己"教学的生活"(5.0.2)。

　　如果说在妓院中,语言是抵抗甚至打消淫欲的利器,在配力克
里斯的船上,它便是驱逐执念的良药。当音乐和歌声依然无法令
心死的配力克里斯产生任何回应时,玛丽娜最终利用语言唤醒了
他。她向他讲述了自己的故事。而配力克里斯复原的标志,则是
其解谜制谜能力(换言之,他对语言的娴熟运用)的回归——"O,
come hither / Thou that beget'st him that did thee beget (啊! 过来,你

这赋予曾经赋予你以生命之人以生命的人[1])"(5. 1. 184 - 185)。在过去三个月内坚决一言不发的配力克里斯,此时又开始积极地使用语言。更重要的是,通过将玛丽娜称为"你这赋予曾经赋予你以生命之人以生命的人"这一言语举动,配力克里斯矫正了剧情伊始安提奥克斯那段挑起之后种种混乱的父女乱伦关系。安提奥克斯与女儿的畸形关系完全断送了自己的未来。而配力克里斯的新谜语则"标志着健康父女关系的重建。在这段关系中,他可以做安提奥克斯无法做到的事情:将女儿的手送进她的夫婿手中"[2]。这一举动,将保证配力克里斯自己的血脉得以延绵赓续。实际上,他几乎是刚一恢复心智,便开始与拉西马卡斯商谈玛丽娜的婚事:"你的请求一定可以得到满足,即使你要向我的女儿求婚。"(5. 1. 247)这样,在全剧的高潮时刻,语言不仅是消除绝望的手段,也是绝望消除的标志。

在《配力克里斯》中,安提奥克斯与女儿的乱伦关系并不是唯一一段扭曲的亲子关系。剧中情感与行为畸形的父母还包括塔萨斯的狄奥妮莎,她对自己孩子的溺爱之情使她对才貌双全的玛丽娜心生嫉妒,痛下杀手。而她的这一举动最终招致塔萨斯人民的报复,他们将克里翁、狄奥妮莎与他们的女儿菲萝登一起烧死在宫中。同样畸形但形式迥然的另一种亲子关系则体现在塔萨斯平民身上。在饥荒年代,他们靠食子求生。从这个角度看,配力克里斯第五幕中的谜语,不仅是对安提奥克斯父女的关系,也是对全剧各

1　朱生豪的译文为:"啊!过来,那曾经生育你的,现在却在你的手里重新得到了生命。"这样的句意逻辑更为清晰,也合乎正常中文语言习惯。不过,本章正文中为了保留原句"谜语"的风格特征,特改用了"你这赋予曾经赋予你以生命之人以生命的人"这种极为别扭拗口的直译法。

2　Andrew Welsh, "Heritage in *Pericles*", p. 101.

种失伦亲子关系的回应和矫正。语言的力量因此作用于两个层面,即个人层面与社会层面。就个人层面而言,玛丽娜的言语救赎了因悲伤而变得近乎麻木呆滞的配力克里斯,或许也在某种程度上救赎了龟奴,以及绅士甲乙这样的放浪子;在社会层面上,配力克里斯的谜语昭告了正常家庭关系的回归,也预示着未来秩序(至少是泰尔与潘塔波里斯社会的未来秩序)的恢复,终结了笼罩第一幕至第四幕的绝望之感,那种绝望之感的一个重要肇因,便是剧中所描写的那些以各种方式吞噬自己的孩子从而断绝家国前途的父母与家庭。

值得指出的是,《配力克里斯》中,语言或者说讲述历史,在感化狎客、唤醒配力克里斯时,实际上便化为对抗原罪(cardinal sins)的武器。在妓院里,它击退的是七宗罪中的色欲。而在配力克里斯这里,情况略微复杂一些。尽管在大多数研究文献中,他都被视作自身并无大错,但实在命运多舛的人——李尔王口中那种"并没有犯多大的罪,但受了很大的冤屈的人"(Lear 3.2.58-59)——就好似异教徒版的约伯,被命运五次三番考验后,才最终重获美满幸福。虽然在剧中大部分时候,配力克里斯的言谈心境、行为举止都堪称道德典范,但在听闻女儿"身亡"的消息后,他悲恸不已,在某个时期内虽生犹死,拒绝与外界有任何交流——这一举动,亦属原罪的一种。根据不同的宗教体系看,配力克里斯或犯了"tristitia",即"忧伤过度"之罪,这是"英格兰一直到12世纪都保留在原罪体系中的'第八原罪'"[1];或犯了"acedia",即七宗罪体系内的精神及肉体上的怠惰之罪;或犯了"绝望之罪(the sin of despair)"(这种解释

---

[1] Andrew Welsh, "Heritage in *Pericles*", p. 105.

似乎特别契合其在第四、第五幕的状态),绝望之罪既是七宗罪体系
下怠惰之罪的表现形式之一,亦是另一传统中"无可饶恕之罪"的一
种,而这些罪之所以被称为"无可饶恕",是因为它们阻碍了上帝对
人类的救赎[1]。简而言之,配力克里斯所犯的罪,是关闭内心,逃遁
现世,阻绝希望,拒不寻求上天恩典。而最终击败其心魔、推倒其建
在心中隔绝一切的高墙的,是玛丽娜用语言讲述的故事,后者既令
他复苏,更让他改过,他才因此能够在梦中得到狄安娜女神的指引。

　　自配力克里斯与玛丽娜团聚的一刻起,语言和述史便保持着
积极正面的效用与力量,直至剧终。配力克里斯与"亡妻"泰莎的
重逢,就同他与玛丽娜的团聚一样,亦是借助语言和述史得以实现
的。配力克里斯最终是在以弗所的狄安娜神庙中找回了泰莎。他
之所以会去那里,是因为狄安娜女神本人降临他的梦中,用语言给
了他明确指示:

　　　　我的神庙在以弗所;你快到那里去,向我的圣坛前献祭。
当我的女修道士群集的时候,当着众人之面出声,讲述你怎样
在海上失去你的妻子,哀诉你自己和你女儿的不幸的遭际,对
他们详尽地说明一切。(5.1.227 - 233)[2]

泰莎在十五年后能重新与配力克里斯相认,正是因为听到了他的
历史讲述:"您不是说起一场风暴、一次生产和一回死亡吗?"
(5.3.33 - 34)而紧接着一家人的欣喜重逢的,是萨利蒙的邀请:他
邀请配力克里斯一行去他舍下,听他讲述泰莎"这位已死的王后复

1　See Andrew Welsh, "Heritage in *Pericles*", p. 106.
2　着重号为笔者所加。

活的经历",以及"她怎么会到这神庙里来","决不遗漏任何必要的细节"(5.3.64－65,68,69)。配力克里斯的回答是:"萨利蒙大人……我渴望听到你的讲述。请你为我们带路。"(5.3.84－85)这也就意味着,正剧结束在又一段历史/故事即将开讲之际。毋庸置疑,它将解开更多的疑团,引起更多的惊叹,带来更多的欢欣。

就是在这样一场"述史会"开始之际,高尔——剧中所有述史者的代表——再次登场,向观众/读者解说配力克里斯奇遇的结尾,并总结归纳其寓意。诗人告诉观众/读者们,在此之后,配力克里斯与妻女终获幸福美满,克里翁与狄奥妮莎则因为自己的罪行受到了上天的严惩:"好人会度过毁灭的狂澜,/由上天指引,终于共庆团圆"(Epilogue 5－6);"虽然他们蓄意杀人并未得遂,天神还是要严惩杀人之罪"(Epilogue 14－15)。[1] 这里,高尔的选词和语气突出了讲故事与叙述历史的教化功能。在结尾,当他向自己的听众和读者道别时,他称赞了大家的耐心,并祝他们快乐:"感谢您的耐心倾听/愿此后还有新的欢喜。"(Epilogue 16－17)[2]高尔在这里用了"新的欢喜(new joy)",意味着听众和读者们刚才通过聆听、阅读配力克里斯的故事,已经经历了某一种形式的"欢喜",而这也是再一次向他们暗示,刚才的故事既有教育意义,又令人愉悦。简而言之,讲述配力克里斯的故事/历史,其效果是有益身心、振奋精神、助人复原。

在某种程度上,《配力克里斯》可被看作一部以语言的修复力量写成的关于语言修复力量的戏剧。从剧本情节内容的角度看,通过语言,不正之人重见道德之光,绝望之人重燃希望之火,遗失

1　这两句的译文引自梁实秋译本(《波里克利斯》,北京:中国广播电视出版社,2001 年)。

2　此句为笔者自译。

的孩子重归家庭故园，神明重向凡人现身指明道路。从元戏剧
（metadrama）的角度看，这样一段流传了十二个世纪之久，从希腊
语世界传至拉丁语世界，又由拉丁语转为古英语等一系列欧洲本
土语言的古老叙事，在这一版配力克里斯故事中获得了其早期现
代——尽管剧中的高尔故意用了十分古旧的语言风格——的复
兴。生活在本剧创作前两个世纪的中世纪诗人高尔，在剧中也借
语言的力量复活，"从往昔的灰烬之中"[1]走来。这位复活了的诗
人为隐身在幕后的剧作家代言，在台上讲述了一个关于故事/历史
讲述成为复原之灵药的故事，以振奋观众和读者的精神，并为他们
消愁解闷。这样看来，不论是在《配力克里斯》这部剧的情节内还
是情节外，语言，尤其是作为叙述故事（当然，这也正是莎士比亚的
老本行）和述史媒介的语言，都战胜了时间、空间和萎靡的精神。

当然也需要承认，剧中的语言功能并不总是积极正面的。如同
莎士比亚的后期悲剧，《配力克里斯》中也不乏危险、狡诈的语言，被
用来隐藏事实、蓄意欺骗、煽动犯罪。安提奥克斯用一条谜语掩盖
自己与女儿的不伦关系，而前来解谜的人不论能否成功，结局都是
死路一条。狄奥妮莎用自己的修辞手段鼓动刺客里奥宁，让他不要
为怜悯或良心所动，要毫不犹豫地杀掉玛丽娜；她还用其言语说动
本对其作为不齿的克里翁与自己同流合污，掩盖自己的罪行。此外，
玛丽娜"身亡"的消息也是通过语言传达给配力克里斯的，并由其墓志
铭——狄奥妮莎所写的悼亡文——进一步证实，成了确凿的"事实"。

然而，剧中每一次对于语言功能的反面演绎，都至少对应一次
正面演绎，且其正面效应一直延续到了剧终。安提奥克斯与女儿

---

1 梁实秋的译文更加直白："从死人堆里来了我高渥。"

用谜语隐瞒事实,一样会制谜语的玛丽娜则用它来揭开谜团:在团聚一场中,玛丽娜的谜语是整个场面中"不可分割、至关重要"[1]的一部分。而玛丽娜在妓院中布道——其本质是一种劝导——劝人向善,平衡并最终压制了狄奥妮莎唆使人向恶的劝导。狄奥妮莎指示里奥宁刺杀玛丽娜时展示出的语言之恶,被剧末狄安娜指示配力克里斯去往以弗所诉说自身遭遇时展示的(双重的)语言之善所抵消和弥补。剧终之时,关于玛丽娜身亡的假消息所反映出的语言的欺骗功能,也终将被萨利蒙关于泰莎如何起死回生的叙述所体现的语言的解惑、修复功能取代。正如在剧情层面,配力克里斯经受的全部艰难困苦,最终都将被团圆重聚之喜所取代,剧中对于语言和述史的演绎,尽管不忌讳展现其危险、消极的一面,但最终仍以积极、有益的强音收尾。

这种整体基本正面的语言和述史演绎,不仅很容易令人联想起它和《安东尼与克莉奥佩特拉》中克莉奥佩特拉以语言战胜死亡的自戕场面的传承关系,也不难让人想起其他后期悲剧剧里剧外所展示出的对于语言这一交际媒介的近乎敌对的情绪和态度。这一态度在创作于《配力克里斯》前后的《科利奥兰纳斯》中体现得尤为明显。科利奥兰纳斯对于语言毫无耐心,甚至对它十分鄙夷。与此同时,如前章所述,他的最大愿望是能够孑然一身,"就像我是我自己的创造者,不知道还有什么亲族一样"(*Coriolanus* 5. 3. 35-37)。而这样的态度,使他与配力克里斯形成了巨大反差。配力克里斯不仅善于使用语言(第一幕中的迅速解谜是其语言能力的一种反映),而且在团聚一场中,在他逐渐醒转,元气和心智尚未

1 Andrew Welsh, "Heritage in *Pericles*", p. 10.

充分恢复之时,便已开始展现出对于参与语言交流、倾听历史叙述的充分渴望:"你怎么说"(*Pericles* 5. 1. 89),"请你说"(5. 1. 89),"告诉我"(5. 1. 110),"把你的故事告诉我"(5. 1. 120),"说下去"(5. 1. 145)。在这一场中,配力克里斯也充分展示出自己对于亲缘关系的兴趣与关切(毕竟,这是一场"团圆戏")。他苏醒过来,摆脱麻木呆滞的状态,是因为听到了玛丽娜的述史,而这段历史所讲述的是她自己的际遇和身世。实际上,正是"家世(parentage)"这个词,使配力克里斯枯槁的心复苏了,让他做出了自第四幕以来的首个非单音节词的口头反应:"我的命运——家世——很好的家世——可以跟我相比!——是不是这样?你怎么说?"(5. 1. 88-89)对于配力克里斯来说,述史和亲缘关系是治病救命的良药。对于科利奥兰纳斯来说,语言与人际关系却是自己的大敌:他最终将被一个以言辞而非武力为基础的政治体系打败,而他斩断自己与罗马的所有关系——这个举动意味着否认自己与生养自己的社会之间的亲缘关系——之时,就是他命运走向悲剧之始。

然而,如果观众/读者再进一步细审科利奥兰纳斯与配力克里斯之间的比较,就会发现一些相当有讽刺意味的细节。两人中,真正在实际上做到摒弃语言、斩断人际关系的,是配力克里斯而非科利奥兰纳斯。在听闻女儿夭亡的噩耗后,他"三个月来,不曾对什么人讲过一句话"(*Pericles* 5. 1. 20-21)。而憎恶语言、鄙夷辞令的科利奥兰纳斯,实际上"全剧三千两百多行台词中,有四分之一是他的念白,除了哈姆莱特、伊阿古和奥瑟罗外,所有悲剧中,就属科利奥兰纳斯这个角色的台词最多最长了"[1]。尽管他自称不善

---

1 Russ McDonald, *Shakespeare's Late Style*, p. 52.

言辞，十分不愿意"向他们夸口，说我做过这样的事、那样的事"（*Coriolanus* 2.2.144），他在大市场的讲演，尤其是关于"你们的同意"（2.3.115-121）那段演说，却十分成功，调动起人民的情绪，获得了他们的"同意"，进而得到了做执政（consul）的资格（尽管此后没多久，他的这一资格又被剥夺了）。类似地，尽管他希望成为一个没有人际牵绊、可以充分独立于世的人，但他在剧中仍一直是"一个极度依恋母亲的男孩（a mother's boy），根深蒂固，积重难返"[1]。正是因为听从了母亲的劝说，为了实现母亲的愿望，科利奥兰纳斯才尝试进入自己在其中根本无法生存的政治圈。然而两人中，是在一段时间内确确实实抵制了语言与亲缘的配力克里斯，最终得到了语言与亲缘的救赎。如果从这个角度分析《科利奥兰纳斯》与《配力克里斯》对语言功能效用的演绎，或可得到这样的结论：两部剧都演绎了语言力量之不可抗拒，但在《科利奥兰纳斯》中，这种力量整体上是负面的；《配力克里斯》则略有不同，虽然剧中依然展示了语言力量可怖危险的一面，但从剧情设置尤其是高潮情节的安排，以及剧本的语言风格（可参见第二章的分析）来看，剧本最终强调的还是语言力量的正面效力。

语言述史在《配力克里斯》中之所以能有积极作用，是因为它填补了现在与过往出于种种原因而缺失的连接，令人物、事件各复其位，回归秩序，使得未来的产生与延续成为可能。换言之，在《配力克里斯》（以及接下来的《冬天的故事》与《辛白林》）中，语言的力量归根结底是令人恢复希望之能力的力量。早在《配力克里斯》剧情的前期，潘塔波里斯举办的比武招亲会上，这种能力之重要和出

---

1 Tony Tanner, *Prefaces to Shakespeare*, p. 600.

色就已经被点明了。参赛的武士中，唯有配力克里斯一人的纹章
["一根枯枝，只有梢上微露青色"(2. 2. 42)]，以及盾牌铭文"In
hac spe vivo（我生活在希望之中[1]）"(2. 4. 43)，展现出了对于希
望之力量的依赖。六位竞争者中，最终脱颖而出，令西蒙尼狄斯和
泰莎青眼相加的，正是承认希望之伟力的配力克里斯。失去妻女
之后，配力克里斯暂时地放弃希望。但最终，他将被玛丽娜——"他
的为了未来，他过去希望的果实"——的言语唤醒，再次燃起希望。

　　在后期悲剧中，语言和述史不具备这样的修复能力，因为这些
悲剧拒绝给予剧中人物及剧外的观众/读者的，正是希望。在这批
悲剧中，希望或是一种假象，或稍纵即逝，产生只为了破灭。这些
悲剧的悲怆之处，就在于极力描摹了人类奋不顾身地想实现和留
住希望，却屡争屡败，在命运面前一再碰得头破血流的惨状。而语
言，在当时人们的认识中原本就不那么可靠——"语言无谓、不足，
与行动相对比尤为如此；言辞符号并不可靠，并因此易为人所操
纵；而最重要的（这也是与其主要优势伴生的一个负面特征）是，在
构建危险的幻景方面，它有难辞之咎"[2]——在悲剧体裁中，这种
效用就更为负面，简直就是灾难性的。毕竟，在一部以话语为主要
表达媒介的剧中，它是演绎希望破灭的主要手段。

二

　　《配力克里斯》中希望最终获得胜利，似乎反映出一种整体更

1　此处选用梁实秋的译法。朱生豪大概是为了配合泰莎对配力克里斯纹章的描述，将此句意译
　　作"待雨露而更生"。但梁实秋的译文更贴近这句拉丁语的字面意义，即"我带着这个希望生活"。
2　Russ McDonald, *Shakespeare and the Arts of Language*, Oxford: Oxford University Press,
　　2001, p. 181.

为积极向上的人生观、世界观和价值观。语言和述史功能的积极正面化演绎是其表现之一。而其另一重要表现是，剧中一系列就情形而言在后期悲剧中都能找到对应者的人物设置和剧情起因，最终却与之前悲剧中的相应情节大相径庭，甚至截然相反。仿佛莎士比亚在刻意重访自己在那些悲剧中探索、演绎过的戏剧情景，并如其充满自我意识的晚期语言风格一样，通过回顾和再利用自己的创作历史，以旧促新。

配力克里斯的遭遇是从该选择言语还是选择缄默这个两难境地开始的，这个情形与《李尔王》开场考狄利娅所面临的情形相似，却比她的处境更为紧急和危险。可以说，两人的最终选择都是保持缄默，或者准确地说，拒绝以约定俗成的、提问人预期的形式和内容做出言语上的回答。考狄利娅拒绝以华丽的言辞描述自己对父亲的爱，配力克里斯则拒绝明确说出自己是否解开了安提奥克斯之女的谜题。考狄利娅的回应方式使得自己被逐出故土，背井离乡；从某种意义上来说，它也是李尔王后来不得不在荒原游荡的一个诱因。配力克里斯的回答也令他不得不逃离自己的国家，踏上了辗转于世界各国、海上陆地之间的旅途——用"游荡"来形容配力克里斯的行动模式也不算过分。考狄利娅不愿花言巧语，忠于内心选择，所展现出来的高洁气质赢得了法国国王的敬爱，她与后者结合，虽背井离乡，但生活得仍算幸福。配力克里斯闪烁其词的回答也令他踏上逃亡之路，但他在潘塔波里斯得娶贤良淑德的泰莎，也可谓获得了幸福的家庭生活。然而考狄利娅的幸福未能持久。与李尔王短暂地团圆，将其照顾到恢复神智后，她便被爱德蒙俘虏、绞死在狱中，李尔王随后也心碎而亡。配力克里斯的美满同样未能持久。他在海上的风暴中失去了妻子，将女儿托付给克里翁夫妇,十五年后又听闻她夭折的消息。但不同于考狄利娅与李尔王,配力克里斯的经历并没有止步于此,在他的历史中,死亡最后由复活取代,失去的最终复得,分离的重新团聚。

《配力克里斯》中共有两次重要的"复活"场景。其中一个是之前详细探讨过的配力克里斯精神层面的"复活",是通过玛丽娜的语言和故事叙述完成的。另一个,则是泰莎肉体层面的"复活"。根据剧情的演绎,从表面上看,泰莎起死回生,仰仗的是萨利蒙高超的医术。但细究起来,萨利蒙话中似乎一直都在暗示,其药石能奏效,很大程度上是因为其主要成分是巫术魔法。他一直命人演奏的音乐,似乎也有不可替代的功效:"不管萨利蒙到底有没有给她用药,看起来,最终唤醒、救活泰莎的,还是音乐。"[1]有魔力的音乐,以及为萨利蒙所大肆称颂的"草木金石里流淌的天赐药剂"[2] (3.2.34－36),在《麦克白》中亦有对应,却以令人毛骨悚然的形式存在:三女巫一边往热气沸腾、噗噗作响的釜中丢进"(e)ye of newt and toe of frog / Wool of bat and tongue of dog(蝾螈之目青蛙趾/蝙蝠之毛犬之齿)"(4.1.14－15),一边细数她们所用的药材。正如刚才引的这两行所反映的,从内容上看,她们说的话怪异瘆人,但从韵律上看,又是节奏规则[3]、始终押着尾韵的,这就令她们的念白不可否认地具有某种异样的乐感。念着韵文、具有解读自然之魔力的女巫们是将麦克白夫妇推向毁灭的导火索。而同样好似具有法力,乐音缭绕,"通晓自然带来的一切紊乱,也知道对症

1　Suzanne Gossett, Note to 3.2.90, *Pericles*, p. 301.

2　此句为笔者自译。

3　此处所谓三女巫念白的节奏"规则",指的是她们自始至终严格按照四音步扬抑格(trochaic tetrameter)念白,其念白的内部格律因此是规则的。但与此同时,相较作为戏剧诗基本格律标准的五音步抑扬格无韵诗,这种四音步扬抑格尾韵诗本身就是打破规则的存在,映射了女巫们与人类社会格格不入的本质,也营造出了怪诞、神秘的音乐。

下药,百无一失"(3.2.38-39)的萨利蒙,则是确保那对夫妻最终再次团圆的关键因素。

配力克里斯最终能找回妻女,除了得益于萨利蒙早年对泰莎的救助之外,也仰仗狄安娜女神的指示。如第一节中所述,狄安娜进入配力克里斯的梦中,用语言明确指示他应该去哪里、做什么。"依着我的话做了,你可以得到极大的幸福,否则你将要永远在悲哀中度日。凭着我的银弓起誓,我不会欺骗你。醒来,把你的梦告诉众人吧!"(5.1.34-36)女神最终是这样命令,亦是这样保证的。尽管她没有说明如果配力克里斯按她的指示去做,**具体**将会发生什么,但她的指示是清晰明白、没有歧义的。这样口齿清晰、指令明确的狄安娜,相对于《李尔王》中静默不语的上天神明来说,是一个巨大的进步。在那部后期悲剧中,面对李尔王的哀号、质问,上天的回应往往是"一言不发。当他们真的出声回复他时,他们用的是电闪雷鸣:这是无法辨析、一片混沌的声音,拒绝转化为词语,更不要说透露原则、指示了"[1]。狄安娜也与《麦克白》中的天道正义不同,那里的上天虽然归根结底是公正公平的,但其介入人事的方式"曲折迂回,甚至不光明正大"[2],借女巫们之口给出晦涩难懂、语焉不详、模棱两可的信息。

《配力克里斯》中其他能在后期戏剧中找到对应设定但结局迥然相异的情形还包括:玛丽娜治愈、复原父亲,这是《李尔王》中考狄利娅最终未能做到的;还有剧中人物名字所具有的"几乎是驱邪、护身的魔力(talismanic power)"[3],这与科利奥兰纳斯"抵制和

1　Anne Barton, "Shakespeare and the Limits of Language", *Shakespeare Survey* 24 (1971), p. 27.

2　Walter Cohen, "*The Two Noble Kinsmen*", p. 3204.

3　Tony Tanner, *Prefaces to Shakespeare*, p. 720.

抛弃自己姓名"[1]的做法形成了鲜明对比。这些对旧主题、旧材料、旧情形的新演绎所展示出的,如乔治·莱特所说,不仅是一位充分懂得变化之价值的剧作家,同时也是一位与其后期悲剧时代相比,对于这个世界和其成员似乎更加宽容友好的剧作家——至少目前暂时如此。

《配力克里斯》的故事蓝本本身源远流长、经久不衰,也许给了莎士比亚的创作以相当的启示。而从商业效应上看,他自己对这个旧故事的改编和舞台演绎也大获成功。从某种意义上来说,这也确保了泰尔的爱普罗尼厄斯的故事能够继续流传下去。商业演出获得成功,加上创作过程中的描摹["人类的想象力抱持着信念、希望和爱,不断努力创造未来(engender a future)"[2]]或许给特殊时期的莎士比亚[3]带来某种程度的震撼,这些令他在下一步的创作中延续了传奇的体裁和主题,接着有传承亦有创新,或者说以传承谋创新地"思变"下去。

因此或可以说,莎士比亚自己在《配力克里斯》中借助新语言风格和新情节模式进行的"述史"活动,也为自己的创作生涯催生了一段"未来"。《配力克里斯》宣告其"后悲剧期(post-tragic period)"基本到来。从某些方面看,它是克利奥佩特拉自戕一场中人类想象与戏剧之伟力的延续,完成了自绝望压抑向精神胜利、从悲剧向传奇、从现实向想象的过渡和转换。从语言特征上看,它

---

1 Tony Tanner, *Prefaces to Shakespeare*, p. 671.
2 Andrew Welsh, "Heritage in *Pericles*", p. 112.
3 这一时期的莎士比亚刚经历丧母、丧弟之痛,紧接着又迎来家中第一个第三代——他外孙女的出生(See Samuel Schoenbaum, *Shakespeare's Lives*, Oxford: Clarendon Press, 1970, p. 27),可谓与其笔下的戏剧情形["你看见人死,我却看见刚生下来的东西(Thou met'st with things dying, I with things new-born)"(*The Winter's Tale* 3. 3. 104 - 105)]高度一致。即使他没有刻意将自己的私人生活写入戏剧,其心境和创作也多少会受影响。

是第一部整合了散落在后期悲剧中、被零散使用的碎片化莎士比亚晚期语言风格，使其成为作品整体语言风格的戏剧。也正是在《配力克里斯》中，语言风格与人物角色和念白场合完全分离，语言风格开始全面地为捕捉和反映戏剧宏观特征与结构而服务。从剧本情节看，剧情内包含大量曾在后期戏剧中充分演绎过但结局大相径庭的戏剧情境和事件。语言风格与情节构建相叠加，似乎反映出莎士比亚的个人心境、语言观、戏剧观，以及其他相关艺术理念开始发生较大的转变，朝着普遍相对平衡、不时还更加积极的方向发展。从文学/戏剧艺术创作角度来看，这便是他将继续探索的主题和风格，至少在《辛白林》《冬天的故事》中是这样，或许也可再算上《暴风雨》和《两个贵族亲戚》中的某一些层面。如果将莎士比亚在其晚期戏剧，特别是《配力克里斯》《冬天的故事》《两个贵族亲戚》这三部剧中的"个人创作历史书写"看作他的一篇"大文章"的话，那么《配力克里斯》便是这篇文章开宗明义的主旨陈述，宣告了剧作家将在接下来的作品中探究、演绎、思索的主题、风格，以及戏剧构建方法。

三

有意思的是，正如在《配力克里斯》的剧本情节中，是语言的力量记叙了真相，还原了历史，成就了其喜剧结尾，在《配力克里斯》的作者身份判定问题上，最终也是因为语言具有记叙、重现历史的能力，另加研究者剥茧抽丝，（至少部分）真相得到还原。

如前文提到过的，在莎士比亚生前，《配力克里斯》在舞台上是大获成功的。其演出的成功，推动了《配力克里斯》剧本四开本的

大量印制[1]。而自其 1609 年的第一版四开本（First Quarto/1609
Quarto）起，这些印刷出售的剧本封面都会这样宣传：

> 日前公演
>
> 备受赏识
>
> 名曰
>
> 配力克里斯
>
> 之剧
>
> 讲述该亲王的全部往事、历险奇遇、悲欢离合
>
> 以及
>
> 其女
>
> 玛丽娜出生及成长中
>
> 一样离奇、同样可佩的意外巧合
>
> 河岸环球剧场国王陛下剧团几度上演
>
> 演出剧本
>
> 编剧：威廉·莎士比亚[2]

1　对于研究英国文艺复兴戏剧的学者来说，由于当时剧院演出场次、票房纪录的残缺，判定一
　　部剧在 15、16 世纪舞台上是否流行，重要的参考指标是该剧剧本四开本的印刷情况。一般
　　来说，一部剧本的四开本印刷版数越多，就说明它当时越流行。在 1664 年正式收入第二次
　　印刷的第三对开本（Third Folio）前，《配力克里斯》一共有过六版四开本（1609、1609、1611、
　　1619、1630、1635）。

2　Title Page, *Pericles, Prince of Tyre*, London: Pater-noster row &. c. for Henry Gosson,
　　1609.

不同时期的版本的封面和内封虽然在措辞与形式上略有变化——例如 1635 年的四开本就不能再宣称自己是目前由国王陛下剧团所演出的剧本了——但包含的信息点是大同小异的。换言之，在其问世后的大半个世纪里，市面上出售的《配力克里斯》剧本中都明确表示：该作品的编剧是威廉·莎士比亚，且仅是莎士比亚一人。

　　然而，自 1709 年起，不断有学者开始对该剧本的编剧产生怀疑。最早对此提出质疑的是尼古拉斯·罗（Nicholas Rowe）。他指出："德莱顿先生似乎认为《配力克里斯》是莎士比亚的早期戏剧之一，但对此其实没什么好评判的，因为有理由相信这部剧的大部分内容不是他写的，不过必须承认，有一些肯定是他的手笔，特别是最后一幕。"[1] 亚历山大·蒲柏（Alexander Pope）认为它是一部伪作，和莎士比亚根本没有关系。而路易斯·西奥博尔德（Lewis Theobald）虽将其收入自己 1733 年出版的莎士比亚全集中，却在《第十二夜》的一条注脚中指出："（《配力克里斯》）这部荒诞可笑的老剧本[2]……并不完全是我们剧作家的手笔，不过他在其中一二处略有挥毫，令其化腐为奇，那几笔是他自己特有的大师手笔，只要是懂他的读者，都可以轻易但确定地辨认出他的笔法。"[3] 加上之前四开本宣传中所暗示的"本剧的唯一编剧是莎士比亚"的信息，至此，关于《配力克里斯》作者归属的五种假说已经出现了四种：

1　Nicholas Rowe，"Shakespeare's Life and Works"，*William Shakespeare: The Critical Heritage*，Vol. 2，ed. Brian Vickers，New York：Routledge，p. 145.

2　虽然在舞台上大受欢迎，《配力克里斯》却一直受早期文学家的诟病。本·琼生"发霉的戏剧"一说，针对的就是此剧。

3　Lewis Theobald，"Edition of Shakespeare"，*William Shakespeare: The Critical Heritage*，p. 370.

1. 这是莎士比亚独立完成创作的晚期剧目；

2. 这是莎士比亚独立完成的(质量不佳的)早期剧目；

3. 这是莎士比亚与其他剧作家合作完成的剧目；

4. 这根本不是莎士比亚创作的剧目。

此后的一些学者提出了第五种假说：这是莎士比亚在创作晚期对自己早期某部戏剧修改后的成果。对这五个假说的大讨论一直延续到了 21 世纪初 [1]（2003 年，这股热潮基本退去，之后虽还有零星的论述发表，但未有更新的假说和证据提出）。

尽管有五种假说，但五家观点各自的论据在一个问题上其实是共同的，即从语言风格和戏剧手法——特别是语言风格——上来看，《配力克里斯》前两幕和后三幕[有些现代版本沿用 1609 年第一四开本的格式，未将剧本按五"幕（act）"划分，只留"场（scene）"这个划分单位，分幕版本的前两幕相当于这些版本的前九场，后三幕相当于后十三场]之间有着较为明显的断裂，即使不是诗学研究的行家，只要读/看过几部作者归属确凿的莎士比亚戏剧都能有所察觉：《从成熟期悲剧到晚期戏剧》一章开篇所引的乔纳森·贝特早年初读《配力克里斯》即察觉第一、第二幕的语言"有点不大对劲"的经历，就是一个极好的佐证。而四家的分歧点，在于如何解释这种风格和手法上的反差。

坚持这是莎士比亚独立编剧的一派，以解释这种反差的内部

1　关于这场讨论中各家代表人物和主要观点的梳理，可参见 Brian Vickers, *Shakespeare, Co-Author: Historical Study of Five Collaborative Plays*, Oxford: Oxford University Press, 2003, pp. 291 - 332。

合理性为推进自己观点的主要手段。部分支持这是莎士比亚晚期独立创作的剧的人,认为这种风格变化是莎士比亚刻意为之的结果。在《生命冠冕》(*The Crown of Life*)一书中,G. 威尔逊·奈特(G. Wilson Knight)便提出,由于莎士比亚在《配力克里斯》中是首次涉足一种新体裁的创作,他在创作前两幕即实验初期的时候"特地转回了韵文,寻求一点熟悉感的支持,以获得稳固感和灵感",但与此同时,他也在"寻找新的范式,以适应自己以'静态设计(static design)'[1]推进情节安排的新渴望,直到他惯常的风格再次回归,统领一切,并带来了令人瞠目结舌的、无与伦比的效果"。[2] 霍华德·费尔普林(Howard Felperin)则认为:"尽管从第二到第三幕诗句质量发生了变化,莎士比亚的戏剧表现形式基本保持未变:拟古的(archaic),寓言的(parabolic),说教的(didactic)。"[3]他指出,这种诗歌风格是莎士比亚所刻意选择,以适应《配力克里斯》具有的俗世奇迹剧(secular miracle play)特征。根据费尔普林的分析,第一、二幕陈旧老套的语言风格,或者说"声音",是有具体戏剧功能的,莎士比亚通过它将观众逐渐引入自己的新创作领域中。早期支持"合作说"的 F. 大卫·赫尼格(F. David Hoeniger),后来转而支持"单独创作说"。他的分析与费尔普林的相似:剧中前两幕的语言风格之所以特别不具有莎士比亚风格特征,是因为按照莎士比亚的设计,剧情刚刚展开的场次中,语言风格应与高尔在第一次解说中确立的语言风格和戏剧氛围相符。如果高尔第一次和第二次登场解说之间的情节,是用莎士比亚自己惯常的那辉煌流畅的

1　此处"静态设计"指的是传奇剧中包含的大量典礼仪式等场面宏大华丽,但延缓剧情前进节奏的场景。

2　G. Wilson Knight, *The Crown of Life*, p. 74.

3　Howard Felperin, *Shakespeare's Romance*, p. 155.

无韵诗风格写成的话,那效果反而"突兀刺耳"[1]。因此,

> (剧作家)做出决定:在前面的场次中,(语言模式的)调整
> 需要走极端;只有当观众完全习惯了此剧别具一格的气氛和
> 整体风格时,他才能够为了对话、情节的活泼生动而做出一些
> (语言特征上的)让步。一开始,剧本风格的基调基本是由作
> 为解说人的高尔决定的。然而,与此同时,要是让在舞台正面
> 演绎的情节里的人物用高尔的伪中世纪英语和歌谣式的节奏
> 说话,也说不上是理智选择——詹姆斯一世时代环球剧场的
> 观众会迅速对它感到厌倦。因此,需要的是这样一种风格:它
> 既足够古旧,在某些方面与高尔的言语风格相似,又要对于演
> 员来说相对熟悉和正常。[2]

因此,这一系列周密戏剧建构考虑的结果,便是第一、二幕中奇怪
的、很不"莎士比亚"的语言。

另一种坚持《配力克里斯》是莎士比亚晚期作品的学派,将戏
剧第一、二幕同第三、四、五幕风格的脱节归因于剧本誊抄、出版过
程中出现的各种失误。持这一观点的学者认为,《配力克里斯》
1609年第一版第一对开本排版印刷时所用的"原稿",并非从国王
剧场官方获得的、可靠的莎士比亚手稿,而是和《哈姆莱特》《罗密
欧与朱丽叶》《亨利五世》《温莎的风流娘儿们》的"劣版四开本
(Bad Quarto)"一样,是演出后,少数几位演员(也许还加上观众)

1　F. David Hoeniger, "Gower and Shakespeare in *Pericles*", *Shakespeare Quarterly* 33 (1982),
　　p. 468.
2　Ibid., p. 468.

凭借记忆重新"拼凑合成"的剧本。按照莎士比亚时期剧团的排演规矩，剧团并不给每位演员分发整部剧本，而只给各人其饰演角色的那部分台词，以及该角色要接话角色台词的最后一行[在当时的剧场术语中，这称为"尾白（cue）"][1]。因此以几位演员记忆再现的剧本，中间免不了错误百出。《配力克里斯》第一、二幕中的语言，或许就是在这一过程中被"毁"，成了现在这个极不像晚期莎士比亚手笔的样子。

　　"单独创作说"中另两支，则倾向于将《配力克里斯》前后的风格差异解释为莎士比亚技艺尚不纯熟的体现。认为《配力克里斯》全剧均创作于莎士比亚早期的一派，与蒲柏对该剧的评价一致，认为不论从语言还是从戏剧手法上来看，它都是一部糟糕的剧。蒲柏因其"糟糕"而认定它不是莎士比亚作品，而其他一些学者则认为，它的"糟糕"，是相对于莎士比亚成熟期悲剧而言的糟糕。这说明它创作于莎士比亚职业生涯早期，甚至可能是其学徒期，当时的莎士比亚尚无法把控自己的语言和创作，因此《配力克里斯》的语言和戏剧风格无连贯性可言。另一些学者则与上述学者的观点稍有不同，他们认为《配力克里斯》的前两幕是创作于莎士比亚早期的，写成这两幕后，莎士比亚出于某种原因放弃了这部剧的创作，二十多年后才再度将其捡起，续写完整，但那时他的语言风格已有了巨大的变化，艺术表现手法也有改变，因此造成了前两幕和后三幕之间风格的脱节。

　　"单独创作说"下各学派的分析，单就内部逻辑推理来说，乍看之下均有其合理之处。但与此同时，在缺乏足够外部材料支持的

1　关于莎士比亚时代剧场排演的规矩和方式，可参见 Tiffany Stern and Simon Palfrey, *Shakespeare in Parts*, Oxford: Oxford University Press, 2007。

情况下，它们也经不起推敲。如果全本均创作于莎士比亚技艺生疏的职业生涯早期，"糟糕至极"，那么经历了成熟期悲剧创作，艺术理念和手法有了长足进步，甚至堪称"登峰造极"的莎士比亚，又为何会在不对此剧本做认真修订的情况下，就把它搬上舞台？而如果按照"晚期修改说"，第一、二幕与第三、四、五幕间的脱节是因为这两部分创作于不同时期，那么为什么晚期莎士比亚在新增第三、四幕的同时，会不记得将当初"烂"到令自己都觉得难以为继的第一、二幕也稍加润饰？若按照剧内语言风格差别是作者"刻意为之"的说法，如果说第一、二幕的语言效果是莎士比亚在进行新体裁创作时给自己的"定心丸"，那么在涉足新领域时还要以一种明显不是自己惯常风格的语言为媒介写作，他能从这上面获得几分安心，实在令人怀疑。类似地，如果说观看一种像《配力克里斯》这样的"新体裁"戏剧需要一定的精力支持，有一个逐步接受的过程，那詹姆斯一世时期环球剧场里的观众既要费劲理解新体裁，还要听寡淡无味且常常滞塞不畅的诗句语言，这样的经历能否让他们接受这种新体裁，从中获得美学享受，也着实令人生疑。再者，如果莎士比亚的确在掂量后得出结论：如果让剧情人物在高尔的第一、二场解说之间用自己"辉煌灿烂的无韵诗"对话会显得突兀怪异，那么又是什么让他认为，从第二幕的中庸风格转为第三幕的绚丽风格就不会显得突兀怪异？高尔也并不只有两次解说——全剧中他共有八次串场解说——如果在第一、二次间换回莎士比亚的无韵诗风格会显得格格不入，难道第三、四次间换就不会了吗？而对于"劣版四开本说"，我们要问，为什么同样几个演员，第一、二幕的台词会记得如此走样，到了第三幕之后却又能重新背出莎士比亚风格?[1]

　　对于持"合作说"的学者们来说,无论是从戏剧手法还是语言风格来看,第一、第二幕根本都不是莎士比亚的。对《配力克里斯》作者归属的现代研究始于1868年德国莎士比亚学者尼古劳斯·德利乌斯(Nikolaus Delius)的论文《关于莎士比亚的〈配力克里斯〉》。在该文中,德利乌斯指出了剧本两部分(第一、二幕,第三、四、五幕)之间风格的巨大差异,提出第一部分应该是莎士比亚对另一作家作品微调的结果。[2] 在德利乌斯之后,英国学者F. G. 弗莱(F. G. Fleay)对《配力克里斯》前后两部分的诗行中押尾韵诗行(rhyme lines)、双音节韵行末(double ending/feminine rhyme)、亚历山大格诗行(Alexandrines)、断行短行做了统计,以数据证明了两部分风格的巨大差异。截至20世纪80年代,做过类似统计或测试(但选择的具体语言风格检测点并不相同)的学者还包括R. 鲍伊尔(R. Boyle)、H. D. 赛克斯(H. D. Sykes)、卡罗利娜·施泰因霍伊泽(Karolina Steinhäuser)、S. 斯派克(S. Spiker)、C. A. 兰沃西(C. A. Langworthy)等。[3]

　　20世纪80年代后,随着民用电脑在西方的普及,人文学科也开始借力计算机科学推进研究。人工统计、计算过程中不可避免地带有一定的主观成分,加上人工精力有限,所处理数据量(即是

1　莎士比亚戏剧中人物角色众多,剧团演员——有的时候甚至包括扮演主角的演员——一场演出都需要身兼数角,才能保证人物足够周转。《配力克里斯》的第一、二幕与第三、四幕之间有大量不会重合的角色,这更意味着有不少演员要在这两部分中兼有角色。换言之,不大可能出现第三、四、五幕的演员对第一、二幕的台词一无所知,记得七零八落的情况。

2　See Nikolaus Delius, "Über Shakespeare's Pericles, Prince of Tyre", *Shakespeare Jahrbuch* 3 (1868), pp. 175 - 204.

3　See Brian Vickers, *Shakespeare, Co-Author*, pp. 291 - 332. See also MacDonald P. Jackson, *Defining Shakespeare*, Pericles As Testcase, Oxford: Oxford University Press, 2003.

否能以全部归属确凿的莎士比亚作品为参照数据来源，能否以文艺复兴时期全部其他剧作家的作品为参照数据来源）和精准度都有所欠缺，所以此前的研究者虽然拿出了数据，却仍不能使结论完全摆脱"印象派"的色彩。随着计算机大数据统计和处理的介入，"合作说"学者的研究开始拥有越来越完备的数据库、越来越深入细致的测试项目，以及越来越精确客观的测试结果。除了此前学者统计过押韵规律、生僻词词频之外，20世纪80年代后的《配力克里斯》作者归属研究者还将该剧各幕中无韵诗行内间歇（caesura）出现在各位置的频次（第一个音步后、第二个音步后等）、行末音节轻重比例、行末音步抑扬格比例、押头韵频次、押尾韵频次、关系代词"which"用法种类和出现频次、念白头词（head word）等可反映个人语言习惯的细节特征进行了统计，不仅将《配力克里斯》剧中各幕间的数据进行了比较，也与莎士比亚全部作品数据、莎士比亚早期作品数据、莎士比亚晚期作品数据，以及其他作家作品数据进行了比较，得出的数据一次又一次地显示，第一、二幕的语言风格与莎士比亚各个时期的风格均存在巨大差异：

> 实际上，关于《配力克里斯》的第一、第二幕不是莎士比亚所作这一点，最明显的指示迹象之一就是，它们与作者归属明确的莎士比亚不同时期的戏剧之间是相互矛盾的。《配力克里斯》第一、第二幕中一些诗歌创作特征，能将它与莎士比亚年表中最早的作品联系起来，另一些则能与莎士比亚中期的作品联系起来，还有一些能与莎士比亚最后的几部作品联系起来。第三、四、五幕则没有显示出这种矛盾性：所有的特征，都明确地、一致地指向1605年之后的作品……在莎士比亚其

他无作者归属疑问的作品中,指向创作时期的各类证据彼此
也都基本吻合。[1]

结合计算机进行的风格鉴定,"合作派"还进一步得出结论:
《配力克里斯》第一、二幕中许多被认为可营造中世纪或古代氛围
的语言特征,与莎士比亚确实需要打造不同时代气息时使用的语
言风格毫无相似之处。这两幕里的语言风格并非"功能性"的刻意
选择,而是真实地反映了其创作者诗学才能的实际水平。麦克唐
纳·P. 杰克逊(MacDonald P. Jackson)便指出,《哈姆莱特》中的剧
中剧——这确实是莎士比亚改变语言风格以营造特殊戏剧气氛的
例证——的语言,与《配力克里斯》第一、二幕中的语言并无可比
性,"即使哈姆莱特《捕鼠记》里规规矩矩的对偶句,相较之下,也以
其明晰、有力展示出了作者的精湛技艺"[2]。类似地,在回应大
卫·赫尼格的分析(关于莎士比亚是刻意降低自己的诗歌水准,以
配合中世纪的高尔所描绘塑造的遥远时空)时,悉尼·托马斯
(Sidney Thomas)反驳道:"《配力克里斯》第一和第二幕的风格不
是古体的,或者程式化的。它是实实在在地不济,措辞乏味,节奏
沉闷,内容牵强……这是新手的风格,是毫无才华可言的爬格子写
手的风格,不是一位戏剧大师试图制造特殊效果的风格。"[3]
　　关于这位"毫无才华可言的爬格子写手"是谁,在 20 世纪 80
年代前,持"合作说"的学者曾提出过不同人选,包括托马斯·海伍
德(Thomas Heywood,约 1570—1641)、托马斯·米德尔顿(Thomas

1　MacDonald P. Jackson, *Defining Shakespeare*, Pericles *As Testcase*, p. 32 - 33.

2　Ibid., p. 31.

3　Sidney Thomas, "The Problem of *Pericles*", *Shakespeare Quarterly* 34 (1983), p. 449.

Middleton，1580—1627)、托马斯·德克(约 1572—1632)、约翰·戴(John Day，1574—约 1640)、威廉·罗利(William Rowley，约 1585—1626)、乔治·查普曼(George Chapman，约 1599—1634)，以及乔治·威尔金斯(George Wilkins，? —1618)。这其中，唯一未能在传统英国文艺复兴文学史中占有一个席位的是威尔金斯，而合理证据显示，唯一可能为莎士比亚创作《配力克里斯》时的合作者的，也是威尔金斯。

最早提出威尔金斯是《配力克里斯》第一、二幕作者的，是前面提到的德国莎学家德利乌斯。他将眼光聚焦到威尔金斯身上，是因为在 1608 年，即《配力克里斯》第一四开本出版的前一年，很可能是《配力克里斯》写成并上演的同一年，威尔金斯的小说《配力克里斯的痛苦历险记》(*The Painful Adventures of Prince Pericles of Tyre*)出版。从小说标题就可以看出，这个故事与《配力克里斯》这部剧在情节上十分相似。当然，这本出版物本身并不能说明威尔金斯是莎士比亚的合作者，毕竟，他完全可能是观看莎士比亚戏剧后受到启发而写成的剧本小说改编本。不过，德利乌斯在自己的论文中，以剧中各部分的韵脚特征为例，指出第一、二幕的戏剧手法、诗歌格律、戏剧关系同威尔金斯另一部独立完成的剧本《强扭的瓜不甜》(*Miseries of Enforced Marriage*)极为相似。而就如前面"合作说"确立的过程一样，威尔金斯的合作者身份也经过人工和后来计算机大数据库辅助下进行的风格测算，最终得以确认。《配力克里斯》第一、二幕中那些与莎士比亚已有作品不一致的语言特征，与已知现存的威尔金斯创作和参与创作的作品中的语言特征高度一致。[1]

1　See MacDonald P. Jackson, *Defining Shakespeare,* Pericles *As Testcase.* See also Brian Vickers, *Shakespeare, Co-Author*, pp. 291 - 332.

如前所述，威尔金斯原本只是一个三流作家，在英国文艺复兴文学史上根本排不上号。然而，他的语言风格让他在莎士比亚作品集中留下了自己的痕迹，令后世不得不注意到他。而由于注意到他，需要研究他与莎士比亚合作的可能性，学者又顺势发现了更多该时期莎士比亚本人的创作及生活痕迹。

威尔金斯与莎士比亚除了有职业上的联系外，或在生活上也有过一定交集。他们都与一家姓蒙特乔尔（Mountjoy）的人相识。大约1603年至1605年间，莎士比亚在蒙特乔尔位于伦敦银街（Silver Street）的家中租房寄宿。而蒙特乔尔家的女儿1605年出嫁后，则与丈夫搬出娘家，做了威尔金斯的房客。1612年，蒙特乔尔家的女婿史蒂芬·贝洛特（Stephen Belott）向法庭提起诉讼，状告自己的岳父克里斯多夫·蒙特乔尔（Christopher Mountjoy）未按承诺向自己支付女儿的嫁妆。法庭审理此案时，传讯了莎士比亚和威尔金斯出庭做证人。现存的莎士比亚六个亲笔签名中的一个，就留在贝洛特-蒙特乔尔一案的庭审口供记录上。[1] 尽管朋友圈有交集并不意味着两人就一定有交集，但莎士比亚是作为贝洛特方证人出庭的，也许莎士比亚与贝洛特夫妇的关系并不差，小夫妻搬离银街后，莎士比亚也许会去他们的住处——威尔金斯的房子——拜访，并可能在那里结识威尔金斯。

不过，即使莎士比亚与威尔金斯合作《配力克里斯》之前在生活中并无往来，莎士比亚也对威尔金斯有所耳闻，因为后者唯一一部独立完成的戏剧《强扭的瓜不甜》，便是由莎士比亚所在并持股的国王剧团于1606年左右排演的。当代莎学家加里·泰勒（Gary

---

1　See Charles Nicholl, *The Lodger: Shakespeare on Silver Street*, London and New York: Allen Lane, 2007.

Taylor)甚至曾著文提出，莎士比亚创作《李尔王》时，对威尔金斯的这部剧有所借鉴。泰勒列举了两部剧中戏剧细节和诗歌语言的相似点：以浮尘遇水落地的意象喻指"恸哭"["use eyes for garden water-pots / Aye，and laying the autumn dust（用眼睛作园艺水壶/对啊，教秋天的尘器安静下来[1]）"（*Marriage* 737 - 743[2]，*Lear* 4. 6. 189 - 191)]；反复以"暴徒（riots)"指称主角及其同党；李尔王问高纳里尔的 "Your name，fair gentle woman？（太太，请教您的芳名?)"（1. 4. 209)，威尔金斯剧中主角问自己夫人的 "Who are you Gentlewoman？（太太，您是何人?)"（2439)；两部剧中都有的，父亲抱着女儿的遗体痛哭的情景；等等。泰勒称，在这些相似点中，至少前三个反映出，是威尔金斯影响了莎士比亚的创作，而不是莎士比亚影响了威尔金斯。这是因为这些隐喻或者场景在威尔金斯的剧中是不可或缺的，是"精心设计的，是基本叙事序列中的一环"[3]，或者是威尔金斯所用的故事来源，即关于卡尔弗利谋杀案（Calverley Murder Case，下文将详述）的小册中曾清晰提及的；而在莎士比亚的作品中，这些内容"从戏剧安排上来说是偶然的"[4]，且在莎士比亚所用的故事来源文本中并无先例。关于最后一个相似点，泰勒对于是谁影响了谁这个问题没有那么确定，不过还是指出：

　　　　威尔金斯这场的起源……很清楚是在小册子里的；而考

1　此句为笔者自译。

2　George Wilkins，*The Miseries of Enforced Marriage*（The Malone Society Reprints)，Oxford：Oxford University Press，1963.

3　Gary Taylor，"A New Source and an Old Date for *King Lear*"，*The Review of English Studies*（New Series）33（1982)，p. 410.

4　Ibid.

狄利娅的死亡,正如众所周知的那样,是莎士比亚对其故事蓝本改编最明显的一处。对于这种在剧院外也不算是稀罕事的情况,莎士比亚自然不需要威尔金斯来告诉他该如何改编。但考虑到两部剧中其他的平行点,这一细节上的相似恐怕也是不容忽视的。[1]

泰勒最终得出了自己的结论:"比较可能的情况是,莎士比亚受到了威尔金斯的影响,而不是反过来。"[2]

在缺乏足够确凿的外部证据的情况下,我们仍不知在《李尔王》的创作中,莎士比亚是否积极借鉴了威尔金斯的作品。但经过至少两个世纪英美社会对莎士比亚的"造神运动",泰勒的分析对于我们来说,是个很好的提醒:莎士比亚的创作不同于现当代"即使在最好的情况下,写作也是孤独的生活"[3]的想象,他不是孤独的,而是在不断与人来往、借鉴先贤也借鉴时秀的过程中完成其作品的。其创作的最终形式是舞台演出,有导演的编排、演员的演绎、负责道具灯光舞台背景的人员的参与,这原本便是一个合作的过程。除了《配力克里斯》外,普遍认可的莎士比亚全集中其实还有其他的合作剧(《泰特斯·安德洛尼克斯》《雅典的泰门》,以及晚期戏剧中的《亨利八世》和《两个贵族亲戚》)。认识到莎士比亚是一个"合作者"这一点,对于后世读者、观众、学者进一步认识、还原他的创作,是大有裨益的。以《配力克里斯》的创作为例,通过探索其合作者的生平与已知作品特征,现当代读者和观众或可找到莎

1　Gary Taylor, "A New Source and an Old Date for *King Lear*", p. 411.

2　Ibid., p. 412.

3　Ernest Hemingway, Banquet Speech, NobelPrize.org. Nobel Media AB 2019. Fri. 13 Sep 2019. https://www.nobelprize.org/prizes/literature/1954/hemingway/speech/.

士比亚晚期戏剧风格的部分渊源。

　　威尔金斯的文学创作生涯短暂，但算得上高产。他已知的作品几乎全部创作于1606—1608年间：一部翻译作品《查士丁史》（*The History of Justine*，约1606），一本独自创作的小册子《巴巴里三难》（*Three Miseries of Barbary*，约1607），一本与德克合作的《逗君一乐》（*Jests to Make You Merry*，约1607），一部独立编剧的《强扭的瓜不甜》（1607），合作剧《英吉利三兄弟游记》（*The Travels of the Three English Brothers*，1607）中的几场，合作剧《配力克里斯》（1607—1608）中的前两幕，以及一本独立创作的小说《配力克里斯的痛苦历险记》（1608）。1608年后，他的文学创作生涯便戛然而止。为何会突然中断，目前学者们尚未找到原因。

　　相比他在伦敦文学戏剧市场上的昙花一现（虽然按照现代学者的看法，他的文笔和戏剧手法实在没法让他担得起"优昙"之名），他在密德萨斯治安法庭（Middlesex Sessions of the Peace）上的出现就要规律且持久得多了。1610年至1618年间，庭审记录中，威尔金斯被传讯的记录不断出现，共十六起。[1] 这其中，除了两起是他出庭做证（包括贝洛特-蒙特乔尔案），一起是他太太以诽谤罪名起诉一个称她是"老鸨（bawd）"的邻居外，剩下的十三起均显示威尔金斯触犯了某种法律。记录中有盗窃和造假罪，但出现最频繁的是暴力行为，而其施暴的主要对象是女性。很可惜的是，密德萨斯治安法庭1608年前的庭审记录多已失散，因此我们无法得知此前威尔金斯是否也是这般。但一条留存下来的1602年的记录再次显示，威尔金斯有暴力举动。这样看来，在进入文坛之

1　See Roger Prior, "The Life of George Wilkins", *Shakespeare Survey* 25 (1972), pp. 137 - 152.

前,威尔金斯是个不怯于为非作歹的人。这不禁令人猜测,莎士比亚构思、塑造《冬天的故事》中奥托里古斯这个能吟诗作对、自称曾为亲王效劳的盗贼和流氓时,心中是否联想到了自己之前的合作者威尔金斯。威尔金斯也能作诗(虽然是蹩脚了一点),且的确可吹嘘自己已为王公效劳过:他为詹姆斯一世赞助的国王剧团创作过两部剧本。但到1608年,他与奥托里古斯一样,已经"丢了那份生计"[1](*The Winter's Tale* 4. 2. 14),干着违法乱纪的营生。这倒不是说奥托里古斯一角就是为了隐射威尔金斯而设计的,这实在不大可能。但两者之间表面上的确有一些相通之处,这也许说明威尔金斯对于莎士比亚晚期戏剧发展的贡献,不仅限于《配力克里斯》的前两幕。

　　治安法庭的记录亦显示,威尔金斯与鸨母、妓女,以及致女子"非婚怀孕,产下私生子"[2]的狎客们有频繁来往,再加上记录中威尔金斯的身份往往被标注为"客栈老板(victualler)",而其房产位于牛渡街(Cowcross Street)和牛转街(Turnbull Street)的交界处——后者"臭名昭著,是妓女和窃贼聚集的地方"[3]——这一切似乎暗示着威尔金斯的真实身份是妓院老板,也就是《配力克里斯》中在米提林买下玛丽娜的那种人。如果真的如此,那么也许莎士比亚最早会想到要与威尔金斯合作的理由就又多了一条:在1604年至1605年间,"英国舞台上突然涌现出了大量关于娼妓的戏剧"[4],这其中的代表就是约翰·马斯顿(John Marston, 1576—1634)的《荷兰交际花》(*The Dutch Courtesan*)和托马斯·德克的

1　此处为笔者自译。

2　Qtd. in Charles Nicholl, *The Lodger: Shakespeare on Silver Street*, p. 201.

3　Roger Prior, "The Life of George Wilkins", p. 141.

4　Charles Nicholl, *The Lodger: Shakespeare on Silver Street*, p. 214.

《诚实的妓女》(*The Honest Whore*)。莎士比亚本人于1604年推出的剧本是《一报还一报》,在剧情设计和背景安排上,可能也略有迎合观众对这类"城市喜剧(city comedy)"偏好的考虑。然而,《一报还一报》尽管是内涵丰富、发人深省的杰作,但在当年的舞台上似乎并不卖座,在1623年被收入第一对开本前,并无任何形式的剧本发行。而的确,有一些当代莎学家也承认,如果说哪一种戏剧题材是莎士比亚无法胜任的,或者说技艺稍逊于同时代其他剧作家的,也许就是这种城市喜剧了。[1]

如果莎士比亚是通过贝洛特夫妇结识了他们那人品可疑的新房东,也许他对能够遇上一个这样"既有一点文学能力",而且"能从内部了解肮脏的妓院世界……生活在这个其他作家只能从外面观望的世界之中"[2]的奇人感到些许幸运。毕竟,这对剧团的运营或许会有颇大的帮助,如果目前去剧院看戏的观众想要看的是更多的"荷兰交际花"和"诚实的妓女",那么这个人可以满足他们。威尔金斯唯一一部独立创作的剧本《强扭的瓜不甜》或许就是国王剧团接受莎士比亚的推荐,委托他创作的。而它的卖座[3]则证明,从商业角度讲,在那时这的确是一个明智的决定。《配力克里斯》中也有一大段背景设置在妓院内部的戏。值得一提的是,这段戏在舞台上是直接正面敷衍的,而不是莎士比亚独自创作的《一报还一报》中采取的那种侧面转述的呈现方式。这样的变化,或许也与威尔金斯参与了剧本创作有关。尽管我们如今无法确定,是因为

1　See Darryll Grantley, "Thomas Dekker and the Emergence of City Comedy", *Cambridge Companion to Shakespeare and Contemporary Dramatists*, ed. Ton Hoenselaars, Cambridge: Cambridge University Press, 2012, pp. 83 - 96.

2　Charles Nicholl, *The Lodger: Shakespeare on Silver Street*, p. 220.

3　它上演后有三版四开本出版,第一版和第二版几乎是接连出版的。See Suzanne Gossett, "Introduction", p. 57.

泰尔的爱普罗尼厄斯的故事中有发生在妓院中的情节，威尔金斯才被请来"支援"创作的，还是因为威尔金斯的加入，剧本中才最终有了这样一大段场景；亦无法确定，现有剧本中的"妓院情节"，是莎士比亚在威尔金斯创作的原稿基础上的充分改写，还是莎士比亚在向威尔金斯做过咨询后自己的独立创作。

　　威尔金斯的独立剧作《强扭的瓜不甜》也算得上一部"悲喜剧"：在一个相当不幸的故事的结尾，威尔金斯硬加上了一个很有点尴尬的"团圆"结局。剧中的主人公威廉·斯卡波罗（William Scarborrow）既是非自愿婚姻的受害者，也是加害人，在剧中为身边的人带去各种无尽的痛苦后，突然便承认自己以前错了：

> 威廉爵士（斯卡波罗之伯）：亲人。
>
> 弟、妹（斯卡波罗的妹妹和两个弟弟）：兄长。
>
> 凯瑟琳（斯卡波罗被迫迎娶的妻子）：丈夫。
>
> 儿（斯卡波罗的两个儿子）：父亲。
>
> 斯卡波罗：听啊，他们的话就像子弹一样将我射穿，告诉
> 　　　　　我我对不起他们，他们可以说，我们人生不济，
> 　　　　　而你就是始作俑者。（2811－2817）[1]

在不到二十行台词之前，听到妻子唤他"丈夫"，孩子叫他"父亲"，他的反应却是勃然大怒、开口痛骂，称前者为"娼妇"，后者为"杂种"，并不断诅咒整个世界。而伯父、弟妹及妹婿登场后，迎接他们的是斯卡波罗"害人不浅的恶棍们，还要来坏我的事"（2805）的咒骂声。十行之

---

[1] 本章中威尔金斯作品译文，除《配力克里斯》第一、二幕外，其余（包括作品名）均为笔者自译。

内，他的态度就有了一百八十度的扭转，这简直令人匪夷所思。

威尔金斯这部剧的结局显得如此生硬，一个原因在于其故事
蓝本是彻头彻尾的悲剧，而威尔金斯的改编才能不足以将它自然
地扭转成喜剧收场。这个故事的蓝本就是前文提到的卡尔弗利谋
杀案：约克郡的沃尔特·卡尔弗利（Walter Calverley）杀掉了自己
三个儿子，并重伤自己的妻子。卡尔弗利本人于 1605 年 8 月 5 日
被处以绞刑。在 1605 年，这个案件算是英格兰街头巷尾众人热议
的话题之一。而除了威尔金斯的"悲喜剧"改编版外，以它为创作
蓝本的还有一部《约克郡悲剧》（A Yorkshire Tragedy）——如标
题所示，这一版改编保留了故事的悲剧结局。《约克郡悲剧》的剧
本于 1608 年以四开本形式出版，封面上宣传说这部剧"曾由国王
陛下剧团在环球剧场上演"，而作者则注明是"W. 莎士比亚"。后
一条信息经过多方研究，现已被证实是错误的，但称此剧曾由国
王剧团上演的这一条"很有可能是对的"[1]。这也就意味着，在
1606—1607 年间瘟疫尚未致剧院闭门的短暂间隙，莎士比亚所在
的剧团接连排演了本质上是同一个故事的两部戏剧，但一个是悲
喜剧版，一个是悲剧版。之所以会有这样的安排，或许是因为要趁
着卡尔弗利案还是一个热点话题时多招徕一些观众。

不管莎士比亚有没有参与《约克郡悲剧》的创作，也不管他的
剧团有没有排演这出剧，他一定知道在伦敦的戏剧圈里，有两部以
卡尔弗利案为创作蓝本的戏剧在上演，一部悲剧收场，一部喜剧结
尾。因此，在弗朗西斯·博蒙特（Francis Beaumont）和约翰·弗莱
彻合作的《菲拉斯特》（Philaster，约 1608—1610）——一般被认为

---

1   MacDonald P. Jackson, *Defining Shakespeare*: Pericles As Testcase, p. 33.

是詹姆斯一世时代悲喜剧体裁正式登场的象征——上演之前，威尔金斯1606年对卡尔弗利案这个悲剧故事的"喜剧"改编可能令一直浸润在悲剧世界里的莎士比亚开始严肃地考虑、探究这种仍处于较为原始阶段的悲喜混合剧。甚至有可能威尔金斯在《强扭的瓜不甜》中笨拙地将悲剧强扭为喜剧收场的做法，曾令莎士比亚想起自己之前在《一报还一报》上遭遇的（商业角度的）失败，因而想要再试一试水，于是在1607年开始准备新剧创作时，选择了悲喜剧的形式。也许正是在《配力克里斯》的创作过程中，莎士比亚逐渐意识到，这一戏剧体裁或许是呈现自己"关于舞台、关于职业的自我冲突在不断发展的观点"[1]的理想渠道。

　　除了对于莎士比亚晚期戏剧体裁的选择可能有所影响外，威尔金斯或对莎士比亚晚期语言风格的成形有很小的一点贡献。威尔金斯语言的一个特点是经常省略剧中的关系代词。首次指出这点的仍是德利乌斯："主格中错误地省略关系代词的情况反复出现，是威尔金斯语言的一个特征。"[2]而在20世纪七八十年代，并不知道德利乌斯曾有过这番印象式论断的学者们，通过独立研究和风格鉴定，亦得出结论，认定"零关系词（zero relative）是威尔金斯的语言典型"[3]。

　　当然，在伊丽莎白和詹姆斯一世时期的英语中，零关系词本身并非罕见句法。大多数活跃于伊丽莎白时期的作家都会用，包括

1　Russ McDonald, *Shakespeare's Late Style*, p. 42.

2　Qtd. in Brian Vickers, *Shakespeare, Co-Author*, p. 295.

3　Suzanne Gossett, Note to 3. 0. 7 - 8, *Pericles*, p. 272.

莎士比亚在内[1]，但没有任何一位作家——哪怕是晚期的莎士比亚本人——如威尔金斯这般频繁地、规律地、不服务于任何诗律或戏剧目的地使用它。在他的独立剧《强扭的瓜不甜》中，零关系词的句子比比皆是[2]：

Do you heare Childe，heeres one（who has）come to
blend you together（165 - 166）

                Gallants，

Know（that）old *Iohn Harcop* keepes a Wineseller.
（173 - 174）

How soon from our owne tongues is the word sed，
 （Which makes）Captiues our maiden-freedome to a
head.（247 - 248）

But sonne here is a man of yours（who）is come from
London.（300）

    would I had a son

1   See Henry Dugdale Sykes，*Sidelights on Shakespeare: Being Studies of* The Two Noble Kinsmen，Henry Ⅷ，Arden of Feversham，A Yorkshire Tragedy，The Troublesome Reign of King John，King Leir，Pericles Prince of Tyre，Stratford-upon-Avon：The Shakespeare Head Press，1919，p. 150.
2   这里是为了展示语法特征，而非展示对话内容，因此下面所引用的句子不附汉译。句中括号内是被威尔金斯省去的关系代词，以及他偶尔省去的从句动词。

(Who) Might merit commendations euen with him.
(334 – 335)

Diuert the good (which) is lookt from them to Ill. (351)

I gesse to see this girle, (who) shal be your sister. (680)

Shame on them (that) were the cause of it. (981)

在《英吉利三兄弟游记》威尔金斯负责的场次中,亦能轻而易举地找到这种结构:

But prove it like those (who) resist to their own
will. (2. 12)

This point shall tilt itself within thy skull
And bear it as birds (that) fly 'twixt us and heaven.
(2. 110 – 111)

Better do all (that) may tumble thee to hell
Than wrong him. (2. 132 – 133)

Nor borne as birds (that) fly 'tixt us and heaven.

$(2. 144)^1$

威尔金斯也把自己这个语言习惯带到了《配力克里斯》第一、二幕的创作里，例如第一幕中配力克里斯的台词：

I sought the purchase of a glorious beauty

From whence an issue I may propagate，

(Who/Which) Are arms to princes and bring joys to subjects.

(1. 2. 70 - 72)

还有高尔在第三幕前的串场词中所说的"And crickets（which）sing at the oven's mouth/Are the blither for their drouth"（3. 0. 7 - 8）。

　　如前文所述，莎士比亚晚期语言风格的一个特征，便是句间表关系的各类连词——也包括关系代词——的有意减少。这一点语言细节上看起来微不足道的相似性[2]自然也可能只是巧合所致。但亦有可能是莎士比亚在阅读威尔金斯《配力克里斯》第一、二幕的手稿时，下意识地吸收了他语言的这个特点，将关系代词加入了自己已在不断抛弃的冠词、连接词等其他语言单位的行列中，最终形成自己在《配力克里斯》第三至五幕中首次全面使用和呈现的晚期语言风格。

　　必须承认，莎士比亚在自己艺术手法达到成熟巅峰之时，在语

1　George Wilkins, John Day, and William Rowley, *The Travels of Three English Brothers: Three Renaissance Travel Plays*, ed. Anthony Parr, Manchester: Manchester University Press, 1995, pp. 55 - 134.

2　迄今为止，不管是人工进行的，还是后来计算机辅助的《配力克里斯》风格鉴定，都未将零关系代词作为统计对象。因此，两个剧作家的语言在此时期都有省略关系代词的特点这一认识本身，并不对《配力克里斯》作者归属的鉴定结果有任何影响。

言习惯上居然会受威尔金斯这样的三流作家影响，这猛地听上去似乎相当违背我们的直觉。但我们 21 世纪的"直觉"其实部分是由 19 世纪兴起的"莎士比亚迷（Bardolators）"式思维所影响和塑造的：我们认为莎士比亚就是顶尖的英语语言大师，他的风格是其天才不可阻挡的外溢，不会受到外部风格的影响。但更合理、更平衡的现当代观点应该是，莎士比亚的天才在于他能够从各种原始资料中选取、整合材料，最后形成有自己独特风格的杰作。泰勒关于《李尔王》与威尔金斯《强扭的瓜不甜》之间相似之处的发现，便展示了莎士比亚对他人戏剧作品的积极学习和借鉴。一直以来，他语言风格的发展也都得益于这种积极汲取的习惯："我们的确知道，莎士比亚可以从任何原始资料里获得语言暗示（linguistic hints），并将它发展成为重要的技巧和手法。"[1] 因此，莎士比亚会允许自己受到威尔金斯语言风格的影响，也并非不可能。再者，尽管莎士比亚或许对威尔金斯语言特征的确有所借鉴，但他明显将之用得更娴熟巧妙。威尔金斯省略关系代词只是个人癖好，而莎士比亚对零关系代词的使用是与其他技巧相结合，以形成一种可以反映戏剧整体结构特色的诗歌。

进入 21 世纪后，随着越来越多的风格鉴定成果面世，威尔金斯是莎士比亚创作《配力克里斯》时的合作者这一认识已基本成了学术共识。当然，也必须承认，在没有足够外部证据的情况下，或者说，考虑到"1609 年第一四开本封面署名"这样的外部证据其实也并不可靠，《配力克里斯》是合作剧，或者《配力克里斯》是合作剧且另一位作家是乔治·威尔金斯这个说法未必能让所有的人都接

1　George Wright, *Shakespeare's Metrical Art*, p. 184.

受。新剑桥版《配力克里斯》的两位编辑，在前言中就表示出对于这部剧本作者归属研究的不屑，称它是"错误、琐碎的，将读者的注意力从文本转移到了非文本的枝节问题上"，并宣布"作为编辑，我们并不在乎《配力克里斯》是谁写的（尽管我们相信它是单一作者想象力、创造力的成果），我们真正在乎的就是，正如牛津版的编辑所说，它是'一部杰作'"。[1]

《配力克里斯》的作品价值定位并不因它是否为莎士比亚单独所作而改变，从这个角度来看，两位编辑的判断自然是正确的。但从还原历史，尤其是还原莎士比亚创作历程和晚期戏剧成形史的角度来看，作者归属绝不是"枝节问题"，而是对我们理解莎士比亚戏剧艺术发展，乃至英国文艺复兴戏剧创作模式都有着重大的影响和帮助。值得一提的是，令后世学者意识到《配力克里斯》可能是合作剧的，是它的语言，令当今学者确定它是合作剧，并将乔治·威尔金斯锁定为莎士比亚合作者的，也是语言。而这整个探寻过程，也与配力克里斯的海上历险不无相似之处，身在其中便好像是走在痛苦艰巨、无穷无尽的旅途之上。但就如被语言记录和还原的历史所拯救的配力克里斯最终胜利结束了旅途一样，学者们也通过语言风格中保留下来的记录，开始窥探到莎士比亚的《配力克里斯》创作史，进而有条件探索他整个职业生涯晚期的艺术手法和理念发展史。从这个角度说，《配力克里斯》中所达到的不仅仅是语言风格与戏剧风格的统一，观剧时观众诗歌体验与剧内人物人生历程的统一，更是剧本主题与剧本传播史、作家创作史的巧妙统一。

1　Doreen DelVecchio and Antony Hammond, "Introduction", *Pericles* by William Shakespeare, eds. Doreen DelVecchio and Antony Hammond, Cambridge: Cambridge University Press, 1999, p. 15.

第七章

《冬天的故事》：自然与艺术

一

在《冬天的故事》——一部对时间、年龄表述相当精确的剧——中，有一个数字似乎尤为受到强调：二十三。在剧中，直接点明"二十三"的有三处台词，都在剧本的前半部分，在"时间（Time）"登场，将故事从垂暮的冬天引向生气勃勃的夏天之前。"二十三"第一次出现，是里昂提斯慌忙编造理由，解释自己为什么突然看起来"烦躁""头脑昏乱"（1.2.149，152）："瞧我这孩子脸上的线条，我觉得好像恢复到了二十三年之前，看见我自己还没穿上马裤的样子。"（1.2.156－157）[1]这个数字第二次出现，是克里奥米尼斯与狄温这两位奉旨去得尔福向阿波罗叩求神谕的使者回宫时："克里奥米尼斯和狄温已经去过得尔福，赶程回国，现在都已登陆了……他们去了二十三天。"（2.3.195－199）而此数字最后一次出现，则是在观众首次见到潘狄塔后来的养父时，他嘴里正嘟

<hr>

1　着重号为笔者所加，下面两个例子中亦如此。

嚷着现在的年轻人不成器："我希望十六岁和二十三岁之间没有别的年龄，否则这整段时间就让青春在睡梦中度了过去吧。"（3.3.58－59）

　　除了这些明确提及"二十三"的台词外，稍做一点算术，便可以在剧中找到其他隐藏的"二十三"。当里昂提斯说儿子的模样让他想起自己二十三年前的样子时，他给观众/读者留了一条线索，可以推算出他在《冬天的故事》开场时的年龄。要算里昂提斯的年龄，就要先从他儿子的年龄推算起。因为迈密勒斯还没有"穿上马裤"，并由母亲和保姆照看，所以他应该不超过七岁：历史上，欧洲上层社会家庭中的男孩儿在七岁前，通常身着长童裙（long petticoat），由家中女眷照料；七岁后，他们会换下长裙，穿上马裤（breeches），不再由女眷抚养。[1] 迈密勒斯应该是正好七岁的样子，因为宫女们曾对他说过，待赫米温妮生产后，"那时您要和我们玩，也得看我们高兴不高兴了"（2.1.19－20），这既是揶揄小王子，也预示着迈密勒斯年龄快到了，即将被移出育儿室。如果迈密勒斯现在是七岁左右，那就意味着二十三年前的里昂提斯可能也是七岁左右，这样一来，在《冬天的故事》前三幕中，他就是三十岁。接着再推，不难看出在迈密勒斯出生时，里昂提斯正好是二十三岁，而待他十六年后与赫米温妮和潘狄塔再度团聚时，他则是四十六岁——二十三岁的两倍。不仅如此，如果迈密勒斯没有夭折的话，到剧终的时候，他也应该是二十三岁。而因为西西里与波西米亚的两位小王子出生时间仅仅相差一个月——"要是我们那宝贝

1　See John Pitcher, "List of Roles", *The Winter's Tale*（Arden 3rd Series）by William Shakespeare, ed. John Pitcher, London: Arden Shakespeare, Bloomsbury Publishing Plc., 2010, p. 140.

王子现在还活着，他和这位殿下一定是很好的一对呢；他们的出世相距还不满一个月"（5.1.115 - 118）——所以波西米亚的弗罗利泽追求并最后迎娶潘狄塔的时候，恰好也是二十三岁。

当然，这并不是莎士比亚首次在剧中明确或间接提到"二十三"这个数字。在《哈姆莱特》中，令丹麦王子追忆起往昔的郁利克的骷髅"已经埋在地下二十三年了"（5.1.160）。在《辛白林》中，根据绅士们的交谈可知，国王的大儿子吉德律斯是在"差不多二十年前"，在他"才三岁的时候"（1.1.58，63）被人拐出王宫的，这也就意味着，剧末他在保卫不列颠主权的战役中脱颖而出，随后身世大白，重新获得不列颠王位第一顺位继承人的地位时，也差不多是二十三岁。通过这些例子，似乎可以总结出这样的规律：对于莎士比亚来说，"二十三"年（或月、日）意味着翻天覆地的变化，而其中又以"二十三年"的寓意最为明显。二十三年是与男性成年（coming of age）密切相关的，意味着他们彻底告别童年和少年的稚嫩与鲁莽（尽管里昂提斯本人用了两倍长的时间才做到这一点）。此外，它似乎也和"父与子"这个主题意象有一定的关联。

如果说在莎士比亚的戏剧中，"二十三"也许指向了男性成长及父子关系，那么在《冬天的故事》这部剧中，除了确实与这两个主题息息相关外，"二十三"或许还有另外层面上、指向莎士比亚自身发展和艺术创作的内涵。《冬天的故事》创作于 1610 年左右[1]，而在 1610 年，莎士比亚本人也正好是四十六岁——二十三岁的两

1　See Susan Snyder and Deborah T. Curren-Aquino, "Introduction", *The Winter's Tale* by William Shakespeare, eds. Susan Snyder and Deborah T. Curren-Aquino, 2007, Reprint, Cambridge: Cambridge University Press, 2012, p. 63.

倍,里昂提斯在剧末的年龄[1]。如果他与剧中的里昂提斯一样,回望二十三年前,他看到的会是1587年左右时二十三岁的自己。他在那段时间里具体做了什么,后世不得而知,因为1587年恰在所谓七年"遗失岁月(Lost Years,1585—1592)"中,这七年里,莎士比亚的人生记录不知为何几乎是个空白,在任何官方与非官方的档案中都毫无记录。但的确有档案显示,从1586年12月到1587年12月,有一连串的剧团来到莎士比亚的故乡埃文河畔的斯特拉特福巡演:"五家剧团——女王剧团(The Queen's Men)、埃塞克斯伯爵剧团(The Earl of Essex's Men)、莱斯特伯爵剧团(The Earl of Leicester's Men)、斯塔福德勋爵剧团(Lord Stafford's Men),还有一个未留名的剧团——先后来过城里,在市政当局的档案中留下了几条记录。"[2] 而这五家剧团中,目前已知至少有两家(女王剧团和埃塞克斯伯爵剧团)当时是极缺人手的。考虑到莎士比亚再次出现在各种档案记录中时,已经是在伦敦的戏剧圈中工作了,学

---

1 因为本章中对里昂提斯年龄的推算是基于对第一幕中迈密勒斯年龄的推算,这个结果必然并非毫无争议。F. W. 贝特森(F. W. Bateson)便曾撰写过一篇题为《里昂提斯年纪几何?》("How Old Is Leontes?")的文章,以里昂提斯在第五幕迎接弗洛利泽一行时所说的"你那样酷肖你的父亲,跟他的神气一模一样,要是我现在还不到二十一岁,我一定会把你当作了他,叫你一声王兄,就像我以前唤他一样"(5.1.125-128)为基础,推测此时弗洛利泽也是不到二十一岁,从而推算出《冬天的故事》伊始里昂提斯应是二十八九岁,在第五幕中则应该是四十四五岁。虽然与笔者在里昂提斯年龄的估算上有差异,但贝特森也认为,里昂提斯与莎士比亚本人在年龄上的接近,也许意味着剧本创作时"可能是有一些自传基础的"(73)。在文后的补笔(postscript)中,他还将里昂提斯结束独自忏悔、开始和人有所往来的年龄,与莎士比亚自己开始创作晚期戏剧时的年龄联系起来(1608年,四十四岁)。此外他也提出,在剧中前三幕的时候,里昂提斯二十八岁,"也指向莎士比亚年轻时的一个转折点(1564+28=1592),这一阶段他的人生和气质的文学反映,便是《维纳斯与阿多尼斯》(Venus and Adonis),以及十四行诗组诗中靠前的一些——实际上,也就是夏天的故事"(74)。See F. W. Bateson, "How Old Was Leontes?", Essays and Studies 1978 (31), pp. 65-74.

2 Samuel Schoenbaum, William Shakespeare: A Compact Documentary Life, Oxford: Clarendon Press, 1977, p. 115.

者们猜测有没有可能是其中一家需要帮工的剧团在 1587 年"招收了那时二十三岁的莎士比亚为他们最新的成员"[1]。如果真是这样的话，那么莎士比亚就是在 1587 年左右同剧团一起离开了斯特拉特福，开始了自己的戏剧圈生涯。当然，以上这些大多只能是猜测，但他即使没有刻意地要借里昂提斯抒发自己的怀旧情绪，他在剧中令里昂提斯回望青葱岁月时，或许还是会不禁回想起自己作为毫无经验的新人首次接触剧团工作时的懵懂无措，不知未来有何种命运在等着自己。[2]

另一件发生在二十三年前的事情——这次并非莎士比亚的个人私事——是菲利普·锡德尼爵士（1554—1586）的葬礼。1587 年 2 月 16 日，锡德尼的棺椁被抬着穿过伦敦的街道，安葬在圣保罗大教堂内。在讨论《冬天的故事》时之所以提及锡德尼，是因为他与这部剧至少有两层关联。其一，他创作了《阿卡迪亚》（*The*

---

1 Samuel Schoenbaum, *William Shakespeare: A Compact Documentary Life*, p. 117.

2 贝特森虽将里昂提斯的年龄估算为二十八岁，并以此将他与创作《维纳斯与阿多尼斯》时期意气风发的莎士比亚联系起来[令莎士比亚真正开始名声大噪的是他的两首长诗《维纳斯与阿多尼斯》和《鲁克瑞丝受辱记》（1593）]，却未注意到，二十八岁的莎士比亚正面临着另一个"转折"。正是在 1592 年 9 月，莎士比亚二十八岁时，罗伯特·格林（Robert Greene, 1558—1592）对他的那段著名抨击出版："一只突然发迹的乌鸦，借我们的羽毛美化了自己，把恶虎之心包裹在演员的皮囊里，以为自己可比肩你们中最才华横溢的，靠浮夸就能吟出一首无韵诗来；他就是个不折不扣的无事忙、跳梁小丑，还扬扬自得，自以为是全国上下唯一一个能大撼舞台（Shakes-scene）的人。"* 因此，在二十八岁左右的时候，里昂提斯和莎士比亚都将面临一段忧郁压抑的时光，但最终也将再见希望曙光（莎士比亚此时的心境也许在其十四行诗，特别是第二十九首中有所反映）。不过两人的相似之处也仅止于此，毕竟，里昂提斯的痛苦是由自己的不理智造成的，而莎士比亚则确确实实是恶言的受害者。[†]

* Robert Greene, *Greene's Groats-worth of Wit, William Shakespeare: A Study of Facts and Problems*, Vol. 2, ed. E. K. Chambers, Oxford: Clarendon Press, 1930, p. 188.

† 格林与《冬天的故事》也是有直接联系的，他的散文传奇作品《潘多斯特，或曰时间的胜利》（*Pandosto: The Triumph of Time*, 1588）是《冬天的故事》的蓝本之一。如果格林仍在世，他或许又要痛批莎士比亚借他的羽毛装扮自己了。莎士比亚创作《冬天的故事》是不是特地为了回应格林，这一点我们不得而知。但他在借鉴格林作品创作这部以"过去与现在"为主题之一的戏剧时，应该不会全然不回忆起这一段往事。

Countess of Pembroke's Arcadia，未完成，约 1570 年开始创作，
1590 年前后出版），而莎士比亚《冬天的故事》中有两场，即第三幕
第三场的"被大熊追，下（Exist, pursued by a bear.）"一幕和第四
幕第四场的剪羊毛喜宴（the sheep-shearing festival），应是以锡德
尼的这部未完成长诗中的片段为故事蓝本之一的。其二，锡德尼
还写了该时代重要的文学批评论文《为诗辩护》（约 1580 年创作，
1595 年首次出版）。在这篇论文中，锡德尼讨论了艺术（Art）与自
然（Nature）的关系——《冬天的故事》也将参与这场古已有之的讨
论——并抨击了 16 世纪 70 年代伦敦剧院舞台上的编剧法。而
《冬天的故事》所采用的构剧形式，又恰好是锡德尼在文中大加挞
伐的那种。

　　如果《冬天的故事》的创作的确始于锡德尼葬礼后二十三年左
右，那么英国文艺复兴文学的研究者很难想象莎士比亚在创作这
部强调"二十三"这个数字，且从锡德尼作品中汲取了灵感的作品
时，完全没有想到锡德尼的葬礼。或者准确地说，他所回想的并不
是锡德尼的葬礼本身，而是以 1587 年其安葬为节点，回顾在此之
后英格兰戏剧文学的发展历程。《冬天的故事》伊始，里昂提斯回
首往事，看到二十三年前自己还是天真幼童，但即将换上马裤，开
始成长的模样；潘狄塔的养父——老牧羊人把二十三岁说成是人
生的转折点，挥霍人生、"头脑不清"（3.3.62）的年轻人褪去蠢气，
开始成熟起来。如果观众站在《冬天的故事》初上演的时间节点，
回望锡德尼安葬后的这二十三年，他们也许能看到伦敦剧院的舞
台上，锡德尼当初所批评的粗陋可笑、异想天开的安排设计，已经
一步一步地发展为莎士比亚晚期戏剧中的仔细布局和精心编排。
那些被锡德尼及其同仁视为大众舞台上粗制滥造的表现手法，比

如打破古典戏剧遵守的三一律、将戏剧体裁混用等，发展到莎士比亚晚期，在技艺娴熟的剧作家笔下，已成了探索戏剧创作新前沿的利器。对于回到西西里的里昂提斯派出的使臣来说，里昂提斯怀疑和指控王后赫米温妮与人有染，他们求得阿波罗神谕，在众人前宣读神谕，证实里昂提斯的怀疑是毫无根据的，这一共耗费了二十三天。而二十三年前被安葬的锡德尼爵士生前曾撰文抨击那种将剧情安排在相隔百余英里的两个国度，跨越两代人，不乏海难、鬼魂、田园生活和凭空跳将出来的野兽元素的戏剧，嗤笑其荒唐低劣。二十三年后，莎士比亚终于可以证明这样的判断和批评并不一定合理。这些情节元素及戏剧安排现在可以宣称它们在戏剧创作中有存在的权利，而这种权利在如锡德尼自己的《阿卡迪亚》这样的叙事诗和其他叙事散文体裁中，其实本就一直存在。

当然了，以上这些都是纯粹的推测，建立在两个并非不可撼动的前提之上：其一，《冬天的故事》的确是 1610 年开始创作；其二，莎士比亚也的确不只将"二十三"作为"一段很长时间"的笼统指代。在这一章被发展成披着莎学研究外衣的《达·芬奇密码》式小说之前，笔者最好赶紧收手。不过，尽管上面的一些推测——尤其是关于锡德尼葬礼与《冬天的故事》创作之间的关系这一点——我们也许应该一笑置之，但在探索两者（以及剧本与莎士比亚"遗失岁月"和个人心境之间）可能具有的关联的这个过程中所提及的一些剧本特征（时间意识的异常清晰，对"自然—艺术"之辩的参与，作家对亚里士多德提出的剧本创作规则近乎刻意的挑战，锡德尼《阿卡迪亚》和《为诗辩护》对剧本的影响，还有莎士比亚及英国悲喜剧/传奇戏剧的发展）是关于《冬天的故事》的严肃学术讨论应该正视的。这些正是本章讨论和分析的要点。

但在开始讨论这些主题之前,笔者希望先探讨关于《冬天的故事》的研究曾存在的另一个猜测——"修改说",即莎士比亚最初写成的《冬天的故事》结局,与最终收入1623年第一对开本的版本大相径庭,而且这样的大改发生在国王剧团上演先前的版本之后。

二

学术界出现《冬天的故事》"修改说",一个重要原因是现存与当时此剧演出有关的唯一记录——西蒙·福尔曼(Simon Forman,1552—1611)的观剧笔记[1]——中,并未提到第五幕第三场中的"雕塑苏醒"场景。故事的蓝本《潘多斯特,或曰时间的胜利》中的赫米温妮的原型的确没有复活。而且:

1. 阿波罗的神谕并未暗示赫米温妮未死或会复活;

2. 宝丽娜反复说明赫米温妮已死——"我说她已经死了;我可以发誓"(3.2.201);

3. 里昂提斯应该看到过赫米温妮的遗体——"请你同我去看一看我的王后和儿子的尸体"(3.2.233-234);还有安提哥纳斯关于见到赫米温妮鬼魂的叙述;

4. 第五幕第二场通过旁人议论的形式呈现父女相认的场景十分生硬。

1　在笔记中,他写道:"1611年5月15日在环球剧场观看了冬天的故事(原文如此)。"记录中他提及了里昂提斯的疑心和妒忌、阿波罗的神谕、潘狄塔与弗洛利泽的故事、里昂提斯父女的团聚,以及奥托里古斯这个人物的所作所为,但没有提到赫米温妮的复活。See Simon Forman, "In the Winters Talle at the glob 1611 the 15 of maye", *William Shakespeare: A Study of Facts and Problems*, Vol. 2, pp. 340-341.

在"修改说"的支持者看来，剧本前半部分和后半部分脱节的这些地方，都是先前版本遗留下的痕迹。

想要推翻这些论证并不困难。

其一，从记录《冬天的故事》演出的福尔曼在同一时期观看其他三部戏剧[《麦克白》《辛白林》《理查二世》(非莎士比亚所作的那部)]演出的记录来看，他对各剧剧情的复述都说不上多么精准，常常遗漏一些我们现当代人认识中的经典场景(例如麦克白夫人之死)。

其二，莎士比亚在戏剧中常常对自己用作蓝本的故事做翻天覆地的改动。例如《辛白林》中，他改写了贞洁赌局的展开细节，并将罗马与不列颠之间因岁贡而起的战争由吉德律斯的执政期前移至辛白林在位时。同样地，莎士比亚也并不总是保持戏剧与蓝本结局一致。例如《李尔王》剧末的考狄利娅之死，就在此前任何与李尔王有关的历史档案和文学作品中都找不到先例。在作者姓名无考的旧剧《李尔王》(King Leir)中，父女都幸存下来，得以团圆。在斯宾塞(Edmund Spenser)的《仙后》(The Faerie Queene, 1590)中，李尔王收回了王位，得尽天年，去世后由考狄利娅继位。尽管不是所有有关李尔王的文本中，考狄利娅的结局都是幸福的，但在所有的这些文本中，她都继承了李尔的王位，并有过一段政通人和的执政期。[1]　因此，莎士比亚选择令赫米温妮复活，也是符合其改编和创作习惯的。此外，值得注意的是，《冬天的故事》的蓝本《潘多斯特》的作者是罗伯特·格林，正是他在莎士比亚初露锋芒时羞辱他是借别人羽毛发迹的乌鸦。若是严格按照格林设计的情节发

1　See Stephen Greenblatt, "King Lear", The Norton Shakespeare, p. 2328.

展剧本,那么莎士比亚就不是在创作,而是在毫无想象力地将格林的叙事搬上舞台而已。在这样的机械程序中获取商业利润,只能证明格林当初的中伤羞辱是合理的——这绝非莎士比亚所乐见。因此,《冬天的故事》收场方式与《潘多斯特》南辕北辙,也许不仅仅服务于剧本主旨和内部结构,也承担着维护莎士比亚作为优秀剧作家之荣誉的重任。

观众在剧末看到赫米温妮复活时会产生的那种惊讶或难以置信之感,或许也正是莎士比亚改编格林旧作时想要追求的效果之一。《潘多斯特》是伊丽莎白时期的畅销作品,到莎士比亚着手改编时,它已被印刷出版了十二版,还以各种形式和体裁被仿写、简写、翻译及改编过,因此莎士比亚最初的观众中,大部分对于它的故事情节是了如指掌的。他们来环球剧场或者黑衣修士剧场(Blackfriar's Theatre)观剧之前,大多做好了会看到王后冤死的心理准备;或者,即使国王剧团做新剧宣传时未提到它以《潘多斯特》为蓝本,观众察觉到新剧与那本旧作的相似点时(最多听到开场时阿契达摩斯与卡密罗聊天,说波西米亚国王正在西西里国王处做客),大概便会意识到西西里的王后命不久矣。

其三,莎士比亚特意在剧中前半部分加强了赫米温妮不会活下来的印象:神谕没有预言王后的归来;宝丽娜和里昂提斯证实王后已薨;安提哥纳斯宣称看到过她的鬼魂。此外,安提哥纳斯的经历也"让他有一个理由把婴儿留在波西米亚"[1]。

这些在剧中前半段帮助制造赫米温妮已逝印象的安排,在戏剧效果上确保观众/读者欣赏到最后一幕时会感到惊奇,在《冬天

1　J. H. P. Pafford, "Introduction", *The Winter's Tale* (Arden 2nd Series) by William Shakespeare, ed. J. H. P. Pafford, London: Metheun & Co. Ltd., 1963, p. xxv.

的故事》塑造的戏剧世界内，它们也都有合理解释，而不是剧作家后来修改结局时没有清除干净的旧稿痕迹。宝丽娜和里昂提斯会认为王后已死，因悲痛而未能注意到王后只是昏迷。再者，在莎士比亚戏剧中这也不是头一次未逝的人被误认为已逝——《配力克里斯》里的泰莎和《辛白林》中的伊慕贞便有过同样的经历。类似地，安提哥纳斯看到赫米温妮的鬼魂，也未必证明她已去世。首先，他所看到的也许只是自己想象中的情形。再者，以英国文艺复兴时期的认识看，赫米温妮在世的情况下，安提哥纳斯能够看到她的魂魄，这种事情也并非闻所未闻。"詹姆斯一世时代，并不是所有的鬼魂都是逝者的魂灵"[1]，诗人约翰·邓恩（John Donne）便提到过，1612 年在巴黎的时候，曾经见到妻子在自己面前现身，而那时她人在伦敦，活得好好的。[2]

其四，与赫米温妮意料之外的复活相比，潘狄塔与里昂提斯的父女相认则完全在观众预料之中。不管是他们先前接触的《潘多斯特》或者该故事的其他版本，还是阿波罗在第三幕第二场的神谕、第三幕第三场长长的剪羊毛节，都清楚地预示故事情节在朝着父女重逢的方向发展。而年轻人回西西里的旅途是由原西西里大臣卡密罗安排的，老牧人及其子则紧随其后，要去说明潘狄塔的身世，这些并没有太多悬念。因此，莎士比亚选择以宫内廷臣闲聊的方式间接呈现这一情节，是为了避免舞台直接演示的累赘，而不是匆匆删去原有的结尾，好为新的结尾腾出空间。再者，为了将戏剧效果最大化，莎士比亚一方面极力渲染潘狄塔的必然回归，另一方

---

1 A. D. Nuttall, *William Shakespeare:* The Winter's Tale, London: Edward Arnold, 1966, p. 55.

2 See ibid.

面则充分隐藏赫米温妮会复活的任何明显线索，这与他在差不多同时期创作的《辛白林》中大量使用的"平衡处理"手法一脉相承。这也就意味着，两场团聚戏互相映衬、互相补充。

其五，尽管莎士比亚在剧中前半部分没有给出关于赫米温妮命运的明显线索，但他的确留下了许多关于"雕塑苏醒"的微妙暗示。第四幕中，潘狄塔与波力克希尼斯关于自然和艺术的辩论，尤其是后者关于"艺术本身便是自然"（4.4.97）的论调，不仅是在重温文艺复兴时期关于这个古老辩题的各种标准论点，而且直指剧中展示艺术与自然确为一体的最后一幕。第四幕还提到了希腊神话中那位丢卡利翁（Deucalion），他在大洪水过后，通过将石头越肩丢向身后幻化成人而使人类复活（4.4.419）。类似地，潘狄塔提到过希腊神话中一年有一半时间在冥府度过、另一半时间重返人间的普洛塞庇娜（Proserpina），剪羊毛节上有一个和《圣经》中广行善事、死后被彼得复活的多加（Dorcas）同名的角色，牧羊人深情回忆妻子，以及奥托里古斯玩笑似的预言一个人"八分是鬼两分是人的时候，再……把他救回来"（4.4.758，761），这些虽然仅在台词里一带而过，但它们都与"起死回生"的主题有着明确的联系。不仅如此，第五幕第一场"除了频繁提及赫米温妮（6-17，34-35，50，53-67，74，78-80，83，95-103，224-227）以外，还有好几行台词不是将她与某种艺术形式联系起来['图画'（5.1.74）、'诗歌'（5.1.101）]，便是将她描述为'值得受到注视的'（5.1.225）。而仅在十八行台词间，莎士比亚还让一个角色两次提到往生之人复活之事（5.1.42-43，57-60）"。[1] 考虑到这些暗

1　Susan Snyder and Deborah T. Curren-Aquino, "Introduction", p. 65.

示之巧妙、细腻、繁多,再要责怪莎士比亚在创作过程中未给"雕塑苏醒"一幕做任何铺垫,似乎很有一些不公平。

因此,若将以上所有分析综合起来考虑,赫米温妮最后的复活不仅不应该是原剧本上演后作者匆匆修改的结果,反而更可能是莎士比亚在设计新剧时最早确定的剧情之一。正如亚登第二版《冬天的故事》的编辑所指出的那样:"这部剧是以她的存活为基础的。"[1]剧中为赫米温妮回归所做的微妙、细致又广泛的铺垫,此事件与剧本中几个主旨和话题的关联,以及最后一幕对剧中人物和观众的情感冲击,都在指明它就是剧作家最初构思情节时所设计的戏剧高潮。此外,赫米温妮复活、回归家庭这样的故事结局,是与莎士比亚同时期作品中常见的奇迹般复原和家族团聚的情节一脉相承的。它是对《配力克里斯》中泰莎起死回生的继承,是对《辛白林》中伊慕贞从沉睡中醒来之后的场景的另一种想象。赫米温妮复活的形式(一件艺术作品在一个导演式人物的指挥下苏醒过来,获得生命)不仅是对剧中艺术与自然之争的极佳总结和升华,也参与了莎士比亚其他晚期戏剧对语言和戏剧艺术的力量与潜能的审视。而宝丽娜"导演"也为《暴风雨》中更有神力的普洛斯彼罗"导演"的到来做了准备。

真正能证实"修改说"的,是拿出一部日期早于现有剧本的《冬天的故事》剧本/手稿,赫米温妮在其中确实未能复活。但从"修改说"提出至今,已经过去一个多世纪了。考虑到全世界范围内那么多的莎学版本学家,加上各地古籍数字化、公开化的发展趋势,如果迄今都没有发现这样的版本,那么基本可以得出它从未存在过

---

1 J. H. P. Pafford, "Introduction", p. xxv.

这一结论了。因此我们必须承认，1611 年 5 月 15 日那场被记录下来的《冬天的故事》的演出，所用的剧本就基本上是观众/读者今天见到的剧本形式。自然，此剧入宫演出，或者被排版收入第一对开本时，剧本或会经历一些小规模的修改调整，但不会有彻底推翻原结局那样的大变动。

三

在一个时期内，"修改说"除了被用来解释赫米温妮不合常理的回归外，也常被用来解释此剧中其他一些奇怪、意外之处：里昂提斯对赫米温妮无缘无故的猜忌、宝丽娜对里昂提斯的轻易原谅、"熊出没"事件、奥托里古斯这个人物在剧中的"违和感"，以及"第五幕对老牧人、小丑和奥托里古斯的轻描淡写：这三人在第四幕中都是重要角色，因此当他们重新出现在西西里的时候，观众会觉得他们应该有更重要的作用"[1]。简而言之，"修改说"常被用来解释任何令人感觉很突然或者貌似不合理的情节处理和发展。我们不禁怀疑，持"修改说"的学者真正想说的其实是，在很多方面《冬天的故事》都是一部质量挺令人失望的作品。但是，碍于——或者说屈服于——莎士比亚在世界文坛和文学研究领域不可撼动的"王者"地位，他们便只好将这些剧本质量上不尽人意之处，说成是修改时因匆忙或粗心而未能注意解决的旧稿遗留问题。

　　莎士比亚同时代的同行本·琼生则没有这样的顾虑，他不仅直言不讳地表示了自己对《冬天的故事》的不屑，更是对莎士比亚

1　Susan Snyder and Deborah T. Curren-Aquino, "Introduction", p. 64.

同时期的其他作品（即我们现在所说的"莎士比亚传奇剧"）大加抨击。他在自己的剧作《巴塞洛缪市场》（*Bartholomew Fair*，1614年首次上演）的序幕中讽刺它们："《故事》（*Tales*）啊，《暴风雨》（*Tempests*）啊，还有其他这类离奇可笑的东西。"（Induction 149 - 151）[1] 在这一导言中，琼生宣称自己决不会堕落到这个地步，"把自己的头脑降到别人脚跟的高度"，他"可不愿意在自己的剧里令自然胆寒"（151，149）。

琼生批评莎士比亚的晚期剧作让"自然胆寒"，与持"修改说"的学者指责当前版本中事件安排不合情理、缺乏真实性（换言之，不遵守自然法则）异曲同工。这些剧中，事情的发展经常突然出现反转，而这种反转往往看似未按事情因果关系发展。不仅如此，剧中还有大量堪称怪诞异常的细节，公然违抗自然与现实的其他法则。在《巴塞洛缪市场》的序幕中，琼生举例讥讽了当时有些剧中的"妖怪奴才（Servant-monster）"（Induction 147）和"一窝跳着舞的老疯子（a nest of antics）"（Induction 148）。前者讽刺的应该是《暴风雨》中半人半鱼的怪物凯列班：在《暴风雨》中，他就被后来上岛的斯丹法诺和特林鸠罗多次唤作"妖怪奴才"（3.2.3，3.2.4，3.2.7）。而后者则应该是指《冬天的故事》第三幕第三场中的萨梯舞（Satyr Dance）[2]。也有学者认为，这里的"antic"一词不见得专指稀奇古怪的舞蹈，也许"调侃嘲讽的是朱庇特骑着雄鹰悬于一

1　Ben Jonson, *Bartholomew Fair*, *The Selected Plays of Ben Jonson*, *Vol. 2*: The Alchemist, Bartholomew Fair, The New Inn, A Tale of a Tub, ed. Martin Butler, Cambridge: Cambridge University Press，1989，pp. 153 - 295.

2　See Martin Butler, "Additional Notes", *The Selected Plays of Ben Jonson*, *Vol. 2*: The Alchemist, Bartholomew Fair, The New Inn, A Tale of a Tub, p. 529. See also Edward B. Partridge, Note to Ⅱ. 129 - 132, *Bartholomew Fair* by Ben Jonson, ed. Edward B. Partridge, London: Edward Arnold, 1964, p. 10.

家古老的鬼魂之上的那一幕"[1]，因此暗讽的是《辛白林》这部戏。
也许，琼生直接点名"《故事》啊，《暴风雨》啊"以嗤笑这些莎士比亚
晚期传奇剧时，心中还想着《冬天的故事》里内陆国家波西米亚无
中生有的海岸线，以及《暴风雨》中普洛斯彼罗可以呼风唤雨的魔
法。对于推崇新古典主义，谨遵亚里士多德等古典作家提出的戏
剧创作法则，以"真实"为努力目标的本·琼生来说，莎士比亚的传
奇剧极其鄙陋，毫无美感可言。

　　莎士比亚并不需要琼生来告诉他《冬天的故事》不切实际。他
自己在剧中就大方地承认过这一点，且不止一次地承认过。剧本
的标题本身就在劝告观众/读者打消看到一部严格意义上的写实
戏剧的念头：毕竟，这部作品只是一个"故事(tale)"，是以想象为基
础的虚构叙事，"只是一段编造的传闻，而不是对现实的忠实记叙；
是虚构杜撰的，是闲言碎语；是虚假谎言"。[2] 不仅如此，它还是一
段"冬天的故事"：身处高纬度地区的英格兰人，在无太多娱乐方式
的早期现代时期，冬日长夜里为了打发时间，常讲一些关于精灵、
鬼怪，以及其他超自然现象的、特别玄幻的虚构故事。这部剧不仅
是"一个冬天的故事(a winter's tale)"，而且就是"那个冬天的故事
(the winter's tale)"——是玄幻故事中的玄幻故事，虚构叙述中的
虚构叙述。它的体裁本身就注定了它是最不讲"自然"和"现实"的
故事，这是莫名妒忌的丈夫、靠巧合发展的情节、会活过来的雕塑
能够存在的根本理由。

　　从某些角度来看，《冬天的故事》本身，至少前三幕，就正是第

1　John Pitcher，"Introduction"，*The Winter's Tale*（Arden 3rd Series），p. 86.

2　"Tale, n."，Def. 5a，*OED Online*，Oxford University Press，September 2019，Web，
16 September 2019. www.oed.com/view/Entry/197201.

二幕第一场中小王子迈密勒斯准备开讲的那个"最适合冬天讲的"
"悲哀的故事"(2.1.27)。他的故事刚刚开头，"从前有一个
人……住在墓园的旁边"(2.1.31-32)，便有一个人——他的父
亲——闯了进来，打断了他的叙事。在接下来的两幕里，里昂提斯
将失去他的家人，并在其后的十六年里，"每一天拜访(赫米温妮和
迈密勒斯)埋骨的教堂，用眼泪挥洒在那边"(3.2.236-238)，忏悔
赎罪——他完全可以被看作迈密勒斯未讲完的关于"鬼怪和妖精"
(2.1.28)的故事中那个住在墓园旁边的人。尽管《冬天的故事》
里并没有鬼怪和妖精出现，但前三幕中的确有安提哥纳斯对自己
见到赫米温妮"鬼魂"的长段描述，有突然出现在舞台上的一头熊，
还有台词里提到的"神仙的金币"(3.3.112)。这样看来，几乎可
以说夭折的迈密勒斯有一种类似于剧情解说人(chorus)的身份
(就像《配力克里斯》里的诗人高尔，或者《冬天的故事》第四幕引子
里出现的时间老人)，用口头叙述的方式为接下来的情节做好某种
铺垫。当然，笔者也有必要赶紧解释一下，这样描述迈密勒斯在剧
中可能具有的功能，并非说剧中真正的"剧作家式"的人物，或者掌
握和推动剧情发展的角色，是这位年轻的西西里王子，而不是宝丽
娜、"时间"、自然或者阿波罗神。笔者想提出的是，莎士比亚安排
里昂提斯在迈密勒斯刚开始说自己的故事时闯上舞台，也就制造
出了这样一个局面，即接下来发生的情节紧接着一个"冬天的故
事"的开头，而且讲这个故事的是一个至多七岁的孩子，他讲故事
时(如果他有机会讲下去的话)，很有可能会从头到尾颠三倒四，并
且想象力过于丰富，不合实际。这样的情形再度呼应了标题暗含
的意思:《冬天的故事》有可能是任何模样的东西，唯独不可能是以
忠实再现自然为己任的写实艺术作品。

　　如果说迈密勒斯是引出上半场故事高潮的剧情解说人，那么第四幕开幕时上场说引言的"时间"则是故事下半场的解说人。"时间"在舞台上以人形出场，其作用不仅仅是告知观众/读者十六年已经过去了，因为如果剧作家只是想让观众/读者意识到第三、四幕间有着巨大的时间间隙的话，那么让卡密罗在第四幕正剧开始时说"我离开我的故国已经十六年了"(4.2.3)就足够了。然而，莎士比亚特意将"时间"作为一个人物引上了舞台。这位"时间"在这里起到的第一个作用(特别是对于观众而非读者来说)，是成为打断剧情内叙事的视觉入侵者。对于观众来说，如果前半场的阿波罗神谕、海上暴风，以及闯上舞台的狗熊[1]尚不足以打消他们对"写实剧"的期待，那么看到一个抽象概念以人形登台献词，应该能够再次让他们意识到这只是一个"冬天的故事"。再者，通过让"时间"上场，指挥剧情发展，莎士比亚也将"作者左右故事情节"这一事实提到了前景。"时间""架起双翩，/ 把一段悠长的岁月跳过"(4.1.4-5)的行为提醒着观众，剧本内的各种发展，是剧作家按照自己特定的写作目的而非自然法则所设计安排的，就像"时间"一样，他"有能力推翻世间的一切习俗，/ 又何必俯就古往今来规则的束缚?"(4.1.8-9)

　　莎士比亚不止利用剧名、"女眷听小王子说故事"的舞台画面，

1　当然，这头舞台上的狗熊可能是"写实"的，即剧团所用的"道具"本身的确可能是一头真熊。实际上，直到今天，学者们也无法确定，国王剧团在演《冬天的故事》这一幕的时候，用的到底是一头真熊还是位披着熊皮的演员。但不管是真还是假，对于这一幕(第三幕)的演出来说，这头熊都是打破剧情所具有的任何"真实感"的闯入者。如果此前发生的事件由于悲怆严肃，令观众产生了这是一部写实悲剧的错觉，这头熊所起到的作用便是以其出现之突然驱散错觉，因为它能引起的情感(根据不同演出的设计，效果会不同，但大多数情况下，观众是受到惊吓，就是哈哈大笑，而且在后者的情况居多)与之前的庭审场面，以及迈密勒斯和赫米温妮之死的消息所引发的观众情感反馈截然不同，将他们暂时地带离了前面剧情所创造的任何"真实气氛"，令他们再次意识到，这是讲不真实、不现实的传奇故事的演出。

以及化为人形的"时间"坦然承认自己剧本内容的不切实际，还不断地令剧中的人物对自己所目睹的事件表示不可思议，引起和他们处于同一位置的观众/读者的共鸣。在法庭受审时，赫米温妮明确地表示，自己无法理解里昂提斯突如其来的猜忌："陛下，您说的话我不懂；我现在只能献出我的生命，给您异想天开的梦充当牺牲。"(3.2.77 - 80)而里昂提斯恶狠狠的回答"你的所作所为就是我的梦"(3.2.80)实际上也在某种程度上揭示其所处的现实实为幻景。类似地，安提哥纳斯虽然下定决心，要"小心翼翼地依从"(3.3.40)赫米温妮的鬼魂给他的指示，但与此同时也清楚地知道"梦境只是个玩物(toy)"(3.3.38)。此句中的"toy"一词一般被解释为"琐碎的东西(trifle)"，而在这里的意思应该更接近"虚假或没有根据的故事，讲故事的目的是(a)欺骗、诈骗、欺蒙；(b)娱乐、开心"，是指"内容不真实的故事、寓言、虚构小说；玩笑；愚蠢、无关紧要的话"[1]，而不是"小而不重要"的意思——中译本里，朱生豪直接将其意译为"梦是不足凭信的"。安提哥纳斯决定，这次就"迷信着(superstitiously)"(3.3.39)遵照梦境的指示行事。也就是说，他准备相信自己所见，但与此同时，他也知道自己的相信是建立在虚幻或错觉之上的。

这种通过剧内人物的感叹指出剧中事态发展不合常理、难以置信的情况，在接近剧终的时候，出现得益发频繁、明显。就在弗罗利泽与潘狄塔抵达西西里王宫的消息传来前不久，宝丽娜还在说，里昂提斯要找到自己失去的孩子，"照我们凡人的常理推想起来，正像我的安提哥纳斯会从坟墓里出来回到我身边一样不可能"

---

1 "Trifle, n.", Def. 1, *OED Online*, Oxford University Press, September 2012, Web, 17 September 2019. www.oed.com/view/Entry/205961.

(5. 1. 40 - 42)。而当失散十六年的公主的确不按"凡人的常理推想",重归故国,与父亲团聚后,宫中的侍从们议论起此事,一直大呼不可思议,将其比作一段传奇故事:"这则据说是真的消息太像一段老故事,叫人难以置信。"(5. 2. 25 - 26)不仅如此,实际上它令人不可置信的程度甚至超过传奇故事:"在这一个小时里突然发生的这许多奇事,编歌谣的人(ballad-makers)肯定没办法描述出来。"(5. 2. 21 - 22)诺思洛普•弗莱曾指出过,莎士比亚这样三番五次地让剧中人物评说潘狄塔的回归像老故事般不可思议,"似乎也是特意在叫我们注意,他的故事情节是不合情理、令人难以置信的,他所使用的艺术手法和技巧也是荒唐且老套过时的"[1]。在父女团聚的时候,老牧羊人也顺便道出了安提哥纳斯的死因,而侍从丙对此再次评价:"像一个老故事一样,不管人家相信不相信,要不要去听,这样的故事总是讲不完的。"(5. 2. 55 - 56)这样的评价既适用于剧情内部的情形,也适用于对整部剧的元戏剧反馈。在剧情内,它是侍从甲乙丙这批台上的观众对十六年前的安提哥纳斯之死(作为剧内真实事件)的反应。如果跳出剧内世界,这则是莎士比亚对"熊出没"事件的自我评价,或许也是他在代台下观众表达他们观看该事件——以及父女团圆事件——时的感受。

  侍从们还提到,国王一行要去参观宝丽娜收藏的一尊赫米温妮雕像,"是意大利名师裘里奥•罗曼诺(Giulio Romano)费了几年辛苦新近才完成的作品,那位大师要是手握不朽,可以将生息注入作品之中的话,一定会把自然都骗了过去,他对她真是仿制得惟

1　Northrop Frye, "Recognition in *The Winter's Tale*", *Essays on Shakespeare and Elizabethan Drama in Honour of Hardin Craig*, ed. Richard Holsey, London: Routledge & Kegan Paul Ltd., 1963, p. 242.

妙惟肖"(5.2.85 - 90)。"雕塑苏醒"是《冬天的故事》的最后一幕，也是莎士比亚最后一次向观众申明，自己的这部剧与写实、现实之间是有不小的距离的。有些学者至今还在讨论赫米温妮是不是真的在第三幕中死去，在这里又得以复活，还是说这十六年来她一直活着。笔者个人认为，前面各场中的种种暗示，加上赫米温妮自己说的"宝丽娜告诉我，按照神谕，你或者尚在人世，因此我才偷生到现在，希望见到这一天"(5.3.126 - 129)，已经把她在第三幕中并未真正死去这一点解释得十分清楚了。不过，不管她是在这最后一幕中起死回生，还是十六年里一直偷生至这一幕，"雕塑苏醒"这一幕与艺术写实主义都无太大关系。如果像有些学者所认为的那样，赫米温妮在这里真的由无生命的石头雕像化成有生命的人，那么莎士比亚为台下观众所呈现的就是现实中并不可能出现的奇迹。而如果她就如自己所说的那样，这十六年里一直活着，那么观众所看到的实际上就并不是一件艺术品获得生命的场景。台上并没有雕塑，因此由雕塑家裘里奥·罗曼诺——这是历史上真实存在的人物——所代表的、被众侍从盛赞的模仿现实的写实艺术，实际上与剧本高潮和结局是毫无关系的。用弗莱的话说，"不管罗曼诺的长处在哪儿，他和他所代表的那种写实主义对于这部剧本身来说似乎并不是很重要"[1]。

弗莱接着指出：

> 写实主义在文学领域对应的是貌似合理性(plausibility)，
> 即为事件的发生提供足够、恰当的肇因。在《冬天的故事》里，

1　Northrop Frye, "Recognition in *The Winter's Tale*", p. 241.

貌似合理性设计很少,而反复被称作"奇迹"的事情很多。各种
事情只是展现在我们面前,没有解释。里昂提斯的猜忌毫无征
兆地爆发出来……基本事实就是,之前没有猜忌,现在冒出来
了,就像一段音乐里的第二段动机……在剧末的时候,赫米温
妮先是一尊雕塑,然后成了一个活生生的女人。就连里昂提
斯,剧中给出的解释也无法令他满足,更不要说我们了。[1]

实际上,莎士比亚在《冬天的故事》中所做的,就是把故事建立在貌
似非合理性上,然后不断地将观众/读者的注意力引向这个事实。
对于后者,他或是明示——通过剧本标题,以及戏剧手法(比如将
时间人形化),或是暗指——通过剧内人物对于剧内事件的评价。
将这些设计和安排综合起来,所得到的就是一部对自己不合理、不
自然、人工痕迹浓重的本质有着充分自知的戏剧。

对于莎士比亚同时代剧场中大部分的普通观众来说,不断提
醒他们不要忘记这部剧的非写实主义本质的,是剧中台词对"虚构
故事(tales)"的反复提及,以及舞台上频繁出现的"荒唐且老套过
时"的剧情安排和表现手法。如果台下观众中有读过亚里士多德
或者锡德尼作品的"知识分子"——比如本·琼生——的话,那么
这些人还能在剧中发掘出更多莎士比亚无视甚至破坏自然规则的
表现。琼生在《巴塞洛缪市场》的序幕中指责莎士比亚令"自然胆
寒"时,不仅是在批评他戏剧中的事件发展不合常理,有很多不可
能的细节,更是在斥责这些戏剧不遵守既有的、旨在将艺术作品维
持在自然规律框架内的戏剧艺术创作原则。在《冬天的故事》里,

---

1   Northrop Frye, "Recognition in *The Winter's Tale*", p. 241.

后一种情况尤为明显。本段第二句话中用了"发掘"这个动词，用这个词描述琼生这样的人观戏、读剧的经历也许并不准确，因为"发掘"一词意味着，找到《冬天的故事》中违反戏剧艺术创作原则的事例需要花一番功夫，而实际上这部作品实在是"破格"得太频繁、太明显，对于琼生等人来说，可能满眼皆是违反正统的、新亚里士多德主义戏剧创作原则的错误。

琼生在《巴塞洛缪市场》的序幕中既无时间也无空间将这些错误一一指出并批评，不过，他的新古典主义前辈锡德尼曾在《为诗辩护》中用了一些篇幅探讨那种"愚蠢"的戏剧创作。在那部作品中，他点出的一些问题可以作为一种索引。尽管锡德尼这部文论创作时间要先于《冬天的故事》和其他莎士比亚晚期戏剧二十多年，所批评的对象是英国 16 世纪 70 年代以《郭布达克》（Gorboduc）为代表的流行戏剧，但读起来仿佛是锡德尼在观看过《冬天的故事》之后特地写的一样。

对于锡德尼、琼生及后来的德莱顿这样推崇古典主义和新古典主义的文人来说，一部好的戏剧首先必须严格遵守古典三一律[1]，即地点一致，时间一致，情节一致。锡德尼在《为诗辩护》中写道："时间和地点（是）一切具体行动的必然伙伴……舞台应该一直只代表一个地方；而舞台上可以预设的时间的上限，按照亚里士

1　需要注意的是，虽然文艺复兴时期及后面复辟时期、新古典主义时期的作家往往把三一律看作亚里士多德在文论中提出的重要戏剧原则，但实际上三一律并不是从亚里士多德的《诗学》中总结出来的。在该书中，亚里士多德只谈及情节一致，并提到希腊悲剧会尽量把剧情时间压缩在一天内，但是未提及地点一致的原则。首次将三一律作为戏剧创作必须遵守的原则的是意大利人洛多维科·卡斯泰尔韦特罗（Ludovico Castelvetro，约 1505—1571）。

多德的教海,也按照常识判断,应该是一天。"[1]但令人悲哀的是,当时那些无知的剧作家居然设计出如此异想天开、打破地点一致原则的剧情来:

> 在这种戏剧里,你看到的是,舞台一边是亚细亚,一边是阿非利加,还有许许多多的下属国,因此演员上场后,总是得先开口说自己在哪儿,否则那故事根本无从设想。你一会儿看到三位女士一起走去采花,那我们就得相信这舞台是个花园。过了一会儿,在同样的地方,我们又听到船只失事,要是我们不把它当作一块礁石,那错就都在我们了。从那后面又出来一个喷烟吐火的可怕怪物,那些可怜的观众就又不得不把这里当作一个山洞。与此同时,两支军队冲了上来,是用四把剑、四只小圆盾表示的,那又有哪个硬心肠的人敢不把它认作战场?[2]

这些剧也不顾时间一致的原则。一部剧中:

> 两个青年贵人恋爱了;在许多挫折之后,她怀孕了;生了一个漂亮的男孩;男孩弄丢了,长大成人了,也恋爱了,又准备要生小孩了;而这一切都发生在两个小时之内。[3]

而除了无视时间、地点一致的原则外,伦敦商业剧场舞台上的戏剧

1　Philip Sidney, *The Defence of Poesy*, *Sir Philip Sidney: The Major Works*, ed. Katherine Duncan-Jones, Oxford: Oxford University Press, 1989, p. 243. 译文参考了钱学熙的译本(北京:人民文学出版社,1964年),略有改动。

2　Ibid.

3　Ibid.

还有一个做法令锡德尼痛心疾首，那便是它们会将各种戏剧体裁混合在一起：

> 既不是真正的悲剧，也不是真正的喜剧；混合着帝王和小丑，并非出于作品内容的需要，而是把小丑生拉硬拽塞进去，让他在威严堂皇的事情里担当人物，结果是既不庄重体面，又不恰当慎重；因此，他们那种杂种悲喜剧（tragi-comedy），既引不起钦佩与悲悯，也不足以叫人当真快活高兴。[1]

　　读了锡德尼《为诗辩护》中的这一部分内容，不难想象《冬天的故事》会让新古典主义审美受到何等的冲击。仅在这一部作品中，《为诗辩护》里列举的戏剧创作不妥之处几乎悉数出现。从地点设置看，故事背景尽管没有横跨亚非，却也是设在相距千里的两个王国内。剧情地点由西西里转到波西米亚时，的确是由一个演员（安提哥纳斯的扮演者）上场宣布的，他也的确是上场开口就问："那么你真的相信我们的船靠岸的地方就是波西米亚的荒野吗？"（3.3.1-2）下一幕中，时间作为一个剧中"人物"，也起到了类似的作用，再次正式告知观众/读者，下面这部分的剧情发生在"美丽的波西米亚"（4.1.21）。尽管《冬天的故事》里没有女士们摘花的场景，台词里却提到了去花园里逛一逛（1.2.178-179）[2]。舞台

1　Philip Sidney, *The Defence of Poesy*, p. 244. 着重号为笔者所加。

2　也有学者著文分析，指出"花园"是贯穿《冬天的故事》的重要意象，除了前面台词中提到的西西里王宫中赫米温妮的花园，以及第四幕谈到的潘狄塔照料的小花园外，最后一幕中赫米温妮"雕塑苏醒"的地点，其实是某种意大利式的花园。若的确如此的话，那么《冬天的故事》就如锡德尼说的那样，舞台一会儿是礁石，一会儿是荒原，一会儿又是花园了。See Amy L. Tigner, "*The Winter's Tale*: Gardens and the Marvels of Transformation", *English Literary Renaissance* 36 (2006), pp. 114-134.

上的确跳出了可怕的野兽,紧接着又有人说起刚发生的海难。从时间安排来看,剧情跨越了至少十六年。而在这段时间内,一位"贵人"的确怀孕生子,这个孩子的确"丢了",这个孩子再度回到父母身边的时候,也的确是在"恋爱",下一步应该就是结婚,且"又要准备生小孩了"。这一切,从实际演出时间来看,都发生在两三个小时内。最后,从戏剧体裁来看,《冬天的故事》既不是喜剧也不是悲剧。它的基调在前三幕中是悲剧的,在第四幕中主要是喜剧的,第五幕则以既悲又喜的气氛收场。剧中,国王的确与小丑混在一起。而丑角奥托里古斯也的确对剧情的推动毫无作用[实际上,在兰姆兄妹后来改写的《莎士比亚故事集》(Charles and Mary Lamb, *Tales from Shakespeare*, 1807)中,奥托里古斯被完全从《冬天的故事》的剧情中移去了,这一做法也并没有影响到剧情的完整性],从这个角度来看,确实有一个并不庄严肃穆的角色被生拉硬拽进剧情,就为了插科打诨,而非内容需要。

莎士比亚逝世多年后,琼生有一次与苏格兰诗人威廉·德拉蒙德(William Drummond)聊天时说,莎士比亚"少了点艺术规范和技巧"[1]。从《冬天的故事》混合体裁、无视古典三一律的做法来看,琼生的评价似乎并不过分。剧本的确显示出剧作家"少了点艺术规范和技巧",但它同时也反映出,此剧作家艺术规范与技巧之"少"是刻意选择而非确实无知的结果。写出"错"得如此彻底、精准的一部剧,意味着剧作家实际上熟知新古典主义理论或者原则——尤其是锡德尼所说的那些东西。实际上,考虑到《冬天的故事》中犯的"忌讳"与《为诗辩护》中列举的那些错误之间的契合度,

---

1　Ben Jonson, *Ben Jonson's Conversations with William Drummond of Hawthornden*, ed. R. F. Patterson, London: Blackie and Son Limited, 1923, p. 5.

我们甚至能够想象莎士比亚创作此剧时，手边放着一本《为诗辩护》，时时查阅，以保证他的新剧里没有漏掉锡德尼所批评的任何一种"错误"。当然，他创作时是不是真的翻阅了锡德尼的文论，我们今天无法知晓，但看起来，《冬天的故事》中种种不符合戏剧艺术创作规范的表现，应该的确是他有意为之。

四

琼生描述莎士比亚晚期戏剧之不写实、不规范时所用的表述"令自然胆寒"，不仅仅揭示了剧作家的艺术如何不忠于自然现实，通过描述大自然对这些戏剧的惊恐反应，他也表达了一种担心：这些异想天开的离谱故事，通过违抗自然法则，创造一种"替代现实（alternative reality）"，会毁灭自然和现实，对它们产生极为负面的影响。

实际上，《冬天的故事》中就有一位琼生的"同道"，与他一样担心像《冬天的故事》这样的艺术作品会产生负面影响。在艺术对自然（或者按照朱生豪的翻译，人工对天工）的负面作用问题上，潘狄塔的态度是十分明确的。如果她坐在台下，观看这一部或者任何一部莎士比亚的晚期传奇剧，她的批判可能会比琼生更尖锐。因为这些剧依靠"命运的急转、各式的意外、假装的魔法"[1]来推动事件发展，似乎在同大自然竞争，创造出一种推翻自然现实秩序的虚假替代现实。潘狄塔坚决反对人工以任何形式对天工加以干预。因为"听人家说，在它们的斑斓的鲜艳中，人工曾经巧夺了天工"

1　John Pitcher, "Introduction", p. 61.

(4.4.86-88),她便将所有的斑石竹[1]赶出了自己的花园。她也瞧不起人工艺术介入而引起的欣赏、赞扬和热情。波力克希尼斯劝她在园中"多种些石竹花"(4.4.98)。她斩钉截铁地回答:"不愿用我的小锹在地上种下一枝;正如要是我满脸涂脂抹粉,我不愿这位少年称赞它很好,只因为那假象才想与我生子。"(4.4.99-103)对她来说,天生应该是纯色的石竹花,通过园艺技术长出了杂色条纹,这是不可接受的;同样,本来平淡无奇的脸,因为化妆的技术生出魅力,激发了爱情,这亦不可接受。

当然,杂色石竹本身无害,胭脂水粉也都无害,用不着为之"胆寒"。能让自然"胆寒"的,是人类通过技术一点一点随心改造自然的累积效果。潘狄塔拒绝斑石竹进入自己的花园,为化妆品所具备的欺骗和迷惑人心的力量感到不安,其实是担心人工艺术以人类意志强行改造自然会对天工/自然造成难以挽回的破坏。必须说,从这个角度看,潘狄塔是极有前瞻性的:20、21世纪内,"人定胜天"的各种鲁莽做法对大自然产生的负面影响充分证明了,四百年前,她严格地保证自己花园的"天然"是明智之举。

潘狄塔对人工/艺术竟然敢同自然竞争、创造出某种替代现实这一点深恶痛绝、极为排斥,这种情绪不仅源自本能的预见性,或许也源自其自身的过往,尽管她当时并不知道,她自己也可以算作人工/艺术对自然负面影响的受害者。她甫一出世便被剥夺了王室的身份,背井离乡,只因为她父亲突然毫无根据地认定她的母亲犯了通奸罪。而如果说从广义上看,"art(人工/艺术/技巧)"其实指的是人类脑力的产物("人工"是人类想象力的表达手段,而人类

---

1 当时的人认为,石竹(gillyflower/gillyvor)花瓣上的杂色条纹是与其他花朵杂交的结果。

想象则是人类脑力的产物），那么里昂提斯突如其来的猜忌及其灾难性的后果便可被看成是对第四幕中潘狄塔"人工对天工"论点——人工/艺术会对天工/自然有负面影响——的详述。

　　一代代学者在试图理解剧本前半段的悲剧时，都曾经（而且有些还在继续）花大量的精力探究到底是什么导致里昂提斯莫名其妙又来势汹汹的猜忌。以父权焦虑、社会空间、性刺激等理论解释其肇因的研究层出不穷。有人将西西里国王对妻子的怀疑解释为"俄狄浦斯式焦虑和被压制的同性爱欲"[1]的外显；有人认为这是一种"社会馈赠、好客、开支文化精神（the ethos of gift，hospitality，and expenditure）造成的时空扰乱（spatiotemporal derangement）"[2]；有人将其解释为情有可原的反应（毕竟，波力克希尼斯与怀孕后肚子已经十分明显的赫米温妮并肩而立，前者还以极为华丽的言辞细述自己在西西里王宫已经逗留了九个月[3]，这样的画面与言语或许确实可被理解为具有某种暧昧和挑衅意味）。不论以何种方式理解里昂提斯猜忌的来源，他最终确认妻子不忠的证据本质都是不变的：自己想象的构建。莎士比亚跳过了对妒忌起因的演绎（如果将其包括在舞台直接敷衍的内容里，那将会占去大量的剧情空间和舞台时间：莎士比亚正典中另外两个著名的"妒忌事件"都证明了这点），将观众/读者的注意力集中引向里昂提斯如何一步一步构建出妻子的通奸罪。而在弗莱看来，这一步骤就是对上帝"从虚无中创造出万物的某种戏仿"[4]。

1　Susan Snyder and Deborah T. Curren-Aquino，"Introduction"，p. 24.

2　Michael D. Bristol，"In Search of the Bear：Spatiotemporal Form and the Heterogeneity of Economics in *The Winter's Tale*"，*Shakespeare Quarterly* 42（1991），p. 154.

3　See Neville Coghill，"Six Points of Stage-Craft in *The Winter's Tale*"，*Shakespeare Survey* 11（1958），pp. 31 - 33.

4　Northrop Frye，"Recognition in *The Winter's Tale*"，p. 243.

　　剧本对里昂提斯开始猜忌并且痴狂的演绎，始于他在第一场第二幕中的台词："太热了！太热了！朋友交得太亲密了，就是要把血缘混起来的事情了。我的心怦怦直跳。"(1. 2. 110‑112) 当然，如果是一场演出，根据导演或者演员对于角色塑造和情节因果关系的理解，在这段台词之前，里昂提斯或许在表情和举止上就会开始显示出一些不适。但在纸上，这是剧中首次清晰表明，他对妻子和好友之间的关系起了疑心。此句台词之前，他一直或亲切诚恳，或文雅安静（譬如当赫米温妮在他的请求下劝说波力克希尼斯再多逗留一阵时，他对她表示支持的那种姿态），但突然之间，他便让自己的猜忌在这段对观众的旁白中爆发出来，所用的语言变得相当恶毒。

　　就像《辛白林》中的波塞摩斯一样，丈夫对妻子通奸的怀疑一旦萌芽，就会迅速发展成为确凿的"事实"。里昂提斯飞快地进入了构建赫米温妮罪行的下一步：从猜忌初现，到掂量"证据"。然而，他是以波力克希尼斯与赫米温妮有染为前提解读两人之间的手势和表情交流，因此与其说是掂量证据，不如说是制造证据。在他的眼中，两人"手捏着手，指头碰着指头，像他们现在这个样子；脸上装着不自然的笑容，好像对着镜子似的；又叹起气来，好像一头鹿死前的喘息"(1. 2. 117‑120)。而实际上，对于一个心中并无特定猜忌的看客来说，波力克希尼斯或许只是按照当时的社会习俗，绅士地将手或手臂伸给赫米温妮。按照社会习俗，赫米温妮也应同样伸过手去，微笑，且说上几句客气话。波力克希尼斯，再次根据习俗要求，也应报以微笑。换言之，两人之间的交流完全可能是合乎礼仪、不涉情欲的。但对于已预定了结论、以"证据"配合自己解读的里昂提斯来说，二人之间的这番交流就足以定罪了。里昂提斯的这番心理活动,从某种角度看也正是在"改造自然",将自己的意志强加于自然现实,令其变成自己认为它应具有的模样。

里昂提斯对自然现实的重构,不仅包括将自己的所见扭曲为自己所想的模样,也包括把自己强扭成自己误认的状态。正如威尔逊·奈特所说,里昂提斯是"一个绷紧了神经要自己相信自己是那个可怕的、额上生角[1]的东西的人,他挣扎着要自己忍耐这一点,不仅如此——他要自己成为这个东西"[2]。把自己变成想象中的里昂提斯的过程,在他看似对迈密勒斯说、实际上近乎独白的一段话中,展现得淋漓尽致:

> Can thy dam—may't be? —
>
> Affection, thy intention stabs the centre.
>
> Thou dost make possible things not so held,
>
> Communicat'st with dreams—how can this be? —
>
> With what's unreal thou coactive art,
>
> And fellow'st nothing. Then 'tis very credent
>
> Thou mayst co-join with something, and thou dost—
>
> And that beyond commission; and I find it—
>
> And that to the infection of my brains
>
> And hard'ning of my brows. (1. 2. 139 – 148) [3]

---

1 相当于汉语中的"戴绿帽子"。

2 G. Wilson Knight, *The Crown of Life*, p. 82.

3 因为接下来对此段的分析涉及原文的用词和句法结构,故引文中保留原文。如下文所述,这段很难理解,现有各版本的翻译都未能展现出原文的纠结与含糊。但较之朱生豪版本,梁实秋版本在字面上更贴近原文,因此笔者引用了梁实秋译文(北京:中国广播电视出版社,2001年),略有改动。

（你的妈妈能够么？——可能有那种事么？——性欲！
你一动念便可贯穿人心：你可以使不可能的事情变成可能，你
可以和梦幻中的人物互通款曲。——怎么能有这种事
呢？——你既然能和幻象通奸，和虚无的东西做伴，那么，你
可以和真实的人通奸，也似乎很可以令人相信的了；事实上你
是和人私通了，而且是越过了权限，而且被我发现了，而且使
得我心里难堪，额上生角。）

　　这一段曾被学者称为"莎士比亚全集中最晦涩难解的段
落"[1]，以及"没人能读懂的一段"[2]——笔者认为这样的评价并不
过分。根据不同学者对此段中"affection"这一关键词的不同解
读，学界对于这整段有着各式各样的理解。但如果是在一场演出
中，台下的观众，尤其是首次观看《冬天的故事》的观众，很可能完
全没有时间也没有精力将里昂提斯想表达的意思彻底琢磨出来。
波力克希尼斯紧接着询问"西西里在说些什么"（1. 2. 148），尽管
并不是针对里昂提斯念白的内容，却也许替观众/读者说出了心中
的疑惑。不过，对于观众来说，虽然本段的确切含义不甚清楚，但
其纠结晦涩的语言，以及其所用的词语（"possible""dreams"
"unreal""nothing""credent""something"）或大致能让他们听出，
里昂提斯正挣扎在"可能"与"不可能"，"真实"与"不真实"，"什么
都没有"与"有点什么"之间。从台词的最后几行里也能听出，这番
挣扎的结果是他被不真实说服，接受了不可能，相信有点什么。换

1　Mark van Doran, qtd. in J. H. P. Pafford, "Appendix I: Miscellaneous Longer Notes", *The Winter's Tale* (Arden 2nd Series), p. 165.

2　C. D. Stewart, qtd. in ibid., p. 166.

言之，就是在如此混乱、纠结且无逻辑可言的论证过程中，里昂提斯自己给自己额上插了双角。

　　如果我们进一步细读这段念白的话，可以看清里昂提斯是如何让自己额上生角的。大多数《冬天的故事》现代版本的编辑都将"affection"理解为"passions（激烈的感情）"，但至于是谁的、什么样的激烈感情，则众说纷纭。一种解释是，里昂提斯这里指的是赫米温妮的"淫欲激情"。如果是这样，那么这段论证的大致逻辑可能就是：因为性欲会使得被其左右的人与一个完全不存在的对象在想象中发生关系，那么可以想到，它也会令此人将这种想象中的关系转嫁到一段现实中的关系之上。必须承认，若单看这一陈述的话，似乎也有一些合理之处。里昂提斯在这里摆出了逻辑推理的样子，但他只是抛出了一条看似普适、实际上并非真理的个人评论作为预定前提，以此确认自己对赫米温妮的猜忌之合理。在推导过程中，他直接从陈述某种可能"Then 'tis very credent / Thou *mayst* co-join with something（那么，你可以和真实的人通奸，也是很可以令人相信的了）"跳到（错误的）结论"and thou *dost*（你是和人私通了）"。他这般推理，一方面再次展现了他是在用自己的判断塑造现实，而不是依照现实得出自己的判断；另一方面，他的预设前提，即激情所致的幻想中的关系会转移、投射到真实关系之上从而成为现实，也反映出里昂提斯坚信想象是自然的指导，这也令其在后面几场戏里与卡密罗、宝丽娜、安提哥纳斯及西西里群臣对话时，一直坚称只有自己的想象才是真正的自然现实。

　　对这里"affection"一词的另一种解释是里昂提斯自己的妒忌心。如果是这样的话，那么在进行这段心理活动时，他也在试图理解自己强烈的猜忌。他的推理过程是：既然强烈的妒忌心具有梦所具有的力量[这里，第一幕第二场(142)中的"communicate"一词取的是"有相似点"或者"分享"[1]之意]，能够使一般不可能的事情成为可能，换言之，令不存在的事物("nothing")成为存在，那么对于他来说，没有实体的东西会附在现实存在的实体("something")上从而成为现实，这也是十分合理的。换言之，他毫无根据的猜忌其实是有根据的，很合理。这自然是糟糕可怕的逻辑，完全建立在对想象和现实的混淆之上。里昂提斯将"affection"与"dream"相提并论，便将自己的论证前提完全置于想象领域中，毕竟在梦境里，不可能的确实能变为可能的。但这种"可能"也只能留在梦中，一旦人醒来回到现实，梦境便会消失，想象力的构建将化为虚无。类似地，猜忌心可以令人将不可能的状况设想为可能的，但除非能获得客观确凿的证据，这种"可能"也永远只会是一个人头脑中的想法，而不是客观事实。然而，里昂提斯罔顾现实与想象之间的界限，在推理论证的第二阶段将自己"梦境中的逻辑"强加于现实，得出结论：想象中的情形适用于眼前现实。根据他的推理，"赫米温妮与人通奸"这个想法适用于现实中的赫米温妮，就好像"里昂提斯额上生角"这个想法适用于现实中的里昂提斯一样。又一次，他用想象来塑造现实，将自己硬生生地"论证"成了一个被妻子背叛的丈夫。里昂提斯宣布，自己的想象居然能够与现实状况如此匹配，真的让自己大脑染病(the infections of the brain)。H. G. 戈达德(H. G. Goddard)曾经指出过，里昂提斯这样说，是"彻底、不可救药地颠倒了因果关系……事实自然是反过来的：是他的大脑先

---

1 "Communicate, v.". Def. II 6b, *OED Online*, Oxford University Press, September 2012, Web, 11 Dec. 2012. www.oed.com/view/Entry/37308.

染了病，然后他才会混淆现实和想象"[1]。

还有一种解读则提出，里昂提斯一开始也许清楚自己有妄想症，但没有因此选择不对现实做评判，而是渐渐认定正是这种"affection"让他能够保持众人皆醉我独醒的状态，成为西西里王宫中唯一一个洞悉事实真相的人。在这样的解读中，"affection"不是指激情或猜忌，而成了文艺复兴时期指脑炎、妄想症的医学名词："来自拉丁文'affectio'……是一种严重的精神疾病，其症状包括不安与随之而来的心悸、兴奋失眠、疲惫乏力，所有这些症状里昂提斯都有（比如 1. 2. 110 - 111；2. 3. 1 - 2，8 - 9，30 - 38）。"[2]按这一解读，第一幕第二场（139 - 148）这段独白中，国王一开始很清楚病态的大脑会导致妄想，还对自己的精神状态做了理智的分析，但突然转而接受了自己的妄想。

如上段所说，对"affection"一词的不同理解，会产生对此段差异较大的解读。然而有一点是不变的，那便是在这番思索之后，里昂提斯完全将现实置于自己的想象之中，将自己的大脑作为真理的唯一来源。在第一幕第二场（139 - 148）中，他构建了一个替代现实：他是一个戴了绿帽子的男人。在接下来的三场中，他"移居"到那个想象的现实中，彻底地否认并毁灭了周遭的现实。

里昂提斯否认现实的方法之一是，将任何与他持不同意见的人定性为叛徒、说谎的人，或者蠢货。从卡密罗、安提哥纳斯，到宝丽娜、西西里群臣，都被他这般羞辱叱责过（1. 2. 244，245，249，301 - 306；2. 1. 152 - 154，175 - 176；2. 3. 68，69，82，91 - 92，

1　Qtd. in J. H. P. Pafford, "Appendix I: Miscellaneous Longer Notes", p. 166.

2　John Pitcher, "Introduction", p. 41.

146）。他拒绝接受对现实的任何理性分析，并告诉群臣，自己将他们召集起来，不是自己需要听从他们的建议，也不是政府权力结构令他必须按章办事召集议会，而是他大发慈悲心，要启发教化他们：

> 哼，我何必跟你们商量？我只要照我自己的意思行事好了。我自有权力，无须征询你们的意见，只是因为好意才对你们说知。假如你们的知觉那样麻木，或者假作痴呆，不能或不愿意相信这种真实的事实，那么你们应该知道我本来不需要征求你们的意见；这件事情怎样处置，利害得失，都是我自己的事。(2.1.163-172)

类似地，他派使臣去求阿波罗的神谕，不是因为自己需要神明指点，而是要让"那些不肯接受真理的愚蠢的轻信者无法反对"（2.1.193-195）。而当求得的神谕与他自己的想法相悖时，里昂提斯的解决方法是把神也加进说谎者和背叛者名单里："这神谕全然不足凭信……这不过是谎话。"(3.2.137-138)

里昂提斯强调自己的权力的情形，提醒了观众/读者，他不只是有妄想的个人，还是一位大权在握的君主，不仅能否认现实，还可以出手毁灭现实。自从用"affection"一段独白确认赫米温妮有罪后，他一直在按这个认识行事：除了出口辱骂自己的大臣们外，他还指使卡密罗给波力克希尼斯下毒，将迈密勒斯与赫米温妮隔离开，把临产的王后投进监狱，派安提哥纳斯把新生的小公主扔到异国的荒野中去，下令审判刚生产完的赫米温妮。而除了波力克希尼斯逃过一劫外，其他所有的相关者都遭遇悲惨的结果：安提哥纳斯为熊所杀；潘狄塔流落异乡；迈密勒斯惊恐而亡；赫米温妮伤心而"死"；王国一时间没有了王后和储君，其未来或因此混乱、昏暗。里昂提斯终于完成了对替代现实的构建。

虽然结果并无艺术感，但从某种角度看，里昂提斯在前两幕中的所作所为与艺术创作不无相似之处。它以一个念头、一点幻想、一种对自然某一方面极为主观的解读开始。接着，它被艺术家赋予了一种存在形式——一般情况下，这种艺术的存在形式是一幅图画、一尊雕塑、一首诗歌、一段乐曲或者一部戏剧，不过在里昂提斯这里，它的表现形式则是监禁、流放和审判。最终的艺术成果一般对于自然有一定的影响和冲击：给眼睛或耳朵带来美学享受或震撼，或者是为欣赏者提供一种新的但未必更好的理解自然的视角。里昂提斯的"艺术成果"绝对有冲击力：它几乎完全摧毁了西西里王宫中的现实。里昂提斯自导自演的悲剧不仅是对"艺术家"本人，也是对其周遭无辜之人的折磨。如果说后文中潘狄塔通过对斑石竹的不屑，表明自己不信任艺术／人工对于自然的影响力，那么可以说通过里昂提斯前三幕中的行为，剧作家已对她的观点做了充分的铺垫和展开。

在第四幕的辩论中，潘狄塔的"对方辩友"是波力克希尼斯，而他的论点和论证也一样有理有据。波力克希尼斯试图劝说潘狄塔在自己小园中栽培石竹。他的理由是，艺术／人工本身就是自然／天工："那种改进天工的工具，也正是天工造成的；因此，你所说的加于天工之上的人工，也就是天工的产物。"(4.4.89-92)因此，尽管园丁会用人工介入的手段改变石竹花瓣的色彩组成，但归根结底，令那些杂色的条纹成形的还是自然力量。

波力克希尼斯所表达的是一种"合理的人文主义观点"[1]。从某种角度看,这一论点也是合乎逻辑的。毕竟,人类本身便是自然的产物。人类使用的工具材料若是分解到最小单位,也都是自然的产物。若这般解释"人工"和"艺术"的话,那么所有的人工、艺术产物,追本溯源都是天工、自然的产物,或者说是自然改造自然的产物。亚里士多德便论证过,我们所说的艺术改善自然,其实就是自然自我改善:"医生自己给自己治病,自然就像这样。"[2]实际上,在"艺术与自然孰高"这场古老的辩论中,虽然人们往往按照传统认知习惯,承认人工产物与自然产物之间具有差别,不能被看作完全一致的事物,但与此同时,不少思想家也都认为两者是不可分割的。锡德尼便在《为诗辩护》中写道:"没有一种人类技艺不是以大自然的作品为其主要对象的。没有大自然,它们就不存在,而它们是如此依靠它,以至它们似乎是大自然所要演出的戏剧的演员。"[3]柏拉图也在《法律篇》中有过类似表述。简而言之,人工艺术依赖自然,并因此归属于自然。[4]

波力克希尼斯"艺术即自然"的论点,与潘狄塔的"艺术有害说"一样,在《冬天的故事》中有详尽的铺陈展开,这一次是在剧末的"雕塑苏醒"一幕中。如前文所讨论的,此场实际上并不涉及真正的雕塑。因此,与其说这是一场展示艺术化为自然的戏,不如说它展示了自然如何借艺术的形式改善自然。里昂提斯最终获得救赎的形式,不是石头奇迹般地获得了生命,幻化成他的妻子,而是

---

1   Northrop Frye, "Recognition in *The Winter's Tale*", p. 241.

2   Aristotle, *Physics*, *The Basic Works of Aristotle*, ed. Richard McKeon, New York: Random House, p. 251.

3   Philip Sidney, *The Defence of Poesy*, pp. 215 – 216.

4   See John Pitcher, "Introduction", p. 54.

活生生的赫米温妮摆出雕塑的样子，并在听到他的忏悔后伸手"搂住了他的头颈"(5.3.113)。毫不夸张地说，在赫米温妮的"雕塑"问题上，艺术的确就是自然。

在第四幕的辩论中，波力克希尼斯用一个园艺的例子进一步阐明"人工就是天工"到底是什么意思。他向潘狄塔解释道，人工/艺术不是伤害自然的手段，而是自然自我修复、自我提高的方法："你瞧，好姑娘，我们常把一枝良种的嫩枝接在野树上，使低劣的植物和优良的交配而感孕，但那种艺术本身正是出于自然。"(4.4.92–97)对于这段分析，潘狄塔也只能回答"您说得对"(4.4.97)，虽然她依然坚决不肯在自己的花园里种石竹。不少学者指出，波力克希尼斯没能劝服潘狄塔，这丝毫不令人意外，因为从他后来对自己的儿子弗罗利泽王子——可谓"良种的嫩枝"——与牧羊女潘狄塔这棵"野树"联姻的强烈反对来看，他并不相信自己的分析。学者们大多认为，这颇具讽刺性的局面削弱了他为人工/艺术的辩护。但严格说来，波力克希尼斯反对弗罗利泽娶潘狄塔，只能说明他言行不一。他那两个论点（艺术即自然，艺术可改善自然）的有效性（或无效性）并不受其本人行为的影响。

尽管波力克希尼斯没有用自己的行为支持自己的论点，但"艺术可改善自然"这一点仍在剧中最后一幕得到了佐证。除了伪装成艺术、实则为自然的赫米温妮"雕塑"外，这场戏中还存在着其他更不折不扣的人造艺术形式：戏剧和音乐。宝丽娜并没有选择简单地告知里昂提斯一行赫米温妮一直活着，或者简单地让赫米温妮一开始就以"人"的状态迎接众人，而是将家族的团聚设计成了剧院演出，其中舞台帷幕、情节悬念、背景音乐一应俱全，她自己则担任剧情解说，一步一步将观众引向戏剧高潮，一切真相大白。对于自己为何选择这样做,宝丽娜的解释是"要是告诉你们她还活着,那一定会被你们斥为无稽之谈"(5.2.117 - 119)。换言之,通过将自然置于艺术的框架之下,能提高关于自然的不可思议真相的可信度,使其后围绕这一真相的交流成为可能。

但宝丽娜排演戏剧的作用,不仅仅在于帮助自然讲好它那个令人难以置信的故事:她以戏剧的形式模拟了一个奇迹,通过这个方式让台上目睹这一切的观众认识到"你们必须唤醒你们的信仰(faith)"(5.3.94 - 96)——不仅仅是对奇迹的信仰,对天道正义的信仰,还有对自身以外的另一个人的信任(在英文中亦是"faith"),例如在目前的情况下,信任宝丽娜有能力令石头获得生命。这三重"信仰"是对台上台下的观众,尤其是对里昂提斯的提醒,提醒他们如果对上天没有信仰、对身边的人没有信任,是有可能招致毁灭性后果的。里昂提斯十六年前的例子就充分证明了这一点:他对自己的妻子、朋友、政治顾问,甚至阿波罗神谕缺乏信任与信仰,结果令子女、妻子、忠臣(及他们的家庭)、王国,乃至自己都付出了沉重的代价。如今他有机会与幸存的家庭成员团聚,须借此机会提醒他,此后不可再如十六年前那般心胸狭隘、怀疑猜忌。戏剧场面一步一步引起观者的期待、震惊、悔恨、重生的期待,以及最后的惊叹与狂喜,"为人处世,须有信仰"这番教诲便被深深镌刻在观者的脑海中。如果赫米温妮仍在世的消息只是简单报告给里昂提斯,或者是在未有如此精心铺垫的情况下让他直接与赫米温妮见面,这一事件未必能对里昂提斯有如此强烈的冲击。因此,艺术在帮助自然展示自己奇迹的同时,也在改善自然——在《冬天的故事》这个例子里,它改善的是里昂提斯怀疑猜忌、缺乏信仰的天性。

除了提醒台上台下的观众要对天道公正、对奇迹、对其他人有信仰与信任外，莎士比亚借宝丽娜之口要求台上的观众唤醒信仰之时，或许也在恳请台下的观众唤醒另一种信任/信仰：对艺术的信仰。如果说前三幕中，里昂提斯的猜忌展现出的是一种误入歧途的创作活动，那么通过"雕塑苏醒"这一幕，莎士比亚则展示了一场既源于自然又高于自然的艺术活动。在《冬天的故事》中，团聚、复位、和解、启示等这些莎士比亚晚期戏剧的标志性收场方式，是直接通过宝丽娜的"艺术创作"——一种具象艺术与表演艺术的结合——而达到的。"雕塑苏醒"这一场将艺术置于舞台中心的戏，不仅将全剧从前三幕的悲剧气氛中完全解放出来，也令它脱离了前一幕剪羊毛节中质朴快活的基调，升华到了一种庄重崇高、感人至深的高度。

因此，潘狄塔和波力克希尼斯关于自然与艺术的辩论，实际上延伸到了第四幕第四场关于斑石竹的那三十行台词之外，并贯穿全剧。不管是潘狄塔还是波力克希尼斯的观点，都有相应的剧中事件可做充分佐证和支持。

这样看来，就像他在《辛白林》中用"平衡处理"对待似乎有时事指涉性质的元素一样，在这里，莎士比亚似乎也想在"艺术对自然"这个传统的人文主义辩题上做到不偏不倚。但实际上，《冬天的故事》中对艺术作用的呈现最终是偏向艺术有益这一边的。毕竟，从"战略位置"来说，"雕塑苏醒"一幕放在了全剧的末尾。因此，由它所营造的肃穆又欣喜的气氛，给刚看完演出的观众留下的应是最清晰的记忆——这应该正是剧作家希望获得的效果。

帮助天平向艺术力量倾斜的，除了将"雕塑苏醒"这天赐神迹般的一幕特意安排在剧末以外，还有这场戏与展示艺术力量的几个古典故事的种种关联。通过安排赫米温妮以塑像获得生命的方式回到丈夫身边,莎士比亚用戏剧方式复现了奥维德关于皮格马利翁(Pygmalion)的故事,后者的的确确经历了雕像获得生命的奇迹。皮格马利翁的故事本身展开阐述了"奥维德最喜欢的一个话题:艺术的力量与自然平分秋色,甚至更胜于自然"[1]。在奥维德的笔下,皮格马利翁"运用绝技,用一块雪白的象牙,刻成了一座雕像,姿容绝世,绝非肉体凡胎的女子可以媲美"(X, 299 - 301)[2]。而这尊雕像,让原本"看到女子的生性中竟有这许多缺陷,因而感到厌恶"的皮格马利翁心中燃起了熊熊的爱火——艺术胜过了自然。同时,与《冬天的故事》中的最后一幕相似,奥维德的故事也强调了信仰、信任的重要性。皮格马利翁"对维纳斯的信仰(faith in Venus)"[3]可谓是其艺术作品能获得生命的关键。若他未去爱神的神坛上献祭,未向她祈求"把一个像我那象牙姑娘的女子许配给我吧"(X, 334),不管他的技艺有多么高超绝妙,他的雕塑作品都将只会是象牙。换言之,"对于伽拉忒亚(Galatea)的变形来说,皮格马利翁的技艺是必要的,但并不够,还需要祈祷"[4]。因此,如果说《冬天的故事》中最后一幕的寓意是艺术超越自然的正面力量,以及需要坚守信仰和信任的话,那么通过以"雕塑苏醒"的形式指涉皮格马利翁的故事,这一观点则得到了双倍的强化。

实际上,最后一幕寓意的表达获得的是三倍的强化。因为隐

---

1   E. J. Kenney, "Explanatory Notes", *Metamorphoses* by Ovid, trans. A. D. Melville, Oxford: Oxford University Press, 2008, p. 434.

2   所引的奥维德作品,章数及诗行数以牛津版《变形记》为准(见上一条脚注)。译文引自杨周翰译本(北京:人民文学出版社,1984 年),略有改动。人名、地名翻译未遵从杨周翰译本,而采用了目前的常见译法。

3   Scott F. Crider, "Weeping in the Upper World: The Orphic Frame in 5. 3 of *The Winter's Tale* and the Archive of Poetry", *Studies in Literary Imagination* 32 (1999), p. 153.

4   Ibid.

藏在"雕塑苏醒"场景背后的,不止皮格马利翁的故事,还有奥菲士(Orpheus)的故事。不应该忘记,在奥维德的《变形记》中,讲述皮格马利翁故事的,是罗多彼山脉的歌者(the Bard of Rhodope)奥菲士。和自己故事里的皮格马利翁一样,奥菲士的个人经历首先展示了高超艺术技艺的力量:

> 他一面弹着竖琴,一面唱着这样的歌,旁边那些无血无肉的鬼魂听了也都潸然泪下。坦塔罗斯(Tantalus)忘了追波逐浪;伊克西翁(Ixon)的轮子恍惚出神,不再转动;达那伊得斯姊妹(Danaids)放下了手里的水瓮;秃鹰停下了饕餮盛宴;西绪福斯(Sisyphus)也坐在他的石头上,全神贯注,一动不动。(X,48-53)

他的歌声不仅能让受折磨的人忘掉自己的痛苦,而且感动了冥府的诸神,答应让他领回欧律狄刻(Eurydice):"复仇女神(the Furies)也被他的音乐感动,脸上第一次流下湿泪。统治下界的王和王后也不忍拒绝他的请求了。"(X,55-57)就像在皮格马利翁的故事中一样,诗人的艺术胜过了自然,令失去生命的人有了复生的可能。

然而,不同于皮格马利翁的故事,奥菲士与欧律狄刻的故事是以悲剧收场的:奥菲士未能遵守与冥府的约定(在走出冥府前不回头看欧律狄刻),回头望了望妻子,欧律狄刻便立即又被冥府吞噬,这次再无复生可能。奥菲士与皮格马利翁命运如此不同,一个很大的原因在于前者对冥府众神并不具备足够的信任,他忍不住要回头看,以确认欧律狄刻已被放行。因此,奥菲士在冥府的经历歌颂了艺术的力量，但与此同时，奥菲士的悲剧从反面强调了信仰的重要性。艺术可以模仿、改善自然，但想要真正达到这个效果，亦需要信念和信赖。

皮格马利翁的故事，是奥菲士在又一次失去妻子后讲的。奥菲士在皮格马利翁的故事里让后者实现了愿望，获得了一个妻子。或可说，这是他在给自己的悲剧重新构建一个结局。更重要的是，通过讲述一个与自己一样技艺高超，但不像自己这般对神祇没有足够信仰的艺术家的故事，他对自己的经历进行了反思、总结。简而言之，他正在通过艺术——这次是叙事诗歌——教育自己。从这个角度来看，在奥维德的《变形记》中，奥菲士在冥府的经历展示了艺术的力量，并提醒读者，只有在具有信仰和信任的情况下，那力量才能够维持，而他伤心地回到罗多彼、讲起皮格马利翁的故事这一幕，则展示了艺术家如何借助艺术的形式理解自然，甚或因此改善自然。

《冬天的故事》的最后一幕，通过指涉皮格马利翁和奥菲士的故事，从实效上说，为波力克希尼斯在"艺术对自然"之辩中的立场提供了三重支持：奥菲士所讲的关于皮格马利翁的故事，奥维德所讲的关于奥菲士的故事，以及莎士比亚自己所讲的关于里昂提斯与赫米温妮的故事。同样地，当宝丽娜要求观众唤醒信仰时，她并不仅是在对台上的观众，也是在向台下的观众转达皮格马利翁、奥菲士、奥维德及莎士比亚的恳请，请观众/读者唤醒对艺术与爱的信仰和信赖。

五

最后一幕对奥菲士诗歌的指涉、赫米温妮以剧中剧的形式"复活"，以及莎士比亚本人是剧作家这些事实，令人不禁猜想，"雕塑苏醒"一幕呼吁要对艺术有信任，虽然这里的"艺术"可以是任何形式的艺术，但或许尤其指各种叙事艺术，特别是集诗歌、故事、动作和音乐于一体的戏剧艺术。细查剧中的戏剧安排，似乎也能为此观点找到一些证据：除去设计以剧中剧形式解决各类矛盾的结局外，在全剧中，莎士比亚似乎一直在将说故事或吟诗的举动作为困苦时分（特别是为台下观众）提供慰藉的方式。

第一个例子出现在第二幕伊始，迈密勒斯在给女眷们说冬天的故事。在这幸福的家庭场景之前，剧情基调一直被里昂提斯莫名的猜忌所笼罩。尽管迈密勒斯说故事的这个场景极为短暂，但它依然能够暂时缓解场中的紧张气氛。同时，它也是第三幕结束前，观众所能感受到的最后一丝明快气氛。

最终冲破第三幕阴云的，是奥托里古斯的歌谣。在狂风暴雨、恶熊杀人之后，"时间"的引言令观众跳过十六年，奥托里古斯上场，唱着关于黄水仙和春天的歌谣，紧接着便向小丑吹嘘自己，讲起故事来。剪羊毛节上，他又出现在老牧羊人那里，兜售他刻印的山歌，而这些歌谣的内容同迈密勒斯（以及莎士比亚自己）的冬天的故事一样，是不可思议的："这儿是一支调子很悲伤的山歌，里面讲一个放债人的老婆一胎生下二十只钱袋来，她尽想吃蛇头和煮烂的虾蟆。"(4. 4. 253 - 255)尽管作为一个角色，奥托里古斯对剧情的推动并无作用（如前文所述，没有他，故事情节照样正常发展),但他与他的歌谣在剧中仍然具有重要的功能:将剧本从前半部分的悲剧转向后半部分的喜剧。

　　第四幕虽然整体基调欢乐活泼,但其中也有不和谐的声音,那便是乔装打扮的波力克希尼斯亮出身份,禁止弗罗利泽娶潘狄塔,并威胁要对后者施以严惩,其暴虐、残忍的程度并不逊于十六年前的里昂提斯。当然,这一危机最终得以解除:在西西里的王庭中,一切真相大白,牧羊女潘狄塔实际上是西西里流落在外的公主。这段关键的内容,莎士比亚没有选择以舞台直接敷衍的形式呈现,而是以宫中侍从转述的方式告知观众/读者。换言之,对于观众/读者来说,第四幕危机解决的呈现形式,依然是故事叙述。

　　全剧主要矛盾的最终解决(在前文中已有详述)是以剧中剧的形式呈现的。值得指出的是,就像在《配力克里斯》中一样,全剧结束时,人物台词指向了剧中世界故事叙述行为的继续。《冬天的故事》全剧随着里昂提斯的台词落幕:"好宝丽娜,给我们带路;一路上我们可以互相畅叙这许多年来的契阔。快,请带路。"(5.3.152-156)因此,故事和诗歌不仅在剧情内一直保持着正面的力量,而且延伸至两小时的剧情之外。

　　《冬天的故事》中,以故事叙述行为调节气氛、扭转形势的做法,很容易令人想起莎士比亚之前创作的两部晚期戏剧《配力克里斯》与《辛白林》。在那两部剧中,故事叙述,或者说通过语言进行的信息交换,同样被推至舞台中心,最终成为剧末所有冲突和矛盾的化解方式。不过,《冬天的故事》又与前两部剧有一点不同:在这部剧中,悲剧并不因语言交流而起。配力克里斯的苦难由安提奥克斯女儿的谜语而起,并因狄奥妮莎关于玛丽娜命运的谎言而加深,伊慕贞与波塞摩斯则都为阿埃基摩对对方行为的描述所欺骗。

但《冬天的故事》中,里昂提斯对妻子的猜忌并非由第三方言语提供的虚假信息所引发,也许是他捕风捉影听到了一些对话,或者是看到了某种眼神、某种动作,或许根本没有任何诱因。关键在于,在《冬天的故事》中,并无因利益冲突而有意破坏的欺诈者来讲述扭曲事实的故事。剧中唯一与阿埃基摩或者狄奥妮莎有相似之处的,或许就只有奥托里古斯了,他骗小丑说自己身世凄惨,让后者对他产生了深深的同情。尽管他的故事叙述行为是不道德的,但其内心并不邪恶。并且,如前面所分析过的,他的歌谣有转换剧情气氛、将之从悲剧引向喜剧的重要作用。因此,在这部剧中,言语的有害一面始终受到抑制,未被充分释放。《冬天的故事》中,故事与荒唐或奇迹是联系在一起的,但与罪恶并无关系。

跳出内部情节,从元戏剧的角度看《冬天的故事》这部戏,可发现其本身就是一个由剧作家和演员共同讲述的故事。莎士比亚不断提醒观众/读者他们所目睹的事件之“人为性质(artificiality)”,令他们始终意识到自己是在观剧。而这造成了观众观剧体验的某种内部矛盾感:一方面,剧本所采用的传奇剧题材要求观众“主动搁置怀疑(willing suspension of disbelief)”[1],接受剧本世界的内部逻辑,全身心投入其中;而另一方面,莎士比亚又不断通过细节提醒观众眼前一切的虚构性,强调现实与想象之间的分界线,使得观众无法彻底释放自己的想象,沉浸在戏剧世界之中。换言之,剧作家为观众/读者提供了一个替代性世界体系(或许也可说是一种更好的世界体系,这里的天道公正是必然的),但与此同时又阻止他们完全沉浸于这个体系中,以避免重蹈里昂提斯因现实感迷失

---

1 Geoffrey Bullough, *Narrative and Dramatic Sources of Shakespeare*, Vol. 8, London: Routledge & Kegan Paul, 1975, p. 155.

而用想象替代现实之覆辙。

　　莎士比亚在《冬天的故事》中彰显艺术/人工痕迹的做法，从某种角度看，可谓是对潘狄塔——以及琼生——关于"艺术令自然胆寒"的担忧的一种解决方式。潘狄塔担心的是，人工敢于自诩具有和自然一般的造物力，最终可能会导致它无法认清自己相对于自然的从属地位，因而随心所欲改造自然，最终毁灭自然。但像《冬天的故事》这样的"人工产物"，充分自知并充分渲染自己的人工艺术本质，实际上明确了艺术与自然间若有若无的界限，令创作者及欣赏者难以混淆想象与现实。或可说，观众/读者欣赏《冬天的故事》的经历，与失去欧律狄刻后给自己唱皮格马利翁故事的奥菲士颇为相似。奥菲士既清楚地明白自己实际上永远失去了欧律狄刻，又通过窥视一个更理想化，但明显是想象的构建，来获得一些慰藉，并反思自己的作为。与之平行的是台下的观众，他们不断被提醒《冬天的故事》并不反映现实，但偏从这理想的、传奇的故事中获得愉悦感，或许还会意识到唤醒信仰的重要性。到头来，一个不现实的故事能够帮助生活在现实中的人们更加明白现实。换言之，这个关于虚构故事之作用的虚构故事，并不会令自然胆寒，反而让人更易于理解自然。

　　如果说奥菲士用以慰藉并教育人心的艺术媒介是诗歌，那么莎士比亚的则是戏剧。《冬天的故事》中，通过将故事叙述行为设计为揭示和升华现实的主要手段，莎士比亚既继承又发展了锡德尼在《为诗辩护》中关于诗歌艺术——用现代的术语说应该是文学艺术——是至高无上的人类活动形式的观点。对于锡德尼来说，诗人（即文学家）同其他学者、艺术家不同，因为他们不为自然所束缚，而是"造出比自然所产生的更好、更新的事物……从效果上说，上升成为另一种自然"[1]。这种由诗人创造的第二自然,实际上比原本的自然更好,"(自然)的世界是粗铜的,只有诗人才给予我们黄金的"[2]。诗人所创造的黄金世界之优势,主要在于它能够寓教于乐,令人在愉悦中受到教育。就莎士比亚而言,他通过宝丽娜成功的戏中戏,以及剧情世界外自己的戏剧构建,主张当代剧作家(在锡德尼的作品中,他们是被排除在诗人行列之外的)也应有这样至高的艺术地位。与锡德尼笔下的诗人一样,他们也可以"不屑为这种(对自然的)服从所束缚,为自己的创新气魄所鼓舞"[3](他们尽可以给地处内陆的波西米亚加上一道海岸线,十六年间在国王的眼皮下将王后藏得严严实实,或者让一个无子嗣的国王十六年不考虑迎娶新后),创造出一个高于粗铜现实世界的黄金世界:前者中,正义并不总能获得伸张,爱并不总能坚持到胜利,忏悔也并不一定能换来错失更正、冲突和解,而在后者中,这些最终都能实现。通过以《冬天的故事》给观众和未来的读者带去愉悦感,莎士比亚令他们将现实看得更清楚,并因此"教会"他们一种看待和体验现实的新方法。

同样,通过《冬天的故事》这部戏——以及其他晚期戏剧——的创作,剧作家也在暗示,诗人能够写进诗歌里的东西,剧作家也可以在舞台上进行有效、有益的呈现,包括频繁地改换地理场景,大步跨越时间鸿沟。毕竟,亚里士多德古典主义之所以反对无视三一律的做法,主要是因为担心时间和地理背景的跳跃会扰乱观众对情节的理解。但是,只要有清晰(而且往往是巧妙)的引导,对

1　Philip Sidney, *The Defence of Poesy*, p. 216.

2　Ibid.

3　Ibid.

于观众来说,理解情节并不会成为一个问题,西蒙·福尔曼关于
《冬天的故事》和《辛白林》的观后感便可证明这一点(他或许遗漏
了一些细节,但他的情节总结基本上是清晰正确的)。因此,锡德
尼在当时戏剧中发现的这些所谓"错误"的戏剧构建法,以精心处
理的方式呈现,对于莎士比亚来说,实际上创造了无限的戏剧可
能。这样的戏剧,由于时间、空间之宽广,情节便不再如亚里士多
德所说只是对一个"行动"的模仿,而是成为对人类生命的模仿,后
者从某种角度来看,也就是一整个在时间和地理层面绵延不绝的
行动。不仅如此,亚里士多德本人曾经指出过:"自然限度就长度
而论,情节只要有条不紊,则越长越美,规模本身就是它美的一个
原因。"[1]莎士比亚娴熟的编剧术能够保证情节的有条不紊,使他
能够将锡德尼自己认为在《阿卡迪亚》中以散文叙事形式表述无碍
的内容(出身高贵的王子与低贱的牧人、半人半羊的农牧神共舞,
猛兽不知从哪里突然扑出,延续不止一代人的爱情故事)一样成功
地搬上舞台,既激发观众的想象,又有效地遏制它漫无边际地发
散,因此既避免了亚里士多德和锡德尼担忧的观众对情节的理解
困难,又解决了潘狄塔和琼生对想象控制自然的恐惧。最终的结
果便是一部因无视古典三一律而成就其宏大规模、丰富内涵并因
此而"美"的戏剧。

如本章前文所述,莎士比亚将锡德尼鄙视的戏剧创作手法悉
数搬进《冬天的故事》,似乎是有意为之。其"意"之一在于,通过保
持叙事的非自然、非真实性,剧作家能够不断地令观众意识到,他

---

1 Aristotle, *Poetics*, 1451a, ed. and trans. Stephen Halliwell, Cambridge, Massachusetts:
Harvard University Pres, 1995, p. 57. 翻译参考罗念生译本(亚里士多德,《诗学》,罗念生
译,北京:人民文学出版社,1962 年),略有改动。

们与台上的观众一样，正参与一系列的故事叙述行为，从中既能获得愉悦，又能得到教诲。更重要的一个"意"在于，全剧表达出关于艺术与自然的一个看法，即只要前者自知，看清并令别人看清艺术有别于自然之处，那么它也许更能帮助人类了解自然，而非对自然有害。

　　或许，莎士比亚也在借《冬天的故事》就琼生对自己作品的批评做出反应——不过应该不是针对"令自然胆寒"那一句，因为那要到《暴风雨》上演之后才会出现。不过，自1600年左右起，琼生就一直在批评莎士比亚无视三一律，"投大众所好，并因此毁了大众口味"[1]。学界一般认为，将三一律遵守到极致的《暴风雨》是莎士比亚对琼生讥讽自己不懂古典戏剧创作原则的反驳。而在笔者看来，《冬天的故事》或许也是一种类似的反驳。莎士比亚通过不断指涉锡德尼——琼生的古典主义前辈——的诗论，证明剧本是出于他有目的的选择而非无知才"少了点艺术规范和技巧"。更重要的是，他为传奇剧这种显然非写实的戏剧形式做了辩护，证明在反映和交流现实与自然真理方面，它可以一样有效。考虑到直至今日，莎士比亚不讲规则、满是"缺点"的传奇剧仍大受欢迎，而琼生严守规则的喜剧相对受人忽视，似乎可以得出结论：莎士比亚这位信奉新古典主义的同行在预言自然对这些晚期传奇剧艺术的反应时大错特错，而在评价他能彻底左右大众口味时又极有见地。

1　John Pitcher, "Introduction", p. 60.

第八章

《两个贵族亲戚》:旧典与新篇

一

　　《两个贵族亲戚》开篇第一个词组是"新戏(new plays)"
(Prologue 1)。然而乍看之下,这部剧非但不新,而且相当古旧。
首先,它的情节所表达出的主旨似乎是古老的"友谊伦理"这个话
题,不仅莎士比亚之前的无数作家以各种艺术形式进行过详尽的
讨论和解读,莎士比亚本人也在早期中期的许多作品中多有演绎,
其中还包括与这部剧作标题很相似的他已知最早的剧作《维洛纳
二绅士》。不止如此,这古老的主题是通过一个几乎同样古老、令
当时的人倍感熟悉的故事阐述的,这便是薄伽丘和乔叟都以叙事
诗的形式讲述过的底比斯两位贵族亲戚巴拉蒙与阿奇特的故事。
乔叟关于这两位贵族的诗作,即《坎特伯雷故事》中的第一个故事
《骑士的故事》,也是莎士比亚与弗莱彻合作的《两个贵族亲戚》的
蓝本。由于《骑士的故事》在文艺复兴时期的英格兰已属"文学正

典(canonical piece)","是乔叟最为家喻户晓的诗篇之一"[1],莎士比亚最初的观众看戏之前就熟知此剧情节应是常态,而非例外。而且,这部戏在开场白中还特意申明自己蓝本的作者是谁,承认乔叟是这故事"高尚的作者"(Prologue 10)[这在文艺复兴时期的戏剧中极为罕见,莎士比亚在整个职业生涯中也只是第二次这样做(上一次是《配力克里斯》里的高尔)],也承认了这个故事的确古旧。

但《两个贵族亲戚》之"古",还不仅仅在于它是建立在一首中世纪叙事诗之上。在此剧中,可听到大量莎士比亚早期戏剧的回响。它没有追随《亨利八世》的创作步伐,进一步疏离传奇题材,而似乎跟随其"中世纪故事来源、伪古典希腊的历史背景,以及对场面和仪式的强调"[2],又回归《配力克里斯》《暴风雨》的题材模式。类似地,从剧内细节安排的角度看,这部剧中,特别是被认定为弗莱彻负责撰写的部分里,不断有情节指涉莎士比亚的早期作品。

为这些古旧元素再添一分古旧之意的,是莎士比亚所撰写的那一部分的语言风格。在这里,诗歌往往令人感觉停滞不前,"不怎么反映行动,人物性格塑造也是少之又少"[3],因此创造出的更像是二维画面,而不是三维的表演。这样的语言,也让有些评论家认为其中蕴含"疲倦",用的都是"老年人会用的意象",是"年老的风格",是"已经充分体验人生、旅程将止之人"[4]的语言。用这种

1 Misha Teramura, "The Anxiety of *Auctoritas*: Chaucer and *The Two Noble Kinsmen*", *Shakespeare Quarterly* 63 (2012), p. 557.

2 Walter Cohen, "*The Two Noble Kinsmen*", p. 3204.

3 Harold Bloom, *Shakespeare: The Invention of the Human*, London: Fourth Estate, 1999, p. 694.

4 Theodore Spencer, "*The Two Noble Kinsmen*", *Modern Philology* 36 (1939), p. 264.

语言写成的戏剧"又回到了它的起点,再一次成为仪式祭典"[1]。

一言以蔽之:在《两个贵族亲戚》中,剧作家们选择了一个陈旧的主题、一段陈旧的故事情节、一套陈旧的戏剧手法和模式,以及——至少在年长的那位剧作家那里——一种听上去陈旧的专属年迈之人的语言风格。

然而,仔细读《两个贵族亲戚》便能发现,其"陈旧"恰是其"推新"的前提,因为这是一部刻意将自己置于各类"成规(established forms)"之中,从内部揭露和批评墨守成规之害,以打破成规之束缚的新剧。从情节发展的层面说,这一版对两个贵族亲戚冲突的演绎,不仅是要再次演绎"友情伦理"这个古老的主题,更是借此质疑以成规作为个人行为准则的合理性和可行性。而此剧常为学者所诟病的导致行动刻画和人物塑造扁平化的语言风格[年长的莎士比亚"凝滞的(static)"诗歌,年轻的弗莱彻华丽矫饰的(declamatory)修辞],正是构建和呈现这一质疑的手段中不可或缺的一环。不仅如此,与剧内情节对成规权威的质疑平行呈现的,是剧本作为一个整体展现出的对于其创作蓝本乔叟诗作的态度。尽管剧作家们在开场白中摆出了谦卑的姿态,怕自己"保不住(原诗的)高贵品质"(Prologue 15),但在剧中常常以微妙又大胆的方式在关键点上与《骑士的故事》中的安排南辕北辙,使得最终的改编本与原作在基调和价值观上大相径庭,完全可以被认为与乔叟的原作形成对抗之势。值得注意的是,《两个贵族亲戚》不仅是在挑战《骑士的故事》本身,也在挑战对它的既定解读传统:《两个贵族亲戚》创作和上演之前,对这首叙事诗的解读无一例外地将它看

---

1 Theodore Spencer, *"The Two Noble Kinsmen"*, p. 263.

作一个"高贵高尚的故事(noble tale)","根本无人考虑过乔叟是否也在借它表达某种颠覆性或者争议性观点"。[1] 同时,尽管从表面上看,它依然拥有各种传奇剧"迷因",与前几部传奇剧的剧情结构也相似,但这些对乔叟原作的改动,标志着此剧开始脱离莎士比亚晚期传奇剧的创作模式和价值体系。综合其情节发展、语言风格、细节设计来看,《两个贵族亲戚》确如其作者在开场白第一句中所称,是一场不折不扣的"新戏"。

二

《两个贵族亲戚》在正剧第一幕伊始,便点明了此剧主旨之一是探讨、剖析并打破成规权威。开场白甫一结束,正剧就以一支华丽的婚庆队伍开场,白袍男童边歌唱边撒花开道,后随手持火炬的婚姻之神许门(Hymen)、头戴麦穗花环的山林水泽仙女,以及各路随从,吹管奏弦(1.1舞台指示),彰显了诸如仪式这样的成规在戏剧表演中的核心地位。这样的安排颇有深意,因为尽管宏大的仪式在莎士比亚晚期戏剧中并不少见,但"在其他任何剧中,都没有过仪式场面(spectacle)抢在对白前出现的安排"[2]。这样的开场预示着,这部剧中所呈现的世界将充斥着各种仪式和定式行为,但与此同时"打破规制"将是常态。

实际上第一幕第一场中,婚礼队伍登台后没多久,而且依然是在任何对白出现前,舞台上便出现了另一支队伍:三位服丧的王后

---

1 Peter C. Herman, "'Is this Winning?': Prince Henry's Death and the Problem of Chivalry in *The Two Noble Kinsmen*", *South Atlantic Review* 62 (1997), p. 1.

2 A. Lynne Magnusson, "The Collapse of Shakespeare's High Style in *The Two Noble Kinsmen*", *English Studies in Canada* 13 (1987), p. 376.

戴深色面纱登场,跪倒在忒修斯一行脚下。舞台上两支雍容华贵
的"仪仗队"对峙带来的视觉冲击告诉观众,这部剧不仅仅内含大
量成规场景,更重要的是,它的主题便是关于这些成规的。三位王
后要求忒修斯带兵征讨禁止她们安葬亡夫的底比斯国王克瑞翁,
以维护她们的权利,为此她们悍然阻拦了忒修斯的婚礼仪式。忒
修斯的婚礼是全剧中一长串被打断的仪式中的第一个,其他类似
的情况还包括巴拉蒙与阿奇特在第三幕中的决斗、阿奇特比武胜
利后的游行,以及巴拉蒙的死刑。如果将"仪式、典礼(rituals and
ceremonies)"的定义略微拓宽些,将任何按照既定形式和步骤进
行,因此对行为有所约束的动作程序都纳入其中,再考虑到剧中某
些人物极为正式、矫饰的言语风格,那么这一系列被打断的仪式
中,便还可以包括第二幕第一场巴拉蒙与阿奇特狱中的友情誓约、
阿奇特的被释放出狱、巴拉蒙的越狱,甚至可以算上伊米莉娅不结
婚的决心。因此,从第一幕的第一场起,直至最后一幕的最后一
场,成规、仪式、典礼等定式活动在剧中一直不停地被打断。

　　第一幕第一场除了开启一系列被打断的定式活动外,也确立
了成规与恪守成规在剧中人物生活中的核心地位。不管是王后的
要求,还是忒修斯一开始对满足她们要求的犹豫,都源于他们对礼
不可废、形式程序必须坚持的执念。王后们要求忒修斯"把我们故
王的遗骸归还我们,我们好把它们安葬"(1.1.44-45)。而同王后
一样,忒修斯也坚持社会成规要遵守。他认为自己正要赶赴的"神
圣仪式"是"我们人生的大行动","比任何战争都要伟大"(1.1.
130,163,170-171)。与此同时他也承认,听闻克瑞翁禁止安葬
死者时,他觉得"心烦意乱"(1.1.76),并保证婚礼一完成,便前往
底比斯将"你们的故君安葬"(1.1148)。然而,这样的承诺并不能

让王后们满意。

第一幕第一场中忒修斯与王后们之间的这段矛盾，往往被学者们解读为职责与肉欲之间的冲突[1]——实际上，在剧情中，王后们也是将忒修斯的犹豫理解为难以抵制肉欲的诱惑，并成功令忒修斯自己也这般认为。但考虑到全剧唯有副情节线中监狱看守的女儿算得上表现出了性欲，这种矛盾更可能源于对两套不同成规的坚守。就王后与忒修斯双方而言，一方面社会成规要求为死者办葬礼，另一方面它亦规定应完成婚礼。与此同时，就忒修斯本人来说，作为一邦之主，他理应匡扶正义，去讨伐底比斯，维护王后们安葬亡夫遗骸的权利；而作为新郎，他则应该继续向婚礼现场行进，与希波吕忒完婚。这两者分属骑士行为规范（the code of chivalric behaviour）的不同方面，或者用忒修斯自己的话说，都是具有"人的称号（human title）"（1. 1. 232）的表现形式，从本质上说并无对错之分，因此令以骑士行为准则为行动之纲的忒修斯左右为难。换言之，忒修斯之所以难以在两者之间做出选择，是因为婚礼和葬礼从社会制度层面讲都是需要遵守的成规，不论选择哪一个，都意味着必须破坏——至少未能维护——另一个。

忒修斯最终被王后们和自家的女眷一起说服，先去料理诸王的葬礼。女士们最终能劝服他，是因为她们开始用他自己及他家族的名誉问题"威胁"他。王后们提醒他要记得，自己的"令名如洪钟鸣响在世人耳中"（1. 1. 134），而他有义务"保持很好的口碑"

---

[1]　See Richard Hillman, "Shakespeare's Romantic Innocents and the Misappropriation of the Romance Past: The Case of *The Two Noble Kinsmen*", *Shakespeare Survey* 43（1991）, p. 72; Walter Cohen, "*The Two Noble Kinsmen*", p. 3203; Lois Potter, "Introduction", *The Two Noble Kinsmen*（Arden 3rd Series）by John Fletcher and William Shakespeare, ed. Lois Potter, London: Methuen Drama, 1997, p. 2; Robert Stretter, "Animity and Tragic Desire in *The Two Noble Kinsmen*", *English Literary Renaissance* 47. 2（2017）, p. 293.

(1. 1. 225)。希波吕忒则从自己声誉的角度给他增加压力：如果
他坚持先完成婚礼，那么"我就会身受天下所有女士的谴责"
(1. 1. 190 - 191)。同样地，伊米莉娅发誓："如果你不以同样的态
度接受（我姐姐的祈求），从此以后我……也没有勇气去找一个丈
夫了。"(1. 1. 199 - 200，202 - 204)伊米莉娅宣布自己将拒绝婚姻
（在忒修斯治下的雅典，婚姻是一种社会成规/制度，是大多数达到
一定年龄的女子被默认应该具有的生存状态），实际上是在宣布自
己要藐视社会成规，而可以想象，在剧中的社会里，这一举动应该
不仅会损害她自己的名誉，也会连累和她有姻亲关系的忒修斯。
这一系列会使自己失去"人的称号"的事情，最终迫使忒修斯做出
让步，答应先去底比斯。

　　故事情节发展至此，已经充分反映出，在剧中的雅典和底比斯
社会，人们的行动为成规所左右，而他们也珍视并积极打造和维护
自己恪守成规的形象。当然了，形式、规矩及形象直到今天也仍然
是人类社会生活的必要组成部分，而史学家则告诉我们，在"16 世
纪，它们是生活的基础，不容轻视"[1]。但王后们与忒修斯在第一
幕第一场中的冲突所起到的作用，不仅是举起一把明镜映照自然，
反映出文艺复兴时期的部分现实。实际上，"自然感"并不是《两个
贵族亲戚》急于营造和表现的。恰恰相反，细读王后们祈求时所用
的语言，便能发现剧中人物对于定式成规的遵守，或者说对他们理
解中某具体场合对自己行为模式要求的遵守已达到了一种极不自
然的程度。

　　王后们的语言和动作呈现出的，是一种角色扮演的状态，但对

1　Roland Mushat Frye, *The Renaissance Hamlet: Issues and Responses in 1600*, Princeton:
Princeton University Press, 1984, p. 144.

自己塑造的角色并无过多情感投入。她们分析出，目前的场合要求的是庄严郑重的语言和行为，便用一种"古怪的程式化的（语言）"来与人对话，"既怪异，又过分绚丽"。[1] 王后乙对希波吕忒的请求便充分展示了这种不自然的风格：

> Honoured Hippolyta,
>
> Most dreaded Amazonian, that hast slain
>
> The scythe-tusked boar, that with thy arm, as strong
>
> As it is white, was near to make the male
>
> To thy sex captive, but that this, thy lord—
>
> Born to uphold creation in the honour
>
> First nature styled it in—shrunk thee into
>
> The bound thou was o'erflowing, at once subduing
>
> Thy force and thy affection; soldieress,
>
> That equally canst poise sternness with pity,
>
> Whom now I know hast much more power on him
>
> Than ever he had on thee, who ow'st his strength,
>
> And his love too, who is a servant for
>
> The tenor of thy speech; dear glass of ladies,
>
> Bid him that we, whom flaming war doth scorch,
>
> Under the shadow of his sword may cool us.
>
> Require him he advance it o'er our heads.
>
> Speak't in a woman's key, like such a woman

1　A. Lynne Magnusson, "The Collapse of Shakespeare's High Style in *The Two Noble Kinsmen*", p. 377.

As any of us three. Weep ere you fail.

Lend us a knee：

But touch the ground for us no longer time

Than a dove's motion when the head's plucked off.

Tell him，if he i'th'blood-sized field lay swoll'n，

Showing the sun his teech，grinning at the moon，

What you would do. (1. 1. 77 – 101) [1]

（尊敬的希波吕忒，最令人恐惧的阿玛宗族女战士，你杀死了獠牙如镰刀的野猪，你以又白又壮的手臂几乎使男性成为你们女性的俘虏，但是这个男性，你的夫君，他生来就以天性最初赋予的夫纲维护伦常，却使你缩回到你正将冲决的鬐范以内，既压制了你的精力，又压制了你的性情；同样能以怜悯平衡严峻的女战士，我知道你对他有比他对你大得多的力量，你拥有他的膂力，还拥有他的爱情，他是对你无论说什么都忠实执行的奴仆；亲爱的淑女典型，请转告他，我们正为炽热的战火所烤灼，只有在他的利剑的阴影下才感到一点清凉。求他把他的庇荫伸向我们的头顶吧。请用一个女人的声调，像我们三个中任何一个这样的女人的声调说话吧。尽情痛哭，直到欲哭无泪。陪我们下一跪吧：不过膝盖点地的时间不能长过一只被撕断脑袋的鸽子的动作。告诉他，如果他在那处处凝血的战场躺着发胀，向太阳龇牙咧嘴，冲着月亮冷笑，你会怎么办。）

1　因为涉及语言风格分析，此处保留原文。下同。

这"奇异的(outlandish)"[1]一段以一句长达十行以上的惊人长句开始[2]。真正的请求本身("Bid him that...")被王后乙堆积起的以"that""who""whom"引导的子句，以及这些子句内部的枝蔓插入语(digressive parenthesis)不断延后，甚至当祈使句的主要动词"bid"终于出现后，主句出现之前，又插入了一个子句("we, whom flaming war doth scorch")。换言之，这一长段念白中充斥着各种衍溢、重复、省略、插入，而这一切似乎反映出言者的思想混乱，也符合听者对正经历丧夫之痛的人精神状态的预期。

然而，如果仔细看这一段，可以发现这一整段话有条不紊，完全处于言者的小心操控之下，其语法毫无错乱，语义结构完整，请求本身虽然迟迟不现，但提出时极为有力——其说服力就来自之前看似离题、关于希波吕忒对所有男性特别是忒修斯的吸引力的铺垫。从这个角度看，这一长段念白虽然看似累赘杂乱，但实际上是小心安排、精心组织的整体，被设计好在陈述过程中通过子句的堆砌不断累积感染力和逻辑性，在最后请求时彻底释放出所蓄积的力量与气势。面对这样的雄辩，希波吕忒只能被彻底征服："可怜的夫人，别再说了。我正要到他那儿去，欣然和你们一道。"(1. 1. 101 - 103)

这段念白句法结构之复杂，王后乙之善言，虽然在"向未来的公爵夫人提出诉求"这样的场合中显得十分合适，与此同时却也反

1　Russ McDonald, *Shakespeare's Late Style*, p. 154.

2　不同编辑对这一段念白的标点方式不完全相同，但这第一句话的跨行总是在十行以上。在此剧1634年首次出版的四开本及1679年收录它的博蒙特与弗莱彻全集第二对开本中，第一个句点出现在第十四行(点在"dear glass of ladies"前)。在现代版本中，比如牛津版《莎士比亚全集》(2005年第二版)、诺顿版《莎士比亚全集》(2008年第二版，正文中引文便引自此版)，以及亚登第三版(1997年)，第一句话跨了十六行。最极端的例子则来自1974年第一版河畔版《莎士比亚全集》，其中，这整段念白被处理成了一句话。

映出了言者对自然感情的压制,甚至是缺失这种感情[1]。真正处
于巨大痛苦或愤怒之中的人(就像这三位王后一样),在如迷宫般
的枝蔓子句中徘徊后,鲜少能顺利地绕回主句和主要论点,保证语
法和逻辑不混乱,更不要说还能够设计、组织、利用它们为自己的
诉求助力。也就是说,王后的语言风格背后,是冷静的思维、缜密
的逻辑,以及精湛的修辞技巧,它们表演出而非反映出一颗悲痛欲
绝的心。观众/读者只要想一想里昂提斯毫无逻辑可言的
"affection"分析(*The Winter's Tale* 1. 2. 140–148,见前章),就可
以看出此段念白与真实感情流露之间的距离有多远。当然了,莎
士比亚时代的戏剧本身便是讲究修辞技巧的艺术媒介,而当时的
修辞技巧若按今天的标准看,不论是语法结构、遣词造句,还是气
氛基调都的确略显造作,因此站在今天的角度回看这些戏剧时,会
觉得人物的语言表达都有一定程度的"不自然",对于这一点我们
应该有足够的认识和宽容。值得指出的是,在"表现悲痛情绪"的
问题上,虽然莎士比亚早期作品中不乏极为刻板、做作的语言表
达,但随着其语言运用和戏剧创作技巧日趋成熟,他的语言风格渐
渐变得相对"朴素"。一个显著表现就是"在情绪强烈的时刻,避免
使用雄辩风格"[2],比如见到父亲恢复神智时,考狄利娅说的"正
是,正是(And so I am, so I am)"(*Lear* 4. 6. 63),听到他忏悔时回

---

[1]　如果不从语法结构风格,而是从具体内容来看,王后们似乎依然把更多的情感注入了"葬礼
　　被禁"而非"夫君已死"这件事上。不管是提出要求,还是描述自己的苦痛,她们重点强调的
　　都是让三王能有按礼制完成的葬礼。当然,她们拦截忒修斯的目的是请他出面维护她们安
　　葬亡夫的权利,因此言语间重点落在葬礼上,也无可厚非。但值得注意的是,在第一幕第一
　　场的对话中,三位王后对于失去丈夫这件事本身均未有过多情感流露,好像她们悲恸的原
　　因,不是丈夫暴毙,而是不能安葬暴毙的丈夫。换言之,王后的感情似乎更多地投在守礼而
　　非丈夫个人身上。这一倾向,剧中的许多主要角色都有。实际上可以说,王后对丈夫的情
　　感不足,早早昭示了巴拉蒙与阿奇特对伊米莉娅的真爱缺失。

[2]　Maurice Charney, "Shakespeare—and Others", *Shakespeare Quarterly* 30 (1979), p. 332.

答的"没有理由，没有理由(No cause, no cause)"(*Lear* 4. 6. 68)，或者麦克德夫听闻妻儿全被杀害时说的："我可爱的宝贝们都死了么(All my pretty ones)？"(*Macbeth* 4. 3. 217)莎士比亚的晚期风格尽管在其他方面倾向于繁复甚至浮艳，却保留了其成熟戏剧中悲哀时分减少修辞的做法。[1] 因此，即使是在风格华丽复杂的莎士比亚晚期戏剧中，《两个贵族亲戚》里王后们雄辩的悲伤，加上她们交互轮唱式的(antiphonal)发声，以及"交互轮唱式的"跪下、起身又跪下，也略显浮夸做作，缺乏真情实感。

这种华丽、散漫又严格受控，并因此往往使言者听上去与其所处的情形有着情感隔阂——"似乎是躲在一层罩纱后说的"[2]——的语言风格，在《两个贵族亲戚》中莎士比亚所撰写的部分里普遍存在，比如皮里图斯描述阿奇特的事故时，或者巴拉蒙向维纳斯祈祷时。这种语言风格用前文所引的哈罗德·布鲁姆(Harold Bloom)的话说就是，"不怎么反映行动，人物性格塑造也是少之又少"，因此只能描绘扁平图景，不能创造立体的人物和行动，正好在语言层面契合了剧本主旨，即表现出成规和定式动作如何完全左右剧中人物，以至于当他们说话或者行动时，不管是在公开还是私下场合，他们会刻意或是下意识地估计成规在此情景下对他们有何种要求，并依此做出相应的角色扮演。他们浮夸矫饰的语言反映出的不仅是对行为举止模式的自我"校准"，或许还有未经自我校准的自然情感的彻底缺失。

1　听闻迈密勒斯夭折的消息，里昂提斯只说得出"阿波罗发怒了；诸天的群神都在谴责我的暴虐(Apollo's angry, and the heavens themselves / Do strike at my injustices)"(3. 2. 145 - 146)，赫米温妮则是直接晕了过去。《暴风雨》中阿隆佐国王以为自己失去了儿子后，一直在哀求同行人安静，除了一连串的"请你别再说了(Prithee, peace)"外，在这一整场中(2.1)，他几乎没说什么话。而配力克里斯在听到玛丽娜身亡的消息后，直接放弃了言语交流。

2　Theodore Spencer, "*The Two Noble Kinsmen*", p. 260.

剧中人物自我强迫式地在各种场合摆出合乎成规的姿态这一习惯,将最终导致标题中两位贵族亲戚令人扼腕但又荒唐可笑的悲剧。实际上,早在第一幕第一场中,这种做法的荒谬之处就已经开始显现了。首先,这一场戏表明,以荣耀和高尚之名规定的各种行为模式规范之间会有冲突,遵守其一就会危及其二,以致恪守成规与破坏成规总是相伴相随,所谓的高尚行为最终也无高尚可言。王后们一定要立即完成亡夫的葬礼,于是毫不犹豫地打断了一场婚礼。然而实际上被破坏的,不仅仅是另一场仪式:为了保证亡者有葬礼,王后们敦促忒修斯直接攻打克瑞翁统治下的底比斯,这必将导致无辜者的死亡(而在第一幕第一场中,没有任何一个角色考虑过这一点),让更多的人像三王一样"在处处凝血的战场上躺着发胀,向太阳龇牙咧嘴,冲着月亮冷笑"。乔叟的骑士告诉他的听者,忒修斯

> 同克瑞翁交手
>
> 并且杀了他……
>
> 然后他发起进攻,把城池占领,
>
> 接着把城墙和房屋一概夷平。(I. 986 - 990)[1]

他还描述了在完全打败底比斯之后,雅典的士兵们

> 仔细地忙碌起来
>
> 为了把死者的盔甲衣物剥掉,

---

1 本章中,乔叟《坎特伯雷故事》选段后的组、行数以河畔版《乔叟全集》为准(*The Riverside Chaucer*, pp. 37 - 66)。译文参考黄杲炘译本(上海:上海译文出版社,2011年)。

> 他们在一堆堆的尸体中翻找，
>
> 掠夺者们将死人们洗劫一番。(I. 1005 - 1008)

骑士的这番描述充分展现了战争的残酷与野蛮。虽然莎士比亚与弗莱彻的剧本改编未对战争场面有正面敷衍，甚至未多从侧面着墨，但是传令官汇报时，对阿奇特和巴拉蒙的状态的描述——"还没死……但也算不上活着"(1.4.24 - 25)——还是能让观众/读者窥到战争的真实本质：它是(不论是以"城墙和房屋"，还是国家、人类生命和行动形式存在的)成规和秩序的摧毁者，而非它们的恢复者。

为保证死者获得体面，王后们全然置生命(包括忒修斯与希波吕忒、雅典与底比斯的士兵，以及底比斯臣民的生命)于不顾。更具讽刺意义的是，他们对一套成规的坚持，完全推翻了设计和坚持规矩的初衷：人类社会有各类成规，是为了通过它们约束个人在具体场合的行为，确保社会秩序井然、有条不紊。在第一幕第一场中，对于成规的坚守并没有维护和保证秩序，而是造成了国破人亡；对于原本应该反映出人心良善、动因高洁的行为定式的遵守，最终也只是揭露了人性自私、真情缺失。

除了通过剧情内容质疑恪守成规之作用外，第一幕第一场还以大幅偏离作为文学正典之原作的方式，挑战了又一种"成规"权威。在乔叟的《骑士的故事》中，忒修斯与丧夫王后们之间的冲突根本不存在。在那个版本中，王后们向忒修斯请愿时，他已与希波吕忒成婚。听到王后们的哭诉后，他没有丝毫犹豫，"立即展开了他的旗帜/一点不耽误便策马奔驰/率领他的大军朝底比斯杀去"(I. 965 - 967)。原作中这个从本质上说是为了将两个贵族亲戚由底比斯转移至雅典以展开下面故事情节的文学手段[在原作中,从王后请愿、忒修斯出征、国王安葬,到两个贵族亲戚被投入雅典的监狱,整个过程只用了106行诗(I. 893-1008)便完成了],在《两个贵族亲戚》中,被剧作家们拓展、扩写成为一整场由坚守成规而起的重大矛盾冲突。从舞台视觉效果上看,两支仪仗队的台上对峙时间被充分延长,加上剧中人物仪式化的语言风格及仪式化的动作,不断地将"成规"这个概念推向舞台前景。

剧作家们通过成规间的冲突开启正剧,强调了成规、形制在剧中的核心地位,提示观众/读者,两个贵族亲戚悲剧的根源,由乔叟原作中激情的毁灭性力量转移到了成规潜在的破坏力上。与此同时,通过在剧本伊始就大幅改写乔叟的原作,剧作家们也摆出了挑战正典作家、作品及对该作品的正统解读的姿态。从某种角度看,这亦可被视为一种打破成规之举。

因此,《两个贵族亲戚》演出伊始,剧作家们便交代清楚了自己的创作方式和目的:这是一部通过对乔叟《骑士的故事》进行巧妙但充分的改写,质疑并挑战成规与"须恪守成规"的思维方式的新戏。剧情围绕不同的成规间看似重大实则琐碎荒谬的冲突展开,剧中人物对成规极端恪守,以致言语和说话都令人感觉是强制性角色扮演的结果。第一幕第一场引领观众/读者走进的就是这样的一个世界,而就在这样的世界里,他们将遇到巴拉蒙与阿奇特,剧本标题中的那两个贵族亲戚。

三

不同于乔叟诗歌中初次露面时就已经是底比斯一战之后奄奄

一息、躺在死人堆中的巴拉蒙与阿奇特,在《两个贵族亲戚》中,两人首次出场是在忒修斯将攻打底比斯的消息尚未传来之时。观众与读者首次见到他们时,他们正在痛斥底比斯社会中的种种腐朽堕落,探讨自己逃离这个地方的必要。他们反复提到美德与节操,说自己在相斥的行为模式间进退为难["在这里,要不是跟他们一模一样,就会成为异己分子,而和他们沆瀣一气,又会变成十足的魔鬼"(1.2.40 - 42)],并专门抱怨了底比斯社会对待"武士(th'martialist)"(1.2.16)的不公正。从二人对话中不难看出,他们同第一场中的忒修斯一样,也是循规蹈矩、以骑士行为规范为圭臬的人。而他们的对话风格[正如露易丝·波特(Lois Potter)所指出的,"不断游离交谈的具体主题,变成泛化、离散的社会讽刺"[1]]亦反映出一种对于扮演"出淤泥而不染的传统骑士"角色的自觉意识,其中甚至可能还夹杂了几分隐隐的享受。正是因为有这种角色扮演的自觉意识,他们被传唤迎战忒修斯、保卫"腐朽"的底比斯时,即使"确信自己是在干坏事"(1.1.98),也会毫无保留地浴血奋战。就像后面忒修斯回忆时描述的那样,两人会"像两头浑身涂满猎物鲜血的狮子,在惶恐的部队中间杀出路来"(1.4.18 - 19)。

因此在第一幕第二场短短的116行台词间,观众和读者目睹了巴拉蒙与阿奇特先是摆出社会批评家的姿态,继而成为国家的保卫者,且这种角色转换几乎是在他们终于决定要逃离底比斯——"让我们离开(克瑞翁)的朝廷吧"(1.2.75)——的同一刻发生的。两人这样的行为模式将贯穿全剧,他们不断地根据对不

1　Lois Potter, "Introduction", p. 3.

同情况所要求的定式做出的判断改换言语和举动,依次扮演起哀
怨的囚徒、模范的挚友、狂热的爱人、冷酷的仇敌、友好的亲戚、循
礼的对手、无情的劲敌,以及——到了最后的时刻——和解的表亲
的角色,角色转换间轻松自如,干脆利索。[1]

　　同他们在第一幕第二场中的做法一样,两位表亲全剧中的第
二次出场(第二幕第二场),也依然是敏捷地从一种角色扮演转换
到另一种。他们一开始是"彼此的配偶,不断产生新的爱"
(2.2.80-81)——值得注意的是,两人对能够共囚一室的歌颂又
是莎士比亚与弗莱彻新增的——然后变成了热恋中的情郎,最后
又摆出了不共戴天之敌的姿态。这些角色中的每一个,都对应着
骑士行为守则中的一方面:一个骑士应该如何对待自己的朋友和
同仁;应该如何对待自己憧憬的女郎;应该如何对待自己的敌人。
两位表亲在剧中接下来的行动(阿奇特在忒修斯朝廷中担任侍从,
两人比武前亲切对话、友好地帮对方披铠甲,两人在林中对决)可
以说都落在这三种行为类别内。然而,进一步细究他们的新行
为,便可以发现,他们具有"骑士风度"的行为徒具僵硬、刻板的
表面形式,并没有真正掌握骑士精神的本质——"能成事有壮举

1　巴拉蒙与阿奇特这种疯狂的角色扮演,往往被学者归结为弗莱彻"将情节与人物分割成自
　　成一体的单元"*的惯用创作手法。弗莱彻塑造的人物"变化无常……只能属于人工设计
　　的戏剧世界……生活在抽象化的、不可调和的极端状态组合中"。† 尽管在莎士比亚更细腻
　　一些的起承转合处理下,两人言语与行动的变化也许不显得那么突兀,但他们依然会在短
　　时间内表现出不同甚至相斥的行为模式。例如在第三幕第一场中(这段一般被认为是莎士
　　比亚撰写的场景),阿奇特在一百行台词内,从热情亲切地招呼巴拉蒙(3.1.44),到愤慨地
　　宣布他是自己的敌人(3.1.46-52),到豪爽大方地承诺为巴拉蒙提供食物和衣物
　　(3.1.82-90),再到衷心地为他鼓劲,愿他"好好休养,强壮起来"(3.1.101)。因此,不管
　　弗莱彻对这两位表亲的塑造方式是出于习惯还是有意为之,似乎都十分契合全剧的人物塑
　　造模式。

　　* A. Lynne Magnusson, "The Collapse of Shakespeare's High Style in *The Two Noble
　　Kinsmen*", p. 389.

　　† Eugene Waith, *The Pattern of Tragicomedy in Beaumont and Fletcher*, p. 38.

(prouess),忠心耿耿(loyauté),慷慨宽大(largesse)……谦恭有礼(courtoise),以及真诚直率(franchise)"[1]。归根结底,他们行动背后的支柱是自我中心主义。

两位表亲虽然口中说着对高洁有德的精神世界的追求,他们的语言[2]却暴露了他们心中对利益及自己"模范骑士"形象的执念。他们在狱中关于两人友谊的对话,最终得出的结论是自鸣得意甚至自以为是的:

> 巴拉蒙:有没有这样的先例,两个相爱的人比我们还更其
> 相爱,阿奇特?
> 阿奇特:肯定不会有。(2. 2. 112 - 113)

为了保证台下观众领会到两人的自恋自负,五行台词后,伊米莉娅刚一上场,剧作家们便安排她一眼看到一枝(或许是一丛)水仙花(纳克索斯),并发出感慨:"这当然是个漂亮小伙子,可也是个爱上自己的傻瓜。"(2. 2. 120 - 121)因此,两个贵族亲戚刚自我吹捧完毕,对自我的过分关注和热爱便被单独提出来批评了一番。同时,观众和读者也应该记得,纳克索斯的的确确就是爱恋自己的形象(水中的倒影),并最后为此付出了生命的代价,因此伊米莉娅的评价实际上对两个贵族亲戚的悲剧未来发出了预警,也做出了分析。然而,她这番感叹并没有被二人听到,因此两个贵族亲戚的自满自恋情绪贯穿全剧,并在第五幕的祈祷中达到巅峰——用希尔曼

1　Maurice Keen, *Chivalry*, New Haven and London: Yale University Press, 1984, p. 2.

2　关于两个贵族亲戚语言风格的分析,可参考 Madelon Lief and Nicholas F. Radel, "Linguistic Subversion and the Artifice of Rhetoric in *The Two Noble Kinsmen*", *Shakespeare Quarterly* 38 (1987), pp. 405 - 425,特别是 p. 411。

(Richard Hillman)的话说,在那里,两人的祷告词"简直就是自恋的化身"[1]。

　　两表亲的自私自恋,在二人开始就自己对伊米莉娅的爱斗起嘴来时展现得淋漓尽致。实际上——且容笔者在这里稍微说一句题外话——说二人是因为自己对这位女郎的爱而起了争执,实在是过于夸大他们对于伊米莉娅的感情了。整部剧中,他们关于自己对伊米莉娅感情的表达都极其匮乏。不管是在这一场还是剧中其他部分,关于伊米莉娅,除了传统爱情表达里的"一个女神""少有的美人""天下无双的美人""高贵的美人"(2.2.134,154,155,2.3.11)这样的老生常谈外,他们几乎找不到合适的形容词。与莎士比亚晚期戏剧中其他坠入爱河的小伙子(波塞摩斯、弗洛利泽、腓迪南,甚至威尔金斯撰写的场景中的配力克里斯)相比,这两位的爱情表白实在是陈腐无力,与不久前两人痛斥腐败、歌颂友谊时的能言善辩形成了极为鲜明的对比。当然,第二幕第二场中,他们在爱情面前这般口拙,或可归结为对伊米莉娅一见钟情,尚处在爱情来袭、头晕目眩、张口结舌的状态。然而在后面各幕各场中,对于自己心爱姑娘的歌颂和赞美越发稀少,不仅在弗莱彻负责的场景中是这样,在莎士比亚笔下亦是如此。实际上,在莎士比亚所写的场景中,除了阿奇特独处时所吟诵的一句脱胎于乔叟原作的颂词["哦,伊米莉娅女王,比五月还要鲜艳……"(3.1.4-14)]["艾米莉[2]撩人眼目地漂亮……/百花盛开的五月也没她鲜艳……"(I.1035-1039)],两人提到伊米莉娅的台词加起来也没

1　Richard Hillman,"Shakespeare's Romantic Innocents and the Misappropriation of the Romance Past: The Case of *The Two Noble Kinsmen*", p. 71.

2　Emelye,即剧中的伊米莉娅。

有一整句。剧作家们这样的设计又一次与乔叟原作中的安排背道而驰,在诗中,两人初见伊米莉娅的美貌时,虽不能说是为之激情喷涌、诗才横溢,但其言语还是相当动人的:巴拉蒙说,"是我这眼睛刚才看到的情景/刺伤了我的心:这能置我于死地"(I. 1096 - 1099);阿奇特说,"那里散步的女郎轻盈又美貌,/真是转眼之间就要了我的命"(I. 1118 - 1119)。另外,如果说在乔叟笔下,他们对爱情的语言表达尚有不足,他们感情的忠贞不移则对此有所弥补:两人都因对伊米莉娅的爱而辗转反侧,日渐枯槁,阿奇特在底比斯苦恋了两年,巴拉蒙则在雅典的狱中渴望了七年。在弗莱彻与莎士比亚的版本中,两人并没有经历如此长时间的煎熬,无法证明他们对伊米莉娅的感情真诚炽热、高于一切。

若观众/读者对他们还怀有一丝期待,认为两人的寡言背后隐藏的是语言难以表述的爱情,那么从第二幕第二场两人开始争执的那一刻起,这种幻想便被彻底打破了。两人唇枪舌剑之间,观众/读者很快就能发现,他们冲突的中心并不是伊米莉娅。他们这段争吵的焦点,就像他们生活的焦点一样,一直就是他们自己。在为谁有权利去爱发生争执时,他们的重点并非落在爱上,而是在对伊米莉娅个人的占有权上。

> 巴拉蒙:你根本不可以爱。
>
> 阿奇特:根本不可以爱!谁能拒绝我?
>
> 巴拉蒙:是我最先看见她;是我最先用眼睛占有她身上向
> 　　　　世人显示的所有美色。如果你爱上了她,或者图
> 　　　　谋毁灭我的愿望,那么,阿奇特,你就是一个背信
> 　　　　弃义者,是个像你对她的占有权一样虚伪的家

伙……

> 阿奇特:我爱她,而且在爱她的时候坚持认为,我跟任何
> 巴拉蒙一样,或者跟任何活着的人之子一样,对
> 她的美貌具有同样正当的权利。(2. 2. 168 -
> 175,182 - 186)

这段激辩所谈及的美丽女士听上去更像是一件物品或者商品,而
不是一个活生生、有自由意志和思想的人。他们的对话反映出,两
人都将爱看作某种不可侵犯的个人权利,而不是与另一个人在感
情上形成的交互关系。换言之,自我而非爱的人才是他们主要考
虑的对象,两人对话中频繁出现的"我"与"我的"也从侧面反映了
这一点。因此,争吵到最后,两人在言语中彻底抛弃关于爱的表
述,代之以辱骂对方、对其进行人身攻击,这毫不令人意外:

> 巴拉蒙:你干这件事,比扒手还卑鄙。要是你再把脑袋从
> 这扇窗口伸出去,我凭着这点骨气,一定把你活
> 活钉死在上面!
> 阿奇特:你不敢,蠢货,你也不能够,你虚得很呢。把我的
> 脑袋伸出去? 下次我见到她,我还要把我的身子
> 扔出去呢,我要跳到花园里去,投到她的怀抱里,
> 好气死你。(2. 2. 215 - 221)

上面阿奇特的最后一句话令人不禁怀疑,两人实际上对这样
的舌战十分享受,已经给自己换了角色,扮演起"斗嘴中的双方"来
了。就在几行台词前,阿奇特曾经向巴拉蒙指出"你太孩子气了

(You play the child extremely)"(2. 2. 208),原文中的动词是
"play"。虽然阿奇特也许并没有特指"戏剧表演；角色扮演"之意，
但他自己接下来更加孩子气的应答则反映出，他确实是根据目前
情形(可以说是出演《两个斗嘴的亲戚》这部戏)判定其需要的是另
一个不讲道理的孩子，并依此要求调整了自己的语言行为模式。
两人争执的目的，也从争夺占有伊米莉娅的权利，转到了激起对方
的怒火之上。这样的争执中心转换意味着，除非争执双方有一方
能够冷静下来、理智行事，否则从理论上说，这样的"口水仗"将无
限循环，没完没了，进而引发肢体冲突——而这也的确就是戏中接
下来的发展，一直持续到阿奇特临终。两人宣称的自己对伊米莉
娅的爱，最终沦为二人争执的借口，他们的真正目的似乎只是
争吵。

前文中，笔者强调两个贵族亲戚的悲剧在于他们的自私、自我
中心。但不一般的是，他们的自我中心与他们对骑士荣誉的追求
紧密相连，同时(可能颇有一些吊诡地)呈现出一种不自知的状
态——他们对自己内心真正的需求和渴望并不自知，只一味忙于
构建并投射出自己行为合乎社会成规的形象，结果便是他们自私
却不知自己的私心到底在何处。巴拉蒙与阿奇特几乎无法克制的
角色扮演，令人怀疑他们也许并不——且不知道自己并不——像
他们狱中颂歌里宣称的那么关心对方，也不像他们争执斗嘴时表
现的那样憎恶对方，更没有如自己以为的那么爱恋伊米莉娅。他
们对社会成规和骑士行为规范的恪守似乎蒙蔽了他们对自己真情
实感的认识，并替代了他们的真情实感。

从这个角度看，两个贵族亲戚的经历实际上是一个"无事生
非"的故事，因为他们恪守成规却不知成规之真谛，为爱而反目成

仇却不知自己是否真的有爱。换言之,在这样一场悲剧中,就主角的真实情感而言,也许从头至尾根本就没有任何冲突。因此,剧末阿奇特的遗体被抬下舞台时,巴拉蒙哀叹道:"哦表弟,我们竟然想要得到这样一些东西,它们的代价就是我们必须失掉我们希望得到的东西!"(5.6.109-111)观众和读者或许不仅能从中听到看到巴拉蒙对于两人为了爱情而放弃友情的后悔,还能品味出剧作家关于两位表亲对自己真实欲望的毫不自知的评价,他们忙于塑造完美骑士的形象以获得自得感,因而疏忽了自审内心,不知道自己"希望得到的东西"究竟为何。

两个表亲以为自己想要的东西,最终让巴拉蒙失掉自己的表亲,让阿奇特失掉自己的生命。从情节发展来看,这一切都是按照乔叟的原作推进的,但是在莎士比亚与弗莱彻的戏剧改编中,随着核心戏剧冲突的重置,以及两位主角性格的重塑,这样的结局(即付出生命代价的是阿奇特,而幸存下来发表上述感慨的是巴拉蒙)为故事增添了一层悲剧和讽刺意味。

大部分的评论家和学者在分析《两个贵族亲戚》时,都将阿奇特和巴拉蒙视为一体(就如笔者在上文中做的那样),似乎两者并不可分。有些学者甚至认为,剧作家们特意将两人塑造成除了名字和外表不同,其他特征都差不多可以互换的人物[1]。从他们最终的行动来看,两者的确可以说是一致的。但是,就人物性格而言,两者之间其实有着微妙的差别——毕竟,正是这样的差别,让

1　See Michael D. Bristol, "*The Two Noble Kinsmen*: Shakespeare and the Problem of Authority", *Shakespeare, Fletcher, and* The Two Noble Kinsmen, ed., Charles H. Frey, Columbia: University of Missouri Press, 1989, pp. 78-92, esp. pp. 88-89; J. A. Burrow, "*The Canterbury Tales* I: Romance", *The Cambridge Companion to Chaucer*, 2nd ed., eds. Piero Boitani and Jill Mann, Cambridge: Cambridge University Press, 2003, pp. 143-159, esp. p. 155.

监狱看守的女儿很快就将两人区分开来，并倾心于其中一人。而剧作家为他们的性格设计出这些差别，不仅仅让人物更具个性，也引导戏剧进一步偏离乔叟原作对"强烈的、不可避免的、悲剧的爱情"[1]的表现与探讨，朝着莎士比亚和弗莱彻对成规的演绎与分析靠拢。

两位贵族亲戚中，巴拉蒙对骑士精神的尊崇和恪守更为直截了当、简单明了一些：他具有"好武之人"(1.2.16)的思维模式，不管是做决定还是采取行动都迅速敏捷，他未对骑士行为规范有过任何质疑。是他，在参与由阿奇特起头的对底比斯腐朽社会的批评时，立即将话题缩小至国家对于武士的不公待遇。也是他，在阿奇特感叹一个人如果知道自己不得不做的事情是卑劣的，那么其人的价值就会有所减损时，说出了"这个问题不必穷究了"(1.2.98)这样的话。他在狱中与阿奇特争夺爱伊米莉娅的权利，在林中重逢后反复称对方是"叛徒"，拒绝为了躲避忒修斯一行而暂停两人的决斗，主动向忒修斯自报家门，要求他在两人比武之后再按照法律规定处死自己。他以骑士荣誉之名做这一切，也相信自己的确是在为骑士荣誉做这一切。除了剧末他那一句"我们竟然想要得到这样一些东西，它们的代价就是我们必须失掉我们希望得到的东西"的感叹外，巴拉蒙从未对自己行动的合理性及选择的高尚性有过任何怀疑。

两人相较之下，阿奇特便显得更有哲思，也往往更理智，其思想常常能够超越骑士行为准则，触及更大的领域。不管是第一幕第二场两人第一次出场，还是第二幕第二场两人再次登场，都是他

1　Corinne Saunders，"Love and the Making of the Self: *Troilus and Cressida*"，*A Concise Companion to Chaucer*，Oxford: Blackwell Publishing，2006，p. 135.

将两人的对话内容提高到更讲原则、更有思想的高度。他提醒巴拉蒙,底比斯最大的朽败,不是对武士的忽视,而是那个使"每一种邪恶都有一个漂亮的外表,每一件虚有其表的善行都是一种确凿的罪恶"(1.2.38-40)的社会环境。被捕入狱后,也是他历数了两人共囚一室可获得的各类精神满足。因此,剧中唯一一段对伊米莉娅还算诗意的赞颂(3.1.4-14)出自阿奇特而非其表亲的口中,也就十分顺理成章了。

　　阿奇特性格中这些哲思的存在,令他能够意识到并直言巴拉蒙某些所谓体现骑士精神的言行是愚蠢的,甚至是缺乏人性的。在他们的争执中,他多次指出对方行为的不理智:"你这是疯了"(2.2.204),"你现在就是头恶兽"(3.3.47)。他也意识到,两人的争执归根结底不过是"无聊愚蠢的谈判",是"会给蠢货和懦夫留谈资的"(3.3.10,12)。阿奇特偶尔也会质疑恪守骑士行为规范是否明智。而这种偶尔流露出的对于骑士行为准则的保留意见,既有道德层面的考虑,亦有现实层面的考虑。在接到克瑞翁的命令去与忒修斯作战时,他会感叹这番行动的动机并不道德高尚,会减损自己为人的价值;与巴拉蒙决斗时,他直言两人这种兄弟阋墙式的比武是"我们的愚蠢行径"(3.6.107)。对决时听到忒修斯的人马逼近,他立即向巴拉蒙提出建议:"为了荣誉,也为了安全,你赶紧收手,躲进林中去。"(3.6.109-110)[1]

　　然而,阿奇特性格中也有一个重大的缺陷:尽管有良知和哲思,他却太容易受别人言行影响。他本人也许明确或者下意识知道自己有这种缺点:当观众/读者在剧中首次见到他时,他正在向

巴拉蒙诉说"离开底比斯这座城和城里的各种诱惑"(1.2.3-4)
的必要性与迫切性。在这一点上,他与巴拉蒙形成了鲜明对比,后
者对自己的行为选择十分有信心,表示自己不屑于追随他人的喜
好和步伐:"要么我是驾辕的领头马,要么就什么都不做,我可不是
什么驽马亦步亦趋。"(1.2.58-60)阿奇特性格中的这一缺陷,在
他与巴拉蒙于狱中争吵时充分体现了出来:他刚指责对方思维和
言谈孩子气,接着自己就说出比对方更加孩子气的话来。这也是
两个表亲之间这种愚蠢的争执冲突可以一直继续下去的原因之
一:阿奇特容易动摇的理智总能被巴拉蒙毫不动摇的不理智所打
败,导致他变得一样顽固,甚至极端不讲理。

　　阿奇特容易为他人所动摇的性格意味着,尽管他偶尔会质疑
恪守成规,特别是骑士行为规范的合理性,但只要他身处一个以这
些成规为价值导向的世界——剧中忒修斯治下的雅典就是这样一
个世界——他就会坚守这些纲常,并且就像狱中争吵时在孩子气
上超越巴拉蒙一样,他最终在恪守骑士精神规范上,也会远超自己
的表亲。在最后的决斗前,他决定向战神马尔斯祈祷,选择他作为
自己的保护神,便反映出了这一点:到了最后时刻,阿奇特对骑士
行为的恪守直指骑士精神的根源,毕竟,不论在战争中还是在和平
时代,不论是徒步还是在马背上,骑士归根结底是武艺高强的战
士,是"马尔斯的真正崇拜者"(5.1.30)。

　　悲剧的但同时讽刺的是,正是在阿奇特最最具有原始骑士精
神和风度的一刻,发生了致命的事故。他的马受惊腾跳,他没有被
直接颠落马下(乔叟原作中的阿奇特便是直接摔下了马),而是"两
腿紧夹着马,它便前蹄腾空,用后蹄直立起来"(5.6.76-77)——
这是英勇骑士的标准姿态,想一想拿破仑那著名的画像——最终

马儿倒地,他被马压在了身下。剧作家们用阿奇特生命的最后时分描绘了一幅御马图——而御马之术恰是"骑士(chivalry)"一词的根本词源——暗示着骑士精神与阿奇特死亡之间的直接联系。

因此,如果观众/读者将这两位贵族亲戚区分开,便能在这出悲剧中发现又一出悲剧。如果说当他们被视为一体时,这两位亲戚的故事反映出对成规的恪守如何扭曲了人与人之间的关系,那么阿奇特个人的悲剧,反映的便是一个具有一定理智的人对成规挑战的失败(当然,他这种"挑战"是无意识的、温和的,只以言语上的偶尔质疑为表现形式),以及这种失败所带来的惨烈后果。说其结果惨烈,一是因为他最终还是恪守了成规,二是因为对成规的臣服和恪守给他带来的是终极的惩罚——死亡。阿奇特本人在第一幕中的第一段念白里便说道:

> 如不顺应潮流游去,就难免有灭顶之灾,至少也是寸步难移,而要随波逐流,我们又会遇上漩涡,不是跟着转就是淹死;即使挣扎出来,也不过是苟延残喘,疲惫不堪。(1. 2. 7 - 12)

这段话似乎充分地预见并总结了他自己的悲剧。

值得注意的是,剧中另外一个对社会成规持有一定怀疑态度的人物——伊米莉娅,最后也没能逃过成规的辖制。尽管她在剧中反复表现出对婚姻的抗拒,剧末她依然被许配给了巴拉蒙,被置于婚姻制度的统治之下。因此,从开场到落幕,在《两个贵族亲戚》的戏剧世界中,成规一直占着上风。正剧中的最后一句台词,是忒修斯的"让我们散去,因时制宜(Let us go off, / And bear us like the time)"(5. 6. 136 – 137)。他的"因时制宜",不是爱德伽的"此时不幸的重担不能不肩负 / 且放声哀恸,不说套话(The weight of this sad time we must obey; / Speak what we feel, not what we ought to say)"(*Lear* 5. 3. 122 – 123),也不是马克·安东尼口中的"要随缘适应(Be a child of the time)"(*Antony* 2. 7. 194),充分活在当下。忒修斯这里的命令,如同麦克白夫人指示丈夫"必须装出和世人同样的神气(look like the time)"(*Macbeth* 1. 5. 62),根据社会的期望,扮演好一个特定角色:

> 这一两天让我们面带悲戚,为阿奇特的葬礼举行感恩祷告;葬礼完毕,我们都要装出新郎的面容,和巴拉蒙一起微笑。(5. 6. 124 – 128)

让我们散去,按照场合的需求行动,先是在阿奇特的葬礼上,然后在巴拉蒙的婚礼上,扮演好我们应该扮演的角色。随着这句收场台词,全剧兜转一圈后又回到了原点:正是王后们坚持大家应该"应时自持",才引发了接下来的一系列不幸。《两个贵族亲戚》中的戏剧世界并未因两位表亲的悲剧发生任何改变,而这个世界的最高人类统治者也依旧如常——这便是为什么这部剧如此令人沮丧,为什么与其他晚期戏剧的基调如此格格不入。

四

命令在场的人散去,"因时制宜"之前,忒修斯还曾企图将发生的一切合理化。乔叟笔下的忒修斯长篇大论细细分析过"存在锁

链(Great Chain of Being)"，《两个贵族亲戚》中的忒修斯则将其高
度压缩成了下面这番话：

> 啊，你们上天的魔法师们，你们究竟要把我们变成什么东
> 西呢！我们为我们缺少的一切欢笑，为我们拥有的一切悲伤，
> 我们某种意义上仍然是孩子。让我们为现存的一切感恩戴德，
> 那些我们无从探究的事物也不再同你们争辩了。(5.6.131-
> 136)

然而，乔叟的忒修斯很少因为自己的一番波伊提乌式(Boethian)
讲演受到后世学者和读者的指责，这一位忒修斯却频频被批评"回
避了根本性问题"[1]，比如在两位贵族亲戚的悲剧中，他自己所
扮演的角色便是那么虚荣自负、不懂通融，甚至可以说残酷
无情。

《两个贵族亲戚》中忒修斯对于整个事件的这番总结的确完全
不合适，因为他怪错了人：在这部剧的世界中，主宰人类社会的不
是"上天的魔法师们"。乔叟的《骑士的故事》中，对狄安娜如何出
现在艾米莉面前，墨丘利如何造访阿奇特，维纳斯与马尔斯如何就
两个贵族亲戚的命运发生争执，萨图恩如何给这两位神仙出谋划
策以作调节，以及普路托如何应萨图恩的要求派"一个恶鬼突然冒
出地面"(I.2684)去惊吓阿奇特的马，这样一些众神直接参与人间
事务的情景都有充分、直接的描述，从而清楚地说明，在诗中塑造
的世界里，区区凡人的命运把握在众神的手中。然而，在莎士比亚

1　Richard Hillman，"Shakespeare's Romantic Innocents and the Misappropriation of the
　　Romance Past: The Case of *The Two Noble Kinsmen*"，p. 69.

与弗莱彻改编的剧本中，除了第一幕开场时手持火把的许门——这也完全可能是由婚礼队伍中某个侍从扮演的——以外，天神们并不直接出现在凡人的世界。在乔叟的故事中平息马尔斯与维纳斯的纠纷、出主意决定了阿奇特与巴拉蒙命运的萨图恩，在《两个贵族亲戚》中，如安·汤普森（Anne Thompson）指出的那样，"被缩减成了一个明喻"[1]。而马尔斯、维纳斯、狄安娜则是通过闪电、白鸽、玫瑰树这样的"代理"出场。尽管这的确可被看作在暗示两个贵族亲戚的命运里有上天参与和介入的成分，但由于剧中没有乔叟作品中天神争吵、萨图恩设计调解这一情节的展示，这些"显灵"的迹象并不能够证明凡人的生命轨迹是由神灵不负责的游戏所决定的。实际上，唯一在舞台上出现过的神灵许门，作为婚姻之神，倒可以说是被三位服丧的王后打断了工作。换言之，这部剧展示的是上天的力量如何受到人类的影响。

　　由此可知，莎士比亚与弗莱彻笔下的两个贵族亲戚，身处的是一个人间事在人手中的世界（或者至少说，与其乔叟笔下的前辈相比，"谋事在人且成事在人"的程度要高出许多），它的最高权威不是任性无常的天神们，而是社会成规与行为准则。不过，公平地说，最终造成两位贵族亲戚悲剧的并不能说是这些规矩本身，而是未领会成规背后的道德原理而盲目恪守成规这样的行为模式。正如前文所述，王后坚持按照规制立即给三王举办葬礼，结果便是伤害他人，完全背离了社会设置礼法的初衷。类似地，在巴拉蒙与阿奇特的事例中，在没有真正以慷慨宽宏、良善有德的精神为指导的情况下，所谓的骑士行为也不过是一些虚伪、顽固，且往往略显荒

1　Ann Thompson, *Shakespeare's Chaucer: A Study in Literary Origins*, Liverpool: Liverpool University Press, 1978, p. 207.

唐的程式化举动罢了。

因此可以说,《两个贵族亲戚》的情节所表现的,是在对成规本质未有充分认识时恪守成规所引发的违背成规设置初衷的悲剧。而在剧本情节之外,进一步映射和巩固这一主题的,还有两位剧作家的戏剧构建手法:尽管它看似谨遵自己的蓝本——乔叟原著的情节发展,并且充分地吸纳、使用了莎士比亚晚期传奇剧的各种"迷因"元素,但由于缺乏传奇剧的基本精神,它最终也许并不能进入"莎士比亚传奇剧"之列,甚至可能进不了学界现有认识中的"莎士比亚晚期戏剧"之列。

正如前文曾指出的那样,《两个贵族亲戚》虽然忠实地遵从了乔叟《骑士的故事》中基本叙事情节的发展,却在细节上对原作多有调整。除了前文中所讨论过的两个作品的种种不同外,剧作家对乔叟作品细节的改写还包括忒修斯这个人物的性格塑造,以及——毋庸说——新增添的关于监狱看守女儿情事的副情节线。学者早已对这些改写做过充分、详细的探讨分析,在这里无须赘述[1]。而这些细节上的改变,因为每一个都很微小,所以并不影响故事主要情节的基本走向,但其累积起来的效果是,乔叟"充满哲思"的关于爱情、友谊、侠义精神及神圣宇宙秩序的传奇叙事,[2]被彻底改写成了剖析人类愚行的悲剧。从这个角度看,莎士比亚和弗莱彻的确如他们在开场白中担心的那样,没有能够保住乔叟原作的"高贵品质"(Prologue 15),因为在他们这一版对于《骑士的故事》的解读中,大部分的角色就像他们身处的这部剧一样,只有"高贵(noble)"之名,没有高尚(在英语中亦是"noble")之实:他们出身

贵族,举手投足遵从贵族礼节,但缺乏真正高贵高尚的思想和心灵。

《两个贵族亲戚》如此改编《骑士的故事》,似乎是在挑战当时已被视为"英国诗歌之父"的乔叟及其已被收入"文学正典"的《坎特伯雷故事》的权威,也是在挑战对这篇叙事诗主旨的正统解读的权威。如果说它试图打破所谓正典文学的权威,那么与此同时,它亦试图打破莎士比亚自己在晚期戏剧中所形成的"晚期戏剧/传奇剧模式"的权威。就像剧中人物一丝不苟地恪守社会礼法与骑士制度的外部行为模式一样,这部剧也堪称尽职尽责地遵从了莎士比亚晚期传奇剧的套路,几乎将所有的莎士比亚晚期传奇剧元素都纳入剧中:出身高贵的主角,绮丽新奇的异国背景,故事的古早时代设置,宫廷爱情(fin amour),悔过、宽恕与和解,即将举办的一场婚礼,以及迂回曲折的语言和相对单薄的人物形象塑造。

尽管从形式上看,《两个贵族亲戚》严格遵循了传奇剧模式,但从内核本质来看,它与之多有冲突。传奇模式,至少莎士比亚晚期创作所使用的传奇模式,首先是一种关于社会秩序由有序走向动荡但最终回归有序的故事,而故事中人物的个人经历则与这种社会秩序的变化平行共进。然而,在《两个贵族亲戚》中,大社会秩序不仅没有经历太多动荡,还一直被主情节线中的几乎所有人物严格遵守、小心守护,这其中便包括因此损失巨大的巴拉蒙与阿奇特本人,以及虽然不愿婚嫁,却从未反抗忒修斯将自己许配阿奇特或巴拉蒙的决定,更未曾对婚姻制度本身提出质疑的伊米莉娅。因此,《两个贵族亲戚》的情节走向,是"平稳的社会秩序毁灭了主角平稳的人生秩序"这样的奇特设置。在莎士比亚所有戏剧作品中,

《两个贵族亲戚》这样的安排堪称独一无二，即使是在其中后期历史剧与悲剧中，也没有这种先例，即人物的毁灭是源自对现有秩序的遵守和维护。

在莎士比亚晚期传奇剧中，虽然各类矛盾的直接解决方式是神灵或其他超自然力量的介入，但从剧本情节大走向来看，推动情节发展的可以说是"爱"的各种形式——嫉妒的破坏力、年轻人清纯爱情的生命力、宽恕与和解的修复力。然而在两个贵戚的故事中，如前文所分析的，巴拉蒙与阿奇特对伊米莉娅的争夺，更像是源于对个人权益的维护，丝毫未涉及与女主人公的情感交流。而在副情节线中，监狱看守的女儿对于巴拉蒙的感情中更多是性欲，亦非精神层面的情感寄托。因此，尽管在迄今为止的多数文学评论中，《两个贵族亲戚》被看作对爱情破坏力而非更生力（regenerative power）的演绎，但实际上，它从头至尾未展现双方情感交互意义上的爱情，甚至未展示对于这种爱情的渴望。在这个方面，它再一次显示了自己的独树一帜：它并未参与之前晚期戏剧对于爱之美丽（或者丑恶）的演绎，而是构建了人物言行举止俱显宫廷爱情风范，但似乎根本不存在真实的浪漫爱情的社会。

《两个贵族亲戚》最偏离莎士比亚晚期传奇剧模式的地方，当然是显得"别具一格"的剧本结局。说它"别具一格"，首先因为它几乎将一位表亲的葬礼与另一位表亲的婚礼并置，而这不仅与《骑士的故事》的结局大相径庭，与莎士比亚其他晚期传奇剧的结尾也大不相同。在莎士比亚其他的晚期传奇剧中，葬礼与新婚、死与生之间，一般至少相隔十二至十五年，"死"往往发生在剧情伊始，"生"则在剧情收尾处。而乔叟的骑士在关于两个表亲故事的叙述中,特意告知听者和读者,阿奇特的葬礼与巴拉蒙的婚礼之间有"时间的推移",后者发生在"好几年以后"(I. 2967)。

实际上,按乔叟的原著,巴拉蒙与阿奇特的故事中事件之间往往有充分的时间间隔,两个表亲的爱恨情仇的展开至少用了七年。而这样的安排,便使得阿奇特与巴拉蒙对伊米莉娅的爱显得相对更真实一些,因为它至少经受住了时间的考验。莎士比亚与弗莱彻则大幅削减了事件间的时间间隔。在剧中,从表亲们第一眼看到伊米莉娅起,各种事件接踵而至,令观众应接不暇,整个故事似乎就发生在几周内,这就更加放大了巴拉蒙与阿奇特的行为之疯狂和"爱"之荒唐,并在观众/读者的心中催生出对于两者情感本质的怀疑。但最显得疯狂和荒唐的是,剧终,忒修斯只安排了"一两天"(5. 6. 124)的时间哀悼阿奇特,随后便要举办巴拉蒙的婚礼,让大家"一起微笑"(5. 6. 128)。这样,这部剧中即将举行的婚礼不再是之前晚期戏剧中旧敌和解、生机重萌、社会和谐、秩序回归的终极体现,而成了一种冷酷无情之举,使得全剧落幕时,既没有传奇剧结局之希望,也没有悲喜剧结尾之欢喜。

不过,即使忒修斯为阿奇特安排更长的哀悼时间,这样的结尾还是与莎士比亚晚期戏剧模式格格不入,因为它并没有任何形式的爱的支撑。在之前的晚期戏剧中,即使有时上一辈之间的和解显得紧张生硬(例如《暴风雨》),舞台上也至少总是有相爱的年轻人或者重新团聚的家庭在,以确保未来有望。《两个贵族亲戚》却拒绝给出这一类对未来希望的保证。在整场戏中,有婚约的年轻人之间未有只言片语的交流,而忒修斯则命令大家去做各人一直在做的事情:根据场合要求,演好该扮演的角色。因此,这样的结局拒绝让观众/读者看到事态向好处发展的希望:成规对于剧中人物行为的严格控制依旧如常——也许更加严格,因为现在它不仅左右他们的行为,还要管控他们的情感。到了《两个贵族亲戚》的结尾,除了阿奇特永远失去了生命,两个表亲永远失去了彼此外,什么也没有改变。这亦是让这部剧与众不同的一点:它是莎士比亚全集中唯一一部不给"变化"以任何机会的剧。

在《两个贵族亲戚》的创作与上演之前,莎士比亚的晚期戏剧里,"从没有什么被彻底放弃,无法复原,复苏与复活永远是一种可能"[1]。特别是《配力克里斯》《辛白林》《冬天的故事》和《暴风雨》这四部剧,尽管并不尽是大卫·赫斯特(David Hirst)过于简化的总结中乐观向上的"崇高精神与未来希望"[2]之图景,却也绝不像《两个贵族亲戚》那样,让学者有将其定性为"走上了歧路的中世纪传奇"[3]的冲动。在《两个贵族亲戚》中,失去的便是彻底失去了,而势态向好处发展的可能则微乎其微。剧中的人物不懂骑士精神而恪守骑士行为规范,最终将原本宽宏、善良、礼让之准则变为自私、残酷与野蛮之借口,同样,这部剧不具有传奇文学价值观,但严格遵从传奇剧形式,将自己变成了科恩所说的"反传奇"[4],既运用又违背了莎士比亚的晚期戏剧模式。这使它不仅在晚期戏剧中显得别具一格,在莎士比亚全部戏剧中也堪称空前绝后。

1　Gillian Beer, *The Romance*, London: Methuen & Co. Ltd., 1970, p. 38.

2　David L. Hirst, *Tragicomedy*, London and New York: Methuen, 1984, p. 34.

3　Helen Cooper, *The English Romance in Time: Transforming Motifs from Geoffrey of Monmouth to the Death of Shakespeare*, p. 375.

4　Walter Cohen, *"The Two Noble Kinsmen"*, p. 3204.

五

《两个贵族亲戚》这部剧展示了两种应对成规权威的方式。剧中人物盲目恪守成规,最终迷失了自己。而剧作家们虽然表面上遵守了成规模式,实际上却对之进行了适当的改造和调整,最终使之有益于彰显自己的个性。有学者指出,在文学创作中,对文学权威和既定形式这种既遵从又调整与改造的做法(用文学术语来说,或可称之为模仿与戏仿)是承认自己受惠于已有的文学创作,但暗示此文学作品或形式老套和过时,并彰显自己创新性的手段。[1]因此,剧作家们以莎士比亚晚期戏剧基本形式改编乔叟的正典诗篇,将之搬上文艺复兴英格兰的舞台,便是既对原作致敬,又宣布自己的原创性。

如果能够对莎士比亚与弗莱彻的创作进一步分析的话,观众/读者也许可以发现又一个层面上的对文学权威的应对与挑战。对于弗莱彻来说,他所面临的成规权威,不仅来自早已逝去的乔叟及其进入正典行列的作品,还来自当时仍在世的莎士比亚(当时已经颇受欢迎,但还没有成为我们今天所说的莎士比亚),一个"卓越超绝,被后世热爱,几乎像偶像一样被崇拜的"[2]千古巨匠。研究者已经指出,在弗莱彻负责的场次中,对于莎士比亚旧作的引用和指涉尤其频繁。[3] 而与全剧对乔叟原作的处理方式一样,弗莱彻对

1　See James Shapiro, *Rival Playwrights: Marlowe, Jonson, Shakespeare*, New York: Columbia University Press, 1991, esp. p. 6.

2　David Scott Kastan, *Shakespeare and the Book*, Cambridge: Cambridge University Press, 2001, p. 84.

3　See Misha Teramura, "The Anxiety of *Auctoritas*: Chaucer and *The Two Noble Kinsmen*", p. 576.

莎士比亚作品的使用也是借鉴与戏仿兼有之,这在副情节线中对
监狱看守女儿的刻画上表现得尤为充分。这令后人不禁猜测,对
于之后会继承莎士比亚之位,成为国王剧团首席编剧,并成为整个
17 世纪全英格兰最受欢迎的剧作家的弗莱彻来说,也许眼前创作
中更要紧的任务,是证明仍在世的这位合作者宝刀已老,而不是挑
战已故的、早已列入文学正典的乔叟之权威。

那么莎士比亚呢? 尽管哈罗德·布鲁姆将他排除在有"影响
的焦虑(anxiety of influence)"症候的作家群之外,但莎学家们在
他每个时期的作品中,都能察觉到他所特有的一种"极强的竞争
心"[1]。《两个贵族亲戚》的创作则反映出,即使到了创作晚期,这
种竞争精神也未见消退。或许,与新生代剧作家的合作更加激发
了这种斗志。就像弗莱彻渴望展现自己具有原创能力一样,在参
与创作的这最后一部剧中,莎士比亚也在证明自己依旧具有艺术
创作活力。因此,对于他来说,带来压力的成规权威,不仅以乔叟
原作的形式存在,也以自己旧作的形式存在。通过打破自己晚期
戏剧的模式,莎士比亚也许在提醒观众,如果说自己以前能够通过
那些旧作获得他们"历来的垂爱"(Epilogue 17),他亦能自我超越,
创作出"新剧"(Prologue 1)。

略有一点讽刺的或许是,两位剧作家及《两个贵族亲戚》最终
的命运,与剧中两位贵族亲戚不无相似之处:归根结底,他们也无
力完全摆脱成规的权威。弗莱彻尽管在 17 世纪风头短暂地压过
了"老莎士比亚"[2](他与博蒙特作品全集第二版对开本的出版商

---

1   Maurice Charney, "Shakespeare—and Others", p. 327.
2   John Martyn, Henry Herringman, and Richard Mariot, "The Book-Sellers to the Reader",
    Fifty Comedies and Tragedies Written by Francis Beaumont and John Fletcher, London:
    J. Macock, 1679, Sig. A1v.

便是这般称呼莎士比亚的，这里的"老"指的是莎士比亚已过时，而
不是说他德高望重），但最终还是永远被置于自己这位合作者的阴
影之下，被轻蔑地称作"只是莎士比亚的一肢（a limb of
Shakespeare）"[1]。尽管最早收录这部剧的是博蒙特与弗莱彻的作
品集（即前面所说的第二对开本），而不是任何号称"莎士比亚全
集"的作品集，但时至今日，对于这部剧的讨论依然多聚焦在"非凡
绝伦"的莎士比亚[2]撰写的部分，而不是"抄写工"弗莱彻[3]所负责
的场景上。

　　类似地，对于莎士比亚来说，一直到今天，《两个贵族亲戚》也
仍是其作品中为数不多未能完全遮蔽其蓝本光辉的剧作之一。早
年学者将它视作对乔叟关于责任与欲望之冲突的故事的"暗黑"改
写（有些也直接视其为拙劣改编），而近年的学者则偏向于将它看
作对剧作者与自己的创作蓝本间复杂、紧张关系的演绎，但不管是
早年还是近年的解读，都绕不开乔叟原作的权威。当然，这与剧作
家们在开场白中特意点出乔叟大名的做法是息息相关的。但也许
得承认，后世给予乔叟的"英国诗歌之父"的身份，意味着后世对于
《两个贵族亲戚》（以及《特洛罗伊斯与克瑞西达》）与乔叟关系的解
读，永远不可能像对《配力克里斯》与高尔，或者《李尔王》与旧剧佚
名作者之间关系的解读那般轻描淡写。

　　从这个角度看，《两个贵族亲戚》不仅是对自己之诞生的演绎，
也是对自己将来命运的预见。我们——观众、读者、学者——归根

1　John Dryden, "Preface to *Troilus and Cressida*, Including 'The Grounds of Criticism in Tragedy'", *John Dryden: Selected Criticism*, eds. James Kingsley and George Parfitt, Oxford: Clarendon Press, 1970, p. 177.

2　Ibid., p. 171.

3　Ibid., p. 177.

结底也都是忒修斯王庭中的一员，因为我们也都有意无意为成规
所左右。我们对于任何文学作品的解读，都受制于既有的文学与
文学评论传统，最终"因时制宜"地理解这部由高尚的乔叟、年轻的
弗莱彻，以及老莎士比亚合作的新戏。

结　语

一

　　在其风格独特的晚期戏剧中，莎士比亚通过利用历史、参与历史、质疑历史的方式，以 16、17 世纪尚属于"历史"范畴的戏剧为工具书写了英格兰的古代史、近代史和当代史，并对那个时代的历史概念与历史效用进行了探究。与此同时，通过自我语言风格的改变，以及对语言与述史、自然与艺术、旧典与新篇之间关系的探讨和演绎，既参与了由于 16、17 世纪历史概念、历史观及历史研究方法的悄然改变而产生的诗歌和历史关系再讨论，也在这样的创作中，以特殊的方式书写了自己的晚期戏剧观发展和戏剧艺术演变史。

　　从某种角度来看，本书未能按照最初的计划发展：笔者原本的设想，是将莎士比亚全部六部晚期作品《配力克里斯》《辛白林》《冬天的故事》《暴风雨》《亨利八世》《两个贵族亲戚》都置于莎士比亚对"时事"意义上的英国社会历史的利用、参与、书写，以及对"过去事实的记录"意义上之历史的思考与质疑的框架下，按照现阶段莎学界对其创作顺序的基本认识逐一解读，得出关于莎士比亚历史思辨与历史观发展的结论，此处的"历史"是对应现当代概念的、狭义上的历史，而非文艺复兴时期英国那一概念更宽泛的历史。然而，实际研究再一次证明了两百年前，马修·阿诺德（Matthew Arnold）对莎士比亚评价之准确："他人依从我们的问题，您却自由如云；我们追问再追问，您却微笑不语。"[1] 这批戏剧中，虽然有一些（《辛白林》《暴风雨》《亨利八世》）有较为明显的政治历史观照，却并不是每一部都把历史思辨作为自己的戏剧大框架，令剧情围绕其发展。《配力克里斯》《冬天的故事》《两个贵族亲戚》的确都涉及过去与当下和未来的关系，但其中"过去"对英格兰的时事或者政治指涉并不明显或频繁，更多地反映的是莎士比亚个人艺术发展理念，以及"历史—文学"思辨意义上的历史书写。

　　这样的研究结果，虽然并未能完全符合笔者动笔之初的设想，却未尝不是一种收获。它再次提醒我们，从本质上来说莎士比亚不是历史学家，不是哲学家，也不是——虽然学界现在喜欢这样称呼他——"思想家（the thinker）"。他甚至不属于——浪漫主义兴起后以华兹华斯的定义总结——相信"诗歌是个人情感的自然流露"的作家，而是一位以商业戏剧创作为生的剧作家，其创作的目的常常不是直抒胸臆，而是使自己的剧本"卖座"，且其创作受到剧团状况、剧场条件、观众品位及国家审查制度的制约。其艺术创作技巧和理念，其对于作品中一些反复出现的主题的演绎，以及其后所蕴藏的思辨，并非像我们所希望的那样线性推进，而是常有反复、后退及长时期的空白。再者，莎士比亚接受的是文艺复兴人文主义教育中依"凡事皆有两面性（Utraquism）"理念而进行的文法和思维训练，再加上戏剧原本就须依托不同选择、不同观点之间产生的矛盾而向前推进发展，因此他在创作中，经常并不借戏剧来表

1　Matthew Arnold, *Poetical Works of Matthew Arnold*, London: Macmillian and Co., Limited, 1908, p. 3.

达自己对于某一主题的看法，而是反过来借时下对某一主题的不同认识来推动戏剧的发展。归根结底，这批传奇剧中的历史书写，是为了更好地服务于戏剧创作。而这样的结果，比起强行得出关于莎士比亚晚期戏剧中历史书写与思辨的全局性结论，也许更符合莎士比亚创作的初衷。

二

从普遍意义上的文学研究看，本书中关于《辛白林》的一章所提出的解读方式——莎士比亚以历史为手段，创造出特殊的戏剧体验，以邀观众一同构建、巩固戏剧文学主题——实际上也涉及如何平衡现当代文学研究中"社会历史考证"与"文学文本细读"之间的关系，即文学的"历史政治意义"与"文学性"之间的关系。

早期学者在分析《辛白林》时，多仅从情节设置、角色刻画等文本内部特征出发进行研究，对该剧本的总体评价偏向负面。18世纪时，约翰逊批评它"故事情节愚蠢，人物行为荒谬，时代、地理混乱，不管在哪种生活体系下，剧中事件都是不可能的。白痴至极，漏洞百出，谬误满纸，不值一评"[1]。萧伯纳认为，剧本架构"到最后一幕彻底崩了盘"[2]。就连当代文学批评家布鲁姆也曾说过："没有哪部莎剧——哪怕是《一报还一报》或者《雅典的泰门》——像《辛白林》这样，展示出一个如此偏离自己艺术水准的莎士

---

1 Samuel Johnson, *Johnson on Shakespeare*, 1968, p. 908.

2 George Bernard Shaw, *Shaw on Shakespeare: An Anthology of Bernard Shaw's Writings on the Plays and Productions of Shakespeare*, ed. Edwin Wilson, Boston: E. P. Dutton & Co., Inc., 1961, p. 58.

比亚。"[1]

　　进入 20 世纪以来,莎学界对《辛白林》的评价有了修正。如前文所述,此剧因对创作当时的重大社会历史事件有较明显的指向,是 20 世纪以来莎士比亚晚期戏剧中除《暴风雨》外受历史、政治解读最多的文本。[2] 学者们撇开戏剧结构、人物塑造,选择从其创作时期的特殊历史背景出发,挖掘此剧创作的政治深意。西方学者对于它展现出作者的何种政治态度看法各异,得出了各类大相径庭的结论。

　　然而,如果说以约翰逊为代表的 18 世纪新古典主义学派在评析《辛白林》时,因仅着眼文本而对剧本质量有过于片面的判断,那么当代的一些《辛白林》研究则走向了另一个极端,即仅探究各种造成《辛白林》这一文学现象的历史政治背景,忽视了作者在作品中表现出来的文学考量。

　　实际上,自 20 世纪 80 年代以来,结合历史史实对文学文本进行解读已成为经典文学研究的一种基本模式,在英国文艺复兴文学研究领域尤其如此。不过,近年来也不时可以听到学界对历史解读的质疑。一些学者指责这种研究方式"只把小说、戏剧或诗歌当作手段,目光始终聚焦于文本之外的世界"[3],因此担心文学研究中的"文学性"将最终消亡。原美国现代语言协会(MLA)主席珀洛弗(Marjorie Perloff)便指出,当前文学研究大势是采取

1　Harold Bloom, *Shakespeare: The Invention of the Human*, p. 638.

2　See also Russ McDonald, *Shakespeare's Late Style*, p. 17; Catherine M. S. Alexander, "*Cymbeline*: The Afterlife", *The Cambridge Companion to Shakespeare's Last Plays*, p. 149.

3　Marjorie Perloff, "Presidential Address 2006: It Must Change", *PMLA*, 122 (2007), p. 654.

文学与社会学、历史学等学科结合的研究模式，然而实际上，这样的研究中，文学的成分几乎消失不见，与其说是"跨学科（interdisciplinary）研究"不如说是"他学科（other-disciplinary）研究"。[1] 关于文学研究中并无"文学"的抱怨，伊格尔顿也有过："若是只读这些（当代关于文学作品的）内容解析，很难猜到它们说的是诗歌或小说……作品的文学性被撇在了外边。"[2] 莎学学者佩奇特（Edward Pechter）更是直言不讳："'莎士比亚评论'这个名牌后堆积着这样那样的研究成果，数量之大、花样之多，让人瞠目结舌，也让人不禁怀疑它们是不是也就只借了个'莎士比亚'的名头。"[3]

这些批评的确一针见血。这样的文学研究是在将文学等同于历史、政治研究报告。[4] 该情况大量出现在英国文艺复兴文学研究中，这其实颇有几分讽刺——毕竟，正是在那个时代，锡德尼爵士写下了《为诗辩护》，指出历史学家会受事实的束缚，诗人则尽可以发挥想象，虚构出高于现实的理想境界。[5] 换言之，文学不是对历史、政治的简单反映，而当前将文学作为历史现象，以其为"研究意识形态和历史政治的'发射塔'"[6]的研究趋势，最终将抹杀文学艺术的独特性[7]。

1　Marjorie Perloff, "Presidential Address 2006: It Must Change", p. 656.

2　Terry Eagleton, *How to Read a Poem*, Oxford: Blackwell, 2007, p. 3.

3　Edward Pechter, *Shakespeare Studies Today: Romanticism Lost*, New York: Palgrave Macmillan, 2011, p. 16.

4　See Terry Eagleton, *How to Read Literature*, New Haven and London: Yale University Press, 2013, p. 120.

5　See Sir Philip Sidney, *A Defense of Poesy*, ed. J. A. Van Dorsten, Oxford: Oxford University Press, 1966, p. 234.

6　Richard Bradford, *Is Shakespeare Any Good?: And Other Questions on How to Evaluate Literature*, Oxford: Wiley-Blackwell, 2015, p. 154.

7　See ibid., pp. 108-110.

但我们需要明确，造成这一现象的并不是"历史解读"这一原则本身。回顾自古希腊时期以来关于文学与历史关系的大讨论，不难发现亚里士多德、西塞罗、昆体良、锡德尼等学者都曾试图区分文学与历史，而这种孜孜不倦的尝试却也反映出两者间很难划出清晰的界限。事实上，文学的"文学/艺术属性"与"历史/政治属性"并非二元对立，而是相辅相成的。这一点在英国文艺复兴时期的文学中得到了充分体现："任何一个时代都不可能割裂文化与政治，而在文艺复兴时期的英国，人们承认并追求两者间相互依存、相互渗透的关系"[1]；"从某种意义上来说，这个时期（英国 16、17世纪）的文学总是涉及政治的——它关注并讨论与个人、社会、文化相关的问题，而它写作、表演的目标读者或观众也对它有这样的预期"[2]。也就是说，此时期文学的一个"文学艺术属性"，恰在于其或明或暗地指向社会问题和政治理论，解读文本时，只有结合政治社会的历史现实，才能充分重现这些作品丰富的文学内涵和深刻的文学意义。

因此，应被批判的并非文学研究中的历史解读原则，而是在错误的"历史解读"认识指导下进行的具体文学研究实践。钱锺书先生曾在 1978 年欧洲汉学家第 26 次大会的发言中批评过"花费博学和细心来解答……'济慈喝什么稀饭?''普希金抽什么烟?'"[3]这样用历史考据喧宾夺主的文学研究。当前的西方文学研究在选题上虽未这般琐碎，但一些研究者仍会囿于"文学文本是对历史时

1 Kevin Sharpe, *Criticism and Compliments: The Politics of Literature in the England of Charles I*, Cambridge: Cambridge University Press, 1987, p. 1.

2 Greg Walker, *Reading Literature Historically*, Edinburgh: Edinburgh University Press, 2013, p. 2.

3 钱锺书,《古典文学研究在现代中国》("Classical Literary Scholarship in Modern China"),载《钱锺书英文文集》,北京:外语教学与研究出版社,2005 年,第 400 页。

事的再现与评论"这一认识，以文学为历史的注脚，将研究手段当
作研究目的，变"结合历史背景"为"寻求历史背景"，最终改"文学
研究"为"他学研究"。检索美国国家人文中心（National
Humanities Center)近年的"英语文学研究"类资助项目，诸如《身
体与机器》《中世纪后期宫廷的服饰身份》《罗拉德派情感与神圣性
争议：1370—1550》[1]这样指向非文学学科的研究并不少见。而西
方文艺复兴文学研究界盛极一时的新历史主义和文化唯物主义研
究，从某种意义上说也有"他学研究"的趋势。二者在进行文学解
读时均积极探寻文学文本的历史背景，将文学文本与非文学文本
并置解读，以证明同一历史条件下各种文化形式处于同一个"权力
能量场"中，致力于分析权力在各种文本中的表现形式（新历史主
义)，或者通过探索文化生产与物质间的关系，挖掘出权力的内部
矛盾（文化唯物主义)。这样的解读虽有助于读者在面对一个时期
的文学时形成政治历史宏观视角，却也容易抹杀具体作家作品的
独有特色。

　　本书以莎士比亚晚期戏剧《辛白林》为研究文本，尝试提出一
种可兼顾历史与文学属性的解读。20 世纪以来对《辛白林》的历
史解读，多致力于挖掘剧本的政治内涵，探索其反映出的斯图亚特
时代英国人对于詹姆斯一世的政治理念（以及其子的不同政

---

[1]　Mark Seltzer, *Bodies and Machines*；Susan Crane, *Clothing Identity in Late Medieval Courts*；Fiona Somerset, *Feeling Like Saints: Lollard Affect and the Contestation of Holiness, 1370‑1550*. 以上为美国国家人文中心 1990—1991 年、1999—2000 年、2006—2007 年归在"英语文学研究"类下的资助项目。

见）[1]、不列颠国家性与民族性[2]、英格兰与威尔士的关系[3]等问题
的看法。笔者认为,《辛白林》的人物刻画、剧情背景安排中的确有
明显的时政指向,这些时事元素虽然似乎昭示了剧本的深刻政治
内涵,但其实更充分地展现了莎士比亚的戏剧构建技巧,即其文学
特色:剧本频频指向时事,"诱导"观众直接参与了故事主题的建
构。具体说来,《辛白林》中大量的时事元素,保证了原本就对文学
作品有政论功能预期的英格兰文艺复兴时期的观众去解析剧本的
政治立场。然而在演绎时事元素时,莎士比亚通过其惯有的"平衡
处理"充分隐藏了个人观点,因此任何对于剧本立场看似合理的解
读,其实都是观众基于自己对詹姆斯时代政治的固有认识所得,并
非对剧作家意图的客观还原。而这样的戏剧体验,与剧中人物在
剧本主、副情节线中的经历是一致的:《辛白林》通过主、副情节线
中主要戏剧冲突演绎的一个重要主题便是事实的建构过程。作家
因此不仅通过剧内人物经历演绎了剧本主题,也通过剧外观众的
政治解读从另一个角度再次诠释了剧本主题。《辛白林》中运用时
事元素的例子提醒着我们:"理想的历史解读……既要读历史背
景、文本内容,也要看它的文学范式。"[4]

　　本书在《辛白林》一章中论述的莎士比亚的戏剧体验建构特

1　See Marisa R. Cull, "Contextualizing 1610: Cymbeline, The Valiant Welshman, and The Prince of Wales", Shakespeare and Wales: From the Marches to the Assembly, pp. 127 - 142.

2　See Andrew Escobedo, "From Britannia to England: Cymbeline and the Beginning of Nations", Shakespeare Quarterly 59 (2008), pp. 60 - 87. See also Paul Innes, "Cymbeline and Empire", Critical Survey, 19 (2007), pp. 1 - 18; Huw Griffiths, "The Geographies of Shakespeare's Cymbeline", English Literary Renaissance, 34 (2004), pp. 339 - 358.

3　See Ronald J. Boling, "Anglo-Welsh Relations in Cymbeline", Shakespeare Quarterly, 51 (2000), pp. 33 - 66.

4　Greg Walker, "Poetry and History", The Edinburgh Introduction to Studying English Literature, p. 82.

色,是结合剧本创作历史背景来分析文本而发掘出来的,体现了历史解读的必要性。毕竟,如果不联系历史,不知道剧本频繁指向时事,便难以觉察到莎士比亚为结合观众的戏剧剧情观赏和故事主题体验而对戏剧结构做的巧妙构建,很可能会同早期学者一样,得出此剧"白痴至极""不值一评"的结论。但与此同时,20世纪以来,西方学者关于作品、作者政治立场的揣测、纷争,也暴露了现有文学作品历史解读具体实践中存在的思路褊狭,即在文学研究中"将文学的艺术特性抛在一边"[1],把文学研究变成了史学、政治学研究。而通过《辛白林》的例子,可以看到,在研读英国文艺复兴时期的文学文本(以及其他时期、国别的文学文本)时,既需要充分考虑文本的社会历史背景,也需跳出"文学文本是对历史时事的再现与评论"的固有认识,打开研究思路,这样便可以做到正视文学的历史政治指向性,更坚持探索文学作品——"那人类思想的绝妙的、极富创造力的产物"[2]——的艺术审美特性。

三

　　现当代诸多关于文学作品的"历史解读"开始不断引起专家学者的诟病,除了研究分析脱离文学文本本身外,另一个原因则是其并不能很好地建立起文学文本与历史的直接联系——实际上,很多的文学作品的确很难与确切、具体的历史事件、政治思想建立起直接的联系。这样的"历史解读"因此很容易模式化,成为"大历史

1　Jonathan Gil Harris, *Shakespeare and Literary Criticism*, Oxford: Oxford University Press, 2010, p. 177.

2　John Sutherland, *A Little History of Literature*, p. 266.

背景"讨论,无法展现某特定文学作品作为其作者的文学创作及其历史时代产物的独特性。

莎士比亚的《暴风雨》也许是一个例外,细查文本的内部与外部证据,可知其剧本的主题、创作时间、创作背景的确一脉相承,有直接的、劝谏君主的政治功能。而将《暴风雨》作为一部劝谏剧来看,或也可为整个莎士比亚研究提供一些审视莎士比亚及其时代、其君主的新角度——《暴风雨》劝谏詹姆斯重审自己的王权观;而探索其与英格兰劝谏剧传统间所存在的联系则可令当代的读者重新认识莎士比亚的政治参与度和参与方式,以及英格兰国王詹姆斯一世本人。

曾有学者指出,"我们这样想也许不为太过:在他最后一部戏剧《暴风雨》的各层含义里,藏着莎士比亚的政治声明"[1],而这个"政治声明"中,应该就有他对于"专制王权"和"契约王权"的讨论。这并不是一个新论题,"契约王权说"也并非莎士比亚的原创观点。然而,当时关于"契约王权"的讨论与莎士比亚不同,例如,16 世纪末问世的《在暴君前捍卫自由》(Vindiciae Contra Tyrannos)认为君主不过是"拿工资的公职人员"[2],"应铭记,他们的高位重权是人民赐予的,因此不可忘记他们自己与人民间有多么严格的契约"[3],试图最终证明人民推翻暴君的合理、合法性。莎士比亚的《暴风雨》则将论述"契约王权"的重点转移到了君民的互惠互利性上,兼顾了君主和人民的想法,显得较为缓和,作为给君主的"谏

1 Christopher Morris, qtd. in David M. Bergeron, *Shakespeare's Romance and the Royal Family*, Kansas: University Press of Kansas, 1985, p. 179.

2 Quentin Skinner, *The Foundations of Modern Political Thought*, Vol. 2, p. 333.

3 Phillippe de Mornay, *Vindiciae Contra Tyrannos (A Defense of Liberty against Tyrants)*, trans. Harold J. Laski, London: G. Bell and Sons, Ltd. 1924. Web. Accessed 23 November 2017. http://www.constitution.org/vct/vind.htm.

言"，应更易于令其接受。与此同时，考虑到《暴风雨》除了在宫廷
演出外，也是面向大众的商业剧，将"契约王权"的本质如此处理，
可以避免煽动暴乱的嫌疑。

可惜的是，并无资料留存，可以让我们知道詹姆斯本人对于
《暴风雨》中的政治劝谏有何回应。不过，从莎士比亚及国王剧团
并未因此剧受到任何惩罚来看，詹姆斯并没有觉得受了冒犯。实
际上，越来越多的历史学家的研究表明，虽然从其言论看，詹姆斯
似是一个固执、专制的君主，但从行动上看，他也是一个热衷于参
与政治辩论、听取不同政见的君主："他允许法庭探讨国王特权问
题，这是伊丽莎白绝对不会容忍的。"[1]他继承了英格兰王位后，在
议会中的政治演说次数和长度都突增，也因为在英格兰的政治体
制下，这是他唯一可以利用的与新臣民探讨政治问题的渠道。在
苏格兰时，他"可以参加议会常务委员会（Committee of the
Articles），甚至有权投票"[2]，而到了英格兰，他则被"隔绝在政治辩
论的中心外，只能依靠代理行事"[3]。如果詹姆斯的确是这样一名
相对开明、博学，且乐于亲自参与政治辩论的君主的话（而我们有
理由相信他可能是这样的，毕竟，就连持"契约论"的霍布斯和洛克
也都称赞他是"我们最睿智的詹姆斯"[4]"那位有学问、明事理的国
王"[5]），那么《暴风雨》就不仅仅是一部委婉的劝谏剧，而是对詹姆

1　S. J. Houston, *James I*, London: Longman Group Ltd., 1973, p. 39.

2　Jenny Wormald, "James VI and I: Two Kings Or One?", *History* 68 (1983), p. 195.

3　Ibid., p. 205.

4　Thomas Hobbes, *Leviathan, or the Matter, Forme, & Power of a Common-wealth Ecclesiastical and Civall* (sic.), London: Andrew Cooke, 1651, p. 122. Web. Accessed 23 November 2017. http://www.inp.uw.edu.pl/mdsie/Political_Thought/Leviathan.pdf.

5　John Locke, *Second Treatise of Government*, p. 66. Web. Accessed 19 Nov. 2017. http://www.earlymoderntexts.com/assets/pdfs/locke1689a.pdf.

斯发出的讨论邀请,通过对他所发表的王权观进行反馈的方式,挑战他在公开场合提出的绝对王权说,并与他一起探讨其他王权模式的可行性。

四

《配力克里斯》《辛白林》《冬天的故事》《暴风雨》《亨利八世》《两个贵族亲戚》这六部剧中,《辛白林》《暴风雨》与《亨利八世》对更接近现代意义的"历史"指涉较多,而这三部剧中,又数《亨利八世》的历史思辨倾向最为明显。通过开场白的提示,以及"旁人言事"的方式书写、演绎历史,剧本向观众揭示了"历史"从产生到传播过程中的一系列不稳定因素,以此质疑了"历史"的本质。值得一提的是,在《辛白林》和《暴风雨》中,这种对"历史"的质疑虽尚未成为整部剧的核心主题,但已经存在了。以《辛白林》中不列颠与罗马帝国在岁贡问题上的纠纷为例:双方的冲突,源于对凯撒征服不列颠这段历史的不同建构。在罗马人的历史中,"我们的先皇裘力斯·凯撒……当年征服贵国"(3.1.1,4-5)。而不列颠人则拒绝纳贡,因为凯撒虽"曾经在这儿得到过一次小小的胜利"(3.1.22),但也吃尽了苦头,领教了不列颠的厉害。两国人援引历史的目的不同,"还原"同一段历史时的侧重点便不同,构建出来的历史及这段历史对当时的影响也完全不同:罗马版里,凯撒征服了不列颠,后者理应纳贡;不列颠版里,不列颠虽败犹荣,大大挫伤了凯撒的锐气,因此不必对罗马奴颜婢膝。《辛白林》里,同一段历史可以有如此截然不同的解读,并对现实有如此大相径庭的指导,揭示了"历史"不断改变的本质。而相似地,《暴风雨》中,普洛斯彼罗与凯列班对普洛斯彼罗初来岛上的那段历史的重塑，虽然不如《辛白林》中罗马人与不列颠"还原"凯撒征服史时那般差别巨大，却也的确存在同一段历史中究竟谁是"忘恩负义"者的"重塑"冲突。

值得注意的是，这些剧情里，在还原历史、重塑历史、构建历史的过程中，一直起着关键作用的是语言——而"语言"一直是莎士比亚戏剧创作中反复探究的主题。毕竟，文艺复兴的英国社会"重视修辞，讲究雄辩辞令和语言表达艺术"[1]，并积极探索语言哲学。时人虽未将语言单独作为一门学科研究，但在讨论一切人文、自然问题时，"只要能和主题拉上关系，就会谈语言"[2]，探讨它的本质、起源、目的、力量，以及与现实的关系。而作为一个处于这种文化氛围中，并专靠语言艺术谋生的剧作家，莎士比亚自"出道"之始，一直积极地通过自己的剧本，参与这场关于语言的大讨论："当我们终于集中注意力，细究莎士比亚到底在谈什么时，我们发现他很多时候都在谈语言。"[3]

这便意味着，可以在关于"莎士比亚晚期历史书写与思辨"议题的结论基础上推进一步，展开"莎士比亚晚期语言观"乃至莎士比亚整个创作生涯的语言观研究。而在这个问题的研究上，莎士比亚晚期戏剧或又可作为几个极佳的入手点。毕竟，这几部戏剧语言风格奇特，剧情的展开又与某种形式的语言交流密切相关（《配力克里斯》与谜语、《辛白林》与转述、《冬天的故事》与"解读"、《暴风雨》与口述史、《亨利八世》与旁人言事、《两个贵族亲戚》

1　Stephen Greenblatt, "General Introduction", *The Norton Shakespeare*, p. 63.

2　Jane Donawerth, *Shakespeare and the Sixteenth-Century Study of Language*, Urbana and Chicago: University of Illinois Press, 1984, p. 5.

3　Russ McDonald, *The Bedford Companion to Shakespeare: An Introduction with Documents*, 2nd ed., Boston and New York: Bedford/St. Martin's, 2001, p. 58.

与神谕）。

当然，"莎士比亚的语言观"发展研究，将是另一个庞大的研究项目。不过，在本书关于《配力克里斯》《冬天的故事》的两章中，笔者已试着重点考察了莎士比亚晚期对于语言及语言艺术的认识。《配力克里斯》中，语言述史的"修复"效用被搬上了舞台，不论是借语言"复活"的诗人高尔，还是从玛丽娜的语言述史中重获生命力的配力克里斯，或是命配力克里斯去往神殿大声叙述自己历史的狄安娜，都展示了语言的正面效用。

而在《冬天的故事》中，莎士比亚的语言探索与戏剧艺术探索相结合，成为剧本的主题。剧情过半时，潘狄塔与波力克希尼斯在舞台上就自然和艺术的关系展开了辩论，前者认为艺术于自然有害，而后者认为艺术即自然，且能改善自然。两者的观点，在剧情中实际上都有佐证：潘狄塔的"艺术有害"论由其父里昂提斯在剧情前半段中演绎，波力克希尼斯的"艺术即自然，且于自然有益"论，则由宝丽娜在最后一幕中通过"雕塑苏醒"佐证。而通过这一系列的演绎，莎士比亚本人也与对戏剧创作持有古典主义思想的锡德尼和琼生进行了对话，展示了戏剧艺术活力与效用的来源。

值得一提的是，《暴风雨》一剧演绎的一个重要主题，亦是语言的效用（虽然本书对此未及展开讨论）。《暴风雨》的台词和剧情反复将观众的注意力引到"语言"这个话题上："你教给我语言，我得到的好处就是/懂得了怎么样诅咒"（1.2.366-367）；"说我的语言！天哪！"（1.2.432）；"你的鼾声里有话呢"（2.1.214）；"这东西怎么倒学会了讲咱们的话？"（2.2.63-64）。通过频繁直接提及语言，加上其他方式的间接渲染（例如普洛斯彼罗第一幕第二场的整场叙事，安东尼奥和西巴斯辛贯穿全剧的文字游戏等），以及"总在

彰显,甚至是炫耀自我存在的语言本身"[1],《暴风雨》将"语言"作
为一个主题,搬上了舞台。总的来说,《暴风雨》的语言观对语言本
身进行了质疑。在语言作用问题上,文艺复兴时期学者的观念相
对一致:"当时的整个文化都证明了在人们的认识中,语言有力
量。"[2]另外,虽并不认为语言完美无缺,但总的来说,当时的人们
"对语言充满信心,认为它是好的"[3]。语言若有局限,并非自身不
足,而是错在言者:"其罪孽——头脑无知、心肠歹毒"[4]导致其无
法用语言表达自己的思想,或是只能表达出扭曲的思想。而《暴风
雨》剧中人物的语言多无效,常有害,且这种无效与有害并非总是
言者道德败坏或智力有限所致,而是与某些语言自身的特点息息
相关。这就比《配力克里斯》与《冬天的故事》中的观点更进了一步。

在第一章回顾莎士比亚晚期研究史时,我们曾看到,莎学界一
度,或直到今天也仍有学者认为莎士比亚晚期是其思想懈怠、不思
进取、自我复制、自我剽窃、水平全面下滑的时期;这一时期莎士比
亚"对一切都提不起劲来"[5],因此"国王剧团的同仁们审时度势,
让他退休"[6],才有了后面《亨利八世》和《两个贵族亲戚》并非其独
立创作,而是和剧坛新秀弗莱彻合作的新局面。

然而,不论是其在《辛白林》《暴风雨》和《亨利八世》中借历史

1　Brinda Charry, The Tempest: Language and Writing, p. 16.

2　Donawerth, Shakespeare and the Sixteenth-Century Study of Language, p. 38.

3　Margreta De Grazia, "Shakespeare's View of Language: An Historical Perspective", Shakespeare Quarterly 29 (1978), p. 375.

4　Ibid.

5　Lytton Strachey, Books and Characters, http://ebooks.adelaide.edu.au/s/strachey/lytton/books_and_characters/complete.html.

6　Anthony B. Dawson, "Tempest in a Teapot", "Bad" Shakespeare: Revaluations of the Shakespeare Canon, ed. Maurice Charney, London and Toronto: Associated University Presses, 1988, p. 63.

构建文学体验、借文学参与历史政治、以历史书写质疑历史本质，还是其在《配力克里斯》与《冬天的故事》中对于语言本质、语言功效的质疑，都明确地反映出莎士比亚在其晚期创作中依然充满活力。

而这种活力，一直持续到其参与创作的最后一部剧《两个贵族亲戚》中——甚至可以说，在这部剧中，莎士比亚迸发了新活力。他在基本未改变情节发展的情况下，将正典作家乔叟的正典篇章《骑士的故事》，由一个关于爱情与友情冲突的浪漫传奇故事，改写成了一部关于成规权威如何压垮个人人生的反传奇戏剧。莎士比亚（以及弗莱彻）创作了一部新剧，它既挑战了乔叟原作的权威，也打破了对此故事的传统解读的权威，并且开始突破莎士比亚自己晚期戏剧所建立起的传奇剧模式，似乎预示着莎士比亚创作生涯又一个新阶段的到来——考虑到莎士比亚在每一个重要的发展阶段到来前，似乎都有合作剧创作的经历，这样的猜想也并非完全不可能。若他与琼生一样，能活到六十岁以上，也许我们今天就还会有一批莎士比亚"更晚期戏剧"可以阅读、欣赏和研究。

综上所述，莎士比亚的晚期戏剧中，有着大量新发展、新思考的迹象，足以证明其"晚期风格"归根结底意味着戏剧建构理念的创新、语法风格的调整，以及依然强劲的创作势头。总的说来，莎士比亚晚期创作与其初期、成熟期创作一脉相承，对于"语言""历史""王权"等主题的演绎和思考一直贯穿其间，且时有新思。从这个角度看，莎士比亚的"晚年风格"绝不是"退休风格"或"病痛风格"，甚至似乎都不是萨义德所提出的因为不甘晚年而形成的"抗击风格"，而是其创作生涯中一以贯之的广博风格、深刻风格、犀利风格、创新风格。《安东尼与克莉奥佩特拉》中，爱诺巴勃斯曾这样描述克莉奥佩特拉:"年龄不能使她衰老,习惯也腐蚀不了她的变化无穷的巧思。"(2.2.240-242)只要将代词"她"换成"他",这句话用来形容晚期莎士比亚与他的戏剧创作,便再恰当不过了。